Zu diesem Buch

Entsetzt und fassungslos reagierte die Öffentlichkeit im November 1978 auf die Nachricht, etwa 700 Mitglieder der Jim-Jones-Sekte hätten sich in einem «Massenselbstmord» gemeinsam im Urwald von Guayana das Leben genommen. Wenn auch spätere Nachforschungen ergaben, daß diese Selbsttötungen nicht generell freiwillig, sondern teilweise unter brutalem Zwang erfolgt waren, so wird auch heute noch jede Diskussion in den Medien zu dieser und ähnlichen Sekten und Gruppierungen von beängstigender Ratlosigkeit über das damalige Ereignis beherrscht. Noch nie war die Gefahr, die von einer blinden und kritiklosen Bindung an die «Kulte des Irrationalen» ausgeht, so deutlich und auf erschütternde Weise nachprüfbar geworden wie hier.

Der Psychologe und Gehirnforscher Christopher Evans hat sich bereits seit Beginn der siebziger Jahre mit diesem Phänomen der Suggestion beschäftigt. Sein Buch untersucht vier «Ersatzreligionen» im Hinblick auf ihre Entstehungsgeschichte, ihre Methoden, ihre Erfolge und ihre Anhängerschaft.

Evans macht deutlich, wo die Ursachen liegen für die Sehnsucht des heutigen Menschen nach neuen Heilslehren und zeigt die Gründe auf für deren ungebrochene Anziehungskraft.

Christopher Evans, geboren 1931 in Wales, experimenteller Psychologe, Gehirnforscher und Computer-Fachmann. Autor zahlreicher wissenschaftlicher Bücher, u. a. über Kybernetik und Schlafforschung. Mitarbeiter am «Observer», an der «Sunday Times» und bei der BBC.

Christopher Evans

Kulte des Irrationalen

Sekten, Schwindler, Seelenfänger

Deutsch von Mark W. Rien

rororo

Rowohlt

Die Originalausgabe erschien unter dem Titel «Cults of Unreason»
im Verlag George G. Harrap & Co. Ltd., London
Umschlagentwurf Werner Rebhuhn

Veröffentlicht im Rowohlt Taschenbuch Verlag GmbH,
Reinbek bei Hamburg, Dezember 1979

Gesamtherstellung Clausen & Bosse, Leck
Printed in Germany
680-ISBN 3 499 17297 6

Inhalt

Einleitung

Wir leben in einer Welt, in der der Wandel zur Norm geworden ist. Die Berge und Flüsse, die Meere und Kontinente mögen den Anschein des Unveränderlichen bewahren und uns genauso fest und beständig vorkommen, wie sie seit eh und je auf unsere Vorfahren gewirkt haben. Das Gefüge unserer Gesellschaft jedoch, das Regelsystem, das die komplexen zwischenmenschlichen Beziehungen bestimmt, zerreißt und verändert sich wie nie zuvor in der Geschichte. Vor zwei Jahrhunderten konnte ein Mensch sein ganzes Leben lang in einer Umwelt leben, in der es keinen Wandel gab – in einer Umwelt, die durch eine statische Technologie und durch starre und fraglos anerkannte Regeln des Zusammenlebens und philosophische Glaubenssätze gekennzeichnet war. Nachbarn blieben in der Regel Nachbarn, Häuser wechselten nur selten ihren Besitzer, und das Werkzeug, mit dem ein junger Mann seine erste Arbeit verrichtete, ging nach seinem Tod auf die nächste Generation über. Die Einstellung zu Leben und Tod war geprägt durch das religiöse Dogma der Zeit, und das wurde im allgemeinen weder in Frage gestellt noch wurde überhaupt groß darüber nachgedacht. Sieht man von jenen ab, die in den Strudel von Krieg oder Aufruhr gerieten, so vollzogen sich für die meisten Menschen bedeutende soziale und politische Wandlungen in so großen Zeitspannen, daß sie im Laufe des einzelnen Lebens kaum wahrzunehmen waren. Die Gesellschaft muß so festgefügt wie ein Gebirge gewirkt haben, ihre Zukunft so voraussagbar wie die Aufeinanderfolge der Jahreszeiten.

Die Industrielle Revolution setzte dem allen ein Ende. Berghänge, auf denen jahrtausendelang Gras und Bäume gewachsen waren, wurden auf der Suche nach Kohle plötzlich aufgewühlt und mit schwarzem Staub bedeckt. Dörfer, die seit den Zeiten der Römer das gesellschaftliche und landwirtschaftliche Zentrum einer Region gewesen waren, wurden bedeutungslos im Vergleich zu den neuen Industriestädten mit ihrer Bevölkerung aus Wanderarbeitern, die Entfernungen zurücklegten, wie sie für ihre Väter noch unvorstellbar gewesen wären. Ein Verkehrsnetz aus Straßen und Schienen, die alle städtischen und ländlichen Gemeinden unwiderruflich miteinander verknüpften, entstand gleichsam über Nacht, und für viele Menschen wurde es ernst mit jenem rastlosen Zug von Ort zu Ort, der heute das Los fast jedes einzelnen von uns ist.

Neue Kommunikationsmedien – wie billige Bücher und Zeitungen, Telefon, Radio und Fernsehen – erschütterten wie eine tosende Brandung die glückliche Behaglichkeit der alten Gesellschaften. Durch geschickte Handhabung solcher Medien konnten und können Menschen ihren Charakter und ihr Denken anderen Menschen unendlich viel schneller und nachhaltiger aufprägen, als es frühere Kriegshelden mit ihren Eroberungszügen vermochten.

Diese stürmische Entwicklung setzt sich auch heute noch unaufhaltsam fort, und stets ist dabei der technische Fortschritt schneller als das Denken und Glauben der Menschen. Geist und Seele sind nur im Idealfall so weit wie die Welt des technisch Machbaren. Die ungeheuren Erfolge der amerikanischen und sowjetischen Raumfahrtprogramme, die selbst die kühnsten Prophezeiungen der Science Fiction in den vierziger Jahren um ein Erhebliches übertreffen, sollten uns eine Vorstellung vermitteln von dem, was uns die Zukunft bringen kann. Bedeutsamer noch, wenn auch vom Mann auf der Straße fast gar nicht zur Kenntnis genommen, ist die in der Tat beträchtliche Entwicklung auf dem Gebiet der Computer-Technik, die in den achtziger Jahren Auswirkungen so spektakulärer und weitreichender Art haben wird, daß sich die Umwälzungen der Industriellen Revolution daneben harmlos und unbedeutend ausnehmen werden.

Angesichts dieser Fakten und der unübersehbaren Zeichen des Einflusses von Naturwissenschaft und Technik auf die soziale Struktur der Welt stellen sich ein paar kritische Fragen, die eine Antwort verlangen. Die erste dieser Fragen lautet vermutlich ganz einfach: Kann der Mensch Veränderungen solcher Art überleben ohne einen gewaltigen neurotischen Umbruch, der sich entweder in einer großen Bewegung in Richtung auf etwas manifestiert, das man als «Drop-out-Anarchie» bezeichnen könnte, oder der die Welt in einen wahnwitzigen Atomkrieg hineinschlittern läßt. Bis heute scheint kein Psychologe, Anthropologe oder Soziologe in der Lage, diese

Frage zuverlässig zu beantworten. Wir sind nicht imstande zu sagen, ob die Spezies Mensch von Natur oder potentiell über die Fähigkeit verfügt, die Technik, die sie hervorbringt, auch zu beherrschen und zugleich – auf der Ebene des Persönlichen wie des Sozialen – ihre Identität zu bewahren. Es bleibt abzuwarten, wie es um diese Fähigkeit bestellt ist. Wer auf diesem Gebiet optimistisch in die Zukunft blickt, der kann sich freuen über seine glückliche Veranlagung.

Die zweite wichtige Frage, mit der sich dieses Buch indirekt auseinandersetzt, betrifft die ganz eindeutig immer größer werdende Kluft zwischen der imposanten Fähigkeit des Menschen, seine Umwelt – mit Hilfe von Technik, Physik, Astronautik usw. – zu beherrschen einerseits und der viel schwächer ausgeprägten Fähigkeit des Menschen andererseits, die Bedeutungen und Möglichkeiten seines technischen Erfolges zu erfassen und sich einzufügen in die enorm ausgeweiteten Dimensionen, die sich ihm eröffnet haben. Dieser letztere Bereich ist es – das System von Glaubensvorstellungen, durch die sich der Mensch in Beziehung setzt zu den unbekannten Mächten des Universums und den großen Geheimnissen von Raum und Zeit, von Ursprüngen, Achsenzeiten und Endzielen –, in dem das, was wir gemeinhin unter Religion verstehen, seit einiger Zeit in seiner traditionellen Rolle gescheitert ist. Dieses Scheitern ist in den vergangenen zehn Jahren besonders offenkundig und dramatisch gewesen, wenngleich der Verfall, dessen erste sichtbare Zeichen vor einem Jahrhundert auszumachen sind, bereits zur Zeit des Kopernikus einsetzte.

In der Tat hielt sich der Durchschnittsmensch etwa bis zum Beginn des neunzehnten Jahrhunderts – vermutlich gibt es da eine innere Verbindung mit der Industriellen Revolution von damals und der von ihr bewirkten allgemeinen Unruhe – an die Bibel und die orthodoxen religiösen Lehren, wenn er nach Antworten suchte auf die entscheidenden Fragen, die ihm das Weltganze aufgab. Zu jener Zeit waren dies so ursprüngliche Fragen wie: «Was ist der Mensch?», «Wie entstand er?», «Wo lebt Gott?», «Was geschieht nach dem Tode?» usw. usw. Für den aufmerksamen Leser hält die Bibel tatsächlich recht eindeutige und keinen Widerspruch duldende Antworten auf alle Fragen solcher Art bereit, und mit etwas Phantasie lassen sich aus ihr auch vernünftige Antworten auf eine erkleckliche Zahl anderer Fragen herauslesen, die weniger mit der Religion zu tun haben. Zur Zeit Galileis zum Beispiel (also noch vor gut dreihundert Jahren) galt das schlichte Zitieren von Josua 10, Vers

13: «Da stund die Sonne und der Mond stille ... Also stund die Sonne mitten am Himmel, und verzog, unterzugehen, beinahe einen ganzen Tag» – als völlig überzeugende Widerlegung der Theorien des Kopernikus, die auf sorgfältigen wissenschaftlichen Beobachtungen basierten. Heute würden sich wohl höchstens noch ein paar unerschütterliche Fanatiker von derlei Zitaten überzeugen lassen. Besonders in den letzten hundert Jahren sind die Menschen mehr und mehr dazu übergegangen, sich an wissenschaftliche Literatur zu halten, wenn sie die staunenerregende physische und geistige Umwelt zu begreifen suchten, in der wir leben. Seitdem hat das, was man als die «religiöse Antwort» bezeichnen könnte, immer mehr an Überzeugungskraft eingebüßt. Der rasante Verfall der kirchlichen Autorität zeigt sich auch in den immer mehr zusammenschrumpfenden Grüppchen sonntäglicher Kirchenbesucher. Und trotz aller Gags und Anpassungsversuche mancher Pfarrer ist nichts in Sicht, was diesen Niedergang aufhalten könnte. Denn wer kann heutzutage, da Astronauten bereits auf dem Mond umhergewatschelt sind, noch ernsthaft glauben, daß ausgerechnet die Kirche irgend etwas von Belang über Himmel und Erde zu sagen hat?

Nun kann aber leider gerade in den Fragen, in denen die kirchlichen Lehren keine befriedigenden Antworten mehr zu bieten haben, die Naturwissenschaft fast nie mit einer verbindlichen neuen Lösung aufwarten. Die Naturwissenschaft will mit Spekulationen nichts zu schaffen haben und bietet ihren Anhängern nur solche Fakten an, die sie mit Hilfe der induktiven, experimentellen Methode abgesichert zu haben glaubt. Es ist daher nutzlos, einem Naturwissenschaftler mit diesem Selbstverständnis und Arbeitsethos Fragen zu stellen wie zum Beispiel: «Warum sind wir hier?» oder «Wie konnte die Welt entstehen?» Denn er wird schlicht und einfach sagen, das wisse er nicht. Natürlich hält die Religion Antworten bereit, das sind aber solche, die den meisten Menschen einfach nicht einleuchten und die im Grunde nicht besser sind als gar keine Antworten. Wohl dehnen immer neue Entdeckungen die Grenzen unseres Wissens immer weiter aus, aber ihre sinnvolle Verknüpfung zu einer umfassenden kosmologischen Theorie wird dadurch nur unendlich viel schwieriger. Erkenntnisgewinn und Sinnverlust klaffen immer weiter auseinander. Und das wird wohl auch so bleiben. Für den wissenschaftlichen Forscher muß dieser Umstand nicht alarmierend sein. Er ist sich der Tatsache bewußt, daß seine Technologie seine Philosophie mit Leichtigkeit überflügeln kann, und da er sich als einen Technologen betrachtet, überläßt er es bereitwillig dem Philosophen, dem Ganzen einen Sinn zu geben. Diese kühle Zurückhaltung des Wissenschaftlers ist jedoch für die allermeisten Menschen vollkommen unbefriedigend. Noch kann man beim besten Willen nicht behaupten, daß sie die Denkungsart der exakten Wissenschaft angenommen hätten. Allerdings ist eine unbändige und gefräßige Neugier in ihnen erwacht, die von den modernen Massenmedien nur zu gerne mit interessanten Brocken geködert und gefüttert wird. Im verborgensten Winkel ihres Herzens wollen nämlich die meisten Menschen nach wie vor nur ein paar ziemlich einfache und einigermaßen plausible Antworten auf die Fragen bekommen, die seit eh und je von den Menschen gestellt wurden – Antworten, die uns Wärme und Geborgenheit zu spenden vermögen, wenn wir nachts wach liegen in Gedanken über Leben und Tod, Zeit und Raum, Werden und Vergehen und uns ein eisiger Hauch anweht.

Kein Zweifel, diese Widersprüche müssen überwunden werden. Und wenn weder die Naturwissenschaft noch die Gegenwartsphilosophie – die zur Zeit besessen ist von Problemen der Semantik und der Linguistik – darauf vorbereitet sind zu helfen, während die großen Weltreligionen nichts als abgenutzte, veraltete und unglaubwürdige Vorstellungen zu bieten haben, dann ist die Zeit reif wie nie zuvor für Ersatzsysteme, für pseudowissenschaftliche Philosophien, quasitechnologische Kulte und neue Messias-Gestalten. Diese Phänomene sind in der Tat bereits jetzt zu beobachten, und vieles spricht dafür, daß sie ständig an Boden gewinnen werden. Wir werden in diesem Buch einige von ihnen unter die Lupe nehmen, und es wird sich zeigen, daß sie, aus klinisch-kühler Perspektive beäugt, eher amüsant als alarmierend sind. Gleichwohl verlangen sie eine sorgfältige Analyse; denn es handelt sich um gesellschaftliche Erscheinungen von großem Interesse und erheblicher Bedeutung. Und was vielleicht noch wichtiger ist: sie vermitteln einen Vorgeschmack von Dingen, die auf uns zukommen werden. Denn wenn der Niedergang der alteingeführten Religionen sich mit unverminderter Geschwindigkeit fortsetzt und die Technik auch weiterhin der philosophischen Durchdringung der Wissenschaft davonläuft, wird das Verlangen nach solchen Kulten wachsen, und sie werden sich nicht bloß stark vermehren: einige der bereits existierenden Kulte werden echte Macht erlangen.

Welche Formen entwickeln nun diese Ersatz-Glaubenssysteme? Bis zu einem gewissen Grade hängt die Form vom Alter ab. Bevor sich ein Kult zu seiner vollen Blüte entwickeln kann, bedarf es einiger Zeit der Reifung. Die Scientologie zum Beispiel, der vielleicht bedeutsamste und in mancher Hinsicht auch beunruhigendste Kult unserer Tage, hat inzwischen durchaus eine gewisse Geschichte hinter sich und verfügt über eine internationale Organisation mit beträchtlichen finanziellen Mitteln. Sie hat überdies einen Führer, der von entscheidender Bedeutung für die Bewegung ist, und eine systematisch aufgebaute Lehre mitsamt den Möglichkeiten, sie unter die Leute zu bringen. Auf der anderen Seite gibt es Kulte nebuloserer Art – wie etwa jenen, der sich um den Glauben an Fliegende Untertassen rankt –, die sich nicht in irgendeiner einzelnen Organisation manifestieren, jedoch einen bemerkenswerten intellektuellen und emotionalen Rückhalt in allen Teilen der Welt haben. Daneben wiederum gibt es eine Reihe von relativ winzigen Kulten, die von minder bedeutenden Exzentrikern propagiert werden und über eine begrenzte Anhängerschaft verfügen, bei denen aber die Möglichkeit einer rapiden Ausweitung stets latent vorhanden ist. Einige sind intellektuell naiv, andere differenziert bis zur semantischen Komplexität. Alle sind insofern vergleichbar, als sie letztlich dazu dienen, ein Bedürfnis zu befriedigen, das Naturwissenschaft und Technik dadurch geschaffen haben, daß sie die traditionellen Religionen ihrer Macht beraubten.

Um dieses Buch nicht allzu umfänglich werden zu lassen, habe ich mich auf einige exemplarische Kulte und Schwarmgeistereien beschränkt. Mit dem am besten dokumentierten Kult, dem überdies die unmittelbarste Bedeutung zukommt – der Scientologie – habe ich mich mit einiger Ausführlichkeit auseinandergesetzt, da die Ursprünge der Scientologie, ihre Geschichte und ihre Entwicklung ungeheuer aufschlußreich und von größtem Interesse sind für jeden, der sich für Psychologie und Soziologie interessiert. Daneben habe ich mich relativ eingehend mit den Fliegenden Untertassen beschäftigt. Denn wenn auch kein einzelner Kult von Bedeutung mit diesem Stoff verknüpft ist, so gehört doch – wie C. G. Jung schon Ende der fünfziger Jahre festgestellt hat – der Glaube an Fliegende Untertassen zu den wichtigen sozialen Phänomenen unserer Zeit.

Der dritte Teil des Buches ist einem Thema gewidmet, dessen Darstellung eine – wie ich hoffe, statthafte – Abschweifung vom Hauptthema ist: den verschiedenen Gerätschaften, die unter dem Gattungsbegriff «Black Boxes» zusammengefaßt werden. Immer wieder konnte ich feststellen, daß auf Personen, die an dem einen oder anderen Kult der Gegenwart interessiert sind, geheimnisvolle Geräte und Vorrichtungen dieser oder jener Art – ob es sich nun um Pendel zur Entdeckung von verborgenem Gold oder Öl oder um kunstvoll gearbeitete Kästen mit Elektronenröhren, farbigen Lichtern und rotierende Teilchen handelte – schon rein äußerlich eine Faszination ausübten. Diese Gerätschaften spielen meiner Ansicht nach eine sehr wichtige Rolle als quasi-wissenschaftliche Stütze für viele kulthafte Vorstellungen, und sie werden – wie das zum Beispiel beim sogenannten E-Meter der Scientologen der Fall ist – von den Kultanhängern mit beträchtlicher Ehrfurcht gehandhabt. Diese Apparaturen sollen beweisen (und tun das auch für den, der daran glaubt), was letztlich allen diesen Kulten zugrunde liegt: daß nämlich der Geist oder die Seele des Menschen nicht bloß ein Abfallprodukt seiner Gehirnfunktionen, sondern eine konkrete Sache ist, die man folglich auch mit Meßgeräten orten und erfassen kann – einigermaßen jedenfalls. Diese Instrumente stellen Hilfsmittel dar, um greifbare Beweise dafür zu liefern, daß es den Geist oder die Lebenskraft wirklich gibt, die unser Handeln in Gang setzt und die Vergänglichkeit unserer hinfälligen körperlichen Existenz überdauern.

Im letzten Teil schließlich wird auf einige jener seltsamen Ableger asiatischer Religionen eingegangen, die gegenwärtig florieren und von denen in den Medien viel Aufhebens gemacht worden ist. Wenn ich dabei gewichtigen Persönlichkeiten wie dem Maharishi Yogi nur wenig Raum gewidmet und mich statt dessen auf Gestalten kleineren Kalibers wie Mr. Tuesday Lobsang Rampa konzentriert habe, so geschah dies, weil der letztere merkwürdigerweise mehr Stehvermögen zu beweisen scheint. Mag sein, daß die Botschaft des Maharishi im Grunde zu asketisch für den Geschmack der meisten Leute war – vielleicht verkauft sich Mr. Rampa aber auch ganz einfach besser!

Ich habe bewußt auf eine eingehende Darstellung der bekannteren religiösen Glaubensgemeinschaften wie der Christlichen Wissenschaft, der Theosophie, des Spiritismus usw. verzichtet, da über sie andernorts bereits umfassendes Material zusammengetragen wurde. Die Christliche Wissenschaft ist eine weltweit verbreitete Glaubensgemeinschaft, die sich im neunzehnten Jahrhundert aus den Lehren der Mary Baker Eddy entwickelt hat, einer ebenso wunderlichen wie prägenden Persönlichkeit, deren wichtigster Glaubensgrundsatz war, alle Krankheit sei Illusion – im wesentlichen die Folge einer verfehlten geistig-seelischen Einstellung. Der Glaube, das Wesen aller Krankheit bestehe tatsächlich in falschen Einbildungen, soll an sich schon genügen, um die völlige Wiederherstellung der Gesundheit zu garantieren. Wie der Spiritismus (ebenfalls eine florierende religiöse Sekte, welche die Lehre predigt, es sei möglich, mit den Geistern von Verstorbenen Verbindung aufzunehmen) so ist auch die Christliche Wissenschaft eigentlich nichts anderes als der Versuch, urchristliche Glaubensvorstellungen konkret zum Ausdruck zu bringen: im einen Falle die heilende Kraft des Glaubens, im anderen das Weiterleben der Seele nach dem Tode. Beide Vorstellungen gehören auch zum orthodoxen christlichen Glauben (und der meisten – auch der nichtchristlichen – großen Religionen), wurden jedoch, wie man glaubt, nur in der Vergangenheit und nur von großen Gestalten wie Jesus Christus, bestimmten Heiligen usw. im wirklichen Leben dargetan. Das Aufblühen dieser beiden wichtigen Abkömmlinge des Christentums im neunzehnten Jahrhundert ist ein vielsagender Hinweis auf das wachsende Gefühl, daß das kirchliche Dogmengebäude an wichtigen Stellen Risse und Lücken bekommen hatte. Und neuerdings, nachdem die Theologen jahrzehntelang entweder gegen die Geistheilung oder gegen die Seelenbeschwörung angekämpft haben, fangen gewisse Kreise in den kirchlichen Hierarchien an, in diesen Abkömmlingen der wahren Glaubenslehre ihre einzige Hoffnung zu erblicken, um dem Verfallsprozeß zu entrinnen.

Es scheint jedoch, als ob das hektische Bemühen, sich die angeblichen «Entdeckungen» der Parapsychologie zur Stützung des religiösen Dogmas einzuverleiben, zu spät eingesetzt hat; denn eben diese «Entdeckungen» werden inzwischen von den meisten Naturwissenschaftlern mit äußerster Skepsis betrachtet, und keineswegs mehr mit jenem feierlichen Wohlwollen, mit dem ihre berühmten viktorianischen Vorgänger solchen Phänomenen begegneten.

Überdies handelt es sich bei Sekten wie den Christlichen Wissenschaftlern und Spiritisten nicht um wirklich der heutigen Zeit angemessene Kulte, die aus dem Bedürfnis entstehen, Lücken in der Kosmologie zu füllen, die durch den Ansturm der exakten Naturwissenschaft entstanden sind, sondern vielmehr um Versuche einer praktischen Anwendung bestimmter Aspekte des christlichen Glaubens. (Heutzutage haben sich beide Glaubensrichtungen fast völlig von der christlichen Kirche gelöst, und viele Spiritisten weigern sich sogar, an die Gottessohnschaft Christi zu glauben.) Die Kulte und sektiererischen Marotten, um die es im folgenden geht, sind, wie der Leser schon bald bemerken wird, Produkte nicht des neunzehnten, sondern sehr weitgehend der zweiten Hälfte des zwanzigsten Jahrhunderts. Sie beziehen ihre Logik, ihre Sprache und ihre Vorstellungsinhalte eher aus dem Fundus der Naturwissenschaft, der Psychoanalyse und der Existenzphilosophie wie auch aus den althergebrachten religiösen Überlieferungen. Die Mischung, die dabei entsteht, ist oft grotesk, aber sie ist augenscheinlich doch stark genug, um Hunderttausende, ja Millionen von geistig normalen Männern und Frauen in der Welt von heute zu betören. Wer sich für Entwicklungstrends in unserer Gesellschaft interessiert, der wird Aufkommen und Werdegang solcher Kulte aufmerksam beobachten. Modern eingestellte Kirchenmänner dagegen werden diese bizarren Glaubenslehren eher auf möglicherweise brauchbare Wahrheiten hin untersuchen – und stoßen dabei vielleicht sogar auf Gedanken, die zu beherzigen sich lohnen könnte.

Erster Teil
Die Science Fiction-Religion

1. Kapitel
Am Anfang ...

Im Frühsommer 1968 konnte man in englischen Zeitungen erstmals von seltsamen Dingen lesen, die sich in der Stadt East Grinstead in Sussex abspielten. An der Peripherie dieser gutbetuchten und leicht blasierten Gemeinde, eines Pendler-Vororts für den Londoner Werbemanager besserer Sorte, war das Hauptquartier eines sonderbaren Kults eingerichtet worden, und zwar – was als höchst unpassend empfunden wurde – im ehemaligen Domizil des Maharadscha von Jaipur, Saint Hill Manor. Dieses elegante Herrenhaus im georgianischen Stil war die Hochburg der Politik und Propaganda eines Kults, der zu den ungewöhnlichsten und beunruhigendsten quasireligiösen Kulten dieses Jahrhunderts gehört und doch manchmal sehr komisch wirkt. Er nannte sich Scientologie.* Hier lebte auch – bis zu seiner Verbannung auf eine Jacht im Mittelmeer – der dynamische Gründer des Kults, ein gewisser Lafayette Ronald Hubbard, amerikanischer Science Fiction-Schriftsteller, Forscher, verhinderter Philosoph, Mystiker und Messias. In jenem Jahr 1968 sollten die Scientologie und L. Ron Hubbard zum Tagesgespräch werden, und die Menschen in Großbritannien – und in den meisten anderen Ländern übrigens nicht minder – sollten plötzlich den Namen des Kults und seine weitgehend ungewollte Schlagzeilenträchtigkeit kennenlernen. Nur wenige begriffen, worum es eigentlich

* Der Begriff *scientology* klingt in englischen Ohren akademisch anspruchsvoll. *Science* bedeutet «systematisches Wissen, Forschung, Wissenschaft, speziell: exakte Naturwissenschaft». Das Bestimmungswort *-logy* im Sinne von «Kunde, Fach, Disziplin, Lehrsystem» kommt in den Namen vieler Wissenschaftszweige vor wie z. B. in Theo-logie, Philo-logie, Geologie, Klimato-logie usw. *Scientology* bedeutet also soviel wie «systematisches Lehrgebäude der exakt-wissenschaftlichen Forschung». (Anm. d. Übers.)

ging, und die meisten hielten den Kult für eine flüchtige Modeerscheinung, für eine Eintagsfliege, die man ins Leben gerufen hatte, um die Sauregurkenzeit des Zeitungsjahrs zu überbrücken. Für andere, die das Phänomen ein wenig genauer in Augenschein genommen hatten, stellten sich mancherlei heikle Fragen zum Thema der religiösen Freiheit und Toleranz, als das britische Innenministerium die Organisation aufs Korn nahm – Fragen übrigens, die bis heute nicht völlig gelöst sind. Die Presse reagierte auf den Kult durchweg feindselig und bedachte die Scientologen reichlich mit scharfer Kritik und mit oft genug schlecht überlegten Angriffen. Die Polizei und die Hüter von Gesetz und Ordnung, auf den Plan gerufen durch Beschwerden der Öffentlichkeit und der Presse, reagierten unsicher. Verstießen die Scientologen gegen das Gesetz? Und wenn ja, womit? Ihre Aktivitäten mochten seltsam wirken. Aber das war schließlich ihre eigene Sache. Dennoch mangelte es, zunächst in der Lokalpresse, nicht an Schlagzeilen:

SCIENTOLOGIE-MÄDCHEN VOR GERICHT
GRUNDSTÜCKSVERWALTER SETZT SICH GEGEN SCIENTOLOGEN ZUR WEHR
KULT ÄCHTET 25 GESCHÄFTE IN GRINSTEAD

Später stand dann auch in den überregionalen Zeitungen:

GEISTVERDREHER QUÄLTEN MANN PER POST
KULT ENTREISST SOHN DER FAMILIE
SCOTLAND YARD UNTERSUCHT SCIENTOLOGIE

Im Juli 1968 erreichte die Pressekampagne ihren Höhepunkt, als Hubbard auf Anordnung des Innenministers die Wiedereinreise nach England verweigert wurde, was einen gewaltigen publizistischen Wirbel auslöste.

Von den Millionen, die diese köstliche Sensation in den Zeitungen und auf dem Bildschirm genossen, wußten nur wenige, daß der Scientologie solcherlei Ungemach nicht zum erstenmal widerfuhr. Sie gehörte keineswegs zu jenen Kulten, die wie Pilze aus der Erde schossen, um für einige Monate zu schwammigem Ruhm zu gelangen. Sie war vielmehr bereits in den frühen fünfziger Jahren – und womöglich mit noch mehr Trubel – ins Leben gerufen worden, als die Veröffentlichung eines Bestsellers mit dem Titel *Dianetics: The Modern Science of Mental Health* [Dianoetik: Die moderne Wissenschaft von der Gesundheit des Geistes] Hubbard und seine Aktivitäten in den Vereinigten Staaten über Nacht in aller

Munde brachte. Dieses Buch übrigens ist noch heute Hubbards berühmtestes Werk und gilt nach wie vor als der Standardtext der Scientologen.

Solange der Durchschnittsbürger allein auf die Informationen in den gängigen Zeitungen angewiesen ist, kann man ihm nicht übelnehmen, daß er sich außerstande sieht, die Geheimnisse des Kults zu ergründen, die Motivation seines Gründers zu verstehen oder gar zu begreifen, wie die Scientologie so viele begeisterte und leidenschaftliche Anhänger in ihren Bann ziehen kann. Die Scientologen selbst sagen natürlich, daß niemand ihre Bewegung wirklich verstehen kann, solange er nicht Teil dieser Bewegung geworden ist – eine altbekannte Strategie, die von fast allen Organisationen dieser Art verfolgt wird. Dank des gewaltigen Presse-Echos indessen, das die Scientologie immer wieder provozierte, dank der Redseligkeit ihrer ehemaligen Anhänger und insbesondere dank der zahlreichen und umfänglichen schriftlichen Äußerungen ihres Gründers Hubbard ist es möglich, eine ziemlich umfassende Geschichte der Bewegung zu erstellen und eine einigermaßen klare Vorstellung von ihrer Grundthese, ihren Ursprüngen und ihren Zielen zu gewinnen. Was dabei herauskommt, ist eine faszinierende Story, eine soziologische Legende unserer Zeit und liefert, wie ich schon in der Einleitung angedeutet habe, einen Vorgeschmack von dem, was uns die Zukunft bringen wird.

Hubbard sagt, seine Ideen gingen auf die Jahre vor dem Weltkrieg zurück, auf eine Zeit, da er als junger Mann mit seinem Vater, einem Marineoffizier, um die Welt zog und Gelegenheit hatte, die Vielfalt der exotischen religiösen Systeme kennenzulernen, deren sich die Welt erfreut. In einer Reihe von schriftlichen und mündlichen Erklärungen gibt er an, lange Perioden der «intensiven Analyse und Forschung» in abgelegenen Gegenden unseres Globus hätten ihn zu der Überzeugung gebracht, daß die Welt in einem ziemlich miserablen Zustand sei und daß irgendein Mensch oder irgendein neuer Gedanke in der Lage sein müsse, sie wieder in Ordnung zu bringen. Und nie von falscher Bescheidenheit geplagt, läßt er keinen Zweifel daran, daß er, Lafayette Ronald Hubbard, zusammen mit dem Kind seines Geistes, der Scientologie, die Sache wohl regeln könnte.

Eines der Hauptprobleme beim Recherchieren der Hintergründe der Scientologie besteht nicht etwa darin, daß es an Material mangelt – Hubbard und seine Helfer sind alles andere als kleinlich, wo es um die Mitteilung von Details geht –, sondern in der Widersprüchlichkeit dieser Details, die zudem oft bestürzend wenig zu den

Fakten passen wollen, die man sich aus nicht-scientologischen Quellen zusammensuchen kann. Überdies sind die Person Hubbard und die Scientologie so unentwirrbar miteinander verquickt, daß sich die Geschichte des scientologischen Kults nur dann richtig verstehen läßt, wenn man den Werdegang seines Gründers verfolgt. Wir müssen daher unser Bestes tun, um die Spreu vom Weizen zu sondern.

Über seine Kindheit und Jugend ist nicht allzuviel bekannt, und auch die Informationen über seine Vorfahren sind spärlich und verwirrend. Hubbard wurde 1911 in Tilden in Nebraska geboren. In einem Interview, das er dem *Sussex Evening Argus* am 30. April 1959 (etwa zu der Zeit, als er nach East Grinstead zog) gab, soll er erklärt haben, sein Großvater sei einer der urigen Pioniere des Wilden Westens gewesen und habe «ein Viertel von Montana sein eigen» genannt. Hubbards ältester Sohn, der ebenfalls Lafayette Ronald Hubbard heißt, aber bekannter unter seinem Spitznamen «Nibs»* ist, widerspricht dieser hochtrabenden Version. Nach seinen Angaben besaß niemand in der Familie seines Vaters besonders viel Geld oder Gut. Die meisten Familienmitglieder seien kleine Farmer im amerikanischen Nordwesten gewesen, und mit Sicherheit hätte keinem von ihnen ein Viertel des Bundesstaates Montana gehört. Der Vater des Gründers der Scientologie, der heute fast neunzig Jahre alt ist und bei guter Gesundheit im Staate Washington lebt, verließ 1902 die Farm und trat in die US-Marine ein, wo er Leichtmatrose war, als der Große Weiße Vater Teddy Roosevelt die Große Weiße Flotte um die Welt schickte. Nach ungefähr einem Jahr verließ er die Marine, um vorübergehend als Zeitungsreporter zu arbeiten. Als ihm jedoch eine Offiziersstelle bei der Versorgungstruppe angeboten wurde, trat er 1908 erneut in die Marine ein. Von diesem Zeitpunkt an bis zu seinem Abschied reiste er in der Welt umher und war unter anderem lange in China und Japan stationiert. Seine Frau und seinen Sohn nahm er stets mit, und zweifellos färbte diese ostasiatische Kulisse seiner frühen Jugend auf das Denken Ron Hubbards ab und tauchte es in das bengalische Licht des mystischen Ostens. Er hat erklärt, daß er 1923 mit der Formulierung der Prinzipien der Dianoetik und der Scientologie begann – nicht schlecht für einen Knaben von zwölf Lenzen, und ein deutlicher Hinweis darauf, daß er ein nachdenkliches, geistig interessiertes Kind war.

* *Nibs* ist im Englischen ein parodistischer Ausdruck für eine «hohe Persönlichkeit» mit nicht vorhandenen Titeln. Im Deutschen wäre vergleichbar die Anrede «Euer Hohlheit» statt «Euer Hoheit». (Anm. d. Übers.)

Gelegentlich nimmt Hubbard in seinen Schriften und Vorlesungen Bezug auf einen gewissen *«Commander Thompson USN»* [Fregattenkapitän Thompson, US Navy], der «bei Freud in Wien studiert» hatte und Hubbard alles beibrachte, was er über Psychoanalyse und Freudsche Psychologie wußte. Thompson, der unter dem unglückseligen Spitznamen «Schlange» litt, war ein Marine-Arzt, den eine dicke Freundschaft mit Ron Hubbards Vater verband und der ohne Zweifel einen beträchtlichen Einfluß auf den Jungen ausübte. «Angeregt durch Freuds Forschergeist und durch den Zuspruch des inzwischen verstorbenen Commander Thompson», heißt es auf dem Waschzettel einer vor kurzem erschienenen scientologischen Veröffentlichung, «ausgerüstet überdies mit der im Orient erworbenen Kenntnis von Phänomenen, die in der abendländischen Welt nicht allgemein bekannt sind, wandte Dr. Hubbard die Präzision der westlichen Technik auf die Erforschung und das Wirken des menschlichen Geistes an.»

Ein typisches Beispiel für jenen scientologischen Hang zur substanzlosen Selbstbeweihräucherung, der einem das Leben schwermacht, wenn man eine Geschichte der Bewegung schreiben will. Um was es sich bei den im Westen «nicht allgemein bekannten» Phänomenen handelt, ist unerfindlich, und worin die Präzision der westlichen Technik besteht, wird nirgends deutlich gemacht. Commander Thompson ist übrigens keineswegs die einzige geistige Potenz, von der Hubbard bekennt, daß sie ihm Hilfe und Inspiration gewesen sei. Im Vorwort seines Buches *Scientology 8-8008* gesteht er, daß es darüber hinaus noch ein paar andere große Denker gibt, denen er einige Ideen verdankt, wie zum Beispiel Aristoteles, Euklid, Newton, Jesus von Nazareth und Voltaire, um nur fünf zu nennen.

Der «Dr.» Hubbard auf dem oben zitierten Waschzettel stellt keinen Druckfehler dar. Im gleichen Text wird er als «Kernphysiker» und Ingenieur bezeichnet und außerdem mit dem Titel eines Doktors der Philosophie geschmückt. Derlei Aussagen halten einer genaueren Überprüfung nicht stand. Gleichwohl sind sie für unser Vorhaben interessant und wichtig, da sie deutlich machen, daß viele der Angaben über Hubbard und die Scientologie, die in den offiziellen Schriften der Bewegung gemacht werden, mit einer gehörigen Portion Skepsis zu betrachten sind. Welches nun sind die belegbaren Fakten im Hinblick auf Hubbards beruflichen und akademischen Werdegang?

Fest steht, daß Anfang der dreißiger Jahre ein Student namens Lafayette Ronald Hubbard an der Fakultät für Ingenieurwissenschaften der George Washington University in Washington DC eingeschrieben war. Offenbar jedoch bereitete ihm irgend etwas Probleme (mag sein, daß es die Präzision der westlichen Technik war). Denn nichts in den Universitätsakten deutet darauf hin, daß er sein Studium zu irgendeinem Abschluß gebracht hat. Allem Anschein nach ist er nicht einmal bis zum Schluß bei der Stange geblieben. Obwohl sich nirgends ein Beleg dafür findet, daß er Kernphysik oder irgend etwas anderes aus dem Bereich der Physik bis zum Examen studiert hat, hielt sich in Scientologen-Kreisen lange die Legende, daß er über profunde Kenntnisse auf diesem Gebiet verfüge.

So schien es Scientologen in keiner Weise unangemessen, daß er in den fünfziger Jahren – zu einer Zeit, da die allgemeine Angst vor radioaktiven Strahlen ihren Höhepunkt erreichte – als «Kernphysiker» ein Buch mit dem Titel *All About Radiation* [Alles über Strahlung] schrieb, das im Klappentext als ein Buch von entscheidender Bedeutung «für das Überleben Ihrer Besitztümer und Ihrer Familie sowie für die Zukunft dieses Planeten» gekennzeichnet wird. In diesem unwissenschaftlichen Werk veröffentlicht Hubbard, der sich auch als Experten für Vitamine zu betrachten scheint, die Formel für ein Präparat, das dazu dienen soll, die Anfälligkeit für Strahlenschäden zu verringern. Die Mischung nennt sich *«Dianazene»* und besteht aus:

Nikotinsäure	200 mg
Eisenbiglukonat	10 g
Vitamin B1	25 mg
Vitamin B2 (Riboflavin)	50 mg
Vitamin C (Ascorbinsäure)	200–500 mg
Dicalciumphosphat	23–35 g

Es handelt sich hier um eine harmlose Mischung aus Vitaminen, die – so Hubbards Empfehlung – «täglich, und zwar alle gleichzeitig, mit Kakao» eingenommen werden sollten. Es dürfte schwerfallen, mit naturwissenschaftlichen und medizinischen Argumenten darzutun, warum ausgerechnet diese Mischung einen wirksamen Schutz gegen Energiestrahlung bieten soll. Die Dianazin-Formel indessen ist nicht der erste Nachweis für das Interesse, das Hubbard den Vitaminen entgegenbrachte. Schon in den Kindertagen der Dianoetik überwarf sich Dr. Joseph Winters, der Obermediziner der Bewegung, wegen eines Vitamingebräus mit Hubbard, dessen Einnahme dieser seinen Anhängern dringend empfahl. Es sollte für die Anwendung der dianoetischen Methoden von großem Nutzen sein und hatte den phantasievollen Namen «GUK». Hubbards jüngste Errungenschaft ist, wie die Zeitschrift *Certainty*, Band 18, Nummer 7, vermeldet, die Entdeckung der Wirkungsweise des Aspirin. Pharmakologen in der ganzen Welt sind seit Jahrzehnten darum bemüht zu ergründen, wie der bemerkenswerte entzündungshemmende, fiebersenkende und schmerzlindernde Effekt der Acetylsalicylsäure (des Hauptbestandteils von Aspirin also) zustande kommt, und sie sind bislang kaum einen Schritt weitergekommen. Ob sie allerdings ihre Teströhrchen und Mikroskope beiseite legen werden, wenn sie Ron Hubbards Lösung hören, ist eine andere Frage. Es sieht so aus, als ob die Wirkung von Aspirin darauf zurückzuführen ist, daß es «die Fähigkeit des Thetans blockiert, die elektrische Leitfähigkeit der Nervenbahnen zu bewirken und zu unterbinden». Hubbard selbst hegt nicht den geringsten Zweifel an der Bedeutung seiner Entdeckung, von der er meint, sie könne «die medizinisch-biochemische Entdeckung des Jahrhunderts sein». Er erwartet indessen keinen Dank von der Wissenschaft und erklärt, es mache ihm nichts aus, wenn «die Nobelpreise auch weiterhin den Erfindern von Nasentropfen und neuen Tötungsmethoden» zugesprochen würden.

Was Hubbards Doktortitel betrifft, so wurde er ihm, wie zu erfahren ist, von der mit großen Worten gepriesenen «Sequoia University of California» verliehen – einem Institut, daß man vergeblich auf der Standardliste der amerikanischen Universitäten suchen wird, das jedoch unter gewissen Scharlatanen an der Westküste als Titelfabrik bekannt war, bei der man gegen eine angemessene Summe «Eignungszeugnisse» erwerben konnte. Manches spricht übrigens dafür, daß Ron Hubbard mancherlei Gelegenheit hatte, seine Beziehung zu der dubiosen Sequoia University zu bedauern. Denn sein Schwindel-Doktor wurde von bösen Kritikern nicht selten als Waffe gegen ihn benutzt – als eine Waffe zudem, gegen die er sich schwerlich zur Wehr setzen konnte. Am 8. März 1966 ließ er – wohl des Leidens um dieser sinnlosen Peinlichkeit willen müde, doch mit der für ihn typischen großen Geste – eine Anzeige in der Londoner *Times* erscheinen, in der er mit den folgenden Worten seinen Doktorgrad «ablegte»:

> «Ich, L. Ron Hubbard von Saint Hill Manor, East Grinstead, lege hiermit angesichts des Schadens, der unserer Gesellschaft mit Kernphysik und Psychiatrie durch Personen, die sich ‹Doktor› nennen, zugefügt wird, unter Protest meinen Universitätsgrad eines Doktors der Philosophie (Ph. D.) ab in der Erwar-

tung eines alsbaldigen öffentlichen Aufschreis gegen jeden, der sich ‹Doktor› nennt; und obwohl in keiner Weise mit Bomben, ‹psychiatrischer Behandlung› oder der Behandlung von Kranken befaßt, und in jedem Augenblick ausschließlich an der Philosophie interessiert sowie an der totalen Freiheit des menschlichen Geistes, wünsche ich keinerlei Gemeinsamkeit mit diesen Personen und tue dies öffentlich kund und ersuche meine Freunde und die Öffentlichkeit, mich auf keine Weise mehr mit diesem Titel in Verbindung zu bringen.»

Mit dieser für ihn charakteristischen Erklärung, die man nicht ohne Bewunderung lesen kann, gelang es ihm, eine Blöße in seiner Rüstung jedenfalls teilweise zu verdecken und gleichzeitig geschickt die Gelegenheit zu nutzen zu einem Schlag gegen die Psychiater, seine ewigen Widersacher. Nachdem wir die spärliche akademische Vergangenheit des Gründers der Scientologie ausgeleuchtet haben, wollen wir uns nunmehr ein wenig näher mit anderen interessanten Behauptungen befassen, die dazu beigetragen haben, sein Image als Mann von gewaltigen und weitreichenden Talenten aufzubauen. Es gibt deren viele, und eine darunter, die Behauptung nämlich, er sei ein Schriftsteller, beruht auf offenkundigen und durchaus unbestreitbaren Tatsachen. Darüber hinaus aber wird er häufig auch als Forschungsreisender bezeichnet, als Kriegsheld der Marine, als Philosoph, als Handelsschiffskapitän und – besonders seltsam – als «eine der treibenden Kräfte im amerikanischen Ringen um das Vordringen des Menschen in den Weltraum».

Was die Forschungsreisen betrifft, so läßt sich kaum bezweifeln, daß Hubbard ziemlich viel in der Welt herumgekommen ist. Neben dem Wanderleben, das seine Kindheit prägte, verdient in diesem Zusammenhang Erwähnung, daß er schon recht früh (Mitgliedsnummer 99) dem exklusiven Explorers Club [Club der Forschungsreisenden] in New York beitrat, und daß es im amerikanischen *Who's Who in the South and West* heißt, er habe die «Karibische Filmexpedition und die mineralogische Expedition nach Westindien im Jahre 1935» geleitet. Überdies war er, wie man liest, Leiter der «Rundfunkexpedition von 1940 nach Alaska», und er ist Mitglied der International Oceanographic Foundation. Nach Auskunft des Explorers Club leitete er «die erste vollständige mineralogische Kartierung von Puerto Rico in den Jahren 1932 und 1933» sowie eine «Expedition in die karibische See, die wertvolle Daten für das Hydrographische Amt und die Universität von Michigan erbrachte». Im Februar 1970 gab der Explorers Club bekannt, Hubbard sei «mit archäologischen Untersuchungen» im Mittelmeerraum beschäftigt.

In der Seefahrt, der Navigation und diversen anderen nautischen Disziplinen ist Ron Hubbard fraglos Experte. Die See übte stets eine große Faszination auf ihn aus, und zu Zeiten, da seine finanzielle Situation weniger erfreulich war als heutzutage, vertraute er einem guten Freund an, daß es einer der sehnlichsten Wünsche seines Lebens sei, eine eigene große Jacht zu besitzen, und daß er sich, sollte er je zu Geld kommen, als erstes eine solche Jacht kaufen werde. Es steht zu vermuten, daß dieser alte Wunsch seiner gegenwärtigen – und von allen Scientologen geteilten – Vorliebe für schwimmende Hauptquartiere mit dem Namen «Sea Orgs» zugrunde liegt, von denen später noch die Rede sein wird. Während des Krieges diente er als Leutnant in der Marine und kommandierte zeitweise eine Korvette, die zur U-Boot-Jagd im Pazifik eingesetzt war. Außerdem arbeitete er vorübergehend für den Nachrichtendienst der Marine. In dieser Zeit nahm er an einem vierwöchigen Kursus über militärische Führung in Princeton teil.

Ein besonders verworrener – und für die Mischung aus Blendwerk und Dunkelmännerei, die Hubbard und seine Vergangenheit umgibt, wiederum typischer – Aspekt seines Kriegserlebnisses ist die Frage der Verwundungen und Verletzungen, die er sich im Einsatz zuzog. Die scientologische Literatur und die Tonbänder von Hubbards öffentlichen Vorlesungen vermitteln einem häufig den Eindruck, daß er während seiner Dienstzeit bei der Marine schwer verwundet wurde. In einem offiziellen Bericht (einem Bericht freilich, der von einer scientologischen Organisation veröffentlicht wurde) heißt es, er sei bei Eintritt der USA in den Krieg auf den Philippinen eingesetzt und «Ende des Frühjahrs 1942 im Privatflugzeug des Marineministers als erster verwundeter Amerikaner aus dem Fernen Osten nach Hause geflogen» worden. Im gleichen Bericht liest man, bei Kriegsende sei Hubbard «wegen seines körperlichen Zustands zu den amphibischen Streitkräften im Pazifik versetzt worden». In anderen scientologischen Veröffentlichungen wiederum wird gesagt, er sei «am Ende des Krieges verkrüppelt und blind» gewesen. Dennoch habe er «seine philosophischen Studien wieder aufgenommen» und sei «durch seine Entdeckungen so vollständig gesundet, daß er 1949 wieder als voll kriegsverwendungsfähig eingestuft wurde». Man könne, so heißt es in dem gleichen Text weiter, «in den ärztlichen Berichten nachlesen, daß er zweimal für tot erklärt worden» sei. Hubbard selbst berichtet in der heute nur noch selten aufzutreibenden Schrift *Dianetics: Axioms,* die zuerst 1951 erschien, er habe ein Jahr lang (1945) in einem Marinehospital gelegen und diese Zeit «für das Studium des Proteins und endokriner Substanzen genutzt».

Angesichts dieser eindrucksvollen, wenn auch auf eine ärgerliche Weise ungenauen Angaben fällt es schwer, sich Klarheit zu verschaffen über Art und Ausmaß der Narben, die Hubbard im Dienste für das Vaterland davongetragen hat. Viele Scientologen glauben, daß Hubbard tatsächlich im Gefecht schwer verwundet wurde, und fest steht, daß die Veterans' Administration, die Fürsorgeverwaltung für Kriegsteilnehmer, angibt, er erhalte 160 Dollar im Monat als Ausgleich für körperliche Schäden, die er sich während des Zweiten Weltkriegs zugezogen habe. Die Liste der Schäden indessen, die ihn zu «40 % arbeitsunfähig» machen, lautet: Geschwür am Zwölffingerdarm, Schleimbeutelentzündung (rechte Schulter), Arthritis, Bindehautentzündung. Es ist nicht auszuschließen, daß einige dieser Leiden tatsächlich die Folge von einer oder mehreren Verwundungen sind, obgleich die Akten der Veterans' Administration darüber keine Auskunft geben. Nicht ohne Belang ist vielleicht der Hinweis, daß ein Sprecher des Marineministeriums erklärte, «eine Überprüfung der Akte von Mr. Hubbard ergibt keinerlei Anhaltspunkte dafür, daß er im Dienste der US-Marine verwundet wurde».

Auch sein angeblicher Beitrag zur amerikanischen Raumfahrt läßt sich kaum durch Fakten belegen. Die NASA war außerstande herauszufinden, worin der Beitrag Hubbards zu ihren Weltraumflügen bestehen könnte. Von seinen Anhängern werden Ron gleichwohl nicht selten Verdienste auf diesem Sektor zugesprochen. In einem lobhudelnden Artikel zum Beispiel, der kurz nach den ersten erfolgreichen Satelliten-Starts in der scientologischen Zeitschrift *Certainty* veröffentlicht wurde, schreibt ein gewisser Mr. Tom Esterbrook: «Ron bemühte sich neulich abend fünf Stunden lang, uns davon zu überzeugen, daß er mit künstlichen Monden nichts zu tun habe. Aber wissen Sie, welches die meistgelesenen Science Fiction-Autoren in Rußland sind? Jack London, H. G. Wells und L. Ron Hubbard.» Besonderer Beliebtheit, so Esterbrock, erfreue sich bei den Russen Rons 9000 Worte umfassender Aufsatz über «Monde», der 1946 in der amerikanischen Zeitschrift *Air Trails* abgedruckt wurde. «Die Russkis konnten die Sache wissenschaftlich erforschen, weil sie darüber gelesen hatten», schreibt er und impliziert damit allem Anschein nach, daß Hubbards Artikel das sowjetische Interesse an Sputniks ausgelöst habe.

Für den Fall, daß er seine scientologischen Kollegen auf diese Weise nicht von Hubbards bedeutendem (wenn auch bescheiden in Abrede gestellten) Beitrag zur Weltraumfahrt überzeugen konnte, hatte Esterbrook noch weitere Offenbarungen auf Lager. Warum, lautet seine rhetorische Frage, geschah es, daß Ron nur «48 Stunden bevor die Russen ihren Satelliten hochschossen, und 24 Stunden bevor an den amerikanischen Börsen die Aktien von Lenkraketen in den Keller sanken, eine riesige Menge solcher Aktien, die sich in seinem Besitz befanden, abstieß?» Esterbrooks Antwort: «Ron gab den Menschen eine Woche vor dem Start des fliegenden Mondes zu verstehen: ‹Die amerikanische Wissenschaft kann auf mancherlei Weise durch Schock in Bewegung gebracht werden›.»

Natürlich kann Hubbard genausowenig für die dümmlichen Schmeicheleien seiner Anhänger verantwortlich gemacht werden wie andere Messias-Gestalten. Die Sache hat indessen einen Aspekt, der es dem Betrachter erleichtert, die ganze Diskussion in eine Distanz zu rücken, aus der sie in einem eher komischen Licht erscheint. Wer, so könnte man fragen, ist jener unkritische Mr. Esterbrook, der mit so glühenden Worten die Verdienste des Gründers der Scientologie um die amerikanische und die russische Raumfahrt umschreibt? Die Beantwortung dieser Frage erweist sich als ein ziemlich kompliziertes Unterfangen. Nach Auskunft eines Sprechers der Scientologen diente der Name Tom Esterbrook verschiedenen Mitarbeitern der Zeitschriften *The Auditor* und *Certainty* als Pseudonym. Da der Sprecher angibt, «mindestens 10 Leute» hätten unter diesem Pseudonym geschrieben, werden wir vermutlich nie in der Lage sein, den Autor des Artikels zu identifizieren, in dem Hubbard mit den Sputniks in Verbindung gebracht wird. Der Zufall will es, daß L. Ron Hubbard höchstselbst zu denen gehörte, die sich des Künstlernamens Esterbrook besonders häufig bedienten – ein Umstand, der einigen wichtigen Mitgliedern der scientologischen Organisation aus jenen Tagen keineswegs verborgen blieb.

In der Tat ist «L. Ron» für alle Scientologen eine legendäre Gestalt, ein Mann mit überdurchschnittlichen Talenten und Qualitäten. Für sie ist er ein Philosoph erster Ordnung, literarisches, künstlerisches und wissenschaftliches Genie in einer Person. Vor allem aber ist er für sie ein mutiger Pionier der Erforschung jenes weiten unerschlossenen Bereichs des Universums, den man die menschliche Seele nennt. Ohne Zweifel ist er eine charismatische Persönlichkeit. Seine undefinierbare Anziehungskraft macht ihn zur zentralen Gestalt, wo immer sich Menschen versammeln. Überdies ist er ein überwältigender Redner und Schwadroneur, und eine Unterhaltung mit Hubbard ist nichts weniger als jener Prozeß des Austausches, der für die Scientologie von so fundamentaler Bedeutung ist. Seine rastlose Energie sorgt für einen langen Arbeitstag – er schläft nur wenig, steht sehr früh auf – und macht einen Teil jenes Unternehmungsgeistes aus, dessen es bedurfte, um eine große internationale Organisation zu gründen und weiterzuentwickeln. Er ist ein starker Raucher und hatte zweimal Lungenentzündung, was ihn dazu veranlaßt, sich sooft wie möglich in sonnigen Gegenden aufzuhalten. Darüber hinaus wird berichtet, daß Hubbard unter außerordentlich schlechten Zähnen zu leiden hat oder zumindest hatte. Dies wiederum führte – zusammen mit der Tatsache, daß er offenbar nie eine besondere Neigung verspürte, sich allzu lange auf Zahnarztstühlen aufzuhalten – dazu, daß er häufig von Zahnabszessen geplagt wurde. Ob diese Entzündungen in irgendeinem Zusammenhang mit der Veranlagung zu Geschwürbildungen steht, von der in seiner Marine-Personalakte die Rede ist, blieb bislang ungeklärt.

Noch heute, da er die Sechzig überschritten und sich zu einer wohlbeleibten Version seines früheren Ichs entwickelt hat, zeichnet er sich durch jene nie erlahmende Dynamik aus, die so viele Menschen bei Männern attraktiv finden, und er erfreut sich denn auch – durchaus plausibel – der Gesellschaft attraktiver Frauen. Er hatte drei Ehefrauen, und seine Beziehung zu mindestens zweien von ihnen darf als stürmisch bezeichnet werden. Seine erste Frau, Margaret Louise Grubb, geboren am 22. September 1907 in Beltsville in Maryland, schenkte ihm zwei Kinder: den Sohn «Nibs» und eine Tochter namens Katherine May. Nibs, der früher einmal zu den führenden Gestalten in der Welt der Scientologie gehörte*, sich inzwischen jedoch längst von der Bewegung gelöst hat, erinnert sich, daß die Ehe seiner Eltern turbulent und unglücklich war. Der bohemehafte Lebensstil des Vaters und sein wechselnder beruflicher Erfolg führten bei ihm zu ausgedehnten Phasen der Abwesenheit von Heim und Herd, und die finanzielle Situation der Familie war gekennzeichnet durch ein wildes Auf und Ab zwischen Gipfeln kurzlebigen, aber beträchtlichen Reichtums und Tälern eines der Armut sehr nahe kommenden Zustands. Die folgende Episode, an die sich

* Die Scientologen behaupten, daß Nibs trotz seiner Zugehörigkeit zur Familie niemals eine «führende Gestalt» in der Bewegung gewesen sei. Sie weisen überdies darauf hin, daß die Erklärungen, die er zu scientologischen Fragen abgegeben hat, gelegentlich widersprüchlich waren.

Nibs erinnert, ist typisch für das verrückte Leben, das die Hubbards zu jener Zeit führten. Nachdem der Vater wieder einmal für geraume Zeit fast völlig pleite gewesen war und die Familie wochenlang «von Bohnen gelebt» hatte, erhielt er von einem Verleger einen Scheck über 2800 Dollar. Mit dem eben geöffneten Umschlag in der Hand machte sich L. Ron schnurstracks auf den Weg zur örtlichen Bootswerft und kaufte eine Jacht, mit der er und seine Frau unverzüglich nach Alaska in See stachen. Mit den Jahren wurden die Perioden, die Hubbard fern vom heimischen Herd verbrachte, länger und länger – und die Beziehungen zu seiner Frau verschlechterten sich kontinuierlich. 1947 schließlich wurde die Scheidung eingereicht, und nach angemessener Zeit heiratete Hubbard Sarah Northrup, deren Name in der frühen Dianoetik-Literatur eine wichtige Rolle spielt. Nach allem, was man hört, war diese Ehe eine totale Katastrophe, und im Mai 1951 reichte seine zweite Frau die Scheidung ein. Sie behauptete unter anderem, Hubbard habe versucht, ihre gemeinsame Tochter, die dreizehn Monate alte Alexis, zu entführen, und die Zeitungen der Westküste waren zu jener Zeit voll von Schlagzeilen wie «Kult-Gründer angeklagt wegen Kindesentführung» und «Hat Autor der *Dianetics* Baby versteckt?» Die Erinnerung an diese Vorfälle scheint für L. Ron so schmerzlich zu sein, daß er mehr als einmal bestritten hat, überhaupt je mit Sarah Northrup verheiratet gewesen zu sein. So findet sich in *Dianetics: Axioms* der merkwürdige Hinweis auf eine Frau, die sich als seine Gattin «ausgegeben» habe, und die durch die Dianoetik von einer schweren Psychose geheilt worden sei, wenngleich sie aufgrund eines organischen Gehirnschadens vermutlich «nie ganz normal» sein werde. An einer späteren Stelle des Buches kommt er noch einmal auf sie zu sprechen, wobei er sie jetzt freilich als «die Frau» bezeichnet, «die meine Ehefrau gewesen war».

Einen Hinweis aus jüngerer Zeit darauf, daß er Sarah Northrup augenscheinlich aus seiner Erinnerung gestrichen hat, liefert ein Interview, das er dem Fernseh-Sender Granada für *World in Action*, eine Serie von Reportagen, gab. Das *World in Action*-Team sicherte sich einen Knüller, als es ihm im September 1968 gelang, Kameras auf Hubbards großem Boot im Mittelmeer zu installieren und ein dreistündiges Interview mit ihm selbst aufzunehmen. Erstaunlicherweise – oder ist es im Grunde gar nicht so erstaunlich – zogen sie zwar mit einigen tausend Metern Filmmaterial, aber mit nur wenigen Neuigkeiten über die Scientologie und ihren Gründer ab. Immerhin jedoch hielten sie auf ihren Tonbändern fest, wie er bestritt, zwischen seiner ersten, verstorbenen Ehefrau und seiner derzeitigen, Mary Sue, noch mit einer dritten Frau verheiratet gewesen zu sein.

Im gleichen Film fragten die Interviewer einen ehemaligen Scientologen, wie Hubbards Herde reagieren würde, wenn man sie auf einen solchen beweisbaren Irrtum – um nicht zu sagen: eindeutigen Schwindel – auf seiner Seite hinwiese. Das hänge, so die Antwort, davon ab, wie hoch die Betreffenden in der Bewegung rangierten und wie lange sie ihr bereits angehörten. Wer sich schon lange zu den Scientologen zähle, werde einfach nicht wagen, etwas anderes zu denken als das, was sich in Übereinstimmung befinde mit Hubbards Erklärungen.

Für solche Anhänger sei die Scientologie das wahre Universum, und Hubbards Erklärungen seien Tatsachen, ob sie nun im Widerspruch stünden zu Fakten der «äußeren» Welt oder nicht. Eine solche Haltung ist tragisch, ganz gleich, in welcher Sprache, in welchem Teil der Welt oder zu welchem Zeitpunkt in der Geschichte sie sich äußert.

Gewiß, einige seiner Erklärungen könnten nur von Spezialisten in Zweifel gezogen werden. Ein gutes Beispiel dafür ist die Behauptung, die sowjetische Regierung habe ihm – in Kenntnis der Tatsache, daß er mit irgendeiner bedeutsamen Forschungsarbeit befaßt war – im Jahre 1938 das Angebot gemacht, die Laboratorien Iwan Pawlows, des großen Physiologen, Akademie-Mitglieds und Entdeckers des bedingten Reflexes, zu übernehmen und ihn bei der Vollendung seines Werkes unter ihren Auspizien finanziell großzügig zu unterstützen. Ein erstaunliches Angebot, gelinde gesagt, wenn er auch in einem Brief davon berichtet, den er 1962 an Präsident Kennedy schrieb. Dennoch würden nur wenige Scientologen diese Geschichte bezweifeln, und die meisten von ihnen werden sie vermutlich ohne Nachdenken für bare Münze nehmen.

Es gibt indessen noch phantastischere Äußerungen von ihm, einige davon so absurd, daß man seinen Augen nicht traut, wenn man sie liest. An Stoff herrscht in dieser Hinsicht kein Mangel, aber es läßt sich kaum ein besseres Beispiel anführen als den berühmten Besuch im Himmel – ein Ereignis, von dem L. Ron in einem Bulletin berichtet, das am 11. Mai 1963 herausgegeben wurde. Darin erklärt er seinen Lesern, daß er zweimal im Himmel gewesen sei, und zwar zum erstenmal «43 891 832 611 177 Jahre, 344 Tage, 10 Stunden, 20 Minuten und 40 Sekunden vor 22.02$^{1}/_{2}$ Uhr hellichter mittlerer Sonnenzeit, den 9. Mai 1963». Die Tore fand er «formschön und solide gebaut. Eine von Heiligenstatuen gesäumte Allee führt zu ihnen hinauf. Die Torsäulen sind von Marmorengeln gekrönt. Die Eingangsgefilde sind sehr gepflegt und angelegt wie die Bush Gardens in Pasadena, die man so oft im Film sieht.»

Es scheint eine recht fade Szenerie gewesen zu sein. Äonen später, beim zweiten Besuch, hatte der Schauplatz seine besten Tage hinter sich: «Die Stätte ist verfallen», berichtet er uns, «die Vegetation dahin. Die Säulen sind geborsten. Die Heiligen sind verschwunden. Die Engel ebenso. Auf der einen Seite (der linken, wenn man hineingeht) steht ein Schild mit der Aufschrift: *Dies ist der Himmel.* Ein Schild zur rechten verkündet: *Hölle.*»

Hubbard ist, wie inzwischen deutlich werden sollte, ein professioneller Schreiber von großem Geschick, der in der Lage ist, eine beachtliche Skala von Themen und Stilen schriftstellerisch zu handhaben. Seine ersten Erfolge auf dem literarischen Sektor konnte er, lange bevor die Dianoetik auf eine nichtsahnende Welt losgelassen wurde, in den dreißiger Jahren für sich verbuchen, als er damit begann (unter dem ziemlich plumpen Pseudonym Winchester Remington Colt), eine lange Reihe Groschenhefttexte einschließlich Western-Stories, Abenteuergeschichten dieser und jener Art und selbst Romane der Spezies «Liebe und Leid» zu verzapfen. Darüber hinaus erledigte er zahlreiche Auftragsarbeiten für die Filmdrehbuch-Mühle von Hollywood und verdiente zeitweilig 500 Dollar in der Woche, indem er dabei half, die Kinogier der Öffentlichkeit zu befriedigen. Gegen Ende der dreißiger Jahre, als Hubbard in den Gefilden des New Yorker Greenwich Village als literarische Gestalt mittleren Kalibers galt – die sich, wie Bekannte aus jener Zeit berichten, durch ihre Vorliebe für wehende Capes und andere seltsame Gewänder auszeichnete –, ging er dazu über, unter eigenem Namen wie auch unter den Pseudonymen Kurt von Rachen und René Lafayette eine Serie von flotten Science Fiction-Stories zu produzieren, die ihm international den Ruf einbrachten, zu den führenden Autoren dieses expandierenden Genres zu gehören. Der erste dieser Texte war eine Kurzgeschichte mit dem Titel *The Dangerous Dimension* [Die gefährliche Dimension], auf die der Roman *The Tramp* folgte. Beide Texte kreisen um das Thema paranormaler menschlicher Kräfte wie der Überwindung von Raum und Zeit und der Fähigkeit des Geistes, aus der Distanz auf andere Menschen einzuwirken. Das sind, wie wir noch sehen werden, Vorstellungen, die auch in der scientologischen Philosophie eine wesentliche Rolle spielen. Eine andere Sorte von Science Fiction aus Hubbards Feder ist gekennzeichnet durch Erzählungen, wie sie heutzutage von Fans oft der Kategorie *«Sword and Sorcery»* [Schwert und Schwarze Kunst] zugeordnet werden. In ihnen sausen schöne, muskulöse Männer von hoher Intelligenz, bewaffnet mit Schwertern und magischen Kräften, im Weltraum umher und kämpfen mit Piratenraumschiffen, mit Drachen und mit hexerischen Wissenschaftlern, um hübsche Fräuleins zu retten. In den Helden vieler dieser Geschichten meint man Ron Hubbard persönlich wiederzuerkennen. Es fehlt weder das rote Haar noch der ausgeprägte Hang zur Geschwätzigkeit. Andere Erzählungen entsprechen mehr der Science Fiction-Tradition jener Jahre. Zu ihnen gehört beispielsweise *Beyond the Black Nebula* [Jenseits der schwarzen Nebel], in der eine auf Miniaturformat reduzierte Armee im Magen eines Wurms eine gewaltige Schlacht gegen Phagocyten schlägt.

Sein erstaunlicher Ausstoß an literarischen Produkten erregte, wie sein Sohn Nibs berichtet, den Neid seiner Berufskollegen. Seine Methode bestand darin, sich für ein oder zwei Tage mit einer Schreibmaschine – er war in der Lage, mit zwei Fingern neunzig Worte in der Minute zu schreiben – einzuschließen, um dann mit einem fix und fertigen, verkaufbaren Manuskript wieder zum Vorschein zu kommen, das die allererste Niederschrift darstellte! Auf diese Weise schrieb er nicht nur den 1943 veröffentlichten Roman *Fear* [Furcht], den viele Kritiker als sein erzählerisches Meisterwerk betrachten, sondern auch das Manuskript von *Dianetics: The Modern Science of Mental Health* [Dianoetik: Die moderne Wissenschaft von der seelischen Gesundheit], das ihm weit über die Grenzen der Science Fiction-Gemeinde hinaus zu Ruhm verhelfen sollte. Bezeichnenderweise jedoch fand die Dianoetik ihre erste Plattform in *Astounding Science Fiction*, dem führenden Science Fiction-Magazin jener Zeit. Um sich eine Vorstellung davon zu verschaffen, warum diese Zeitschrift für den Erfolg des Textes so bedeutsam werden konnte, muß man sich vergegenwärtigen, welche Rolle damals die Science Fiction als Vermittler und Filter hemmungslosen intellektuellen Spekulierens spielte.

Viele Menschen, die diese Literaturgattung nie allzu ernst genommen haben, denken bei dem Wort Science Fiction an Geschichten von der Art der Flash Gordon-Comics – Raketen im Weltraum-Einsatz gegen finstere, bärtige Raumtyrannen mit Namen wie Krang, Vargon usw. im Kampf um die Monde des Mars. Tatsache ist, daß diese Art von Western Stories des zwanzigsten Jahrhunderts seit den dreißiger Jahren nie die bevorzugte Lektüre ernsthafter Science Fiction-Anhänger gewesen ist und auch heutzutage nur für die jüngsten unter ihnen verfaßt wird.

Etwa von 1940 an versorgten die Science Fiction-Magazine ihr wachsendes Heer von Lesern mit einer immer anspruchsvoller werdenden Kost. Die Autoren, von denen viele als Wissenschaftler tätig waren, knüpften geschickt an die technologischen Entwicklungen der Zeit an und projizierten sie in die Zukunft. Und es konnte durchaus geschehen, daß ihre Voraussagen nur zu genau waren. Eine Erzählung zum Beispiel, die 1943 in *Astounding Science Fiction* veröffentlicht wurde, antizipierte so eindeutig die Entwicklung einer Kernwaffe, daß der Autor Besuch von Männern der Federal Security Agency bekam, die glaubten, er habe Kenntnis von dem streng geheimen Manhattan-Projekt erhalten. Gegen Ende des Krieges, als der Durchschnittsbürger erst sehr oberflächliche Kenntnisse von dem hatte, was in Hiroshima und Peenemünde geschehen war, verschlangen Science Fiction-Fans bereits mit Wonne Stories über die sozialen Probleme einer von einem Atomkrieg heimgesuchten Welt und lasen gelehrte Aufsätze über die Nutzlast, die durch eine Weiterentwicklung der bereits existierenden V2 auf den Mond befördert werden könnte. Die Vorstellung eines sprechenden, denkenden und sterblichen Computers – mit der in jüngster Zeit Stanley Kubricks Weltraum-Oper, der Film *2001*, das Publikum so stark beeindruckt hat – war für Science Fiction-Leser schon vor zwanzig Jahren ein alter Hut, und Worte wie «Psychokinese», «künstliche Schwerkraft», «analog» und «digital» gehörten zu ihrer Umgangssprache.

Unter den Magazinen, die in jenen halkyonischen Tagen erschienen, gab es keines, das in bezug auf Umfang und Qualität des Materials sowie auf den intellektuellen Anspruch seiner Beiträge an *Astounding Science Fiction* heranreichte. Seine Leserschaft ging zeitweilig in die Hunderttausende, und man weiß, daß auch einige der führenden Wissenschaftler der Zeit dazu gehörten. Der Mann, dem solcher Erfolg zuzuschreiben war und der gleichzeitig zu den einflußreichsten Gestalten in diesem Bereich gehörte, war der Herausgeber John Campbell. Er war auch der Mann, der Hubbard zu seinem großen Durchbruch verhalf, und darum dürfte er einiges zu unserem Thema beizutragen haben.

Campbell, der 1971 starb, war ursprünglich selber Science Fiction-Autor. Er war überdies ein fähiger und einfallsreicher Herausgeber, der sich durch seine Toleranz gegenüber dem Ausgefallenen und dem beargwöhnten Sonderling auszeichnete – ein Zug, der dazu führte, daß er einerseits mit einigen spektakulären Knüllern aufwarten konnte, anderseits aber manchen Unsinn sanktionierte. Es gehörte zur Tradition des Magazins, daß der Aufmacher jeder Nummer ein Leitartikel aus seiner Feder war, und für die meisten der Leser waren diese Leitartikel stets die Hauptattraktion. In ihnen pflegte Campbell umstrittene wissenschaftliche, philosophische oder sogar politische Themen zu diskutieren, wobei er geschickt Ideen und Gedankengänge aufgriff, die bis dahin unausgesprochen in den Köpfen seiner Leser geschlummert hatten. Die Skala der Probleme, mit denen er sich befaßte, reichte von dem Vorurteil der Wissenschaftler gegenüber übersinnlichen Wahrnehmungen bis zu den Möglichkeiten des Betriebs von Meeresfarmen.

Für viele der jungen Science Fiction-Anhänger von damals war John Campbell der wichtigste Schriftsteller der Welt, Befruchter des Intellekts, Befreier des Geistes und Vaterfigur in Personalunion. Seine wissenschaftliche Ausbildung war, wenn auch nicht außergewöhnlich, so doch solide. Er studierte am Massachusetts Institute of Technology, machte sein Diplom an der Duke University und arbeitete später für kurze Zeit in den Laboratorien von Mack Trucks Inc. Zu seinen Freunden zählten einige der bekanntesten Forscher der Vereinigten Staaten.

Jahrelang war Campbell mit Hubbard bekannt gewesen und hatte einige seiner ausgezeichneten Science Fiction-Texte veröffentlicht. Irgendwann im Jahre 1949 war sein Interesse an den neuen philosophischen und psychologischen Ideen, mit denen Hubbard hausieren ging, so groß geworden, daß er sich entschloß, mit ihnen zu experimentieren. Und er gehörte zu den ersten, die herausfanden, daß in diesen Ideen ein aufregendes neues System der Psychotherapie schlummerte. Er war schließlich auch einer der ersten, die von diesem Umstand profitierten. Denn noch im gleichen Jahr unterzog er sich einer dianoetischen Behandlung und stellte anschließend zu seinem größten Erstaunen fest, daß er allem Anschein nach völlig von einer chronischen Nebenhöhlenentzündung geheilt war, die ihn seit Jahren gequält hatte.*

Um die Weihnachtszeit jenes Jahres verkündeten die Buschtrommeln, daß Hubbard in Kürze mit einer Sensation aufwarten werde, und in der April-Nummer 1950 der *Astounding Science Fiction* wurden zusammen mit der Ankündigung des Erscheinens erste De-

* Als der Autor Campbell 1969 in New York begegnete, klagte dieser über seine Nebenhöhlenentzündung und zog von Zeit zu Zeit einen Tascheninhalator hervor, um tief zu inhalieren. Die «Heilung» war offenbar nicht von Dauer gewesen.

tails preisgegeben. In einer Vorbesprechung schrieb Campbell:

«Die im nächsten Monat erscheinende Ausgabe wird, glaube ich, überall im Lande wie eine Bombe einschlagen. Sie wird einen Aufsatz von sechzehntausend Worten enthalten mit dem Titel ‹Dianoetik ... Einführung in eine Neue Wissenschaft›, dessen Verfasser L. Ron Hubbard ist. Das Material wird meines Wissens hier zum erstenmal veröffentlicht werden. Ich versichere Ihnen nachdrücklich und mit voller Überzeugung, daß es sich hier um einen der wichtigsten Aufsätze handelt, der jemals gedruckt worden ist. Darin berichtet Hubbard über seine eigenen steuerungstechnischen Forschungen zu dem Problemkreis ‹Wie funktioniert der menschliche Geist?› Der Artikel stellt fundamentale Entdeckungen von ungeheurer Tragweite vor.»

Im gleichen hymnischen Ton fährt Campbell fort:

«Hier geht es weder um wilde Spekulationen noch um Mystik, sondern hier geht es um eine nüchtern exakte Funktionsbeschreibung des menschlichen Geistes und darum, wie etwaige Funktionsstörungen zu beheben sind. Die Richtigkeit der neuen Theorie wurde im praktischen Test in rund zweihundertundfünfzig Fällen bewiesen. Der Artikel läuft auf die eine große These hinaus: Die aus dieser Funktionsbeschreibung logisch abgeleiteten Methoden *bewähren sich in der Praxis!* Die Technik der Gedächtnisstimulation ist so wirkungsvoll, daß sich die meisten Menschen schon dreißig Minuten nach Beginn der Therapie an ihre eigene Geburt in allen Einzelheiten erinnern. Ich habe das selbst in der Praxis beobachtet und die Techniken selber angewendet.»

Nach einer solchen Propaganda war es kein Wunder, daß die Mai-Ausgabe der *Astounding Science Fiction* schon am Tage ihres Erscheinens praktisch bis auf das letzte Exemplar verkauft wurde. Der Aufsatz selbst war ein seltsames Produkt, eine hastige Folge von atemlosen Sätzen, gespickt mit Ausrufungszeichen, «ganz und gar», so ein Kritiker von damals, «wie eine Fußballreportage». Seine inhaltliche Aussage indessen war unzweideutig und einfach. In der Psychotherapie sei ein dramatischer Durchbruch gelungen. Nach Jahren der Forschung, in deren Verlauf eine Reihe von wichtigen Erkenntnissen hätten gesammelt werden können, seien neue Methoden entdeckt worden, mit deren Hilfe es auf eine sensationelle Weise möglich sei, zu den Wurzeln psychosomatischer – und selbst einiger rein somatischer – Leiden vorzudringen. Diese Methoden, die alle unter dem Begriff Dianoetik zusammengefaßt würden, seien derart wirksam, daß Patienten schon nach wenigen Stunden des «Auditierens»* [*«auditing»*] (so die Bezeichnung für den Behandlungsablauf, der später auch mit dem etwas unglücklichen Terminus *processing* [= etwa: «Verarbeitung»] umschrieben wurde) von Krankheiten befreit seien, bei denen die herkömmliche Medizin und Psychiatrie oft auch nach Jahren keinerlei Behandlungserfolge hätten erzielen können.

Überdies waren diese Methoden einfach, leicht zu beschreiben und leicht zu lehren. Mit einem Minimum an erklärenden Worten konnten sie jedem mehr oder weniger normalen Menschen zugänglich gemacht werden. Und schließlich wurde in dem Aufsatz (wieder und wieder) betont, daß sie funktionierten – ein Umstand, von dem sich die Zweifler persönlich überzeugen könnten.

Kein fruchtbarerer Boden hätte für die Veröffentlichung eines solchen Textes gewählt werden können. Eine Flut von Anrufen und Briefen brach über den Verlag herein (2000 Briefe in der ersten Woche), und als kurz darauf Hubbards Buch *Dianetics: The Modern Science of Mental Health* erschien, gelangte es über Nacht auf die Bestseller-Liste. Im wesentlichen ist dieses Buch eine beträchtlich erweiterte Version des Artikels im *Astounding Science Fiction,* die in der Argumentation etwas – wenn auch nicht viel – überzeugender und darüber hinaus mit einer Reihe von «Fallbeispielen» angereichert ist. Daneben bietet das Buch hinreichend Informationen, um die Leser in die Lage zu versetzen, die Prinzipien der Dianoetik aneinander zu erproben, und sagt genügend aus über die «philosophischen» Grundgedanken des Systems, um alle die -zigtausend Amateur-Psychologen neugierig zu machen, die eh und je zum Stammpublikum von Science Fiction gehören.

Für solche Leute – wundergierig und vielfach geradezu versessen auf psychische Abnormitäten, doch ohne die nötige wissenschaftliche Ausbildung in Psychiatrie oder Psychotherapie – brach mit der Geburt der Dianoetik das Goldene Zeitalter an. Von nun an konnte *jeder* Psychotherapie betreiben, und zwar bei weitem kompetenter und erfolgreicher als die stümperhaften Psychologen, die in der Vergangenheit die Szene beherrscht hatten. Noch angenehmer war es, daß man es nicht mehr nötig hatte, sich jahrelang an Universitäten herumzudrücken, langweilige Vorlesungen anzuhören und staubige Wälzer durchzuackern. Ein paar Stunden Dianoetik, und man war ein praktizierender Dianoetiker, der Resultate vorweisen konnte.

* Dianoëtik nach griechisch *dianoéo* «ich habe im Sinn, ich denke». «Auditieren» gebildet nach «Audition» = inneres Hören einer übernatürlichen Stimme. (Anm. d. Übers.)

Das war ohne Zweifel die Vorstellung, die Hubbards ungeheuer erfolgreiches Buch erweckte, und ein paar Wochen später schon war die Dianoetik überall in den USA zur großen Mode geworden. Im August gab der Verlag Hermitage House bekannt, daß von dem Buch, das 4 Dollar kostete, nach wie vor 1000 Exemplare pro Tag verkauft würden, und daß selbst die in begrenzter Auflage gedruckte Lederausgabe für 25 Dollar das Stück inzwischen vergriffen sei. Man fragt sich, wieweit der Autor und Schöpfer dieser Lehre eine solche Entwicklung geahnt haben konnte, als er auf seiner elektrischen Schreibmaschine – einer Spezialanfertigung mit besonderen Tasten für Wörter wie *and*, *the*, usw. – vor sich hinhämmerte, um das Buch zusammenzuschreiben, das ihn mit einem Schlag berühmt machen sollte. Er behauptet, das Manuskript innerhalb von drei Wochen geschrieben zu haben, und der atemlose Stil deutet darauf hin, daß dies durchaus zutreffen könnte. Was aber sind denn nun eigentlich die Offenbarungen, die den ganzen Trubel auslösten und die noch heute ihre Wirkung tun?

Es zeigt sich, daß die Prinzipien der Dianoetik entwaffnend einfach sind, praktisch und von einer naiven Genauigkeit, die, unterstützt durch die dreist-zuversichtlichen Erklärungen ihres Urhebers, bei dem Neuling den flüchtigen Eindruck erwecken, daß sie eigentlich gar nicht falsch sein können. Bei genauerem Hinsehen stellt sich dann allerdings heraus, daß die Genauigkeit nur oberflächlich und die Argumentation entweder unvollständig oder widersprüchlich ist. Überdies merkt man nicht eben selten, daß das, was als wichtige neue Entdeckung oder als großer theoretischer Fortschritt dargeboten wird, nichts anderes ist als längst bekannte Versatzstücke aus Psychologie und Psychoanalyse, die in einen verführerischen neuen Fachjargon gekleidet wurden.

Descartes' gute alte Unterscheidung zwischen Körper (res extensa) und Geist (res cogitans) wird beibehalten und mit großem Nachdruck verteidigt. Der Geist kontrolliert die Nervenbahnen im Gehirn wie der Weichensteller in seinem Stellwerk die Eisenbahnen, und das Gehirn wiederum kontrolliert den Körper. Der Geist selbst ist in zwei verschiedene Entitäten aufgeteilt, die analytische und die reaktive. Der analytische Geist entspricht dem Bewußtsein der Freudschen Terminologie und wird von Hubbard – dank seiner oberflächlichen Kenntnis von elektronischer Datenverarbeitung – mit einem Computer verglichen. Er verarbeitet die Daten, die ihm eingefüttert werden, mit großer Präzision, und beim normalen Menschen führt das zu einer raschen und angemessenen Reaktion auf

Ereignisse in der Umwelt. Unglückseligerweise schaltet sich häufig der reaktive Geist – der sich durch eine gewisse Verwandtschaft mit dem Freudschen Unbewußten auszeichnet – ein, um alles durcheinanderzubringen und so den Menschen zu veranlassen, in bestimmten Situationen völlig unpassend zu reagieren. Solche unpassenden Reaktionen werden von Hubbard «Abweichungen» (*aberrations*) genannt und entsprechen in vieler Hinsicht den Neurosen und Psychosen der anerkannten Psychopathologie.

Die Sache mit den «Abweichungen» ist interessant. Unter normalen Verhältnissen, wenn der analytische Geist voll einsatzfähig ist, speichert und verarbeitet er alles, was die Sinne aufnehmen, und reagiert angemessen. In Augenblicken der Unbewußtheit jedoch oder der heftigen gefühlsmäßigen Erregung hört der analytische Geist auf, richtig zu funktionieren, und der reaktive Geist, der bis dahin dumpf und tatenlos vor sich hingebrütet hat, kommt augenblicklich ins Spiel. Unverzüglich macht er sich daran, gerade diejenigen Einsprengsel jener – in der Regel alarmierenden – Erlebnisse zu registrieren, die die Bewußtlosigkeit des analytischen Geistes verursacht haben, und speichert sie in Gestalt von nicht näher beschriebenen Spuren, «Engramme» genannt. Mit der Rückkehr des Bewußtseins und des «normalen» Funktionierens tritt der analytische Geist wieder auf den Plan, der inzwischen sein traumatisches Erlebnis «vergessen» hat. In den Datenbänken des reaktiven Geistes jedoch ist dieses Erlebnis unverlierbar gespeichert.

Solche Engramme (hier handelt es sich nicht um eine Hubbard-Wortschöpfung, sondern um einen nützlichen Fachbegriff aus der Neurophysiologie, wo man damit die Erinnerungsspur bezeichnet) sind oft außerordentlich komplex und bestehen nicht nur aus dem traumatischen Erlebnis selbst, das die Bewußtlosigkeit verursacht hat – wie etwa ein Kinnhaken oder eine Narkose –, sondern überdies aus allen Sinneswahrnehmungen, die im Augenblick des Erlebnisses registriert wurden. Wird zum Beispiel jemand von einem Auto überfahren, so enthält das Engramm auch das Kreischen der Bremsen, den Ton der Hupe, das Reden der Passanten, das Heulen der Krankenwagensirene und selbst den Gefühlseindruck des Straßenpflasters unter dem Körper des Bewußtlosen.

Der reaktive Geist wird demnach zu einer Art Abstellraum, der gefüllt ist mit unliebsamem Plunder (man beachte auch hier die Ähnlichkeit mit Freuds Vorstellungen vom Unbewußten), und – was noch schlimmer ist – dieser Abfall bleibt virulent. Denn die Engramme behalten während des ganzen Lebens ihre unheilvolle Kraft und lassen sie durchbrechen, sooft sich in den Umweltbedingungen ein Aspekt oder mehrere der ursprünglichen traumatischen Situation wiederholt. Auf diese Weise kann ein Mensch ständig belastet sein durch irgendein seltsames Erlebnis, das im reaktiven Geist gespeichert ist und sich in einer Neurose oder gar in einem körperlichen Leiden manifestiert hat. Und eine der frühesten Lehren der Dianoetik besagt in der Tat, daß alle Neurosen und Psychosen und wahrscheinlich sogar schwere körperliche Erkrankungen wie Krebs durch Engramme bewirkt werden.

Bis zu diesem Punkt mag man den Eindruck haben, daß Hubbards Theorie nur wenig über jene Theorie der durch verdrängte Erinnerungen an körperliche und seelische Traumata verursachten psychosomatischen Erkrankungen hinausging, die Sigmund Freud fast hundert Jahre früher zu entwickeln begann. Der Gedanke des vorgeburtlichen Engramms indessen zeigt, daß die Dianoetik mehr zu bieten hat. Auch diese Vorstellung ist einfach, wenngleich phantastisch.

Aufgrund seiner «Forschungen» gelangte Hubbard zu der Überzeugung, daß Engramme nicht nur in der Kindheit und im Erwachsenenleben eines Menschen entstehen, sondern auch bereits in jener Phase, in der sich der Fötus im Mutterleib entwickelt. In diesem Zeitraum, so Hubbard, könne der reaktive Geist traumatische Erlebnisse registrieren, während der analytische Geist sich noch in den Anfängen seiner Entwicklung befinde. Solche Erlebnisse könnten zum Beispiel Schläge sein, die der Ehemann seiner Frau während der Schwangerschaft verabreiche, oder heftige Auseinandersetzungen, in deren Verlauf sich die Drohungen oder Gemeinheiten der einen oder der anderen Seite tief in die Datenbänke des Ungeborenen einprägen könnten, um im späteren Leben des Betroffenen mit ermüdender Häufigkeit wiederaufzutauchen.

Die Vorstellung von Frieden, die wir normalerweise mit der Entwicklung im Mutterleib verbinden, ist nach Ansicht der Dianoetiker eine Illusion. Das arme Baby wird anscheinend vielmehr durch Püffe und Stöße, durch heftigen Geschlechtsverkehr oder dadurch, daß die Mutter Möbelstücke anrempelt, mehr oder weniger kontinuierlich bewußtlos geschlagen. Und all diese Vorfälle werden natürlich als Engramme in dem empfänglichen Geist des Kleinen gelagert. Wie genau der reaktive Geist sein Informationsmaterial speichert und wie überwältigend stark er es später wieder ins Spiel bringt, veranschaulicht eine Krankengeschichte, die bei der «Bearbeitung» eines Kleptomanen erstellt wurde. Bei der routinemäßigen Durchforschung der reaktiven Datenbänke stieß man auf die Erinnerung daran, wie der Vater die Mutter während der Schwangerschaft schlug und dabei schrie: «Da, nimm das! Und da hast du noch was! Wann wirst du's endlich geschnappt haben?!» – Aufforderungen, die unweigerlich vom reaktiven Geist des Fötus gespeichert wurden und im späteren Leben Gehorsam heischten.

Die Technik der Therapie ist – oder war zumindest in den Anfängen – über die Maßen einfach. Der Patient lag entspannt auf einer Couch und plauderte auf die eindringlichen Fragen des Therapeuten – des Auditors, wie er bei den Dianoetikern und Scientologen genannt wird – alles daher, was ihm in den Sinn kam. Durch entsprechende Fragen des Auditors pflegte sich diese Plauderei schon bald Bereichen zu nähern, die es wert schienen, sich auf sie zu konzentrieren. Verriet das Aussehen und Verhalten des Patienten sodann Unruhe – spürte er einen seltsamen Schmerz in verschiedenen Körperteilen, schwitzte, stöhnte und ächzte er oder ließ er ein hysterisches Lachen vernehmen –, so wußte der Auditor, daß er einem Engramm auf der Spur war. Die Konfrontation des Patienten mit der Erinnerung führt dazu, daß diese Erinnerung aus seiner reaktiven Datenbank herausgerissen und gelöscht wird – ein Vorgang, der zu seiner Befreiung von dem jeweiligen Leiden führt. Mit der Löschung des Engramms ist der Punkt erreicht, an dem die Nebenhöhlenentzündung verschwindet, die Rückenschmerzen aufhören, die fünfundzwanzig Jahre alte Akne sich verflüchtigt oder das Stottern auf wundersame Weise nachläßt.

Viele Berichte von damals – man denke etwa an John Campbells eigene Aussagen – unterstreichen die außerordentlichen Erfolge, die mit der dianoetischen Therapie durch solche Vergegenwärtigungen alter Traumata erzielt wurden. Leider machten sich die Symptome, die theoretisch für alle Zeit überwunden waren, häufig nach einer gewissen Zeit – sei es bereits nach einem Tag oder nach zwei Jahren – in ihrer ganzen Heftigkeit wieder bemerkbar, und es wurde offenkundig, daß eine neue, etwas weniger einfache und weniger allumfassende Theorie ersonnen werden mußte. Erstaunlicherweise dauerte es eine beträchtliche Zeit, bis diese Erkenntnis die Dianoetik-Schwärmerei beeinträchtigte. Und als dies schließlich geschah, konnte Hubbard bereits mit anderem Material aufwarten. Die neuen Theorien aber verbreiteten sich so schnell, und das Selbstvertrauen, das ihr Schöpfer mitsamt seinen Anhängern ausstrahlte, war so überwältigend, daß in der Tat Hunderttausende von Menschen – darunter zahlreiche intelligente und gebildete Personen – für die Bewegung gewonnen wurden.

2. Kapitel
Erinnerungen an vergangene Leben

1950 hatte sich L. R. Hubbard zu einer nationalen Berühmtheit entwickelt. Er wurde glänzend mit dieser Situation fertig, genoß es, ein bekannter Mann zu sein, brachte in rascher Folge neue Abhandlungen zu Papier, die seine ursprüngliche These ergänzen sollten, und versuchte zugleich, die Risse zuzukitten, die nach und nach in der Logik dieser These sichtbar wurden. Der Erfolg seines Buches (von dem mehr als eine Million Exemplare verkauft wurden) hatte ihm eine Menge Geld eingebracht, das er unverzüglich für die Gründung von Forschungszentren für Dianoetik in allen Teilen des Landes verwandte. Das erste und in der Frühphase berühmteste dieser Zentren wurde in Elizabeth in New Jersey ins Leben gerufen und von einer erstaunlichen Kollektion von Individuen bevölkert, die sich wechselseitig wie wild analysierten und Ad hoc-Vorlesungen von unglaublicher Länge lauschten. Einige von ihnen waren einsame Neurotiker, die sich von den Methoden der Dianoetik Hilfe versprachen. Daneben konnte man Science Fiction-Autoren begegnen wie etwa dem glänzenden Schreiber A. E. Van Vogt oder Gestalten wie John Campbell – dem damals langsam bewußt geworden sein muß, auf was er sich eingelassen hatte – und nicht zuletzt ein paar Gelehrten wie dem Politikwissenschaftler Professor F. L. Schuman aus Massachusetts (der mit seinem Bekenntnis zur Dianoetik in der Wochenzeitschrift *New Republic* das Risiko einging, sich bei seinen Kollegen an der Universität lächerlich zu machen). Sogar der eine oder andere Naturwissenschaftler und Mathematiker war zumindest fasziniert von der Show, die Hubbard machte.

Auch Geschäftsleute gab es, auf die die Dianoetik eine starke Anziehungskraft ausübte. Es dauerte nicht lange, bis mindestens zwei Millionäre sich mit großer Begeisterung der Bewegung angeschlossen hatten. Einer von ihnen war der Ölkönig Don Purcell, der Hubbards Imperium beträchtlich ausdehnte, indem er ihm ein prächtiges neues Hauptquartier in Wichita in Kansas erbauen ließ. Hier klapperten in kostspielig eingerichteten Büros Sekretärinnen auf ihren Schreibmaschinen vor sich hin, Telefone klingelten ununterbrochen, und alle Zeichen verrieten, daß das Geschäft florierte. In einem speziell für diesen Zweck erstellten Hörsaal hielt Ron Hubbard gegen ein Honorar von jeweils 100 Dollar (das Purcell bezahlte) täglich vor vollem Haus eine Vorlesung.

Aber auch in anderen Teilen des Landes wartete das Publikum ungeduldig auf die Worte des Meisters, der zwischen West- und Ostküste hin- und herflog, vor begeisterten Zuhörern sprach und eine Schar von Sensationslüsternen, Schmeichlern, Fanatikern, Nassauern und überdies eine beträchtliche Zahl von durchaus ehrbaren Menschen um sich versammelte, die meinten, daß Hubbard tatsächlich zu bedeutenden Erkenntnissen gelangt sei. Denn trotz der Aura von Klamauk, die sich rasch um Hubbard und seine Schöpfung gebildet hatte, gab es zu jener Zeit eine kurze, aber unleugbare Phase, in der die Welt der Psychologie bebte. War es möglich, war es auch nur vorstellbar, daß dieser extravertierte, wissenschaftlich unqualifizierte Phantast Methoden entwickelt hatte, die funktionierten, und daß er wirklich den Stein der Weisen gefunden hatte?

Hubbard selbst war offenbar überzeugt davon. Denn gleich zu Beginn der Zusammenfassung seines ersten Buches heißt es von der Dianoetik, sie sei «ein Meilenstein für die Menschheit, vergleichbar der Entdeckung des Feuers und bedeutender noch als die Erfindung des Rades und des Gewölbes». Gleichwohl muß ihm klargewesen sein, daß er vorerst nicht auf seinen Lorbeeren ausruhen durfte.

Dank intensiver Forschungen wurde das Feld der Dianoetik kontinuierlich erweitert, und der Begriff des «Clear» – des «Geklärten» – gewann besondere Bedeutung. Dieser Begriff wird in der modernen scientologischen Literatur bis zum Überdruß strapaziert, und er trägt beträchtlich zur Verwirrung jener ganz gewöhnlichen Menschen bei, denen der komplizierte Fachjargon des Kults nicht geläufig ist. Hinzu kommt, daß sich der Inhalt des Begriffs im Laufe der Jahre erheblich gewandelt hat.

Wie bereits erwähnt, machte sich der Auditor bei der Therapie auf die Suche nach den Engrammen des Patienten und entfernte sie aus der Datenbank des reaktiven Gedächtnisses, indem er diesen Patienten veranlaßte, sich ihnen zu stellen oder «sie zu durchdringen». Im gleichen Maße, in dem die einzelnen Engramme der Vergessenheit anheimfielen, befreite sich der Patient von den endlosen körperlichen und seelischen Leiden, die sie verursacht hatten, und wurde ein gesünderer und glücklicherer Mensch. Wenn es jedoch zutraf, daß diese Engramme, wie Hubbard behauptet, die Quelle praktisch aller Gebrechen der Menschen waren, dann mußte es auch möglich sein, den physisch und psychisch vollkommenen Menschen zu schaffen, sofern es nur gelang, alle Engramme in seinem reaktiven Geist zu löschen. Ein solcher Mensch ist in Hubbards Terminologie ein «Clear», während alle übrigen eo ipso «Preclears» sind – ein Ausdruck zur Kennzeichnung der gewöhnlichen Sterblichen unter den Anhängern der Dianoetik und später der Scientologie –, Läuterungskandidaten gleichsam.

«Clears» sind, wie man sich vorstellen kann, eindeutig überdurchschnittliche Menschen. Darüber läßt Hubbard keinerlei Zweifel aufkommen. Sie sind, so Hubbard, völlig frei von Neurosen usw., und ihr Körper ist nicht länger das Opfer all jener Fährnisse des Lebens, die ihn sonst zu drangsalieren pflegen. «Clears», so heißt es zum Beispiel, bekämen keinen Schnupfen. Ihre Sehkraft verstärke sich in einem Maße, daß keiner von ihnen eine Brille benötige. Wunden, die sie sich zuzögen, heilten außergewöhnlich rasch. Und selbst ihr Intelligenzquotient steige.

Nicht wenigen schien dieser Zustand des «Clear» verlockend genug, um ihn mit Nachdruck anzustreben. Leider war eine dianoetische Behandlung nicht billig. Im Jahre 1951 berechnete die Wichita Foundation mehr als 500 Dollar für 36 Behandlungsstunden, und wer von Hubbard höchstselbst behandelt werden wollte, mußte noch mehr bezahlen. 36 Stunden indessen schienen nie ganz auszureichen, um einen «Clear» zu produzieren, und da nie Beispiele zur Hand waren, die einen Vergleich zuließen, wußte augenscheinlich niemand ganz genau, wie lange es tatsächlich dauern würde, bis der ersehnte Zustand erreicht war. Jeder freilich konnte sich an den Fingern abzählen, daß die Erlangung dieses Zustandes bei einem Satz von fast vierzehn Dollar pro Läuterungsstunde ziemlich teuer werden konnte, wenn sich herausstellte, daß die Behandlung, sagen wir, ein Jahr in Anspruch nehmen würde. Es hatte allem Anschein nach auch wenig Sinn, Hubbard selbst in dieser Angelegenheit um Rat zu fragen, denn der war für seine Verhältnisse ungewöhnlich zurückhaltend, wenn es um die Frage ging, ob er selber zu den «Clears» zählte oder nicht. Er stand jedoch nicht an zu beschwören, daß dieser Zustand erreichbar sei, und so wurde weiterbehandelt.

In der Zwischenzeit kamen neue, aufregende Tatsachen ans Licht. Hinter jedem reaktiven und analytischen Geist verbarg sich etwas, das als «Thetan» bezeichnet wurde. Thetanen nun stellen den eigentlich wichtigen Teil des menschlichen Wesens dar – den Teil, der «sich seiner Bewußtheit bewußt» ist, wie Hubbard formuliert. Thetanen sind ganz und gar unkörperlich und überdies unsterblich. Sie bewohnen den Körper und lösen seine Bewegungen aus wie jemand, der eine Marionette dirigiert. Aber sie haben zumeist *vergessen,* daß sie unsterblich sind. Im Prinzip haben sie die totale und absolute Macht über den Körper, den sie bewohnen. Die meisten von ihnen glauben sogar, so Hubbard bedauernd, daß sie Körper *sind*! Auf die Gründe für diesen seltsamen Irrtum werden wir an späterer Stelle zu sprechen kommen. Hier sei vorerst nur angemerkt, daß sie, da sie ja unsterblich sind, beim Tode des Marionetten-Körpers, in dem sie beheimatet sind, fortziehen müssen. Aber wohin? Nun, man vermutet richtig, wenn man meint, sie zögen in einen anderen Körper, von dem sie im Augenblick der Zeugung Besitz ergreifen, um in ihm – was immer auch geschieht – zu verweilen, bis er vor Altersschwäche oder aus anderen Gründen stirbt.

Damit kommen wir zu einer anderen Offenbarung und gleichzeitig zu dem Punkt, an dem, nach Meinung vieler Leute, der lange und heikle Abstieg der Dianoetik in den Okkultismus hinein begann. Wenn der Thetan in den neuen Körper eindringt, dann nicht, wie man vielleicht hoffen mag, frisch und sauber, sondern beladen mit den gesamten Überbleibseln aus dem Leben der Körper, die er *zuvor* bewohnt hat, mit allen Engrammen, die sich in der offenbar endlosen Geschichte seiner Existenz aufgetürmt haben. Zum Glück dauerte es nicht lange, bis Ron Hubbard herausgefunden hatte, daß es durchaus möglich, wenngleich schwierig und teuer sei, selbst diese uralten Engramme, von denen einige ihren Thetanen seit Millionen von Jahren zugesetzt hatten, aus dem Weg zu räumen. Durch derlei Erkenntnisse ermutigt, stürzten sich seine Getreuen erneut in die Schlacht, und in Häusern und Wohnungen, in Dianoetik-Zentren und Colleges, ja selbst in Militär-Camps allenthalben im Lande machten sich die Anhänger der Dianoetik an die Erforschung ihrer vielen, vielen vergangenen Leben. In zahllosen Sitzungen, in zahllosen Häusern beobachteten Auditoren, wie ihre Läuterungskandidaten die traumatischen Engramme der Vergangenheit durchlebten, dramatische Tode nachstarben in brennenden Zeppelinen, auf sinkenden Ozeanriesen, auf dem Rückzug in Rußland, unter dem Fallbeil, in pestverseuchten Städten, beim Sprung aus dem Trojanischen Pferd usw. usw. Der heitere Austausch von vergangenen Leben und Toden wurde zum charakteristischen Bestandteil anspruchsvoller Konversation auf vielen Parties – eine Vorwegnahme jener mit dem Namen Bridey Murphy verknüpften «Reinkarnations»-Mode, die einige Jahre später aufkam.

Offenbar wurde es nunmehr notwendig, den Begriff des «Clear» neu zu überdenken, da von den Methoden der Dianoetik, so wirksam sie auch sein mochten, schwerlich zu erwarten war, daß sie die Engramme von Millionen früherer Leben im Handumdrehen auslöschen konnten. Die meisten Menschen müssen sich zufriedengeben mit der Aussicht, eines Tages «MEST-Clears» (das Wort MEST entstand aus den Anfangsbuchstaben von *Matter, Energy, Space* und *Time* – Materie, Energie, Raum und Zeit) zu werden und damit nur die begrenzten Vorzüge absoluter Gesundheit, grenzenloser Energie, eines fotografisch präzisen Gedächtnisses, eines beträchtlich erhöhten Intelligenzquotienten und einer gewissen telepathischen Begabung zu genießen. Für die wahrhaft Potenten hingegen besteht – sofern nur die dianoetische Technik ein wenig weiterentwickelt wird – der nächste Schritt in der Auslöschung der Engramme der vergangenen Leben, wodurch das Stadium des *«Operating Thetan»* [Thetan in Aktion] erreicht wird, ein Stadium, in dem dem Menschen wahre Wunderkräfte zuwachsen und in dem er weitgehend befreit ist von den Fesseln des MEST-Universums.

Wie der Begriff des «Clear», so ist auch der des «Thetan in Aktion» heute ziemlich verwässert, und es gibt derzeit niemanden, der das Stadium des «Thetans in Aktion» ganz erreicht hätte. Manches spricht aber sehr wohl dafür, daß Hubbard in der Zeit um 1952 der Ansicht gewesen ist, es gäbe in der Tat einige OTs; denn in einem bemerkenswerten Abschnitt eines seiner bemerkenswerten Bücher (*History of Man* [Geschichte der Menschheit]) beschwört er solche Wesen, ihre Anonymität zu wahren und:

«... keine Regierungen zu stürzen und sich nicht ins Rampenlicht zu stellen, um dem Homo sapiens irgend etwas eine Zeitlang zu demonstrieren; es ist eine furchtbare Versuchung, Hüte aus fünfzig Meter Entfernung von Köpfen zu schlagen und Bücher zu lesen, die ein paar Länder weit weg sind ... doch mit dergleichen macht man nur jenen anderen das Leben schwer, die versuchen, über die Brücke zu gelangen.»

Verglichen mit solchem Unsinn wirken Hubbards frühere Ausführungen über die Möglichkeiten des «Clear» geradezu kristallklar, wenngleich einige leicht unerfreuliche Untertöne nicht zu überhören sind:

«Man sieht nicht ohne eine gewisse Schwermut, daß mehr als drei Viertel der Weltbevölkerung dem restlichen Viertel untertan sein werden – eine natürliche Konsequenz, an der wir absolut nichts ändern können.»

Zu jener Zeit war Hubbard noch in der Lage, über «Clears» zu sprechen, ohne je wirklich ein Exemplar dieser Spezies hervorgebracht zu haben. Es war eine sonnige Phase ohne nörgelnde Kritiker oder kindische Abtrünnige, und er konnte sich mit einigen ausgewählten Freunden in der angenehmen Atmosphäre der Wichita Foundation in aller Ruhe der Forschung widmen. Damals betrat ein junger Mathematiker die Szene und erbot sich – beeindruckt von Hubbards öffentlichem Auftreten und aus verschiedenen Gründen davon überzeugt, daß zumindest einige der dianoetischen Methoden praktikabel waren –, seine Fähigkeiten in den Dienst der Sache zu stellen. Sein Name war Perry Chapdelaine, und er ist heute ein bekannter Computer-Forscher, der nur ungern an seine Jugend-Affäre mit dem Kult zurückdenkt. Er sollte zu seinem eigenen Erstaunen eine wichtige Rolle bei der Weiterentwicklung der Dianoetik spielen, und wurde zum engen Verbündeten Hubbards. Überdies wurde er Hubbards persönlicher Auditor und fand, trotz seiner anfänglichen Begeisterung, bald heraus, daß die Forschungsmethoden des Meisters sich im Hinblick auf ihre Überzeugungskraft nicht einmal mit der elementarsten wissenschaftlichen Studie messen konnten.

Hubbard, so berichtet Chapdelaine, pflegte sich – ein Tonbandgerät griffbereit zur Seite – auf eine Couch zu legen, während neben ihm ein Auditor Platz nahm, dessen Aufgabe es war, ein angemessenes Feedback zu gewährleisten. Unverzüglich begann sodann eine Flut von Selbstbeobachtungen – vergleichbar den freien Assoziationen der psychoanalytischen Sitzung – hervorzusprudeln. Anders als bei der orthodoxen Analyse jedoch, bei der das zutage kommende Material mit jener Skepsis behandelt wird, die bei allen zusammenhanglosen Hervorbringungen des Unbewußten angebracht ist, waren Hubbards «Forschungen» dadurch gekennzeichnet, daß offenbar alles mit feierlichem Ernst zur Kenntnis genommen wurde, und daß man selbst die überspanntesten Phantasien, die absurdesten Hirngespinste als unerschütterliche Fakten behandelte. Ein Großteil des Textes der *History of Man*, die eindeutig zu den exzentrischsten unter Hubbards Werken zählt, geht auf diese Sitzungen in Wichita zurück. Und je genauer man sich den Text ansieht, desto mehr Zweifel kommen einem, ob er je gewollt hat, daß man dieses Buch ernst nimmt. Was seine literarische Qualität betrifft, so scheint es nicht sonderlich ergiebig, aber es ist ein Dokument des Übergangs von der technisch orientierten Dianoetik zur philosophisch orientierten Scientologie, und aus eben diesem Grunde müssen wir es uns einigermaßen genau anschauen. Glücklicherweise hat es den erlösenden Vorzug, außerordentlich komisch zu sein, so daß die Analyse weniger quälend sein wird, als mancher fürchten mag.

Die *History of Man* beginnt mit der nüchternen Feststellung: «Dies ist ein kaltblütiger Tatsachenbericht über die vergangenen sechzig Billionen Jahre.» Und nach ein paar beiläufig hingeworfenen Sätzen, in denen von Blinden die Rede ist, die sehend gemacht werden, und von Lahmen, die das Wandeln lernen, kommt der Autor ohne Umschweife zur Sache. Die Botschaft, die er zu verkünden hat, ist einfach. Die Dianoetik, bei der es vorwiegend um eine Methode zur Befreiung von Engrammen geht, ist ein relativ schwerfälliges und provisorisches Instrument. Die Scientologie, ihr strammer Sprößling, setzt dort an, wo sie aufhört, und bietet Methoden, die es einem erlauben, das Problem der vergangenen Leben verhältnismäßig einfach in den Griff zu bekommen, und die den Weg ebnen, der zum Zustand des «Clear» und des «Thetans in Aktion» führt. Überdies ist die Scientologie nicht mehr nur eine isoliert dastehende Technik; sie ist vielmehr eingebettet in eine Philosophie.

Für etwaige Interessenten sei im folgenden das *wahre* Geheimnis des Universums vorgeführt. Am Anfang sind die Thetanen. Die Thetanen sind allmächtige, unzerstörbare Wesen, die an ihrer Unsterblichkeit leiden. Sie leiden daran, weil Unsterblichkeit, wenn man nichts zu tun hat, unerträglich langweilig wird. Gewiß, sie sind nicht allein; denn es gibt ja noch andere Thetanen. Da diese jedoch ebenfalls nichts tun, ist es für den einzelnen Thetan in ihrer Gesellschaft genauso langweilig, als wenn er allein wäre. Um sich die Zeit bis in alle Ewigkeit zu vertreiben, beschlossen die Thetanen irgendwann, ein paar Spiele zu spielen. Diese bestehen zunächst darin, daß sie Welten dieser oder jener Art erschaffen und mit ihnen spielen. Auf diese Weise ergeben sich die verschiedensten Möglichkeiten. So können sie zum Beispiel eine Welt erschaffen, in der die Schweine fliegen und die Tausendfüßler grüne Socken tragen oder eine Welt, die – ähnlich wie die in *Alice im Wunderland* – ganz aus Zuckermasse besteht. Und was immer einem sonst noch einfallen mag, die Thetanen können es machen.

Nach einer Weile aber wird auch dieses Spiel langweilig, und die Thetanen beginnen zu erkennen, daß das eigentliche Problem in ihrer Allmacht und Allwissenheit besteht. So kommt es, daß sie einen Meisterstreich beschließen, der ihrer Genialität würdig ist und der darin besteht, daß sie freiwillig ihre Macht beschränken und ihr Wissen begrenzen. Jetzt wird das Spiel interessanter, und die Thetanen widmen sich ihm mit gesteigertem Enthusiasmus. Nunmehr setzt unmerklich ein Prozeß ein.

Im Verlauf der zahllosen Jahrmillionen werden sie langsam, aber sicher von den Reizen des Universums, das sie aus Materie, Energie, Raum und Zeit geschaffen haben, mehr und mehr gefesselt. Sie verstricken sich immer mehr in ihr Spiel und machen sich immer weniger Gedanken über ihren wahren Status als Thetanen. Langsam, wie Fliegen, die im Honig versinken, erliegen sie hoffnungslos der Verführung durch das materielle Universum, bis sie – viele Millionen Jahre vor unserer Zeit – den Zustand der fast totalen Verstrickung erreicht haben. Seither geht es ständig weiter bergab mit ihnen. Und heute haben die Thetanen *vergessen, was sie in Wirklichkeit sind.* Sie gehen umher und halten sich für Körper. Ja, sie haben sogar vergessen, daß sie ein Spiel spielen.

Aber es ist etwas geschehen. Ein Mann namens Lafayette Ronald Hubbard ist dem Geheimnis durch Zufall auf die Spur gekommen, hat sich erinnert, was los ist, und wird uns zurückführen, bis wir aufhören, Marionetten zu sein, und zu unserem Erbe als Spieler zurückkehren. Das ist der große Plan hinter all unseren Leben, wie ihn die Scientologie offenbart. Eine phantastische Angelegenheit zumindest, die rundherum nach Science Fiction bester Sorte riecht. Wem dieses Urteil ungerecht erscheint, der schaue sich den Inhalt der *History of Man* genauer an.

Ein Gutteil des Buches ist den Details vergangener Leben und hochtraumatischen Begegnungen in der katastrophenschwangeren Vergangenheit des Thetans gewidmet. Auf dem langen Weg der Evolution hat sich der Thetan durch eine ganze Reihe von Lebensformen hindurchgekämpft, die ohne Ausnahme bei dem bedauernswerten *Homo sapiens* des 20. Jahrhunderts ihre Spuren hinterlassen haben. Für einige Millionen Jahre zum Beispiel war die Hauptlebensform die der MUSCHEL (THE CLAM) – des normalen Typus der zweischaligen Muschel, wie man annimmt, die, den Launen von Wind und Wellen ausgesetzt, an den Stränden der Meere hin- und hergeworfen wurde. Will man wissen, ob ein Läuterungskandidat tatsächlich auf Vorfälle aus seinem Muschelleben fixiert ist, so braucht man ihn, nach Hubbard, nur zu fragen: «Können Sie sich eine Muschel vorstellen, die auf einem Strand liegt und ihre Schalen sehr rasch öffnet und schließt?» Gleichzeitig gilt es, mit Daumen und Zeigefinger den Vorgang des raschen Öffnens und Schließens zu veranschaulichen. Diese Geste reicht aus, um eine große Zahl von Menschen in Aufregung zu versetzen und einen Muschel-Typ zu veranlassen, «die Hände vor den Mund zu reißen und sich zutiefst beunruhigt zu fühlen. Es kann sogar vorkommen, daß er sich ein paar Zähne ziehen lassen muß ... und er wird eine große Trauer in sich spüren.» «Sie werden», so fügt Hubbard an späterer Stelle hinzu, «mit Staunen feststellen, daß die Muschel als zellular-somatischer Geist weit genug entwickelt ist, um Postulate zu haben, um Gedanken zu denken.»

Auf die Muschel folgt der WEEPER, eine Molluske, die ebenfalls über weite Strecken der Entwicklungsgeschichte unserer Welt hin auf Stränden umherlag. Auch diesen Zustand haben wir, als Thetanen, ohne Ausnahme durchgemacht, und unsere Gedächtnisbänke tragen die Spuren dieser Phase. Es muß eine mühselige Zeit gewesen sein, denn die Miseren, in die die Molluske geriet, waren «zahlreich und jammervoll. Einerseits bezog sie ihre Nahrung noch ausschließlich aus den Wellen, andererseits mußte sie atmen. Wellen sind ungestüm und häufig unberechenbar. Der WEEPER [Hubbard pflegt das Wort in Großbuchstaben zu schreiben] öffnete sich, um aus dem Wasser Nahrung aufzunehmen, und das Wasser drang zwischen die Schalen. Er pumpte mit aller Kraft das Wasser hinaus und versuchte, ein wenig Luft zu holen, aber bevor ihm das recht gelang, fiel das Wasser der nächsten Wellen über ihn her. Angst packte ihn.» Verständlich. Das Schlimmste aber war, daß die Kreatur zwei Atmungsröhren hatte, die unentwegt «starken Belastungen ausgesetzt waren, da sie mit Sand verstopft und von der Brandung arg zugerichtet wurden».

Der Umstand, daß der «Preclear» – der «Noch-nicht-Clear» sozusagen – nicht weinen kann, ist, so erfahren wir, ein besonders deutliches Zeichen für den Einfluß, den seine vergangenen Leben als WEEPER nach wie vor auf ihn ausüben; denn er fürchtet, Sand in die Augen zu bekommen. Der Weeper wurde, wie Hubbard zu berichten weiß, ursprünglich als «*Grim weeper*» oder «*Boohoo*» bezeichnet, und er hatte «Trillionen von Mißgeschicken» zu erdulden.

Schauerliches kennzeichnet auch jene Periode, in der die Erde von Vulkanen wimmelte. Das Tabakrauchen, so Hubbard, könnte durchaus eine «dramatische Vergegenwärtigung von Vulkanen» sein.

Auf die Phase des FAULTIERS (THE SLOTH), dem es «schlecht erging, weil es von Bäumen fiel» und von Pavianen angegriffen wurde, und der des AFFEN (THE APE), die gekennzeichnet ist durch «feindselige Akte gegen Tiere und den Schutz der Jungen», folgt die Periode des PILTDOWNMENSCHEN, die reich ist an Engrammen von «grotesken Taten von seltsamer Logik, von Demonstrationen der eigenen Gefährlichkeit gegenüber den Gefährten, von Vorfällen wie dem Verschlingen der eigenen Frau und anderen ziemlich unlogischen Handlungen». Die Zähne des PILTDOWNMENSCHEN waren, so lesen wir, «GEWALTIG, und es war ihm völlig gleichgültig, wen und was er damit biß». Auf den PILTDOWNMENSCHEN folgte der HÖHLENMENSCH, ein kompliziertes Wesen, das damit beschäftigt war, «Frauen im Hause zu halten für Männer und den Mann davon abzuhalten, einen für Frauen im Hause zu halten».

Sollte der Leser an dieser Stelle das Gefühl haben, daß ihn sein gesunder Menschenverstand zu verlassen beginnt, so ist Hubbards erstaunliches Buch keine Lektüre für ihn. Er sollte ganz einfach froh sein, daß es die Scientologie gibt, die ihn befreien wird von all den Traumata seiner früheren Leben als MUSCHEL, als MOLLUSKE und als FAULTIER – ganz zu schweigen vom PILTDOWNMENSCHEN mit seinen GEWALTIGEN Zähnen.

Alle, die sich bisher gefragt haben, was nach dem Tode geschieht, falls überhaupt etwas geschieht, werden mit Erleichterung vernehmen, daß dank der Bemühungen Hubbards in Wichita nunmehr eine ganze Menge einschlägiger Informationen zur Verfügung steht. «Beim Tode», so erfahren wir, «verläßt das Thetan-Wesen den Körper und zieht sich in den Bereich zwischen den Leben zurück. Dort ‹meldet es sich zur Stelle›, erhält ein starkes Vergessens-Implantat und wird sodann in einen Körper hineingeschossen, dessen Geburt unmittelbar bevorsteht.»

Die Sache mit dem Vergessens-Implantat klingt höchst unangenehm. «Der ‹Preclear› sitzt vor einem Rad, auf dem sich zahlreiche Bilder befinden. Während sich das Rad dreht, bewegen sich die Bilder von ihm fort . . . Eine Druckwand stößt ihn durch diese Bilder hindurch ... Auf diese Weise soll ihm der Eindruck vermittelt werden, daß er nie ein anderes Leben gelebt hat, daß sich seine Identität verändert hat, daß seine Erinnerungen ausgelöscht sind.» Einige Wesen melden sich – was Wunder – manchmal nicht zur Stelle. Wir erfahren indessen nicht, was mit ihnen geschieht. Man darf wohl annehmen, daß sie in Vergessenheit dahinvegetieren und das Unvermeidliche vor sich herschieben, wie man auf Erden die Verabredung mit dem Zahnarzt hinauszögert. Hubbard verrät uns, daß über die Lage der Meldebereiche keineswegs wenig bekannt ist. «Der Meldebereich für die meisten», so erklärt er, «ist stets der Mars gewesen. Einige Frauen melden sich bei anderen Stationen im Sonnensystem. Auch sind einige Fälle von irdischen Meldestationen bekannt. Diese Stationen sind von der Umwelt abgeschirmt. Die letzte zum Mars gehörende Meldestation auf Erden wurde in den Pyrenäen eingerichtet.»

Diese ziemlich ausführliche Beschäftigung mit einem Buch, das – ob vom Autor beabsichtigt oder nicht – wohl zu den absurdesten gehört, die jemals geschrieben wurden, wäre natürlich nicht zu rechtfertigen, wenn es sich um irgendein obskures Werk handelte, das im Höchstfalle von ein paar hundert Leuten gelesen wird. Das eigentlich Phantastische – und zugleich irgendwie Beängstigende – ist, daß von der *History of Man* (Erstveröffentlichung 1951) nicht Hunderte, sondern wahrscheinlich Hunderttausende von Exemplaren verkauft und von Scientologen aller Altersstufen überall in der Welt begierig verschlungen wurden.

Der Rest des Buches handelt von jenen Engrammen, die das Ergebnis diverser Kriege und Konflikte zwischen Thetanen sind, die in den vergangenen «60 Billionen Jahren» stattfanden, und dieser Teil des Werkes ist womöglich noch absurder als der, von dem bereits die Rede war. Bei den Auseinandersetzungen wurden mannigfaltige, listenreiche Methoden angewandt, wenn es darum ging, Thetanen einzufangen, die, waren sie einmal erwischt, die seltsamsten Strafen über sich ergehen lassen mußten – Strafen, die ohne Ausnahme vom ewigen Gedächtnis festgehalten werden und im Verlauf der dianoetischen Sitzung an die Oberfläche treten.

Eine der Fangvorrichtungen war der «Springteufel» (*Jack-in-the-Box*), eine merkwürdige Apparatur, die wie eine Sprengfalle funktionierte: Sie explodierte, wenn sie von einem vorwitzigen Thetan berührt wurde und «erfüllte seine Wesenheit mit über die Maßen verwirrenden Bildern, Bildern nämlich von Bilderkartons». Menschen, die von dieser Episode besonders fasziniert sind, geben damit zu erkennen, daß sie «ein starkes Interesse für Cornflakes-Kartons haben, auf denen Bilder mit Cornflakes-Kartons mit Bildern von Cornflakes-Karton darauf sind». Sollte es dem Leser gelungen sein, bis zu diesem Punkt zu folgen, so könnte er vielleicht eine Chance haben, den Sinn der «Kaffeemühle» – die zu meinen Favoriten zählt – zu ergründen. Die Geschichte reicht zurück in eine Zeit, da die Thetanen einander Gehirnwäschen verpaßten, wobei sie sich einer «mit zwei Hebeln versehenen tragbaren Maschine» bedienten, «die, wenn die Hebel gedreht werden, starke Gegenstromwellen erzeugt und dabei ein stotterndes ‹bap-bap-bap› vernehmen läßt».

Wenn nun Menschen sich danach sehnen, mit dem Preßlufthammer zu arbeiten, so tun sie dies nicht – wie wir alle in unserer Ignoranz bisher annahmen –, weil sie keinen besseren Job finden können, sondern weil sie vor einer Billion Jahren einmal von einer Kaffeemühle «gebapt» worden sind. Derlei Gerätschaften wurden von Thetanen bedient, die Kapuzen und Schutzbrillen trugen, so wie sich die Feuerwehrleute heutzutage mit Asbestanzügen schützen – ein Umstand, der für das Opfer ein zusätzliches Trauma bedeutete. Die so vermummten Thetanen waren sich ohne Zweifel ihres seltsamen Aussehens bewußt und verbargen sich deshalb hinter einem schwarzen Gazevorhang, solange sie die Maschine bedienten. Nichtsdestotrotz gelang es den Opfern im allgemeinen mindestens einmal, einen kurzen Blick hinter den Vorhang zu werfen.

Wer sich nun fragt, welche Spur dieser Anblick bei den Thetanen hinterlassen hat, wenn sie Äonen später menschliche Züge annehmen, der wird mit Interesse vernehmen, daß sie sich durch eine tiefe Abneigung gegen Menschen mit Hornbrillen auszeichnen. Und welche Art von Menschen hat die Tendenz, Hornbrillen zu tragen? Sehr richtig! Die Kaffeemühlendreher von einst.

3. Kapitel
Laßt euch neue Zähne wachsen!

Die Ergebnisse der forscherischen Aktivitäten Hubbards in Wichita, von denen soeben die Rede war, wurden trotz ihrer Absurdität von seinen Anhängern enthusiastisch begrüßt. Gleichwohl standen die Sterne nicht allzu günstig für die Dianoetik. Überall im Lande kam es zu den ersten Rückschlägen. Die ursprünglichen, mit Vehemenz vorgetragenen Verheißungen blieben unerfüllt. Die Kultbewegung schien ihren Höhepunkt überschritten zu haben. Darüber hinaus – und derlei wurde von Hubbard stets als besonders hassenswert empfunden – gingen einige seiner Gefolgsleute, die mit einem etwas kühleren Verstand gesegnet waren, dazu über, seine Urteilsfähigkeit sowohl im technischen Bereich als auch in der Theorie in Zweifel zu ziehen. Das Schlimmste indessen war, daß von allen Seiten immer lauter gefragt wurde, was, zum Kuckuck, denn nun wirklich ein «Clear» sei. Wenn «Clears» in der Tat so leicht zu produzieren seien, dann solle man doch endlich jemanden ein solches Geschöpf produzieren lassen!

L. Ron befand sich in einer Lage, die in jeder Hinsicht heikel war. Er war in eine überaus gefährliche Situation hineingeraten: Man erwartete von ihm unentwegt Erstaunliches, und es gibt keine Rolle, die schwerer zu spielen wäre. Außerdem hatte er sich bereits einmal in die Nesseln gesetzt, als er, kurz nach der Veröffentlichung der *Dianoetik*, in der Öffentlichkeit einen Menschen vorgeführt hatte, der angeblich ein «Clear» war. Damit war ihm ein schwerwiegender taktischer Fehler unterlaufen, und es scheint, als sei er fortan entsprechend zurückhaltend gewesen, wo immer es um «Clears» ging. Die Situation stellt sich so dar:

Im Jahre 1950 hatte die Dianoetik in San Francisco und Los Angeles große Begeisterung ausgelöst und war unter den wohlsituierten Filmstars jener Tage zur Mode geworden. Gloria Swanson gehörte zu den Stars, die sich einer ausgedehnten Behandlung unterzogen, und der große Jazz-Pianist Dave Brubeck behauptete, die Dianoetik sei seiner musikalischen Karriere zugute gekommen. Ein Verwandter von Cecil B. de Mille brachte es sogar aufgrund seiner persönlichen Beziehungen fertig, in den Drehbüchern zahlreicher zweitklassiger Filme das Wort «Psychoanalyse» durch den Ausdruck «Dianoetische Behandlung» zu ersetzen, was zur Folge hatte, daß das Kinopublikum von Harwich bis Hongkong mit verständnislosem Staunen erlebte, wie in einem dieser Filme eine bekannte Schauspielerin kundtat, sie komme zu spät zur «dianoetischen Sitzung».

Auch der berühmte Filmregisseur Cy Endfield, zu dessen bekanntesten Filmen *Zulu, Hide and Seek* und – aus jüngerer Zeit – *de Sade* gehören, arbeitete zu jener Zeit in Kalifornien. Wie viele andere Leute im Filmgeschäft, so war auch er fasziniert von dem Erfolg, den die Dianoetik in Hollywood hatte, und aus Neugier besuchte er ein oder zwei Sitzungen in Los Angeles, auf denen der bekannte Science Fiction-Autor A. E. Van Vogt engagiert über dieses Thema sprach. Endfield fand das Ganze nicht sehr überzeugend, doch als angekündigt wurde, daß in Kürze der Gründer der Bewegung persönlich auftreten und in einer öffentlichen Veranstaltung *den ersten «Clear» der Welt vorstellen* werde, entschloß er sich, diese Gelegenheit beim Schopfe zu fassen.

Ort der Handlung war das berühmte Shrine Auditorium in Los Angeles, ein riesiger Saal, der sechstausend Menschen faßte. Dieser Saal war zum Bersten gefüllt, denn gute – oder zumindest interessante – Neuigkeiten machen schnell die Runde. Endfield erinnerte sich, daß ein erregtes Raunen durch das Publikum ging, als Hubbard, nachdem er sich mit einiger Ausführlichkeit zu verschiedenen Themen geäußert hatte, eine hübsche College-Studentin namens Sonia Bianca auf die Bühne rief, die er dem Publikum als der Welt erste «Clear» präsentierte. Miss Bianca, die von alledem ein wenig überwältigt schien, beantwortete ein paar Routinefragen Hubbards, ohne dabei irgendwelche spektakulären Kräfte zu offenbaren, und es ist anzunehmen, daß Hubbard diese Demonstration für ausreichend hielt. Mr. Endfield freilich war anderer Meinung; denn er erinnerte sich, daß von «Clears» immer wieder behauptet worden war, sie könnten sich alle sinnlichen Wahrnehmungen ihres Lebens ohne Ausnahme ins Gedächtnis zurückrufen. Und da er wußte, daß Miss Bianca im Hauptfach Physik studierte, beschloß er, ihr ein paar einfache Fragen aus ihrem eigenen Fachbereich zu stellen. Erstaunlicherweise schien sie unfähig, sich auch nur an die elementarsten Formeln, etwa an das Boyle-Mariottesche Gesetz, zu erinnern, und war völlig am Ende, als sie aufgefordert wurde, die Farbe von Hubbards Krawatte zu nennen, als dieser ihr gerade den Rücken zukehrte. Es war ein kritischer Augenblick. Respektloses Gelächter ließ sich vernehmen und ein Teil der Zuschauer stand auf und verließ den Saal.

In Anbetracht dieses Fiaskos ist es nicht verwunderlich, daß Hubbard nicht sehr begeistert war, als 1952 aus einer Ecke, aus der solches nicht gerade zu erwarten gewesen war, die Nachricht kam, daß ein weiterer «Clear» zustande gebracht worden sei. Die Story dieses «Clear» und derer, die noch folgen sollten, ist höchst aufschlußreich.

Wie schon berichtet, hatte 1951 der Mathematiker Chapdelaine während der sogenannten Forschungsperiode, der die Welt die ersten Informationen über die «Muschel» und den «Weeper» verdankten, für Hubbard als Auditor gewirkt. Aus verschiedenen Gründen hatte Chapdelaine den Eindruck, daß sich mit der Dianoetik Beträchtliches bewirken lasse. Und er war bemüht, sein Möglichstes zu tun, um einen Beitrag zu ihrer Weiterentwicklung zu leisten, mochten die Aufgaben, die man ihm dabei übertrug, auch noch so ungewöhnlich sein. Und einige dieser Aufgaben waren in der Tat höchst seltsam. Einmal überreichte ihm Hubbard ein Bündel Papiere, auf denen ein paar flüchtig hingeworfene Notizen standen, und forderte ihn auf, die Daten, die sie enthielten, in mathematische Form zu bringen. Chapdelaine hatte das deutliche Gefühl, daß diese Notizen die berühmte «Original-These» der Dianoetik darstellten, und er arbeitete nächtelang, um die scheinbar unlösbare Aufgabe zu bewältigen. Bis zu einem gewissen Grade gelang es ihm schließlich, und er brachte eine Reihe von formelhaften Aussagen zu Papier, die er Hubbard mit dem Hinweis übergab, mehr sei aus dem vorliegenden Material nicht zu machen. Heute sieht es so aus, als seien diese Formeln später, wahrscheinlich von Hubbard selbst, bearbeitet und zu dem gemacht worden, was als *Logics, Pre-Logics and Axioms* bekannt wurde und aus einer Reihe von numerierten Aussagen besteht, die von fern an Wittgensteins *Tractatus Logico-Philosophicus* erinnern. Aus diesen wiederum scheinen die *Factors* abgeleitet zu sein – dreißig numerierte Sätze wie: «Und es gibt Universen» oder: «Die Aktion des Dimensionspunkts ist ein Sichausdehnen und Sichzurückziehen». Die *Factors* wurden von dem Scientologen Bobby Richards vertont, und sie werden bei scientologischen Feiern ähnlich wie Psalmen gesungen. Mr. Richards bekleidet gegenwärtig das Amt des «Meisters der Musik des Kommodore».

Eine andere Aufgabe, die dem bereitwilligen, wenn auch leicht irritierten Mathematiker übertragen wurde, bestand darin, Hubbard bei der Gründung der unglückseligen Organisation «Allied Scientists of the World» (Weltbund der Wissenschaftler) zu helfen. Diese Aktion, die zu Rons weniger bekannten Unternehmungen gehört, begann mit einer Postwurfsendung – sechs Sekretärinnen waren wochenlang ausschließlich mit dem Schreiben von Umschlägen beschäftigt – an die Mehrzahl der aktiven Wissenschaftler in den Vereinigten Staaten sowie in einigen anderen Teilen der Welt. Sie wurden eingeladen, gegen eine geringe Gebühr Mitglied in einer neuen Organisation zu werden, die als eine Clearing-Stelle für wissenschaftliche Literatur fungieren sollte und für die unter anderem der Bau einer wasserstoffbombensicheren unterirdischen Bibliothek geplant war. Chapdelaine wurde eines Nachts ohne Vorwarnung aus dem Bett geholt und von Hubbard kategorisch angewiesen, nach Denver, Colorado, zu fahren, dort das Hauptbüro der Organisation zu eröffnen und das allem Anschein nach erwartete enthusiastische Heer der Beitrittswilligen zu empfangen. Nach etwa einer Woche, in deren Verlauf ganze vier der vielen tausend angeschriebenen Wissenschaftler immerhin so viel Interesse zeigten, daß sie ein paar Dollars schickten, wurde der Weltbund der Wissenschaftler eiligst aufgelöst, und Chapdelaine kehrte ohne einen Penny nach Wichita zurück. Die Atmosphäre, die er dort vorfand, war eindeutig getrübt, und Hubbard ließ erkennen, daß er sich mit seinem millionenschweren Gönner zerstritten hatte. Angesichts dieser Situation faßte Chapdelaine den Entschluß, sich von der Organisation der Zentrale abzusetzen und auf eigene Faust Dianoetik zu praktizieren.

Zu diesem Zeitpunkt begann er, sich als Auditor mit einem Mann namens Ron Howes zu befassen, und diese Arbeit schien ihm so erfolgreich zu sein, daß er Anfang 1952 zu der Überzeugung kam, einen potentiellen «Clear» erwischt zu haben. Howes, ein Chemiker aus Minneapolis, hatte sich kurz zuvor einen Nierenstein operativ entfernen lassen. Seine rasche Genesung, die von zahlreichen dianoetischen Sitzungen begleitet war, und sein außergewöhnliches visuelles Gedächtnis brachten Chapdelaine zu der Ansicht, daß der große Durchbruch unmittelbar bevorstand. Und am 20. Januar 1952 wurde Ron Howes tatsächlich zum «Clear» erklärt.

Wenn schon Chapdelaine von diesem Erfolg überzeugt war, so war es Howes selbst noch mehr. In einem ungewöhnlichen Interview, das er wenige Tage darauf gab, und das von der Psychological Research Foundation (einem scientologischen Ableger in Phoenix in Arizona) veröffentlicht wurde, werden bei ihm Züge von Größenwahn und übersteigertem Selbstvertrauen sichtbar, die charakteristisch sind für den manischen Zustand, der bei religiösen Konversionen zu beobachten ist. Der Inhalt des Dialogs erweist sich bedauerlicherweise als mittelmäßige Science Fiction, gewürzt mit einem Schuß krauser Philosophie. Ich zitiere im folgenden ein paar längere Passagen daraus, um dem Leser die Möglichkeit zu geben, sich selber ein Urteil zu bilden.

Frage: Was gedenken Sie mit Ihren neuen Kräften zu tun?

Howes: Sie sind nicht neu. Ich habe lediglich meine Kontrollzentren wieder ganz in den Griff bekommen. Ich vereinige aufs neue all meine Absichten, Ziele, Forderungen, Wirkungen und Gründe, bis ich mich von all meinen Halbheiten befreit habe.

Frage: Was ist möglich?

Howes: Für mich ist im Augenblick alles und jedes möglich. Die einzige Unwägbarkeit ist die Zeit. Wenn ich freilich den optimalen Zustand erreicht habe und damit anders werde, als ich jetzt bin, kann ich vielleicht auch dieses Unwägbare ausschalten. Von diesem Moment an ist alles im Handumdrehen möglich.

Nach einer ziemlich langweiligen Passage, in der Howes eine Predigt über Kreativität hält, und einigen Sätzen, in denen er telepathische Kräfte ins Spiel bringt, wird ihm eine Reihe von Fragen gestellt, die auf seine angeblichen übernormalen Fähigkeiten abzielen. Es lohnt sich, die Antworten, die damals als ein geradezu historisches Ereignis empfunden wurden, an dieser Stelle wörtlich zu zitieren; denn sie vermitteln einen Eindruck von dem, was sich die Leute von der Erlangung des Status eines «Clear» für sich und andere erhofften:

Frage: Wie ist Ihr Lesetempo im Vergleich zu früher?

Howes: Mein Lesetempo ist ungeheuer groß und steigert sich regelmäßig von Tag zu Tag. Ich habe beobachtet – und auch meiner Frau ist dies aufgefallen –, daß ich die Seiten etwa dreimal so schnell umblättere. Meine Fähigkeit, gedruckte Texte zu erfassen, hat sich gegenüber früher enorm gesteigert. Relativ schwierige Abschnitte in technischen Abhandlungen sind für mich heute sehr leicht zu lesen. Keine Verwirrung, keine Identität, kein Versagen. Meine Fähigkeit, Denkfehler anderer Menschen auf dem Papier auszumachen, ist sehr viel größer geworden.

Frage: Sind Sie resistent gegen Bakterien?

Howes: Ich glaube, daß es nach wie vor Bakterien gibt, gegen die ich nicht resistent bin. Andererseits muß es viele Bakterien geben, gegen die ich früher nicht resistent war, die mir jedoch heute nichts mehr anhaben können.

Frage: Mit welcher Lebensdauer rechnen Sie für sich?

Howes: Geht man von chronologischen Jahren aus, so werde ich, sofern mein Antigravitätsplan funktioniert, nach meiner Schätzung noch etwa vierhundert Jahre leben. Unter den derzeitigen Umständen sind es einhundert Jahre und drei Monate.

Frage: Welche Experimente haben Sie an sich selber vorgenommen?

Howes: Bei einem dieser Experimente ging es um eine so simple Kleinigkeit wie einen Sonnenbrand. Alles in allem hatte ich in meinem Leben ungefähr ein Jahr lang unentwegt unter Sonnenbränden zu leiden. Hätte ich früher auch nur ein Fünfzigstel Milligramm Nikotinsäure genommen, ich hätte tagelang wie ein Schmelzofen geglüht. Heute kann ich so viel Nikotinsäure nehmen, wie ich will – ich bekomme keinen Sonnenbrand mehr. Gestern habe ich mir 400 Milligramm Nikotinsäure einverleibt – keine Rötung, keine Hitze, keine Blässe, kein Sonnenbrand.

Ein weiteres Experiment betrifft die Veränderung der Wasserstoff-Ionen-Konzentration des Körpers. Durch die Veränderung des Verhältnisses zwischen der Azidität und der Alkalinität beeinflußt man ganz eindeutig seine Leistungsfähigkeit. Ich versuche herauszufinden, wie alkalisch ich werden kann, ohne meine maximale Leistungsfähigkeit einzubüßen.

Darüber hinaus habe ich versucht, ob es mir möglich ist, Zähne nachwachsen zu lassen. Ich hatte stark blutendes Zahnfleisch, aber keine Zähne. Perry schlug mir durch die

Blume vor, ich sollte mir doch Zähne nachwachsen lassen. Sonntag, Montag, Dienstag, Mittwoch hatte ich heftiges Zahnfleischbluten. Mir wurden Zähne gezogen. Das Gewebe ist nachgewachsen. Das funktionierte bei mir maximal. Das Bluten hat inzwischen vollkommen aufgehört. Die nächste Frage ist: Was bildet einen Zahnkeimling aus? Ich halte es für möglich, solche Zähne neu aufzubauen. Im übrigen bin ich mir noch nicht im klaren darüber, wie ich aussehen werde.

Frage: Haben Sie irgendwelche Experimente mit dem Schlaf gemacht?

Howes: Ja. Ich habe achtundvierzig Stunden ohne Schlaf verbracht. Während mein Enthusiasmus und meine Selbstbeherrschung nicht beeinträchtigt wurden, war physisch ein deutliches Nachlassen spürbar. Der Körper braucht Ruhe. Die Ruhe gibt Muskeln, Blut und Nerven die Möglichkeit, sich zu erholen. Ohne diese Ruhe könnte man vielleicht zwei Wochen ohne Schlaf auskommen.

Sieht man von der einen oder anderen Wendung oder Redensart ab, die dem Jargon der Scientologie entstammt und dem Durchschnittsleser nicht geläufig sein mag, so dürfte es kaum Schwierigkeiten bereiten, den inhaltlichen Kern und die Bedeutung dieses Interviews zu begreifen. Es liegt auf der Hand, daß wir es hier mit einer Anzahl von intelligenten Menschen zu tun haben, die eine kurze Zeit lang davon überzeugt waren, daß einer der Ihren zum Übermenschen gemacht worden sei – zum ersten Exemplar einer neuen menschlichen Spezies, die nach und nach an die Stelle des alten treten werde, so wie der Homo sapiens an die Stelle des Australopithecus und des Neandertalers trat. In anderen Texten jener Jahre gab man dem Wesen, das seine Existenz den Methoden der Dianoetik und der Scientologie verdankte, sogar einen besonderen Namen: man nannte es *Homo novus*, den Neuen Menschen.

Die Erschaffung einer überlegenen Menschenrasse zur Ablösung des Homo sapiens schien damals offenbar eine unausweichliche Konsequenz des Aufkommens der Dianoetik, und als sich die Nachricht verbreitete, daß Ron Howes zum «Clear» geworden sei, ergriff die Anhänger der Bewegung eine Woge neuer Zuversicht. Nur Hubbard schien bezeichnenderweise skeptisch, wenngleich sein Interesse allem Anschein nach wuchs, als berichtet wurde, Howes entwickele ungewöhnliche telepathische Kräfte. Das erste Exemplar des Homo novus machte eindeutig eine Phase des übersteigerten Vertrauens in seine eigenen Kräfte durch und ging sogar dazu über, eine Reihe von prätentiösen «Bulletins» und «Botschaften» an andere Scientologen herauszugeben, die Hubbard, der solche Erklärungen ex cathedra gern sich selbst vorbehielt, erheblich gestört haben müssen.

Das erste dieser Bulletins beginnt bombastisch: «Die folgenden Worte richten sich an alle optimalen und vor-optimalen Menschen ...» und gibt sodann Auskünfte darüber, welcher Schritte es zur Entwicklung der optimalen Rasse bedarf. Mit mystischen Begriffen wie «Tonus-Skala» (mit deren Hilfe man nach der dianoetischen Lehre in der Lage ist, die Ebene der «Seinheit» [*beingness*] oder der Super-Kraft des Thetans zu erklimmen), «Lebens-Grund» (*Life-cause*) und «Rassen-Intelligenz» (*race intelligence*) wird dabei nicht gespart.

Der Hinweis auf die nachwachsenden Zähne muß viele Leser besonders fasziniert haben. Die neu wachsenden Zähne, die radikale Erhöhung des Sehvermögens, der erhöhte Muskeltonus usw. wurden zu jener Zeit schlicht als unausweichliche Begleiterscheinungen des «Clear»-Daseins betrachtet, und es würde sich gewiß lohnen, sic näher zu untersuchen. Howes hatte, wie gesagt, das Gefühl, daß seine neuen Kräfte sein Zahnfleisch jucken ließen – vermutlich ein Schritt in die richtige Richtung. Viel weiter indessen scheint er nicht gekommen zu sein. Es dauerte jedoch nicht lange, bis eine wahre Flut von neuen «Clears» auf der Bildfläche erschien, die freilich nicht aus Hubbards Stall kamen, sondern von einzelnen Auditoren in verschiedenen Teilen des Landes präsentiert wurden. Diese «Clears» und ihre Auditoren müssen L. Ron in ein heikles Dilemma gebracht haben: einerseits konnte er ihre Echtheit nicht in Frage stellen, weil sie nichts anderes taten, als seiner eigenen Lehre zu folgen und die verheißenen Wunder zu vollbringen, und andererseits war es ihm nicht möglich, sich öffentlich zu ihnen zu bekennen, da nicht auszuschließen war, daß es sich hier – und diesen Verdacht muß er gehabt haben – um nicht mehr als Eintagsfliegen handelte. In dieser Situation entschied er sich für die beste aller Strategien: er hüllte sich in eisiges Schweigen. Doch die Zahl der «Clears» wuchs und wuchs.

Am «dritten Tage des dritten Monats 1952» berichtete Jack Horner aus Van Nuys in Kalifornien, er sei Auditor eines fünfzehnjährigen Mädchens gewesen, das den Status des «Clears» völlig mühelos erreicht habe. Die junge Dame hatte ihre neuen Kräfte zunächst dazu benutzt, «ihren Körper von all den kleinen Narben zu befreien», die sie sich im Laufe ihrer Kindheit zugezogen hatte. Überdies war sie in der Lage gewesen, zwanzig Wörter pro Minute auf der Schreibmaschine zu schreiben, nachdem sie nur fünfzehn Minuten lang die Tasten des Geräts studiert hatte.

«Da sie ein paar schlechte Zähne hatte», so Horner in einem Brief, der nicht die leiseste Andeutung eines Beweises für seine Behauptungen enthält, «entschloß sie sich, sie ausfallen und an ihrer Stelle neue wachsen zu lassen. Sie war der Meinung, ein Leberfleck auf ihrer Wange müsse hübsch sein. Also ließ sie sich einen Leberfleck wachsen. Als sie dann feststellte, daß er doch nicht so gut aussah, ließ sie ihn wieder verschwinden ...»

Ein anderes Prachtexemplar des Homo novus war der ehemalige Automechaniker H. R. «Wing» Angell aus Denver in Colorado, der sich in den fünfziger Jahren durch eine Vortragsreise einen Namen machte, auf der er sein Publikum in Erstaunen versetzte mit Erzählungen über die Wunder, die er vollbracht habe – oder vollbringen könne, wenn er nur wolle. Als er bei einem dieser Vorträge gefragt wurde, welche Veränderungen er ganz konkret an sich habe feststellen können, entspann sich der folgende Dialog:

Angell: Nun ja, der gute alte Hubbard schrieb ein Buch, das mir in der ersten Juniwoche 1950 in die Hände geriet. Als ich mich ans Lesen machte mit meinen dicken Brillengläsern, meinen zitternden Händen, meinen Anfällen von Tachykardie in der Brust, meinen Verdauungsstörungen und meiner Überzeugung, daß ich von der Welt ein anständiges Leben erwarten konnte und keinen Pfifferling von ihr bekam ... da war ich echt am Ende. Heute kenne ich meinen Körper vom Scheitel bis zur Sohle. Mein Körper ist mein Freund, ist ein Teil meiner selbst. Ich kenne das Universum um mich her besser, als ich es je zuvor kannte, und ich genieße alles in diesem Universum. Was kann man mehr verlangen?

Frage: Und die Tachykardie und alles, was sonst noch war?

Angell: Verschwunden – ich brauchte es nicht mehr!

So einfach war das alles. Als er im weiteren Verlauf gefragt wurde, wie es sich mit den nachwachsenden Zähnen verhielte, antwortete er:

> Ja, ich will gern ganz allgemein über Zähne sprechen. Ich entdeckte, daß man sich neue Zähne wachsen lassen kann,

wenn man will, und *ich hab's getan*. Eine Kleinigkeit. Es waren nicht einmal Zähne, die irgendwie wertvoll für mich waren. Das Ganze war nichts als ein Experiment, und es funktionierte.

Jahrelang war Wing Angell vor allem wegen seiner Behauptung, er habe sich neue Zähne wachsen lassen, ein bekannter Mann, und er schlachtete die Geschichte bis zum letzten aus. Es ist sogar möglich, daß er es war, der hinter einer anonymen Gesellschaft stand, die 1956 in einer Reihe von okkultistischen Zeitschriften und obskuren Magazinen, die sich der Telepathie widmeten, Anzeigen erscheinen ließ, die in kühnen Lettern verkündeten:

LASST EUCH NEUE ZÄHNE WACHSEN!
ES IST MÖGLICH! ES IST ERPROBT!
Schreiben Sie an Postfach ...

Es versteht sich fast von selbst, daß in keinem Falle das Nachwachsen eines Zahns von unabhängigen Vertretern der allgemeinen Medizin, der Zahnmedizin oder der Naturwissenschaft bestätigt wurde, und man hat den Eindruck, daß von Angells neuen Zähnen ebenso viel oder wenig zu halten ist wie von Howes Antigravitations-Maschine. Am Rande sei vermerkt, daß nur sehr wenige aus der stolzen Schar der frühen «Clears» heute noch in irgendeiner Beziehung zur Scientologie oder zu Hubbard stehen. Howes lebt irgendwo in Amerika als erfolgreicher Handlungsreisender. Miss Bianca und Jack Horners Protegé konnten von mir nicht ausfindig gemacht werden. Wing Angell starb vor einigen Jahren als relativ junger Mann an einem Herzinfarkt. Gegen Ende der fünfziger Jahre kam die Produktion von «Clears» aus der Mode, und die Bewegung ließ die ersten ernsten Zeichen des Verfalls erkennen.

4. Kapitel
Der Gedanke hat Masse

Ein Kritiker, der gut zwei Jahre nach den sensationellen Anfängen von Dianoetik und Scientologie versucht hätte, sich einen Eindruck davon zu verschaffen, wie es um die Bewegung bestellt war, hätte durchaus zunächst meinen können, daß es mit ihr zum besten stünde. Der Name des Gründers war nicht nur überall in Amerika bekannt, sondern in vielen anderen Teilen der Welt genauso. Hunderttausende von Menschen – eine Million vielleicht – wußten aus eigener Erfahrung, was eine Auditorensitzung war, und kannten die Prinzipien der dianoetischen Therapie. Und viele von ihnen behaupteten, die Therapie hätte ihnen geholfen. Überdies hatte die «Philosophie» (wie sie von der Scientologie entwickelt wurde) mit der Idee des Thetans und seinen unendlich vielen vergangenen Leben, seiner Unsterblichkeit und potentiellen Allmacht sowie mit der seltsamen, aber faszinierenden Vorstellung, daß das Leben ein Spiel sei, gespielt von Göttern – uns selbst nämlich –, die vorübergehend ihre göttlichen Kräfte verloren hatten, vielerorts die Gemüter bewegt.

Bei näherer Betrachtung freilich zeigte sich, daß in diesem Garten Eden keineswegs alles so rosig war, wie es auf den ersten Blick wirken mochte. Gewiß, es fehlte nicht an Berichten über Erfolge, die mit der dianoetischen Therapie erzielt worden waren. Aber das ist nichts Ungewöhnliches. Jeder erfahrene Mediziner oder Psychologe weiß, daß neurotische Symptome – und oft genug durchaus spektakuläre – sehr deutlich nachlassen können, sobald der Kranke fest an irgend etwas zu glauben beginnt. Dabei spielt es keine Rolle, ob er an Magie, an Heilung durch geistige Kräfte, an die Christliche Wissenschaft, an irgendeinen Quacksalber, an Heilkräuter oder etwas anderes glaubt. Solange sein Glaube stark genug ist, werden die neurotischen Symptome eine Zeitlang weniger deutlich auftreten.

So war es denn auch mit den ersten dianoetischen Heilungen. Und mit den unausweichlichen Rückfällen kam die unausweichliche Ernüchterung.

Außerdem manövrierte sich Hubbard durch die ständig wiederholte Behauptung, daß die Therapie erfolgreich sei und sogar noch verbessert werden könne, in die schwierige Position, unentwegt neue Wunder liefern zu müssen, um wenigstens keinen Boden zu verlieren. Daher die ständigen Ankündigungen phantastischer neuer Methoden, die jeweils «hundertmal wirksamer» als die bis dahin bekannten waren. Mit jedem Schritt freilich wurde die Zeitspanne zwischen der Verkündung der neuen Methode und dem Verlangen nach einer Erklärung dafür, daß sie nicht funktionierte, kürzer.

Selbst Hubbards überzeugteste Gefolgsleute, Campbell und der Arzt Dr. Joseph Winter, suchten das Weite – der erstere, indem er sich in aller Stille wieder der Science Fiction mit Raumfahrt-Thematik zuwandte, der letztere, indem er sich in seinem interessanten Buch *A Doctor Looks at Dianetics* [Dianoetik aus der Sicht eines Arztes] öffentlich von Hubbard distanzierte. Winter war anfangs hell begeistert gewesen von Hubbards Lehre und hatte sich für einen Arzt recht leichtgläubig gezeigt. Nach der Trennung von Hubbard, die ihren Grund zum Teil darin hatte, daß dieser die Einnahme seiner seltsamen Vitamin-Mischung GUK, von der bereits die Rede war, während der dianoetischen Therapie «vorschrieb», und zum anderen wohl auf Hubbards tief verwurzelte Abneigung zurückzuführen ist, einen möglichen Rivalen in seiner Umgebung zu dulden, begann Winter seine eigene Version der Dianoetik zu praktizieren, der er bis zu seinem Tode vor einigen Jahren treu blieb.

Ein anderer Anhänger, der sich von Ron trennte, war A. E. Van Vogt, sein Kollege von der Zunft der Science Fiction-Autoren, der in Kalifornien ebenfalls eine abgewandelte Version der Dianoetik praktizierte. Später kamen sich die beiden vorübergehend noch einmal näher, als Van Vogt einen fantastischen Science Fiction-Roman mit dem Titel *The Universe Makers* [Die Weltmacher] schrieb, in dem ein Mann aufgrund verschiedener scientologischer Erkenntnisse nach und nach übermenschliche Kräfte entwickelt und schließlich nach Belieben das Universum erschaffen und zerstören kann. Auch Van Vogt ist den Prinzipien der Dianoetik treu geblieben und wendet sie noch heute berufsmäßig an.

Berichtenswert ist die Geschichte des Bündnisses zwischen Purcell und Hubbard und des Endes dieser Verbindung. Sie ist geeignet, den abrupten Übergang von der Dianoetik zur Scientologie, zu dem es in den fünfziger Jahren kam und der sonst einigermaßen rätselhaft wirkt, verständlicher zu machen. Es gibt mehrere Versionen dieser Geschichte, die in Details voneinander abweichen. In den entscheidenden Punkten jedoch stimmen die meisten von ihnen überein. Im Jahre 1950, als nach den ersten überwältigenden Erfolgen der Dianoetik selbst die orthodoxe Medizin und Psychologie dem Kult und seinen Methoden für kurze Zeit ein neugieriges Interesse widmeten, zeigten sich an der Spitze der Bewegung bedeutsame Risse. Ihre Ursache lag, so scheint es, in dem Ziel- und Interessenkonflikt zwischen Hubbard selbst und den zahlreichen intelligenten und oft hochgebildeten Männern, die sich der Dianoetik zugewandt hatten. Einige von ihnen – so zum Beispiel Frederick Schuman, Professor für Verwaltungswissenschaft am Williams College in Massachusetts, der in einem Brief an die *New York Times* erklärte, die Geschichte sei «zu einem Wettlauf zwischen Dianoetik und Katastrophe geworden» – überschlugen sich vor Begeisterung für die Sache. Bei Leuten wie Dr. Winter dagegen flaute der Enthusiasmus nach und nach ab. Immerhin waren sich eine Zeitlang alle einig in dem Ziel, Hubbard zu «organisieren», mit anderen Worten: seine Persönlichkeit und seine Ideen in irgendeine traditionelle oder allgemein vertraute Form zu bringen und damit die Dianoetik und ihre praktische Anwendung vom Standpunkt des Akademikers und Gelehrten aus akzeptabel zu machen. Bei diesem Unterfangen waren sie von Anfang an zum Scheitern verurteilt. Denn wenn es einen Menschen auf der Welt gibt, der etwas dagegen hat, von anderen organisiert zu werden, so ist es L. Ron Hubbard. Die Spannungen wuchsen mehr und mehr, und die Tatsache, daß Hubbards zweite Ehe sich als Pleite erwies, komplizierte die Angelegenheit zusätzlich. Er war 1947 von seiner ersten Frau, Margaret Louise Grubb, geschieden worden und heiratete wenig später seine zweite Frau, Sarah Northrup, die sich zu einer begeisterten Anhängerin der Dianoetik entwickelte. Aus irgendeinem Grunde regte sich bei Hubbard der Verdacht, daß seine Frau und einige andere Dianoetiker, zu denen auch Dr. Winter gehörte, den Plan hätten, ihm die Kontrolle über die Organisation aus der Hand zu nehmen, und es ist durchaus möglich, daß dieser Verdacht nicht aus der Luft gegriffen war. Sein Sohn Nibs gibt an, daß sich bei Hubbard sogar die – weit weniger plausible – Vorstellung festsetzte, die rote Hand des Kommunismus versuche, die Geheimnisse der Dianoetik aus dem Westen zu stehlen. Und als Hubbard nach einem merkwürdigen Zwischenfall in seiner New Yorker Wohnung den Eindruck hatte, man habe ihn unter Drogen gesetzt und ihm eine «Gehirnwäsche» verabreicht, packte er ein paar Habseligkeiten zusammen und machte sich mit der für ihn charakteristischen Entschlossenheit auf den Weg nach Puerto Rico. In der Dianetic Research Foundation herrschte große Aufregung, als man entdeckte, daß der Führer abgereist war. Und auch das Interesse der Presse an seinem Verschwinden war beachtlich. In dieser Situation nun schaltete sich der Millionär Purcell ein. Nachdem er L. Ron in San Juan aufgestöbert hatte, überredete er ihn zur Rückkehr, indem er ihm versprach, daß die Dianoetik nunmehr auf eine solide geschäftliche Grundlage gestellt werden würde – was in Purcells Augen nichts anderes bedeutete, als daß die Bewegung nach unternehmerischen Gesichtspunkten organisiert wurde. Hubbard erklärte sich einverstanden, wenngleich nicht bekannt ist, ob er es besonders gern tat. Die Gegenleistung Purcells war die Gründung und teilweise Finanzierung der Hubbard Dianetic Foundation in Wichita, 211 West Douglas Avenue, die damit als Brennpunkt der dianoetischen Aktivitäten an die Stelle von Elizabeth in New Jersey trat. Die Sache hatte indessen einen großen Haken. Überzeugt, daß Hubbard der «Organisation» bedürfe, hatte Purcell ihn überredet, die Rechte an seinen Büchern, Tonbandaufzeichnungen und Methoden sowie an allen Titeln und dem ganzen Drum und Dran der Dianoetik der Stiftung zu überlassen. Hubbards Position in dem ganzen Geschäft war nun nicht mehr die des autokratischen Schöpfers, sondern eher die des Direktors eines Unternehmens. Bekannte von ihm wissen zu berichten, daß diese neue Funktion sich als unzumutbar für seinen frei schwebenden Intellekt erwies. Und so verschwand er im Februar 1952 aufs neue und zog, ausgerüstet mit nicht viel mehr als einer Schreibmaschine, nach Phoenix in Arizona, um noch einmal von vorn anzufangen. Unglückseligerweise jedoch sah er sich nunmehr in der verzweifelten Lage, durch das Gesetz daran gehindert zu sein, das Kind seines eigenen Geistes – die Dianoetik – zu praktizieren oder auch nur über sie zu schreiben.

Männer minderen Ranges hätten in dieser Situation vielleicht aufgegeben und sich der Kakteenzucht oder der Christlichen Wissenschaft zugewandt. Nicht so Mister Lafayette Ronald Hubbard! Mit grandioser Selbstsicherheit verbreitete er von seinem neuen Hauptquartier in Phoenix aus die allerneueste Wissenschaft, die die Dianoetik überflüssig machen sollte: die Scientologie. Schon nach kurzer Zeit gab die neue Zentrale ein eigenes Journal heraus, in dem es nur so wimmelte von Schlagzeilen wie «Quelle der Lebensenergie gefunden!», von Fotografien seines «Desert Research Laboratory» und von Warnungen vor einem Phänomen, das «Schwarze Dianoetik» genannt wurde.

Was in diesem Gelehrtenparadies tatsächlich vor sich ging, läßt sich nicht mit absoluter Sicherheit ergründen. Kaum zu bezweifeln ist freilich, daß L. Rons Kopf ein paar bemerkenswerte Gedanken ausbrütete. Eine der Entdeckungen, die er offenbar zu dieser Zeit machte, war, daß es dem Thetan relativ leichtfiel, den physischen Körper zu verlassen, wenn er es wollte. Dieses Aus-dem-Körper-Schlüpfen konnte ganz einfach dadurch bewerkstelligt werden, daß der Auditor zum Läuterungskandidaten, dem «Preclear», sagte: «Sei einen Meter hinter deinem Kopf.» Man brauchte nicht einmal ein besonders weit fortgeschrittener Scientologe zu sein, um solches zu vollbringen, und Hubbard gab bekannt, sechzig Prozent der Menschheit könnten die «Exteriorisierung» – so der Fachausdruck für dieses Aus-der-Haut-Fahren – schon beim ersten Anlauf erreichen. Die «Exteriorisierung» ist noch heute eines der entscheidenden Elemente jeder längeren Behandlung durch den Auditor, und die meisten Scientologen erzählen ihren Patienten, daß sie dazu in der Lage seien. Leider scheinen sie im Zustand der Exteriorisierung niemals imstande zu sein, etwas Nützliches oder Interessantes zu bewerkstelligen. So ist es zum Biespiel sinnlos, sie aufzufordern, irgend etwas zu lesen, was auf einem Stück Papier steht, das sich in einem anderen Raum befindet, oder auch nur einen Gegenstand zu beschreiben, der hinter ihrem Rücken verborgen ist. Denn man wird in solchen Fällen stets mit erhabener Miene darüber aufgeklärt, daß derlei Tricks nicht auf Befehl ausgeführt werden können, oder man erhält, was noch ärgerlicher ist, die Antwort: «Wenn ich wollte, könnte ich es tun, aber im Augenblick habe ich kein Verlangen danach». Obwohl die Exteriorisierung bereits seit Anfang der fünfziger Jahre betrieben wird, kann man sich nicht des Eindrucks erwehren, daß es sich dabei um eine der nutzlosesten metaphysischen Entdeckungen der Menschheitsgeschichte handelt.

Zu jener Zeit soll Hubbard oder eine seiner Organisationen auch das Typoskript eines Werkes mit dem Titel *Excalibur* zum Kauf angeboten haben. Dieser Text enthielt angeblich derart Welterschütterndes, daß er nicht veröffentlicht werden sollte, «solange Mr. Hubbard auf Erden weilte», und mögliche Käufer beschworen wurden, «keinem anderen Leser zu gestatten, es zu lesen». Ohne es gelesen zu haben, kann man schwerlich ermessen, ob dieses Werk – «in Gold gebunden und mit einem Schloß versehen», einzeln mit der Maschine geschrieben zu einem Preis von fünfzehnhundert Dollar erhältlich – sein Geld wert war oder nicht. Um einen Witz jedenfalls kann es sich nicht gehandelt haben; denn im Klappentext von *Excalibur* ist warnend vermerkt, daß «vier unter den ersten fünfzehn Menschen, die es lasen, wahnsinnig geworden sind».*

Daheim in Wichita vegetierte die von Hubbard verlassene Dianetic Foundation vor sich hin, versuchte ohne rechten Schwung, die kurzlebigen Phänomene des Kults zu quantifizieren, und hoffte verzweifelt auf Anerkennung durch Wissenschaft und Forschung. Schon nach zwei Jahren stand die Foundation, obwohl ihr die frühen Bücher Hubbards überschrieben worden waren und obwohl sie sich auf den weltberühmten Namen «Dianoetik» berufen konnte, vor dem Bankrott. Purcell und seine Kollegen machten die bittere Erfahrung, daß der Kult, wie man ihn auch nennen mochte und wie fachmännisch er auch organisiert sein mochte, ohne L. Ron nichts war.

Anhänger bröckelten ab, und es fehlte an neuen «Clears», von denen man hätte reden können. Es war trübe bestellt um die Scientologie. Glücklicherweise erschien in dieser Situation ein ebenso einfaches wie eindrucksvolles Gerät auf der Bildfläche, das nicht weniger Diskussionen auslöste als irgendein anderes jener Kunststückchen, die mit der Scientologie im Zusammenhang standen, und das heute vielleicht zu den wichtigsten Bestandteilen der scientologischen Standardsitzung gehört. Ich meine das Gerät mit dem hochtrabenden Namen «Elektropsychometer» oder einfacher: «E-Meter». In modernen Kulten spielen, wie wir in späteren Kapiteln dieses Buches noch sehen werden, quasi-wissenschaftliche Geräte nicht selten eine bedeutsame Rolle. Wegen der Bedeutung, die dem E-Meter für Theorie und Praxis der Scientologie zukommt, und wegen des verwirrenden Bildes, das die Presse der Öffentlichkeit von ihm vermittelt hat, indem sie das E-Meter als eine Mischung von Zauberei, Gehirnwäsche und elektronischem Hokuspokus beschrieb, werden wir uns ein wenig genauer mit diesem Gerät befassen. Zuvor jedoch scheint es notwendig, daß wir uns kurz ins Gedächtnis zurückrufen, was es mit den Methoden der Audition auf sich hat.

* Der Autor hat sich bemüht, Menschen aufzuspüren, die *Excalibur* gekauft und gelesen haben. Der Erfolg blieb ihm versagt. Ist dieser Umstand darauf zurückzuführen, daß die Käufer sich an den Eid zur Geheimhaltung hielten, oder darauf, daß sie wahnsinnig wurden, als sie herausfanden, wofür sie 1500 Dollar bezahlt hatten?

Wie bereits dargestellt, verflüchtigen sich Engramme und hängengebliebene Eindrücke verschiedener Art, wenn der Mensch sich ihnen stellt und zeigt, daß er sie nach seinem eigenen Willen kontrollieren und manipulieren kann. Der Auditor führt den Patienten oder den «Preclear» auf der Spur seiner früheren Leben entlang und verhält an jedem Punkt, an dem die Erinnerung besonders scharf oder hartnäckig scheint. Ist das Ereignis aufgespürt, wird der Patient aufgefordert, es durch einen angemessenen Einsatz seiner Phantasie unter Kontrolle zu bringen. So kann er zum Beispiel angeregt werden, es wieder und wieder zu «zerstören» oder «neu zu erschaffen» und es durch seine Einbildungskraft so lange kleiner oder größer zu machen, bis er das Gefühl hat, es «im Griff» zu haben und den Druck, den es auf ihn ausübt, zu reduzieren oder völlig abzubauen.

Nehmen wir zum Beispiel an, der Auditor habe entdeckt, daß sein Patient auf einen Vorfall fixiert ist, der mit einer toten Krähe zu tun hat – die vielleicht das letzte war, was er sah, bevor er in der Schlacht von Hastings starb. Eine Methode, sich von diesem Ereignis zu befreien, bestände für den «Preclear» darin, daß er die geistigen Bilder toter Krähen zu beherrschen lernt, wobei ihm der Auditor dadurch helfen kann, daß er ihn auffordert, im Geiste verschiedene solcher Bilder – im Scientologen-Jargon «Attrappen» genannt – zu manipulieren. Er kann aufgefordert werden, tote Krähen zu zerstören, sie zu «verbrennen», sich vorzustellen, wie er sie verspeist oder anderen Leuten dabei zuschaut, wie sie sie verzehren usw. usw. Hat er dies häufig genug getan, und vermittelt er den Eindruck, als komme ihm das Ganze langsam ein wenig lächerlich vor, so geht man davon aus, daß der Vorfall in seiner Eigenschaft als zermürbendes Engramm überwunden ist. In der frühen Phase der Dianoetik wurde von vielen dramatischen Heilungen berichtet, die durch eine Behandlung dieser Art erzielt worden seien.

Es ist wichtig zu wissen, daß für Scientologen die Bilder, die die meisten von uns gleichsam vor ihrem geistigen Auge sehen und manipulieren können, nicht einfach Hirngespinste sind, sondern eine reale und objektive Existenz haben in ihrem eigenen Raum-Zeit-Kontinuum, wo sie der Thetan in seiner Allmacht geschaffen hat. Im Prinzip sollte es möglich sein, ein solches Bild so «real» zu machen, daß andere Menschen es genauso sehen können wie man selbst. Das Universum, in dem wir gegenwärtig leben, ist nach der Vorstellung der Scientologen nichts anderes als das Ergebnis des Umstandes, daß eine Schar von Thetanen – Sie, ich und alle anderen Menschen – irgendwann einmal übereinkamen, eine Anzahl dieser «Attrappen» gemeinsam für Realität zu halten, so daß diese «Attrappen» nunmehr die Welt ausmachen, die uns umgibt.

Aus dieser Theorie erklärt sich, warum bei der scientologischen Behandlung der Fähigkeit, solche Vorstellungsbilder geschickt zu handhaben, ein so großes Gewicht beigemessen wird. Und solche Exemplare der Spezies Mensch, die nicht über die notwendige lebhafte visuelle Phantasie verfügen, sind arm dran; denn ihnen fällt es unter Umständen schwer, in der Scientologie Fortschritte zu machen.

Wir kommen nunmehr zu unserem Ausgangspunkt zurück und stellen fest, daß selbst diejenigen, die mit den Wundern der Audition vertraut sind, zugeben würden, daß es in den Anfängen durchaus zweierlei war, über das Auffinden jener Punkte auf der Gedächtnisspur, an denen die bedeutsamen oder verdrängten Ereignisse zutage tragen, zu *sprechen* und sie tatsächlich zu *finden*. Bestenfalls mußte der Auditor darauf vertrauen, irgendein Zeichen – etwa in Form eines Zuckens oder Keuchens des Patienten – zu erhalten, wenn er sich einem kritischen Punkt näherte. Und allzu leicht konnte es geschehen, daß er von solchen Zeichen in die Irre geführt wurde. Ende 1950 oder Anfang 1951 machte ein Mann namens Volney Mathison aus Elizabeth in New Jersey von sich reden, der einen seltsamen, aber faszinierenden Kasten mit Drähten, Griffen, einer Skalenscheibe usw. mit sich herumtrug, von dem er behauptete, er könne Gedanken lesen.

Jedem, der mit dem komplizierten Geschäft des Gedanken- und Gedächtnislesens befaßt war, mußte Mathisons Gerät wie ein Geschenk des Himmels erscheinen. Hubbard indessen, der nie interessiert zu sein scheint an Entwicklungen in der Scientologie, die nicht auf ihn selbst zurückgehen, war zunächst ziemlich skeptisch. Die Leute von der Research Foundation aber brannten darauf, sich die Sache näher anzuschauen und sich den Wert des Geräts demonstrieren zu lassen.

Der Trick bestand, laut Mathison, darin, mit jeder Hand einen Griff zu fassen, die Meßnadel auf Null zu stellen und dann an irgend etwas zu denken. Bei jedem unerfreulichen oder erregenden Gedanken schlug die Nadel heftig aus. Für viele war das Elektropsychometer ein wahrhaft phantastisches Gerät, und die Gruppe, der es demonstriert wurde, war sich sehr wohl des Nutzens bewußt, den das Instrument für die Audition haben konnte. Auf der anderen

Seite hätte jeder, der sich jemals auch nur ein bißchen mit Elektronik befaßt oder einmal einen Kursus für Experimentalpsychologie besucht hatte, sofort erkannt, daß es sich hier um ein Gerät zur Messung eines Phänomens handelte, das man als galvanische Hautreaktion zu bezeichnen pflegt, und bei dem es um eine Veränderung der elektrischen Leitfähigkeit der Haut geht, zu der es in Phasen selbst leichter Erregbarkeit oder emotionaler Belastung kommt.

Das Grundprinzip besteht darin, daß man, indem man mit jeder Hand einen der beiden Pole der Apparatur anfaßt, über einen kleinen Verstärker und ein Meßgerät – in der Sprache der Wissenschaft Psychogalvanometer genannt – zu einem Teil des Stromkreises wird. Veränderungen im Widerstand dieses Stromkreises bewirken ein Ausschlagen der Nadel auf der Meßskala.

Dieser Widerstand nun kann – wie schon der erste Psychologe, der sich im neunzehnten Jahrhundert mit der Galvanischen Hautreaktion befaßte, entdeckte – auf verschiedene Weise variiert werden. Wenn zum Beispiel die Hände, die die Pole berühren, die Griffe leicht drücken, so wird dadurch ein besserer Kontakt zwischen dem Metall und der Haut hergestellt. Die Folge ist, daß der Widerstand verkleinert wird und die Nadel auf der Meßskala entsprechend wandert. Darüber hinaus reduzieren schon winzige Mengen von Schweiß auf der Haut den Widerstand des Stromkreises, da das Salz als Leiter wirkt und wiederum eine Bewegung der Nadel verursacht. Da beide Effekte, insbesondere der erstere, von demjenigen, der an das Galvanometer angeschlossen ist, kontrolliert werden können, ist das Gerät für die objektive Messung seines psychischen Zustandes mehr oder weniger unbrauchbar. Wer die Meßwerte verändern möchte, braucht nichts anderes zu tun, als die Griffe ein wenig fester zu drücken, und mit etwas Übung kann man binnen kurzem erreichen, daß die Nadel genau das tut, was man möchte.

Es kommt aber noch ein dritter wichtiger Punkt hinzu. Gemeint ist eine leichte Veränderung der Leitfähigkeit der Haut selbst als Teil des allgemeinen Sensibilisierungsprozesses, der einsetzt, wenn ein Mensch oder ein Tier alarmiert oder erregt ist. Und diese leichte Veränderung, die *nicht* durch den Willen zu steuern ist, sondern einen vom Willen unabhängigen Reflex darstellt, kann mit einem empfindlichen Galvanometer gemessen werden. Um durch Druck, Schwitzen usw. künstlich beeinflußte Resultate zu vermeiden, werden kleine Elektroden, die mit einer neutralen geleeartigen Masse überzogen sind, an den Handballen befestigt. Wird das Galvanometer auf diese Weise eingesetzt (eine Standarddemonstration in Psychologie-Kursen an der Universität), kann man ein heftiges Ausschlagen der Nadel beobachten, sobald derjenige, der an das Gerät angeschlossen ist, durch einen Nadelstich bedroht wird und sobald irgendein Tabuwort ausgesprochen oder eine furchterregende Fotografie gezeigt wird.

Scientologen freilich verzichten auf die soeben beschriebene Versuchsanordnung, und der «Preclear» umfaßt ganz einfach die Polgriffe, die wie kleine Blechdosen aussehen. Auf diese Weise kann die Person, die sich einer Audition unterzieht, bewußt oder unbewußt jene bedeutsamen Ereignisse aus ihren früheren Leben, die das E-Meter aufspüren soll, recht gut zutage fördern. Selbst wenn das E-Meter nicht vom Patienten selbst beobachtet, sondern vom Auditor kontrolliert wird, kann dieser natürlich dem ersteren sehr leicht durch unbewußte Signale zu verstehen geben, wann sich die Nadel bewegen soll. (Solche unbewußten Signale sind alles andere als ungewöhnlich und spielten früher bei der Telepathie eine sehr große Rolle, wenn die Testpersonen nicht durch Vorhänge voneinander getrennt waren.) Bezeichnenderweise werden die letzten Schritte auf dem Weg zum Zustand des «Clear» in einer langen Periode von «Solo-Auditionen» zurückgelegt, bei denen der Patient in jedem Stadium sein E-Meter selbst kontrolliert.

Vor die Frage gestellt, warum sie nicht Elektroden statt Blechhülsen benutzen, um so die willentliche Beeinflussung der Messungsergebnisse auszuschalten, sagen die Scientologen, daß ein Drücken der Griffe einen sehr charakteristischen Nadelausschlag verursacht und daß ein erfahrener Auditor derlei künstliche Beeinflussungen als solche erkennen und berücksichtigen kann. Sie behaupten sogar, daß die Bewegungen, die durch ein Mehr oder Weniger an Schweißabsonderung usw. verursacht werden, zu Reaktionen führen, die der geübte Auditor entdecken kann, und daß es Nadelausschläge gibt, die auf keine der oben genannten Ursachen zurückzuführen sind und die letztlich den Witz der ganzen Angelegenheit ausmachen. Entscheidend ist, so argumentieren sie, daß die geistigen Bilder vergangener Ereignisse – ob sie nun traumatisch sind oder nicht und ob sie sich auf dieses Leben beziehen oder auf irgendein früheres – *Realitäten* sind, die im Gedächtnis eine objektive Existenz haben.

Mit anderen Worten, der Gedanke hat Masse, und wenn ein Gegenstand vorgestellt wird, so erhält er damit eine Realität, die Substanz genug haben kann, um die Bewegung des E-Meters zu beeinflussen. Zu Veränderungen in der Bewegung kommt es, da zunächst nur die Person und das Instrument zugegen sind, bevor diese Person ihr geistiges Bild entwickelt oder sich ihr Engramm ins Gedächtnis zurückruf, das sodann als zusätzlicher Impuls in das System eindringt. Hat der Gedanke relativ *wenig* Masse, so kommt es zu einem geringen oder langsamen Ausschlag der Nadel. Die Masse kann aber auch so beträchtlich sein, daß die Nadel wild und ziellos ausschlägt und damit auf ein wichtiges traumatisches Ereignis in der Vergangenheit hinweist.

Es ist anzunehmen, daß dieses Phänomen bereits den Psychologen, die vor hundert Jahren mit dem Hautgalvanometer herumbastelten, als eines unter vielen Beispielen für das launische und unvorhersehbare Benehmen des Apparats geläufig war. Es scheint, als hätten die Scientologen sich lediglich mehr als irgend jemand vor ihnen mit den Grillen und Sonderbarkeiten dieser Trickkiste befaßt und ihr mehr Aufmerksamkeit geschenkt, als ihr je zuvor zuteil geworden war. Diese Ansicht wird gestützt durch die nüchterne British Psychological Society, die 1970 das E-Meter unter die Lupe nahm und zu dem Schluß kam, daß es sich dabei um nichts anderes als eine unzuverlässige Version des altbekannten Psychogalvanometers handle. Den einfältigen Amateuren jedoch, die sich um Hubbard scharten, kamen derlei kritische Gedanken nicht, und Mathisons Apparat war vom ersten Augenblick an der große Schlager – insbesondere als sein Erfinder demonstrierte, wie man ihn benutzen konnte, um Blockierungen oder Engramme auszumachen, noch ehe der Patient selbst sich ihrer bewußt wurde. Den wenigen Skeptikern, denen das Gerät irgendwie bekannt vorkam, präsentierte Mathison stolz die US-Patentnummer des Geräts, die er als vollauf hinreichenden Beweis für seine Behauptung ansah, daß er der Erfinder des Apparats sei. Damit wären vermutlich auch die letzten Spuren der Skepsis verwischt worden, hätte sich nicht irgendein unangenehm mißtrauischer Auditor (selbst unter Scientologen gibt es gelegentlich Leute, die nicht alles schlucken, was ihnen erzählt wird) die Nummer notiert und Erkundigungen beim US-Patentamt eingezogen. Er wurde belohnt mit der Entdeckung, daß es sich keineswegs um die Patentnummer für ein Instrument zur Messung von Gedanken handelte, das 1950 von Volney Mathison erfunden wurde, sondern um die Nummer für eine Dreschmaschine, die im Jahre 1860 von irgendeinem längst vergessenen Farmer aus dem Mittelwesten entwickelt worden war. Gleichwohl war man sich einig, daß das E-Meter, wer immer es auch erfunden haben mochte, wunderschön funktionierte, und seit dieser Zeit spielt es eine wichtige Rolle in allen scientologischen Veröffentlichungen. Sein Besitz stellt überdies eine entscheidende Vorbedingung dar für jeden, der ernsthaft an eine scientologische Karriere denkt, und die meisten Adepten der Scientologie verfügen inzwischen über einen solchen Apparat, der gegenwärtig um die 60 Pfund Sterling kostet und mit hübschen Skalen und prächtigen Griffen versehen ist.

Aber selbst eine Neuerung wie das E-Meter trug wenig dazu bei, dem steten Nachlassen des Interesses an der Dianoetik, zu dem es in den fünfziger Jahren kam, sowie an ihrem mehr philosophisch orientierten Nachfolger, der Scientologie, Einhalt zu gebieten. Was Hubbard betrifft, so sah er sich in der Zwischenzeit in Übersee nach neuen Gebieten um, die er erobern konnte. Besonders verheißungsvolle Gefilde scheinen englischsprachige Länder wie Australien, Südafrika und Neuseeland gewesen zu sein, wo er bereits einigermaßen bekannt war, und natürlich England.

Liest man die schmeichelhaften Kommentare, die veröffentlicht wurden, als die neue Mode auf ihrem Höhepunkt war, so bekommt man den Eindruck, daß die Dianoetik-Manie und der Erfolg des überschwenglichen Gründers der Bewegung nichts weiter waren als ein neuerliches Beispiel für die typisch amerikanische Neigung, auf sensationsträchtigen Unsinn wie «Blitzen» und Unterwasserhochzeiten zu fliegen. Es ist interessant und nicht ohne Ironie, daß heutzutage Amerikaner, die den Trubel der Anfangszeit vergessen haben, die Scientologie mit ihrer Herde von Hippies im Gefolge und ihren Thesen von sexueller Aufgeschlossenheit als typisch britisch betrachten und zu der Ansicht neigen, die ganze Angelegenheit habe ihre Wurzeln in dem Marktflecken East Grinstead. Im Jahre 1953 jedoch, etwa zu der Zeit, als Martin Gardner in seinem Buch *Fads and Fallacies* [Marotten und Attrappen] schrieb, der Kult habe sich ausgebrannt, sah sich Hubbard nicht etwa im traditionell gelassen reagierenden Großbritannien nach einem Platz für einen neuen Anfang um, sondern in den fernen Resten des britischen Empires, in Australien und Südafrika. Folglich machte er sich, während er sein Hauptquartier in Phoenix in Arizona beließ, auf eine Fahrt um die Welt und legte dabei besonders lange Aufenthalte in Sydney und Adelaide, Johannesburg und Durban ein. In diesen Städten fand er kleine Gruppen von Anhängern vor, die darauf brannten, ihn zu begrüßen. Außerdem gab es hier die ersten Ansätze von Zweigniederlassungen der Zentrale, die, in der Regel in kleinen gemieteten Büros untergebracht, entweder bereits eröffnet waren oder unmittelbar vor der Eröffnung standen.

Die Methode, deren man sich bei der Gründung scientologischer Organisationen überall in der Welt bediente, war einfach und folgte in allen englischsprachigen Ländern dem gleichen Prinzip. Der erste Schritt bestand darin, daß lokale Gruppen in großen Städten (die im allgemeinen dadurch entstanden, daß sich irgendwelche Leute – häufig waren es Science Fiction-Jünger – zusammentaten, um sich gegenseitig in Auditionssitzungen zu analysieren) von einem Mitglied der Zentrale in Phoenix aufgesucht wurden. Dieser Mann, der als persönlicher Abgesandter Hubbards fungierte, hielt vor den Einheimischen jeweils eine Reihe von Vorlesungen und absolvierte gegebenenfalls gegen Honorar ein paar kleine Auditionssitzungen. Sahen die Dinge günstig aus, bereitete er die Einrichtung eines offiziellen Büros mit einem kleinen Stab von Mitarbeitern vor, das mit einem Grundstock von Büchern, Tonbändern von Hubbards Vorlesungen usw. ausgestattet wurde. Wenig später begann dann die Niederlassung, offizielle Kurse in Scientologie zu geben, nach deren Absolvierung den Teilnehmern Abschlußzeugnisse überreicht wurden, die es ihnen gestatteten, eine besondere Art von Psychotherapie auf der Basis scientologischer Methoden zu praktizieren.

Wer hinreichend motiviert oder wohlhabend war, konnte sogar einen Kurs besuchen, der zum Erwerb des «akademischen Grades» eines Bachelor of Scientology (B. Scn.) führte. Es liegt auf der Hand, daß diese Abkürzung bei nicht allzu genauem Hinsehen leicht mit dem echten akademischen Grad des Bachelor of Science (B. Sc.) verwechselt werden kann. Der Grad des Bachelor of Scientology wiederum, der einen um die 100 Pfund Sterling ärmer machen konnte, war die Basis für den eigentlichen Griff nach den Sternen – für die höchste Auszeichnung der Scientologie, den Doktorgrad (D. Scn.), der weitere 200 Pfund Sterling kostete, und den man daher durchaus preisgünstig nennen könnte. Der Wert eines Doktortitels (ganz gleich in welcher Disziplin) für jemanden, der sich als Psychotherapeut betätigt, ist unleugbar, und der Kurs erfreute sich entsprechender Beliebtheit.*

Nachdem er die Bereiche des Commonwealth, die ihm geeignet schienen, hinreichend in Augenschein genommen hatte, traf Hubbard 1955 in England ein, wo er den Schwerpunkt der scientologi-

* Heute gilt bei den Scientologen das «D. Scn.» als Abkürzung für «Dean of Scientology».

schen Aktivitäten in der «Scientologischen Klinik» in Notting Hill Gate ausmachte. Es ist nicht sicher, wer in der Organisation der Scientologen das bedeutungsschwere Wort «Klinik» zur Kennzeichnung der einigermaßen dürftigen Büros und sonstigen Räumlichkeiten wählte, in denen die Bewegung in Notting Hill ihre Heimstatt gefunden hatte. Es ist freilich kaum vorstellbar, daß Grundsatzentscheidungen dieser Art von jemand anderem als Hubbard selbst getroffen wurden. Überdies wurden die scientologischen Zentren keineswegs nur in Großbritannien so bezeichnet, und in der Nummer 34-G der amerikanischen Zeitschrift *Scientology* wird uns in einem langatmigen Artikel über «Scientologische Zeugnisse» auseinandergesetzt, daß der «Grad des ‹Doktors der Scientologie› nur demjenigen verliehen wird, der ... seine Schulung als Bachelor of Scientology in den Klinischen Kursen für Fortgeschrittene abgeschlossen hat». Die «Macht» eines Doktors der Scientologie, so heißt es in dem Artikel weiter, ist «beträchtlich». Er kann ausbilden, Prüfungen abnehmen und Zeugnisse für ungültig erklären, und er kann «Kliniken gründen». Die Höchstgebühr für den Erwerb des Doktortitels, zu dem der Weg über eine Reihe von Titeln minderen Ranges führte, betrug zu jener Zeit fünfzehnhundert Dollar.

Wer sich mit Motivation und Orientierung der Scientologie und all jener, die sie ausübten, beschäftigt, darf, zumindest was die frühe Phase der Entwicklung betrifft, den bewußten Einsatz von Doktortiteln und Ausdrücken wie «Klinik», «Klinischer Kurs für Fortgeschrittene» usw. nicht außer acht lassen. Sowohl die scientologischen «Kliniken» als auch die «Doktoren» der Scientologie verschwanden in den späten fünfziger und beginnenden sechziger Jahren, als die Bewegung sich mehr und mehr von einer vorwiegend therapeutischen Rolle zu einer weitgehend «spirituellen» Rolle hinentwickelte, sang- und klanglos von der Bildfläche.

Einer der ersten Schritte, die Hubbard nach seiner Ankunft in England unternahm, bestand darin, eine Serie von öffentlichen Vorlesungen im New Lindsay Theatre Club in Notting Hill zu halten. Diese Veranstaltungen wurden von einem begeisterten Publikum besucht, das sich geradezu danach gesehnt hatte, den Mann höchstselbst in Augenschein zu nehmen. Was die Presse betrifft, so fanden die Vorlesungen bei ihr so gut wie kein Echo, sei es nun positiv oder negativ, und die Zuhörerschaft bestand fast ausschließlich aus engagierten Scientologen oder Mitläufern.

Diese Situation war von jeher charakteristisch für Hubbards

Auftritte. Seit dem unglückseligen Zwischenfall im Shrine Auditorium hat er den Ort seines Auftretens stets mit großer Sorgfalt ausgewählt und dabei Wert darauf gelegt, vor Versammlungen zu sprechen, die sich ausschließlich aus Scientologen zusammensetzen. Hohe Eintrittspreise sorgen zusätzlich dafür, daß Andersdenkende nicht zugegen sind. Dieser Umstand trägt zur Erklärung der sehr ungleichmäßigen Qualität von Hubbards Podiumsreden bei, die zum Teil so schlecht aufgebaut sind, daß nur ein wahrhaft begeistertes Publikum bereit sein dürfte, sie zu ertragen. Gleichwohl sind sie bei seinen Schülern zweifellos ein Erfolg, und bei besonderen Treffen und Kongressen, bei denen Hubbard aus verschiedenen Gründen heutzutage nur selten zugegen ist, lauscht man Tonbandaufzeichnungen dieser Reden mit großer Aufmerksamkeit und Hingabe.

Leider ist es nicht möglich, die Tonbandaufnahme einer solchen Rede beizufügen. Für die hochgradig Motivierten unter den Lesern mag es von Interesse sein zu erfahren, daß derlei Tonbänder für etwa 12.50 Pfund Sterling *pro Spule* in scientologischen Filialläden zu erstehen sind. Die meisten Nicht-Scientologen werden allerdings zu der Erkenntnis gelangen, daß sie diese Summe nicht einmal als Dokumente des Humors oder der Zeitgeschichte wert sind. Sie sind in der Regel knapp eine Stunde lang, und für jemanden, der nicht völlig überzeugt ist, daß er den Worten des Messias lauscht, kann das Abhören eines solchen Bandes zur ermüdenden Prozedur werden, wenn auch nicht zu leugnen ist, daß Hubbard eine interessante Stimme hat, die volltönend ist und die Worte gut moduliert. Sein Gefühl für das, was «ankommt», ist ausgezeichnet, und er durchsetzt seine Rede mit mild-humorigen Anekdoten persönlicher Art, die geschickt genug vorgetragen werden, um bei seinem enthusiastischen Publikum einen Lacher zu provozieren.

Eine echte Zumutung ist hingegen die dürftige Aussage seiner Reden, die sich selten konsequent auf ein Thema bezieht und meist wenig zu tun hat mit dem angekündigten Titel seines Vortrags. Auf einem der Bänder zum Beispiel, auf dem laut Titel eine Rede über *Die Geschichte der Dianoetik* aufgezeichnet ist – ein Thema, über das eigentlich jeder Redner Interessantes sagen könnte –, wird man mit nichts anderem traktiert als mit einer Vielzahl von Anekdoten über Hubbards Leben in der Marine, mit ein paar Erinnerungen an den berühmten Commander Thompson und mit einem Haufen von Witzchen oder hämischen Attacken, die sich gegen die Psychiater richten und Ausdruck einer fixen Idee Hubbards sind, die sich wie ein roter Faden durch all seine Werke und mündlichen Ausführungen zieht.

Noch obskurer wird das Ganze, wenn der Titel der Rede «Werdenheit» (*Becomingness*), «Gegenüberheit» (*Confrontingness*) – typisch scientologische Termini – oder ähnlich lautet, und dennoch lacht und applaudiert das Publikum so begeistert wie eh und je. Der Grund hierfür ist vermutlich darin zu suchen, daß eingefleischte Scientologen ihre kritische Potenz unter jenen Punkt sinken lassen, den der gesunde Menschenverstand vorgibt, und man hat das Gefühl, daß Hubbard auch dann gewaltiger Ovationen sicher wäre, wenn er sich auf das Podium stellte und von rechts nach links aus dem Telefonbuch vorläse.

Um Hubbard gerecht zu werden, sei gesagt, daß er sich mit großem Einfallsreichtum der modernen Kommunikationsmethoden bedient und zu den ersten Menschen gehört haben muß, die den propagandistischen und kommerziellen Wert des Tonbandgeräts erkannten. Schon seit den ersten Tagen der Dianoetik hat er spezielle Vorlesungen, persönliche Auditionssitzungen usw. auf Tonbändern mitgeschnitten, die sodann über die ganze Welt verteilt und mit beträchtlichem Gewinn verkauft oder verliehen wurden. Heutzutage stellt für jeden Gläubigen das Erscheinen von *Ron's Journal*, einer jährlichen mündlichen Botschaft an alle Scientologen, den Höhepunkt des Jahres dar. Sie hat den Charakter einer gemütlichen Kaminplauderei – die übrigens auf Hubbards hochseetüchtigem Flaggschiff aufgenommen wird –, in deren Verlauf Einzelheiten über neue sensationelle Fortschritte in der Scientologie bekanntgegeben werden. Daneben fehlt es nicht an heftigen Ausfällen gegen die Welt der Politik und des Big Business, von denen er derzeit behauptet, sie seien darauf aus, ihn zu zermalmen.

Irgendwann im Jahr 1955 beschloß Hubbard offenbar, Amerika den Rücken zu kehren und sich in England niederzulassen. Nach einem kurzen Aufenthalt in einem Hotel zog er in eine Londoner Wohnung und führte ein offenes Haus, in dem eine kleine, aber enthusiastische Scientologen-Brüderschaft aus der City ein und aus ging. Die Bewegung befand sich zu dieser Zeit auf einer Talsohle, auf der sie mindestens fünf Jahre lang verweilte, bevor sie, nach einer langsamen Erholung, plötzlich noch einmal zu spektakulärer Publizität kam.

Es waren die Jahre in der Wüste. Die «Klinik» in Notting Hill Gate zog nur eine traurige Zahl von Besuchern an, eine Mischung aus Müßiggängern, Kaffeehaus-Intellektuellen, chronischen Neurotikern, ein paar Möchte-gern-Psychotherapeuten und der ebenso unvermeidlichen wie öden Kollektion von Kultfetischisten, die das Gewand der Christlichen Wissenschafter, der Theosophen, der Spiritisten, Astrologen und Yogis getragen und abgelegt haben. Hubbard selbst scheint es damals noch recht gut gegangen zu sein, wenn auch die Londoner scientologische Organisation als solche in einem dürftigen Zustand war. Bei Veranstaltungen wurde für den «Aufbaufonds» gesammelt, aus dessen Mitteln irgendwann ein «Hubbard-Haus» gegründet werden sollte. Aber als 1956 fast die Hälfte von Notting Hill den Maschinen der Abbrucharbeiter zum Opfer fiel, war es einzig und allein der großzügigen Geste eines menschenfreundlichen Geschäftsmannes (der weder der erste noch der letzte von vielen war) zu verdanken, daß man in ein anderes, geräumigeres Haus an der Fitzroy Street umziehen konnte.

Mehr Raum brauchte auch Hubbards Familie – und zwar wegen seiner Frau Mary Sue, die er in Wichita kennengelernt und geheiratet hatte. 1959 hatten die beiden bereits vier Kinder, und das Haus an der Old Brompton Road begann ein wenig eng zu werden. Emissäre wurden ausgesandt, die nach einer angemessenen Unterkunft suchen sollten, und einer von ihnen zog denn auch in der Tat einen großen Fisch an Land. Es war Saint Hill Manor, die schöne ehemalige Residenz des Maharadschas von Jaipur am Rande von East Grinstead in der grünen und baumreichen Landschaft von Sussex. Mit elf Schlafzimmern, acht Bädern, einem Ballsaal, einem Swimmingpool und zahlreichen Wohnräumen war es geräumig genug für fast jeden. Und das viele Morgen große Grundstück, auf dem es stand, versprach Abgeschlossenheit und Isolation, für den Fall, daß man ihrer einmal bedurfte. Der Kaufpreis, so heißt es, lag bei 16 000 Pfund Sterling, und wenn er das Haus tatsächlich für diese Summe erhielt, dann hatte er ein gutes Geschäft gemacht.

5. Kapitel
Der Meister von Saint Hill

Als Lafayette Ronald Hubbard Einzug in Saint Hill Manor hielt, sah es für viele uneingeweihte Betrachter so aus, als sei die Scientologie auf dem besten Wege, in Vergessenheit zu versinken. Das Interesse der Öffentlichkeit war gering, die Zahl der neu hinzukommenden Anhänger deprimierend klein, Auditionen zahlten sich nicht länger aus, und natürlich waren weit und breit keine «Clears» in Sicht.* Die Versuche, die goldenen Tage der Dianoetik in England noch einmal erstehen zu lassen, schienen gescheitert, und irgendwie hatte sich sogar der Menschentyp, der an der Scientologie interessiert war, geändert. Verschwunden waren die Intellektuellen, Universitätsabsolventen, die leicht aus der Art geschlagenen Mitglieder freier Berufe, die unter den Pionieren recht zahlreich vertreten gewesen waren. An ihre Stelle waren Leute getreten vom Typ des kleinen Geschäftsmannes oder der aggressiven Sekretärin, die nichts mit dem Universitäts-Leben im Sinn hatten und von Kant ebenso unbeleckt waren wie von Science Fiction. Die Scientologen konnten diesen Umstand als Zeichen einer Verlagerung in die richtige Richtung deuten, als Zeichen einer Entwicklung von der Scheinhaftigkeit zur Ehrlichkeit, die der Bewegung nur zugute kommen könne. Er kann jedoch auch als Hinweis darauf verstanden werden, daß Hubbards ursprüngliche Fähigkeit, die Neugier der Intellektuellen und Gelehrten zu wecken, im Schwinden begriffen war.

* Frühere Behauptungen, wie sie im Zusammenhang mit Gestalten wie Sonia Bianca und Ron Howes verbreitet worden waren, hatte man augenscheinlich unter den Teppich gekehrt.

Es liegt nahe, sich an dieser Stelle die Frage zu stellen, ob Hubbard selbst anfing, der Bewegung, die er geschaffen hatte, überdrüssig zu werden, und ob der Umzug nach Saint Hill nicht vielleicht der erste, bewußt unternommene Schritt auf dem Weg zur Loslösung war. Diese Ansicht, der von scientologischer Seite heute zweifellos vehement widersprochen würde, scheint bis zu einem gewissen Grade durch eine Analyse seiner öffentlichen Aussagen und Presseinterviews aus jener Zeit gestützt zu werden. Am aufschlußreichsten ist in diesem Zusammenhang vermutlich ein Interview, das er der Zeitschrift *Lilliput* gab, die damals in den letzten Zügen lag und nun als eine Zeitschrift über die Runden gebracht werden sollte, wie sie heute etwa der *Playboy* darstellt. Der Artikel – nicht gerade der gelehrteste und scharfsinnigste, der je in einem britischen Magazin erschienen ist – trug die Überschrift «Geschlechtsleben eines männlichen Kohlkopfs» und hatte praktisch nichts mit Dianoetik oder Scientologie zu tun. Statt dessen wurde dem Reporter, einem Mann namens Charles Hamblett, eine Lektion über Hubbards neueste Forschungen zuteil, die (wie der Titel ahnen läßt) mit der Psychologie der Pflanzen zu tun hatten und mit Hubbards erfolgreichen Versuchen, mit den Pflanzen zu kommunizieren. Laut Hubbard – den der *Lilliput*-Reporter als den «vielleicht bestinformierten Menschen der Gegenwart» bezeichnet, «neben dem Albert Schweitzer ein gutmütiger Kenner des Mittelalters ist und Aldous Huxley ein naiver Meskalin-Augur» – ist es von entscheidender Bedeutung für uns, daß wir lernen, mit Pflanzen zu kommunizieren, wenn wir sie zum größten Vorteil der Menschheit nutzen wollen. Durch «psychologische Observation» gelange man zu der Erkenntnis, daß es erstaunliche Parallelen zwischen gärtnerischen und menschlichen Prozessen gäbe. «So wie es böse Menschen gibt, gibt es auch böse Pflanzen», wurde der Reporter belehrt. Es gäbe Pflanzen, die jeden töten wollten, und andere, die jeden liebten. Die ersteren sind «überaus tückisch, die Psychopathen». Sodann berichtet Hubbard – ohne Zweifel in Erinerungen an seine Tage als Forschungsreisender schwelgend – von den «Killer-Bäumen am Amazonas, die versuchen, ihre Äste um den Hals der Forscher zu winden und sie zu erwürgen», von «einem bestimmten gemeinen Kaktus in Arizona, der den unachtsamen Vorübergehenden anspringt», und selbst von dem gefürchteten «Sparomomentum» der Südsee, das «einem Menschen das Hemd vom Leibe reißt». Was die guten Pflanzen betrifft, die «unbeschwerten», nun ja, so sind sie nach Hubbard ganz einfach sanftmütig. Sie nehmen es nicht übel, wenn man sie verspeist. «Und mein lieber Mann», so die zitierte Anmerkung von Hubbard, «die sind vielleicht sensibel!»* Als er entdeckte, daß Tomaten um Gnade schreien, wenn ihnen die Haut abgezogen wird, und Salatblätter heulen, wenn sie zerschnitten werden, konnte er «tagelang keinen Salat mehr anrühren». Hubbard beeilte sich allerdings hinzuzufügen, daß die Sache mit dem Schreien und Heulen der Pflanzen bildlich zu verstehen sei; man brauche ein Spezialinstrument, um ihren Schrei des Protestes und der Empörung wahrzunehmen. Das Instrument wurde dem Reporter denn auch prompt vorgestellt. Es hieß «Hubbard-Elektrometer – vermutlich nichts anderes als ein neuer Name für das E-Meter, jenes vielseitigste aller Instrumente, das hier in seiner bis heute wohl spektakulärsten Rolle vorgestellt wird.

Der *Lilliput*-Artikel wirkt ziemlich konfus, und es stellt sich die Frage, wie ernst das Interview von den beiden beteiligten Seiten genommen wurde. Aber wie genau oder ungenau es auch immer wiedergegeben wurde: Die ganze Episode trägt zumindest dazu bei, den sonst einigermaßen mysteriösen Text zu erklären, der sich im amerikanischen *Who's Who in the South and West* unter dem Stichwort Hubbard findet, und in dem er nicht nur als Schriftsteller, Forscher und Kernphysiker bezeichnet wird, sondern auch als «Pionier des Gartenbaus».

In den ersten Interviews, die er der Lokalpresse gab, nachdem die Möbelwagen kaum ihren Inhalt in Saint Hill Manor abgeladen hatten, lag der Akzent denn auch nicht auf der Scientologie, sondern auf dieser neuen Seite seines wissenschaftlichen Interesses. Ein Reporter des Brightoner *Evening Argus* bekam im April 1959 ein Interview und schrieb: «Der neue Besitzer von Saint Hill Manor, dem Millionärssitz eine Meile außerhalb von East Grinstead, ist der Enkel eines Viehbarons aus Montana. Er will sich dem ‹Hämmern und Dröhnen der Großstadt› entziehen und sich dem Schreiben sowie dem *Experimentieren mit Pflanzenmutationen* widmen.»

«Meine Hobbies sind Gartenbau und Blumenzucht», so zitiert der Reporter Hubbard. «Ich werde wahrscheinlich Röntgenappa-

* Zehn Jahre später weckten die Versuche Clyde Backsters aufs neue das Interesse an der Gefühlswelt und Sensibilität der Pflanzen. Backster ist überzeugt, daß die Pflanzen Schmerz empfinden und das Gefühl der Verzweiflung kennen. Zur Messung ihrer Reaktionen benutzt er ein dem E-Meter ähnliches Gerät.

rate einsetzen, um die Pflanzen zu veranlassen, die seltsamsten Dinge zu tun; um sie mutieren zu lassen. Das ist eines meiner Hauptinteressen.» Darüber hinaus erzählte er dem Reporter, er habe kurz zuvor an «technischen Dingen wie Kernphysik» gearbeitet und plane, eine Studie über Scientologie und retardierte Kinder zum Abschluß zu bringen.

Es dauerte nicht lange, bis der ungewöhnliche Gartenbauer ein vehementes Interesse für die kommunalen Angelegenheiten von East Grinstead entwickelte und damit eine neue Seite seines umfassenden Talents offenbarte. Am 6. November 1959 berichtete das Lokalblatt, «Doktor Hubbard» habe gelesen, daß das East Grinstead-Komitee für Sicherheit im Straßenverkehr einen Organisator für Verkehrssicherheit suche und daraufhin «sich und seine Organisation» dem Komitee zur Verfügung gestellt, nachdem er zuvor dessen Mitglieder über seine weltweite Erfahrung auf diesem Sektor des kommunalen Dienstes in den Vereinigten Staaten aufgeklärt habe. Das Komitee lud ihn daraufhin ein, an seiner nächsten Sitzung teilzunehmen und «über die beträchtlichen Erfahrungen zu berichten, die er in Philadelphia gesammelt» habe und überdies vorzutragen, welche Beobachtungen er im Hinblick auf die Situation des britischen Straßenverkehrs habe machen können. Nachdem Hubbard vor dem Komitee eine Rede gehalten und unter anderem die Einrichtung eines die ganze Stadt einbeziehenden Systems von miteinander verbundenen Verkehrsampeln vorgeschlagen hatte, wurde er prompt zum Verantwortlichen für die Sicherheit im Straßenverkehr East Grinsteads gewählt. Es dauerte allerdings nicht lange, bis er sein neues Amt zur Verfügung stellte und den Dank des Stadtrates für seine Verdienste entgegennahm.

Die Liebesaffäre zwischen der Stadt und ihrem exzentrischen, millionenschweren Wissenschaftler zog sich mindestens ein Jahr lang hin. Das Lokalblatt berichtete von seinen Spritztouren zu «wissenschaftlichen Konferenzen» in Australien, Südafrika und Amerika, und das Wort Scientologie tauchte dabei kaum irgendwo auf. Als tüchtiger Fotograf machte Hubbard überall in East Grinstead Aufnahmen und warb für die Einkaufsmöglichkeiten und andere Attraktionen der Stadt in einem kleinen Büchlein, das später gratis an Scientologen und Einwohner der Stadt gleichermaßen verteilt wurde. Er scheint sich sogar einen Butler zugelegt zu haben, der, in standesgemäße Uniform gehüllt, seinem Herrn auf einem Silbertablett Coca-Cola servierte.

Alles schien darauf hinzudeuten, daß Hubbard dabei war, problemlos in die Rolle des exzentrischen Landhausbesitzers und örtlichen Wohltäters zu schlüpfen, und das wäre er denn wohl auch heute noch, wäre es nicht um 1960 gegen alle Erwartung zu einer langsamen Wiederauferstehung der Scientologie gekommen. Mit dieser Entwicklung begann zugleich das Ende der Liebesaffäre zwischen Hubbard und den Bürgern von East Grinstead.

Der Grund dafür, daß die Scientologie damals wieder ständig an Boden gewann, ist schwer auszumachen. Wäre der langverheißene Status des «Clear» plötzlich auf breiter Front erlangt worden, so wäre diese Entwicklung kein Grund zur Überraschung gewesen. Abgesehen von routinemäßigen Sensationsmeldungen in den wenig überzeugenden Publikationen der Bewegung jedoch gab es nichts, was auf einen Fortschritt in diese Richtung hingedeutet hätte. Der einleuchtendste Grund scheint darin zu liegen, daß Hubbard sich mit mehr oder weniger festem Wohnsitz in England niedergelassen hatte und auf diese Weise London und East Grinstead zum Ziel zahlreicher Besuche von Anhängern aus Übersee machte. Als er die unangemessene Behausung in London verließ, um in Saint Hill Manor einzuziehen, wurde die Anziehungskraft noch stärker. Nunmehr kamen die Scientologen nicht mehr nur zu einem günstig gelegenen Ort; sie kamen zugleich, um zu Füßen des Meisters zu sitzen. Eine zweite mögliche, wenn auch vielleicht weniger überzeugende (aber weit interessantere) Erklärung ist, daß etwa zu jener Zeit die Scientologie erstmals Zeichen einer echten Wandlung von einer fragwürdigen Schule der Amateurpsychotherapie zu einem eindeutigen, wenn auch recht exzentrischen Glaubenssystem erkennen ließ. Diese Metamorphose ist außerordentlich wichtig und verdient es, näher betrachtet zu werden.

Die Untersuchung der überlieferten Anfänge der Dianoetik gibt kaum einen Hinweis darauf, daß in ihre Lehre irgendein religiöser Glaube, und sei er noch so unorthodox, eingebaut war. Man könnte sogar die Behauptung wagen, daß die Dianoetik in den Anfängen mit ihren Vorstellungen von der Schaffung des Übermenschen und ihrer unausgesprochenen Verachtung für etablierte Glaubensrichtungen jeder Art geradezu antireligiös war. Unterhaltungen mit «Pionieren» der Dianoetik scheinen zu unterstreichen, daß in jenen Tagen die orthodoxe Religion als durch die Entdeckungen Hubbards völlig überholt empfunden wurde, und daß religiös eingestellte Menschen das Ganze als ziemlich anstößig betrachteten. Gewiß, es gab einige Augenblicke in den allerersten Tagen der Scientologie, in denen es den Anschein hatte, als steuere Hubbard den ganzen Verein in die Bereiche des Okkultismus. Den besten Beweis dafür liefern die frühen Ausgaben der Zeitschrift *Scientology.* Die Nummer 3-G, zum Beispiel, mit der unglaublichen Schlagzeile QUELLE DER LEBENSENERGIE GEFUNDEN auf der Titelseite, hat den Untertitel «Scientologie erreicht die dritte Stufe weit eher als geplant; Erweckung von Toten oder Fast-Toten könnte möglich werden». Der Aufsatz berichtet, Hubbard habe entdeckt, daß die Lebensenergie sich «nicht unterscheidet von Impulsen wie Elektronen und Protonen, sondern ... den oberen Frequenzbereich der gleichen Wellenquelle darstellt, die im physikalischen Universum jene Energien hervorbringt, die von James Clerk Maxwell, DeForest, Marconi und Edison gemessen wurden». Viele Antworten auf «das Rätsel des menschlichen Da-Seins (*being-ness*)» habe Hubbard bereits geben können, bevor die restlichen Antworten «wie ein Sturzbach» über ihn hereingebrochen seien.

Wie zu erwarten, enthält weder die Nummer 3-G noch die Nummer 4-, 5- oder 6-G nähere Angaben über das gelöste Rätsel des menschlichen Da-Seins, und der Artikel fährt fort mit dem Hinweis, Dr. Hubbard rechne damit, daß seine Ankündigung – insbesondere soweit sie sich auf die Auferstehung vom Tode beziehe – einige Skepsis hervorrufen werde. Eine solche Skepsis sei indessen ungerechtfertigt, wenn man bedenke, daß «die Menschheit schon zu früherer Zeit über ein beträchtliches Wissen verfügt» habe. Die griechischen Götter, zum Beispiel, hätten «vermutlich existiert», und die «glühende Energie und das Potential des Jesus Christus und früher Heiliger sind allgemein bekannt». Für Tausende von Jahren hätten die Menschen vergeblich versucht, solches Potential zu erlangen. Durch die Scientologie nun sei «die Wiedererlangung dieses Energiepotentials und der Fähigkeit, es zu nutzen, plötzlich zu einer Sache von zwei bis fünfundzwanzig Stunden angemessener Übung» geworden. Der Zustand, den es dabei zu erreichen gelte, sei der des «Theta Clear».

Derlei Absurditäten werden an dieser Stelle nur zitiert, um einen Eindruck von der phantastischen Aura zu vermitteln, die die Bewegung in ihren Anfangstagen umgab. Überdies erinnern sie daran, welcher Art die Behauptungen waren, die von Hubbard und seinen Kollegen damals im Namen der Scientologie aufgestellt wurden. Für den, der meint, Dianoetik und Scientologie seien nie im Bereich der psychologischen oder gar quasi-medizinischen Therapie eingesetzt worden, wird die Lektüre der frühen Ausgaben der Zeitschrift *Scientology* oder des aus der gleichen Ecke stammenden *Professional*

Auditors Bulletin aufschlußreich sein. Die Ausgabe 15-G (1953) von *Scientology* enthält eine Kolumne von Hubbard mit dem Titel «Das Krankenblatt des Alten», in der Dinge zitiert werden, die angeblich Auszüge aus der «Patientenkartei des Dr. Hubbard» darstellen oder «Ratschläge zur Behandlung von Fällen, die er in Briefen oder im mündlichen Gespräch Auditoren gegeben hat». Einer dieser Fälle betrifft ein achtzehn Monate altes Baby, daß offenbar an Leukämie erkrankt war und «nach Meinung von Medizinern noch eine Woche zu leben hatte». Der englische Auditor hatte Hubbard um Rat gefragt, da «die Medizin wie gewöhnlich den Fall aufgegeben hatte ... und der Hausarzt darauf bestanden hatte, daß ein Scientologe hinzugezogen wurde». Hubbard schreibt: «Er erhielt die folgende Auskunft: Leukämie ist offenbar psychosomatischen Ursprungs, und mindestens acht Fälle von Leukämie sind mit Erfolg durch Dianoetik behandelt worden ... Als Quelle der Leukämie wurde ein Engramm angegeben, das den Satz enthält: ‹Das läßt mein Blut zu Wasser werden›.»

Für diejenigen, die im Scientologen nicht einen Ersatz für den Priester, sondern für den Arzt oder Psychotherapeuten sahen, muß es einigermaßen verwirrend gewesen sein, als am 21. Juli 1955 die Nachricht veröffentlicht wurde, daß in Washington D. C. die Gründerkirche der Scientologie eingetragen worden sei. Gewiß, die Gründe, die für diese Anknüpfung an die herkömmliche Religion angeführt wurden, sind weniger idealistisch als pragmatisch. Ein Gesichtspunkt war, daß qualifizierte Scientologen nunmehr zu «Geistlichen» ernannt werden konnten und als solche von niemandem daran gehindert werden durften, ein Krankenhaus zu betreten, um demjenigen eine scientologische Behandlung zukommen zu lassen, der ihrer bedurfte. In einem Rundschreiben an führende Repräsentanten der Bewegung, das zu einem sehr viel späteren Zeitpunkt (am 12. März 1966) herausgegeben wurde, erklärt Hubbard die Umwandlung der britischen *Gruppe* in eine Kirche mit den folgenden Worten: «Alle Auditoren werden zu Geistlichen, und Geistliche genießen vielerorts besonders Privilegien, zu denen unter anderem Steuervorteile und Wohnungszulagen gehören.» Und er fügte bedeutungsvoll hinzu: «Natürlich ist alles Religion, was sich mit der menschlichen Seele beschäftigt. Und auch Parlamente greifen Religionen nicht an.»

Die Sache wurde eine Zeitlang so ernstgenommen, daß alle zu Geistlichen ernannten Mitglieder der Bewegung aufgefordert wurden, Beffchen und andere passende Kleidungsstücke zu tragen.

Mindestens ein führendes Mitglied des Londoner Büros weigerte sich, dies zu tun, und heute scheint es in das Ermessen des einzelnen gestellt zu sein, ob er ein Beffchen trägt oder nicht, wenngleich so gut wie jede «Org» – wie sich die einzelnen scientologischen Organisationen nennen – seinen «Kaplan» hat, der in geistlichen Gewändern herumläuft.

Gleichwohl hat der Erwerb der schmückenden Fassade einer Religion nicht nur rein fiskalische Vorteile, und ohne Zweifel setzen sich viele Leute lieber mit Eifer für eine sich entwickelnde Religion ein als für die Förderung eines ziemlich komplexen und teuren Systems der Psychotherapie. Das Proselytenmachen wurde zum erstenmal in der Geschichte der Scientologie zum festen Bestandteil der Pflichten der unteren Chargen, und die Folgen dieses Umstandes wurden, wie zu erwarten war, zuerst in der Nachbarschaft von Saint Hill Manor spürbar. Noch bevor das Jahr 1960 zu Ende ging, wurden die ersten Klagen in East Grinstead laut.

Im Verlauf des Jahres 1961 wurde die Zahl der Besucher von Saint Hill größer und größer, und der Ruf des Herrenhauses breitete sich aus. Bis 1962 hatte Hubbard – dessen Interesse an der unrentablen Erforschung der Kommunikation mit Tomaten offenbar deutlich abgeflaut war – offenbar sein gesamtes Selbstvertrauen zurückgewonnen zu haben, sofern er es je eingebüßt hatte. Er demonstrierte dies mit einem persönlichen Brief, den er am 13. August an das Weiße Haus schickte. In diesem Schreiben wies er Präsident Kennedy warnend darauf hin, daß sich die Russen eindeutig um ihrer ruchlosen Zwecke willen für die Scientologie interessierten, und bot ihm freimütig seine Unterstützung «und die Hilfe der Scientologie bei der Verringerung des Rückstandes im Wettlauf um den Weltraum» an.

Auf die naheliegende Frage, was, um Himmels willen, die Scientologie den Raketenmännern der NASA zu bieten haben mochte, gibt es eine einfache Antwort: Mit Hilfe der Scientologie ließ sich die Ausbildungszeit für Astronauten dramatisch verkürzen. Hubbard wies darauf hin, daß die Scientologie einen «ganzen Komplex von Fähigkeiten zu bieten hat, die insbesondere beim Flug oder beim Raumflug genutzt werden können. Die gesamte für den Flug notwendige Konditionierung des Piloten kann gründlich und permanent durchgeführt werden, ohne daß es dazu der gegenwärtig angewendeten Drillmethoden bedarf. Das Wahrnehmungsvermögen eines Piloten oder Astronauten kann ins Übermenschliche gesteigert und seine Widerstandskraft bis zu einem Grad verstärkt werden, der bisher für einen Menschen unerreichbar war.» Irgendein Glaube oder Aberglaube sei dafür nicht nötig, und Hypnose und Drogen würden nicht verwendet. Die Regierung brauche nichts anderes zu tun, als «jeden, den sie für den Raumflug oder den gewöhnlichen Flug konditionieren, oder jeden, dessen Intelligenzquotienten sie steigern lassen möchte, an uns zu überweisen. Alles andere werden wir dann in die Hand nehmen.»

In einem verblüffenden Absatz lenkt er die Aufmerksamkeit des Präsidenten auf den berühmten Brief, den Albert Einstein in den vierziger Jahren an Roosevelt schrieb und in dem der große Mathematiker auf die Möglichkeit des Baues einer Atombombe hinwies. Hubbard hebt hervor, wie sehr sich Roosevelt den Inhalt des Briefes zu Herzen genommen habe. «Dies ist wieder ein solcher Brief», vermerkt er ominös und fügt hinzu, er beabsichtige, in naher Zukunft die Vereinigten Staaten zu besuchen, und man könne über sein persönliches Büro in Washington Kontakt mit ihm aufnehmen.

Präsident Kennedy beantwortete den Brief nie – eine Tatsache, die Hubbard einigermaßen überraschte, wie sich einer seiner Vertrauten aus jenen Tagen erinnert. Trotzdem zog die Scientologie die Aufmerksamkeit der Regierung auf sich, wenn auch gewiß nicht so, wie er es sich vorgestellt hatte. Am 4. Januar 1963 führten Beamte der US Food and Drug Administration einen sensationellen Schlag gegen das Washingtoner Büro der Bewegung. Sie beschlagnahmten Bücher und Schriften und schleppten haufenweise E-Meter davon. Es war ein Schlag gegen das Prestige der Bewegung, aber wie es bei derartigen Aktionen von seiten der Behörden zu sein pflegt, hatte auch diese nur den Erfolg, daß sie die Scientologen zum erstenmal zu Märtyrern stempelte. Von diesem Augenblick an entwickelte sich die Bewegung auf einen Höhepunkt zu.

6. Kapitel
Scharmützel mit den Behörden

Bis zu der Razzia der Food and Drug Administration (FDA) vom Januar 1963 war weder die Dianoetik noch die Scientologie in ihrer relativ langen Geschichte auch nur ein einziges Mal ernsthaft mit dem Establishment, sei es in Form der Regierung oder des Gesetzes, in Konflikt geraten.

Die Food and Drug Administration ist eine der Bundesbehörden, die innerhalb des Ministeriums für Gesundheit, Erziehung und Wohlfahrt der Vereinigten Staaten blühen und gedeihen. Ihre Funktion, die auf ihre ursprüngliche Verknüpfung mit dem Landwirtschaftsministerium zurückgeht, besteht darin, die Interessen der Amerikaner dadurch zu schützen, daß sie ein wachsames Auge auf die Qualität der Nahrungsmittel wirft, die sie kaufen, und auf die Zusammensetzung der Arzneimittel, die ihnen verschrieben werden. Die Verbindung mit dem Gesundheitsministerium verschafft der FDA ein weites Betätigungsfeld – ein allzu weites, wie manche Leute finden –, so daß sie ebenso Kampagnen gegen das Zigarettenrauchen organisiert wie gegen eindeutigere Mißstände wie etwa die illegale Verdünnung der Milch. Wegen ihrer häufigen verbalen Feldzüge gegen den Konsum von Vitaminpillen – ein vielgeliebtes Hobby der Amerikaner – ist sie den großen pharmazeutischen Unternehmen besonders unsympathisch. Daneben interessiert sie sich für Quacksalbereien jeglicher Art – für Kurpfuscher, unechte Heilwässerchen und Allheilmittel – sowie für alle Instrumente, die in der unorthodoxen Medizin oder bei psychologischen Behandlungen verwendet werden.

Was die umstrittene Razzia im Washingtoner Scientologenbüro betrifft, so ging es hauptsächlich um die E-Meter. Die Beschlagnahme von Büchern und Schriften diente lediglich dem Zweck, schriftliche Unterlagen zu beschaffen, die bei der FDA-Untersuchung von Nutzen sein konnten. Die Aktion scheint die Scientologen völlig überrascht zu haben, die, wie aus allen Berichten gleichermaßen hervorgeht, ganz einfach ihrer Arbeit nachgingen, untereinander Auditionssitzungen abhielten oder die routinemäßige Büroarbeit absolvierten. Die Presse hingegen, die rechtzeitig von der FDA einen Wink bekommen hatte, war in hellen Scharen am Schauplatz – ein Umstand, dem wir die Existenz von Fotos verdanken, auf denen feierlich dreinschauende US-Marshals zu sehen sind, die ganze Haufen von E-Metern aus dem Gebäude schleppen. (Sie können bei der Auswahl dessen, was sie mitnahmen, nicht besonders wählerisch gewesen sein; denn nachdem sie zwei Lastwagen mit E-Metern, Büchern und Schriften beladen hatten, mußten sie noch zwei weitere LKWs kommen lassen, bis sie – einschlägigen Berichten zufolge – endlich drei Tonnen Literatur und Ausrüstungsgegenstände abtransportiert hatten.) Nach dieser Aktion brausten die Vertreter der Behörde – zusammen mit ihren Marshals mehr als zwei Dutzend an der Zahl –, begleitet von einer Motorrad-Eskorte aus bewaffneten Polizisten, zu ihrem Depot in Baltimore zurück, wo vermutlich irgend jemand mit der undankbaren Aufgabe betraut wurde, sich durch die drei Tonnen scientologischer Literatur hindurchzuarbeiten, die ihnen in die Hände gefallen waren.

Die Razzia war eindeutig ein taktischer Fehler ersten Ranges und versah die Scientologen mit genau der Munition, die sie suchten. FDA MACHT RAZZIA IN KIRCHE lautet die Überschrift eines Berichts der Scientologen über den Vorfall, in dem festgestellt wird, daß die Agenten mit ihren Marshals in die Kirchenbüros eindrangen «... und laut, wenn auch mit wirren Worten, alles forderten bzw. bedrohten, was sie entdeckten. Ohne einen Haussuchungsbefehl vorzuweisen, stampften die Agenten und schwergewichtigen Marshals die Treppen hinauf, störten Beichten und Sitzungen, in denen geistlicher Rat erteilt wurde, verursachten Zerstörungen und verhinderten die ruhige Ausübung der normalen Aufgaben, die sich aus einer religiösen Philosophie ergeben.»

Der Hinweis auf die Beichte in dem zitierten Abschnitt ist insofern interessant, als er hier bereits in einem frühen Stadium zur Beschreibung der Audition oder «Verarbeitung» benutzt wird. Heute wird das Wort in scientologischen Veröffentlichungen häufig benutzt, was den Trend der Bewegung zur offiziellen religiösen Struktur und Funktion unterstreicht. In einer Schrift aus jüngster Zeit mit dem Titel *The Character of Scientologie* heißt es zum Beispiel: «Ein Priester der Scientologie wird Auditor genannt, weil damit seine Hauptfunktion gekennzeichnet ist.» Und weiter: «Er hält Beichtstunden (*Confessionals*) ab, die in der Scientologie Audition heißen.» An einer späteren Stelle heißt es: «Die Beichte in der Scientologie ist nicht nur ein Vortragen von Sünden und Missetaten, die sich ein Mensch hat zuschulden kommen lassen. Zweck der Audition ist es, die seelisch-geistigen Fähigkeiten des Menschen zu steigern, ihn bewußter, freier zu machen.»

Wie dem auch sei, 1963 jedenfalls nutzten die Scientologen ihren Status als eingetragene Kirche nach Kräften aus, um der FDA mit dem Vorwurf der religiösen Intoleranz zuzusetzen. Viele mögen den Eindruck haben, daß dieser Vorwurf allzusehr strapaziert wurde. Fest steht jedoch, daß die FDA nicht in der Lage war, irgend etwas auszugraben, was ausgereicht hätte, um den Scientologen einen soliden Prozeß zu bescheren. Nach einer Periode peinlichen Schweigens, die vier Jahre dauerte, legten die Vertreter der Behörde schließlich wenig überzeugendes Material gegen das E-Meter vor – in dem Bewußtsein vermutlich, daß die «Kirche» selbst nach dem berühmten Ersten und Vierten Amendment nicht angeklagt werden konnte.

Das eigentliche Problem war natürlich, daß das E-Meter, wie es von den Scientologen benutzt wurde, ein mehr oder weniger harmloser Apparat ist. Und es sollte inzwischen klargeworden sein, daß es sich dabei nicht, wie viele Leute – möglicherweise einschließlich der FDA – annahmen, um ein Instrument zur *Behandlung* von Krankheiten physischer oder psychischer Art handelt. Schlimmstenfalls ist das E-Meter ein unzuverlässiges Hilfsmittel für die Diagnose – eine Tatsache, die höchstens ausreicht, es in der Nähe der Kurpfuscherei anzusiedeln. In dem öffentlichen Gerichtsverfahren in Washington, das die FDA gegen das E-Meter angestrengt hatte, konnte nichts Gravierenderes gegen den Apparat vorgebracht werden, als daß er völlig unwissenschaftlich sei. Als das Geheimnisvollste an dem Instrument wurde sein Preis empfunden. Als die Frage zur Diskussion gestellt wurde, ob die Scientologie ein Geschäft, eine Religion oder beides sei, vertrat der beauftragte Richter die Ansicht, der Verkaufspreis des E-Meters liefere vielleicht einen guten Anhaltspunkt für die Beantwortung dieser Frage. Die Herstellungskosten wurden auf etwa 5 Pfund Sterling geschätzt, während der Verkaufspreis mit rund 50 Pfund Sterling angegeben wurde. «Eine solche Gewinnspanne», so der Richter trocken, «ist zwar noch keineswegs ein Beweis, deutet aber gleichwohl auf eine kommerzielle Transaktion hin.»

Sieht man von diesen kleinen Spitzen ab, so überstanden die Scientologen die Folgen der FDA-Razzia ziemlich ungeschoren. Bei dem Prozeß indessen, der den Untersuchungen der berühmten Anderson-Kommission in Australien folgte, sollte es anders kommen.

Die Geschehnisse, die die heute berühmte Untersuchung heraufbeschworen, scheinen auf den November 1963 zurückzugehen, als J. W. Galbally, ein Mitglied des australischen Parlaments, vor dem Legislative Council des Parlaments von Victoria aussagte, die Scientologie diene der Erpressung und Geldschneiderei. Diese Erklärung löste eine Kette von Aktionen aus, die zur raschen Einsetzung eines Untersuchungsausschusses führte, der sich mit der Scientologie befassen sollte und am 27. November 1963 seine Arbeit aufnahm. Es war dies der zweite Zusammenstoß der Bewegung mit einer Regierung und bis zum heutigen Tag eindeutig der unglückseligste. Er stieß die Scientologie zu einem Zeitpunkt in das Scheinwerferlicht der Weltöffentlichkeit, da die Zuwachsraten der Bewegung kontinuierlich wuchsen.

Der Untersuchungsausschuß, der auf Ersuchen des Gouverneurs des Bundesstaates Victoria von Kevin Anderson geleitet wurde, hatte die Aufgabe, sich mit den Zielen der Scientologie, ihren Repräsentanten, Methoden, Praktiken, technischen Einrichtungen usw. zu befassen. Besondere Aufmerksamkeit wurde, um den offiziellen Auftrag in seinem Wortlaut zu zitieren, den «Krankheiten oder Leiden seelisch-geistiger oder körperlicher Art» gewidmet, «die im Zuge der Ausübung, des Praktizierens oder der Anwendung (der Scientologie) behandelt werden ... sowie der Frage, ob eine solche Behandlung in irgendeiner Weise schädlich ist», ferner «der Art und Höhe der geforderten Honorare» und der Frage, «ob Personen oder Organisationen sich (bei ihrer Ausübung) ... irgendwelcher ungesetzlichen, unlauteren, schädlichen oder nachteiligen Praktiken oder Aktivitäten bedient haben».

Der Ausschuß unterzog die Scientologie der eingehendsten Überprüfung, die sie je über sich ergehen lassen mußte, und veröffentlichte, nachdem er in 159 Tagen mehr als vier Millionen Worte von 151 Zeugen gehört hatte, 1965 einen Bericht, der eine «vernichtende Anklage» gegen die Prinzipien und die Praxis der Scientologie darstellte und dazu führte, daß das Lehren und Ausüben der Scientologie sowie jedes Werben für sie innerhalb der Staatsgrenzen verboten wurde. Das Dokument ist seither in aller Welt ausgiebig zitiert worden. In dem denkwürdigsten Satz, den es enthält, wird der Kult als «schädlich» («evil») bezeichnet, und Hubbard und die scientologische Organisation haben sich seither alle Mühe gegeben, dieses Urteil durch ihr Verhalten in Vergessenheit geraten zu lassen. Das war ein hartes Stück Arbeit, denn der Anderson-Report, der 202 Seiten füllte, sprach eine unverblümte Sprache.

In einem der besonders eindrucksvollen Abschnitte daraus heißt es zum Beispiel:

«Die Scientologie ist schädlich; ihre Methoden sind schädlich; ihre praktische Anwendung stellt eine ernsthafte Bedrohung für die Gesellschaft dar, und zwar in medizinischer, moralischer und sozialer Hinsicht. Ihre Anhänger sind irregeführte Wesen, die nicht selten geisteskrank sind. Ihr Gründer ist Lafayette Ronald Hubbard, ein Amerikaner . . ., der sich zu Unrecht akademischer und anderer Würden rühmt, und an dessen geistiger Gesundheit erhebliche Zweifel bestehen.»

Der Schluß, zu dem die Verfasser des Berichts kommen, ist niederschmetternd: «Sollte aus diesem Bericht eine rigorose Verdammung der Scientologie herausgelesen werden, so hat dies seinen Grund darin, daß ihre Theorien sich als phantastisch und unhaltbar erwiesen haben, ihre Prinzipien als falsch und bar jeder Begründung, ihre Methoden als minderwertig und gefährlich . . .

Ihr Gründer verfügt über nicht mehr als einen Hauch von Ahnung in verschiedenen wissenschaftlichen Bereichen, und diese Ansätze von Halbbildung sind das Fundament, auf dem er ein verrücktes und gefährliches Gebäude errichtet hat . . .

Das Hubbard-Institut nimmt für sich in Anspruch, ‹der Welt größte Organisation für geistig-seelische Gesundheit› zu sein. In Wahrheit jedoch ist es der Welt größte Organisation unqualifizierter Menschen, die sich mit der Ausübung gefährlicher Methoden befassen, die als geistig-seelische Therapie ausgegeben werden.»

Das waren starke Worte, und Hubbard, der sich geweigert hatte, vor der Kommission zu erscheinen, wenn man ihm nicht die Reisekosten für die Fahrt von England nach Melbourne und seine persönlichen Auslagen ersetzte (und der folglich nicht in Australien auftauchte), war offenkundig wütend. In einer giftigen Erwiderung auf den Bericht der als «Känguruh-Gericht» apostrophierten Kommission erinnert eine scientologische Sonderveröffentlichung die Leser daran, daß die Bewohner von Victoria fast ausnahmslos die Nachfahren von Sträflingen seien, Abkömmlinge des «Gesindels aus den Londoner Slums – der Räuber, Mörder, Prostituierten, Hehler, Diebe – des Abschaums von Newgate und Bedlam». Und weiter heißt es in dem Artikel: «Eine Gesellschaft, die von Kriminellen organisiert wurde, wird irgendwann auch von Kriminellen beherrscht werden, die wiederum darauf aus sind, anständige Menschen zu Kriminellen zu machen und ihnen kriminelles Verhalten zur Pflicht zu machen.»

Trotz des erschreckenden Materials, das im Anderson-Report zusammengetragen ist, deutet nichts darauf hin, daß der Bewegung durch seine Veröffentlichung ein unmittelbarer praktischer Schaden entstand – außer im Bundesstaat Victoria selbst offenbar, wo 250 Scientologen ihre Koffer packten, um sich nach erfreulicheren Gefilden umzusehen. Interessanterweise empfahl die Anderson-Kommission nicht ein Verbot der Scientologie selbst; ein solches Verbot, so meinte man, müsse wirkungslos bleiben, da sich der Kult dann ganz einfach in einem anderen Gewande aufs neue etablieren werde. Statt dessen schlug man ein Gesetz vor, das die Ausübung von Scientologie, Hypnose und Psychotherapie durch unqualifizierte Personen unter Strafe stellte. Darüber hinaus riet man zur amtlichen Erfassung aller praktizierenden Psychologen und Hypnotiseure. Die Regierung von Victoria indessen ging über die Empfehlungen der Kommission hinaus. Sie verbot ausdrücklich die Scientologie und setzte für ihre Ausübung hohe Geldstrafen sowie zwei Jahre Gefängnis im Wiederholungsfalle fest.

In England kannte die Empörung der Scientologen keine Grenzen. Mit dem Etikett der Märtyrer versehen, setzten sie ihren Vormarsch nun gerade fort – und nunmehr, wie es scheint, besonders erfolgreich. Wie aber stand es um Hubbard selbst? Man hat das sichere Gefühl, daß ihm die Rolle des Märtyrers am wenigsten behagen konnte. In der Tat stößt man in der Geschichte der Scientologie mehr als einmal auf Zeichen dafür, daß ihn seine eigene Schöpfung zu langweilen begann. Seine Spritztouren ins Ausland brachten zwar einen Wechsel der Szenerie, dienten aber gleichwohl nur dazu, ihn wiederum in einem Schwarm von Scientologen landen zu lassen. Und es muß Augenblicke gegeben haben, in denen bei ihm der Wunsch nach einer Welt ohne Auditoren aufkam, in der es andere Gesprächsthemen gab als «Preclears», E-Meter, Thetanen und Orgs. Kurze Zeit nach seinem Einzug in Saint Hill scheint er einen Versuch gemacht zu haben, sich von der Bewegung zu lösen. Der Erfolg freilich war nicht von langer Dauer. Manches spricht dafür, daß er es mehr als fünf Jahre später noch einmal versuchte und wiederum scheiterte.

Ende 1965 fuhr er – die Anklagen der Anderson-Kommission noch in den Ohren – nach Südafrika. Nach einem kurzen Aufenthalt bei der Org von Johannesburg zog er weiter nach Rhodesien, das damals vor seiner einseitigen Unabhängigkeitserklärung stand. Er machte Anstalten, sich in diesem Land häuslich niederzulassen, und es heißt, er habe sich für 16 500 Pfund eine luxuriöse Villa in Salisbury gekauft. Überdies soll er gesagt haben, er plane, dort verschiedene Fabriken aufzubauen und zu finanzieren.

Jemand, der ihm einmal sehr nahestand und der in Rhodesien eine Zeitlang bei ihm wohnte, meint, er habe in Salisbury einen ungewöhnlich glücklichen Eindruck gemacht. Zum erstenmal seit Jahren erweiterte er den Kreis seiner Bekannten – zu dem nunmehr auch viele Nicht-Scientologen gehörten – sehr beträchtlich, und er führte in vieler Hinsicht das gesellschaftliche Leben, das man von einem begabten und wohlsituierten Schriftsteller erwarten konnte. Es wurden Parties veranstaltet, auf denen man die Creme der Gesellschaft von Salisbury sehen konnte, einschließlich zahlreicher Politiker und vieler anderer einflußreicher Leute. Mindestens einmal kam es zu einer Begegnung zwischen dem Gründer der Scientologie und dem Ministerpräsidenten Ian Smith, wenn auch nicht bekannt ist, ob sich die beiden über die Scientologie oder über Politik unterhalten haben.

Wenig später machte L. Ron ein paar höchst merkwürdige Äußerungen, die, als sie von verschiedenen Gewährsleuten nach Saint Hill übermittelt wurden, für eine beträchtliche Überraschung sorgten. So wird zum Beispiel berichtet, er habe gesagt, daß er Rhodesier sei. Auch trat er, wie es scheint, im rhodesischen Fernsehen auf und verkündete, er wolle für immer in Salisbury bleiben und sei nicht mehr aktiv auf dem Sektor der Scientologie – eine Aussage, die, sofern sie tatsächlich von ihm gemacht wurde, einen Schauer durch die scientologischen Orgs in aller Welt gejagt haben muß.

Aber auch die ausgeklügeltsten Pläne gehen, selbst wenn sie von L. Ron Hubbard persönlich stammen, manchmal nicht auf. Anfang Juli erfuhr er zu seiner Verblüffung, daß die rhodesischen Behörden seinen Antrag auf Verlängerung seines Besuchervisums kurzerhand abgelehnt hatten und daß er das Land bis zum 16. Juli verlassen müsse, nachdem er gerade sechs Monate zuvor eingetroffen war.

So endete denn durch ein paar offizielle Federstriche die kurze Karriere des rhodesischen Wirtschaftsmagnaten L. Ron Hubbard.

Die Nachricht von seiner bevorstehenden Rückkehr nach England löste unter seinen Getreuen große Begeisterung aus, und schon zwei Stunden vor der planmäßigen Landung seiner Maschine hatten sich viele von ihnen mit Kind und Kegel auf dem Londoner Flughafen versammelt. Allein das Hauptquartier in East Grinstead hatte einige Omnibusladungen voller Anhänger zusammengetrommelt. Es fehlte auch nicht an Flaggen, die allerdings aufgrund einer Anordnung der Flughafenpolizei nicht entrollt werden konnten. Während sie auf die Ankunft ihres Führers warteten, beschäftigten sich die Scientologen mit dem Verteilen von Broschüren und mit Fotografieren. Und alles in allem vermittelten sie den Eindruck eines extravertierten, vergnügten Haufens, zu dem eine beachtliche Zahl von attraktiven Mädchen gehörte. Einige fielen durch ihre unkonventionelle Kleidung auf – Vorläufer der Blumenkinder, die gerade zu jener Zeit auf der Bildfläche zu erscheinen begannen.

Für viele der Journalisten, die sich eingefunden hatten, war es das erste Mal, daß sie ein Massenaufgebot von Scientologen zu Gesicht bekamen, und zugleich ein Anzeichen dafür, daß die Bewegung langsam interessant wurde für die Presse. Viele machten auch zum erstenmal die Erfahrung, daß es sich bei der Scientologie um eine Religion handelte. Denn an der Spitze der Anhänger stand ein Amerikaner, dessen Kollar und silbernes Kruzifix anzeigten, daß er der «Geistliche» der Zentral-Organisation war.

Als Hubbard nach Erledigung der Zollformalitäten auftauchte, scholl ihm ein vielstimmiges «Willkommen daheim, Ron!» entgegen, und die Polizei mußte die Menge, die in ihrer Begeisterung auf ihn zugestürmt war, zurückdrängen. Mit breitem Lächeln gab Hubbard der Presse ein paar kurze Interviews, in denen er abstritt, daß man ihn aus Rhodesien hinausgeworfen hatte. Gleichwohl erzählte er dem Reporter des *Sunday Telegraph*: «Normalerweise bin ich ein Mann, der sich nicht so leicht aus der Ruhe bringen läßt, aber die vergangenen Tage waren doch entnervend.» Dann winkte er – eine wohlbeleibte Gestalt mit einem gewaltigen Sonnenhut auf dem Kopf – der Menge zum Abschied zu und verschwand in einem großen, gelben Cabriolet amerikanischer Herkunft, das ihn zu seinem Herrenhaus in East Grinstead brachte.

Seine Rückkehr war das Signal für die rasanteste Expansion,

die die Bewegung seit ihren Anfängen erlebt hatte. Um der wachsenden Flut der Schüler gerecht zu werden, brauchte man mehr Platz in Saint Hill Manor. Schon 1962, als Hubbard dem Komitee für Straßensicherheit in East Grinstead kaum den Rücken gekehrt hatte, war der Antrag auf Genehmigung des Baus von Unterrichtsräumen in Saint Hill vom Stadtrat abgelehnt worden. Die Pläne sahen drei miteinander verbundene Gebäude vor: eingeschossige Unterrichtsräume, einen zweigeschossigen Büro- und Verwaltungsbereich und ein Weiterbildungszentrum für «Graduierte». Genehmigt jedoch wurde der Bau einer Kapelle und eines Empfangsraums sowie die bauliche Veränderung von Räumen im «Lust-Garten». Und im weiteren Verlauf gestand man den Scientologen zu, Berufung einzulegen gegen die ursprüngliche Ablehnung durch den Rat.

Kurz darauf begann nahe dem Haupthaus eine phantastische Konstruktion emporzuwachsen, die sich im Laufe der nächsten Monate nach und nach als eine Art normannisches Miniatur-Schloß entpuppte, bei dem weder die Türmchen noch die Zinnen fehlten. An Geschichten, in denen versucht wird, dieses kuriose Bauwerk zu erklären, herrschte kein Mangel. Die populärste darunter besagt, die Scientologen hätten irgendeine uralte Vorschrift entdeckt, nach der niemandem untersagt werden könne, ein Schloß zu bauen. Und so sei eben ein Schloß gebaut worden. Man muß das Gemäuer mit eigenen Augen gesehen haben, um sich eine Vorstellung machen zu können von seiner Phantastik. Und was immer der Grund für seine Robin Hood-Architektur gewesen sein mag: Fest steht, daß es aus soliden Steinen errichtet wurde und vermutlich sehr lange halten wird.

Langsam, aber sicher machte sich unter der Bevölkerung der Stadt angesichts des Zustroms von Scientologen ein Gefühl des Unbehagens breit. Man beklagte sich bei der Polizei über wilde Parties und übermäßigen Lärm, und ein Haus, das Studenten von Saint Hill als Herberge diente, wurde zum Gegenstand einer öffentlichen Untersuchung.

Die Organisation in Saint Hill wurde zusehends autoritärer. Eine Art interner Polizei, die «Gesinnungs-Beauftragten» (*Ethics Officers*), übte eine beträchtliche Macht aus. Hubbard selbst war häufig im Ausland und kaufte nach und nach eine kleine Flotte von Schiffen zusammen, die das nächste Kapitel in der Legende der Scientologie prägen sollten. Doch solange er auf Reisen war, verband ihn stets ein ununterbrochenes Hin und Her von Fernschreiben mit dem Hauptquartier, wo seine Frau Mary Sue an seiner Stelle als «Hüterin» (*Guardian*) regierte.

In der Folgezeit kam es zu einer Reihe von Skandalen, die ohne Ausnahme von der Presse im ganzen Lande aufgegriffen wurden, und die von der simplen Behauptung, Scientologen unterwanderten örtliche Schulen, bis zu der Vermutung reichten, sie vollzögen mit voller Absicht Gehirnwäschen, die bis zum Irrsinn der Betroffenen führten. Eine örtliche Schule für autistische und milieugestörte Kinder setzte sich mit Vehemenz gegen den Plan der Scientologen zu weiteren Expansionen zur Wehr, indem sie wissen ließ, daß «die Gegenwart von rund tausend Scientologen in diesem Gebiet bereits jetzt die Bemühungen der Schule und des Erziehungsheims um die Wiederherstellung eines normalen Verhaltens bei milieugeschädigten jungen Menschen gefährdet». Weiter hieß es, die Schule könne ihren jungen Zöglingen nicht länger gestatten, sich ohne Aufsicht außerhalb der Gebäude zu bewegen, da sie von Scientologen angesprochen würden, die sie, so sei zu befürchten, einer scientologischen Behandlung oder Audition unterziehen wollten.

Gleichzeitig wurden Parlamentsmitglieder aus der Gegend bedrängt, etwas zu unternehmen. Und bei verschiedenen Gelegenheiten kam es denn auch zu Anfragen im Parlament.

Inzwischen ereigneten sich neue Sensationen, von denen einige in der Tat alarmierend, andere nur komisch waren. So wurde – um eines der lächerlichen Vorkommnisse zu nennen – ein Lebensmittellieferant namens William Harewood aus Turnbridge Wells, Besitzer einer fahrbaren Kantine, durch die die Scientologen mit kleinen Imbissen versorgt wurden, zur «suppressiven Person» erklärt, weil ihm die Apfelpastete ausgegangen war. Sehr viel ernster schon war ein anderer Vorfall: Ein Zwanzigjähriger, von dem berichtet wurde, daß er an «latenter Schizophrenie litt» und sich für die Scientologie interessierte, wurde halb bewußtlos auf einer Straße in East Grinstead aufgefunden und starb später im Krankenhaus. Die Todesursache war eine Überdosis von Barbituraten. In einem anderen Fall tauchte ein Mädchen, das in psychiatrischer Behandlung gewesen war, und danach einen Kursus in Scientologie absolviert hatte, mitten in der Nacht plötzlich im Hause ihrer Mutter auf. Nach einer heftigen Szene zog sie wieder ab, diesmal zur Polizeistation, wo ihr ein Arzt, nachdem er einen hysterischen Anfall diagnostiziert hatte, ein Beruhigungsmittel gab, um sie dann ins Krankenhaus einzuliefern.

Die Zeit war mittlerweile reif für eine offizielle Stellungnahme der Regierung, und am 6. März 1967 feuerte der damalige Gesundheitsminister Kenneth Robinson im Unterhaus eine Breitseite gegen die Scientologie ab. Er bezeichnete sie als «einen sinnlosen Kult, der in einem Klima der Ignoranz und der Gleichgültigkeit gedeiht», und erklärte, die Scientologen neigten dazu, «sich bewußt an die Schwachen, die Unausgeglichenen, die Unreifen, die Entwurzelten, die geistig und emotionell Labilen heranzumachen». Er war freilich nicht bereit, eine offizielle Untersuchung des Kults einzuleiten, gab jedoch zu verstehen, daß er ihn im Auge behalten werde.

Anfang 1966 war die Existenz des ersten «Clear» (neuen Stils), eines Südafrikaners namens John McMaster verkündet worden. Innerhalb weniger Wochen waren andere gefolgt, und Monate später schon ging die Zahl der «Clears» in die Hunderte. Wie zu erwarten, verbreitete sich die Nachricht vom Durchbruch wie ein Lauffeuer um die Welt und veranlaßte ein Heer von Schülern, an die Tore von Saint Hill Manor zu pochen.

Am 31. März 1968 oder «A.D.18» (im 18. Jahr nach der Geburt der Dianoetik), wie es laut Hubbards neuer Zeitrechnung heißen müßte, verkündete die Zeitschrift *The Auditor* stolz, daß nunmehr Mr. Lyle Sudrow, ein New Yorker «Film- und Fernsehschauspieler» zum «Clear» geworden sei. Und in der Zeitschrift war auch zu lesen, warum dies ein historischer Augenblick war: «Ganze zwei Jahre und zwei Wochen nach der Meldung, daß mit John McMaster der Welt erster ‹Clear› entstanden war, haben nunmehr 1000 Scientologen diesen Zustand erlangt.»

Dieser grandiose Erfolg freilich imponierte der britischen Regierung wenig, und am 25. Juli verkündete der Gesundheitsminister als Antwort auf entsprechende Anfragen drastische Einreisebeschränkungen für ausländische Scientologen – eine Maßnahme, die eindeutig darauf abzielte, der Bewegung die Flügel zu stutzen. In seinen Ausführungen über die Scientologie sagte der Minister vor den Mitgliedern des Unterhauses: «Sie entfremdet Familienmitglieder voneinander und unterstellt allen, die gegen sie opponieren, unsaubere und schändliche Motive; ihre autoritären Prinzipien und Praktiken sind eine potentielle Bedrohung für die Persönlichkeit und das Wohlbefinden jener Irregeführten, die zu ihren Anhängern werden. Vor allem aber: Ihre Methoden können zu einer ernsthaften Gefahr für die Gesundheit derer werden, die sich ihnen unterwerfen.»

In der gleichen Erklärung gab Robinson bekannt, daß die scientologischen Zentren nicht länger als Bildungseinrichtungen anerkannt würden, daß die Aufenthaltsgenehmigungen ausländischer Kursusteilnehmer nicht mehr verlängert würden und daß Ausländer, die in den Zentren arbeiten wollten, keine Arbeitsgenehmigung beziehungsweise keine Verlängerung ihrer Arbeitsgenehmigung mehr erhalten würden.

Diese Maßnahmen sollten der Scientologie einen schmerzlichen Schlag versetzen, und es stellte sich bald heraus, daß sie ihren Zweck erfüllten. Fast unmittelbar nach der Verkündung der Maßnahmen bereits wurden «Schüler» in Southampton und auf dem Londoner Flughafen abgefangen und wieder nach Hause geschickt, und verschiedene Ausländer, die versucht hatten, die neuen Bestimmungen zu umgehen, wurden später sang- und klanglos abgeschoben.

In East Grinstead brach das große Durcheinander aus. Hubbard scheint in dieser Situation zu der Überzeugung gekommen zu sein, daß es das Beste für ihn wäre, für eine gewisse Zeit schwer auffindbar zu sein. Gleichwohl wurden Depeschen dorthin gejagt, wo man ihn nach seiner letzten Meldung vermuten konnte – auf einem Schiff irgendwo im Mittelmeer. Mrs. Kember, «Stellvertretende Hüterin» (*Deputy Guardian*) in East Grinstead, teilte einem Reporter des *Daily Telegraph* mit: «Mr. Hubbard ist im Ausland. Ich weiß nicht, wo er ist, und wenn ich es wüßte, würde ich's Ihnen nicht sagen.» Man hat den Eindruck, daß alle darauf warteten, von ihm zu erfahren, was nun zu tun sei.

Nach einigen Tagen totaler Funkstille traf eine dramatische Telex-Botschaft von «Irgendwo auf See» ein, der wenige Stunden später eine zweite folgte. Die erste Botschaft sollte offenbar Hubbards Rückzug oder Abdankung zum Ausdruck bringen. Sie lautete:

«Ich habe mein Werk beendet; nun liegt es bei anderen, es fortzuführen. Ich habe vor mehr als zwei Jahren meine Führungsämter in der scientologischen Bewegung niedergelegt und mich seither ausschließlich mit Forschungsarbeiten befaßt.

Ich habe der Welt die Scientologie geschenkt in der Hoffnung, daß sie ihr nützen werde. Wenn es eine anständige Welt ist, dann wird sie sie gut nutzen. Wenn es eine schlechte Welt ist, wird sie es nicht tun. Ich habe mein Werk beendet; nun liegt es bei anderen, es fortzuführen.»

Die zweite Botschaft, in einigen Punkten Wiederholung der ersten, lautete:

«Ich habe mich vor zwei oder mehr Jahren von meiner Führungsposition in der scientologischen Organisation zurückgezogen, um den Niedergang alter Zivilisationen zu erforschen und zu studieren, und so lernte ich, wie es um unsere gegenwärtige Zivilisation bestellt ist.

Ich kam zu dem Schluß, daß es Intoleranz und Unmenschlichkeit waren, die ihren Niedergang bewirkten. Bemühungen, die Philosophie auszurotten und unsere Schüler auszusperren, sind die ersten Schatten des Unrechts, das bald alle heimsuchen wird.»

Wer den Anflug von Gereiztheit spürt, der in diesem Text zum Ausdruck kommt, wird nicht überrascht sein von dem Schluß, zu dem Hubbard darin kommt: «England, einst Licht und Hoffnung der Welt, hat sich zu einem Polizeistaat entwickelt, dem nicht mehr zu trauen ist.» Unterschrieben war das Telegramm mit den Worten «In Liebe, Ron».

War Hubbard schon verärgert darüber gewesen, daß der Gesundheitsminister den Scientologen den Status von Studenten aberkannte, so muß es ihn noch mehr getroffen haben, als ihm Innenminister Calaghan einen Tag nach seiner Erwiderung auf die Regierungsmaßnahmen unter Berufung auf das Fremdengesetz untersagte, nach England zurückzukehren. Bereits vierundzwanzig Stunden nach dem Beschluß des Innenministers waren sämtliche Mitarbeiter der Einwanderungsbehörden informiert.

Jetzt traf ein drittes Telegramm in Saint Hill ein, in dem Ron – wenn auch verschleiert – andeutete, von wem er sich in Wahrheit verfolgt fühlte. Es war letztlich nicht die britische Regierung.

«Einen Angriff der Regierung auf die Scientologie gibt es nicht. Was wie ein solcher Angriff aussieht, ist nichts anderes als der Versuch privater Gruppen mit älteren Methoden, sich die Zustimmung der Regierung auch für die Zukunft zu sichern, da die Öffentlichkeit, die seit langem den Glauben an sie und das Vertrauen in ihre Praktiken verloren hat, sie nicht mehr unterstützt.»

Es steht zu vermuten, daß mit den «privaten Gruppen mit älteren Methoden» Hubbards Erzfeinde, die Psychiater, gemeint sind. Das Telegramm fährt fort:

«Vielleicht benutzen diese älteren Schulen die Regierung zum Schutz ihrer traditionellen Interessen, weil sie fürchten, die Regierung könne aufhören, sie mit so gewaltigen Summen zu unterstützen, wie sie es bisher tut. Ihr Motiv ist nicht Bosheit, sondern lediglich Selbstverteidigung und Habgier.»

Es war ein kritischer Augenblick für die Scientologie. Innerhalb einer Woche hatte die bis dahin blühende, wenn auch umstrittene

Bewegung zwei harte Schläge hinnehmen müssen. Sie hatte ihren Status als Bildungsorganisation verloren und erleben müssen, wie ihr geliebter Führer mehr oder weniger auf das Format eines unerwünschten Ausländers reduziert wurde. Die Zentral-Organisation riß sich zusammen und berief ein privates Treffen für vierhundert leitende Anhänger des Kults im Londoner Café Royal ein. Über Einzelheiten dieses Treffens ist nur wenig Verläßliches in Erfahrung zu bringen. Immerhin berichtete der Hauptsprecher der Bewegung, David Gaiman, später der Presse, daß er den Anwesenden versichert habe, das Einreiseverbot bedeute nicht den Anfang einer Hexenjagd.

Anschließend verteidigte Gaiman Hubbard in einer informellen Pressekonferenz gegen den Vorwurf, er habe mit Hilfe der Bewegung ein Vermögen gemacht. Selbst, so Gaimann, wenn er «fünfzig Millionen Pfund Sterling mit ihrer Hilfe verdient hätte: Er wäre dazu berechtigt gewesen».

Nachdem die Schläge des Establishments die Scientologen vorübergehend ins Taumeln gebracht hatten, sammelten sie alles in allem ziemlich schnell wieder Kräfte. Im richtigen Augenblick veranstalteten sie eine PR-Aktion, die darin bestand, daß Saint Hill Manor an einem «Offenen Wochenende» im August der Öffentlichkeit zugänglich gemacht wurde. Eine beträchtliche Menschenmenge nahm die Gelegenheit wahr, durch einen Besuch in dem geheimnisumwitterten Gebäudekomplex die eigene Neugier zu stillen. Es ist schwer zu sagen, was die Leute erwartet haben mochten, aber die meisten waren vermutlich enttäuscht. Das Verrückteste, was sie zu Gesicht bekamen, war wahrscheinlich das neue Schloß, das Aufregendste, was sie erlebten, das Problem, einen Parkplatz zu finden. Alle Besucher wurden gebeten, sich einzutragen, und konnten, wenn sie wollten, einen «kostenlosen Fähigkeitstest» absolvieren. Vor der Kapelle lud ein lächelnder junger Mann in geistlichem Aufzug jeden, der sich blicken ließ, ein, an einer Andacht teilzunehmen.

Zunächst wurden in der Kapelle, in der an prominenter Stelle eine Büste von L. Ron aufgestellt war, über eine Hifi-Anlage Tonbänderreden des Meisters abgespielt. In ihnen war einiges von dem Druck zu spüren, dem Hubbard in den voraufgegangenen turbulenten Jahren ausgesetzt gewesen sein muß.

Neben den üblichen Erklärungen zum Fortgang seiner Forschungstätigkeit und ein paar kurzen Anekdoten über die Abenteuer und Beschwernisse, die solche Forscherei mit sich brachte (so, zum Beispiel, als er zum erstenmal «die Feuerwand» durchbrach, ein furchterregendes Hindernis auf dem Weg zum «Thetan in Aktion»), waren auf den Tonbändern vorwiegend scharfe Ausfälle gegen Politiker und Pressezaren – einschließlich des Premierministers Harold Wilson und des Zeitungskönigs Cecil King – zu hören. Nach Hubbard ist die Scientologie das Opfer des konzertierten Versuchs einer kleinen Gruppe überaus mächtiger und schlechter Menschen, die Bewegung auszulöschen. Die Herren Wilson und King gehörten laut Hubbard nicht zu dieser Gruppe – sie seien nichts anderes als ihre ahnungslosen Marionetten.

Die Andacht, die auf das Abspielen der Tonbänder folgte, begann damit, daß der Kaplan das «Kredo» der Scientologie vorlas. Es entpuppte sich als eine völlig harmlose, wenn auch etwas geschwätzige Folge von Grundsätzen, die im Ton ein wenig an die Unabhängigkeitserklärung erinnerten. Danach hielt Mr. Gaiman eine Ansprache, in der er darauf hinwies, wie unvernünftig es sei, L. Ron und die Scientologie zu bekämpfen. Zum Abschluß wurden ein paar Gedichte von John McMaster, dem ersten «Clear» der Bewegung, vorgetragen, die beim ersten Anhören wie sehr früher Auden oder vielleicht auch wie später Hardy klangen. Alles wirkte vollkommen harmlos, und viele der Neugierigen müssen sich gefragt haben, wozu man soviel Aufhebens von den Scientologen gemacht hatte.

Inzwischen blickte der Gründer selbst irgendwo draußen auf See auf sein schrumpfendes Reich.

7. Kapitel
Alles auf See

Eine Zeitlang war der Meister von Saint Hill Besitzer einer kleinen Jacht gewesen, einer hübschen Ketsch mit Namen *Diana* (sie hatte zuvor *Enchanter* geheißen und war nach Hubbards attraktiver Tochter umbenannt worden). Die *Diana* war ein schmuckes Fahrzeug, ausgerüstet mit einem Dieselmotor, Echolot und einer teuren Funkausrüstung, auf dem Hubbard mit seiner Familie bei jedem Wetter die britischen Küstengewässer und die Ostatlantik-Küste zu erkunden pflegte. Mit ihren 30 Tonnen Wasserverdrängung bot die *Diana* L. Ron überdies die Möglichkeit, dann und wann auch einmal einen Scientologen mitzunehmen, der es in der Hierarchie weit genug gebracht hatte, um seine Aufmerksamkeit zu erregen, und der zugleich hinreichend Sinn für salzige Brisen hatte, um eine solche Fahrt erträglich zu finden.

Irgendwann im Jahr 1966 oder 1967 machte die Hubbard Exploration Company, eine der zahlreichen großen und kleinen eingetragenen Gesellschaften, aus denen sich Rons weitverzweigtes Imperium zusammensetzte, ein schon ehrgeizigeres Geschäft: Sie kaufte den 414-Tonnen-Trawler *Avon River*, der ursprünglich von Hull aus in der Nordsee eingesetzt worden war. Im weiteren Verlauf des Jahres 1967, als viele Scientologen sich noch ein wenig beunruhigt den Kopf darüber zerbrochen haben müssen, welchen Nutzen ein 400-Tonnen-Trawler für ihre Bewegung haben konnte, traf eine Nachricht ein, die einige Überraschung auslöste.

Für eine Summe, die mit 60 000 Pfund beziffert wurde, hatte die Hubbard Exploration Company einen noch größeren Fisch an Land gezogen – die 3400 Tonnen große ehemalige Kanalfähre *Royal Scotsman,* die damals in Southampton vor Anker lag. Natürlich dauerte es nicht lange, bis die Presse Wind von dieser ungewöhnlichen Investition bekam, und ein großes Rätselraten begann.

Am 19. November trafen Reporter des *Sunday Mirror* – einer Zeitung mit ausgeprägtem Sinn für die Verrücktheiten dieser Welt – in Southampton ein, um den Gerüchten nachzuspüren, die den Scientologen folgen, wohin sie auch gehen. Diesmal betrafen die Gerüchte vorwiegend die Rolle, die dem neuen Schiff zugedacht war. Die einen behaupteten, es solle als schwimmendes Kasino eingesetzt werden, die anderen sagten, es werde eine ausschließlich weibliche Besatzung erhalten, und wieder andere meinten, seine künftige Aufgabe stehe im Zusammenhang mit irgendeinem dramatischen Unterwasser-Forschungsprojekt.

Es sollte sich herausstellen, daß keine dieser Vermutungen richtig war, wenngleich die *Mirror*-Reporter zu ihrer (nicht eben unangenehmen) Überraschung an Bord von einem hübschen Mädchen von ungefähr fünfundzwanzig Lenzen in Empfang genommen wurden, die sich als Mrs. Jill Van Staden, Dritter Offizier des Schiffs, vorstellte. Angetan mit einer elegant geschnittenen Marineuniform, auf dem Kopf eine verwegene Mütze, die spitz zulief, nahm sich Mrs. Van Staden die Freiheit, neben dem Steuerrad für die Fotografen zu posieren. Nach der eigentlichen Bestimmung des Schiffes befragt – sofern es überhaupt je das Dock verlassen sollte –, deutete der Dritte Offizier an, Hubbard habe im Jahre 1963 «Vermessungsarbeiten» im Kanal vorgenommen, die zu vielversprechenden Ergebnissen geführt hätten. Die Mission des Schiffes bestehe nun darin, «die Geologie des Meeresbodens» zu studieren, «wo kürzlich eine Menge Öl und Gas gefunden wurde». Der größte Teil der Arbeit jedoch werde im Mittelmeer getan werden. Ein scharfsichtiger Reporter merkte an, auf Mitteilungsblättern an den Wänden des Salons, die mit «L. Ron Hubbard, Kommodore» unterzeichnet gewesen seien, habe man lesen können, das Schiff werde nach «scientologischen Gesichtspunkten» eingesetzt werden.

Das erste Zeichen dafür, daß nicht alles reibungslos verlief, war die kleinliche Weigerung des Handelsministeriums, dem Schiff Seetüchtigkeit zu bescheinigen, wenn nicht zuvor gewisse Veränderungen vorgenommen würden. Zwei Wochen lang liefen die Scientologen vergebens Sturm gegen diese Weigerung. Dann gaben sie augenscheinlich die Hoffnung auf. Auf der *Royal Scotsman* wurde die britische Flagge eingeholt und durch die Nationalflagge von Sierra Leone ersetzt. Zuvor war das Schiff in Freetown neu ins Register eingetragen worden und war damit der Kontrolle durch das Handelsministerium entzogen.

Am Dienstag, dem 29. November, verließ das Flaggschiff der Hubbard-Flotte den Hafen und nahm Kurs auf den Golf von Biskaya. An Bord befand sich der Kommodore höchstselbst, und es verbreitete sich das Gerücht, die Scientologen seien dabei, sich aus England zurückzuziehen. Neue Nahrung bekam diese Vermutung, als sich herumsprach, daß im gleichen Monat bereits der ehemalige Trawler *Avon River* Hull verlassen hatte. Auch er fuhr gen Süden und traf nach einigem Ungemach in Gibraltar ein.

Die Geschichte der ersten Reise des Trawlers im Dienste der Scientologen, wie sie der *Daily Mirror* veröffentlichte, ist in der Tat bemerkenswert. In weiser Voraussicht war auf den Versuch verzichtet worden, eines der stürmischsten Gewässer der Welt mit einer ausschließlich aus Scientologen bestehenden Mannschaft zu durchfahren. Der Skipper, für den man sich entschied, war ein gewisser Kapitän John Jones, dem nur ein einziger Berufsseemann, der Erste Maschinist, zur Seite stand. Bevor man in See stach, war Kapitän Jones darauf hingewiesen worden, daß er sich bei der Ausübung seiner Funktion strikt an die Regeln des «Org-Buches» zu halten habe – eines handlichen Leitfadens, den Hubbard verfaßt hatte, um den Lesern unter anderem klarzumachen, wie man mit Schiffen umging. Für die mitfahrenden Scientologen war dieser Leitfaden eine Sammlung der Worte des Propheten, die es bis ins Detail zu befolgen galt. Nach seiner Rückkehr beschrieb der neununddreißigjährige Kapitän Jones einem Reporter des *Daily Mirror* die haarsträubenden Konsequenzen dieses Umstands:

«Es war die seltsamste Fahrt meines Lebens. Meine Mannschaft bestand aus sechzehn männlichen und vier weiblichen Scientologen, die einen Trawler nicht von einer Straßenbahn hätten unterscheiden können. Dennoch waren sie entschlossen, diesen Kahn 3000 Seemeilen weit in strenger Übereinstimmung mit den Aussagen des Org-Buches übers Meer zu kutschieren.

Ich wurde angewiesen, mit Ausnahme von Lampen, Funkgerät und Peiler keinerlei elektrisches Gerät zu benutzen. Wir hatten Radar und andere moderne Apparaturen, aber ich durfte sie nicht einsetzen. Sie erzählten mir, so stünde es im Org-Buch, dessen Vorschriften in jedem Fall zu befolgen seien.»

Immerhin wurden in kritischen Situationen Tests mit E-Metern durchgeführt (eine weitere interessante Anwendungsmöglichkeit für dieses grandiose Gerät). «Wir probierten diese Methoden aus», erinnerte sich der Skipper. Der Erfolg war, daß «wir bei der Ausfahrt aus dem Hafen von Hull das Dock rammten. Dann gerieten wir mit Hilfe des auf Funkstrahlen der BBC und anderer Stationen basierenden Org-Buch-Navigationssystems bis nach Lowestoft, bevor der Navigator eingestand, daß wir uns verfahren hatten. Ich hielt mich an meine Uhr und meinen Sextanten, damit wenigstens ich wußte, wo wir waren.»

Zu diesem Zeitpunkt kam es zu einer heftigen Auseinandersetzung über die Frage, wer an Bord das Sagen hatte, mit dem Ergebnis, daß Erster Maschinist und Kapitän, als das Schiff Falmouth anlief, um Treibstoff aufzunehmen, ihre Seesäcke packten, um von Bord zu gehen. Nach einem allgemeinen Durcheinander und zahllosen Telefonaten mit East Grinstead wurde der rangälteste Scientologe von Hubbard angewiesen, das Schiff zu verlassen, und Kapitän Jones übernahm wieder das Kommando. «Er flehte und bettelte», sagte Jones, «aber er mußte gehen. Hubbard hatte gesprochen.»

Auf der Fahrt nach Süden, in deren Verlauf viele der Besatzungsmitglieder seekrank wurden, hatte Kapitän Jones Zeit, einige der sonderbaren Gewohnheiten der Scientologen zu beobachten. Dazu gehörte nicht zuletzt, daß sie immer wieder Zuflucht bei E-Meter und Org-Buch suchten. Ebenso bemerkenswert war die Art, wie sie ihre Nächte verbrachten. Alle Scientologen schliefen in ein und demselben Salon, in dem eine Wolldecke den Bereich der Männer von dem der Frauen trennte. Unschickliches indessen fürchtete niemand; denn das Org-Buch sagte, daß «jeder, der sich eines sexuellen Fehltritts schuldig mache, unverzüglich ins Hauptquartier der Scientologen in East Grinstead zurückgeschickt werde» – was freilich leichter gesagt als getan war!

Leicht verwirrt verließ Kapitän Jones in Gibraltar die *Avon River*, um auf einem anderen Schiff als Navigationsoffizier anzumustern. Er beschloß, die Lehren des Org-Buchs zu vergessen.

Auf der *Royal Scotsman* ging es nicht minder seltsam zu. Diesen Eindruck jedenfalls vermittelt ein Artikel in *The People* vom 18. Februar, in dem die Reise der ausgedienten Kanalfähre von Southampton nach Valencia beschrieben wird.

«Schiff, ahoi!» tönte die Schlagzeile. «Die verrückteste Kreuzfahrt der Welt!» – eine Kreuzfahrt, so hieß es weiter, bei der der Erste Offizier ein Schiffszimmermann sei und der «Kapitän» (L. Ron, versteht sich) behauptete, «er sei schon mal auf der Venus gewesen». Ein Foto zum Text zeigt die *Royal Scotsman* vor Anker und davor wiederum die allgegenwärtige Mrs. Van Staden. Diesmal jedoch trägt sie nicht nur eine spitze Kappe und eine Uniform, sondern dazu ein Paar Seemannsstiefel. Sie macht ein strenges Gesicht und nimmt ganz offenkundig alles sehr ernst.

Der Erste Offizier, auf den der Artikel anspielt, war Stanley Churcher, ein vierundzwanzigjähriger Schiffszimmermann, der von Hubbard ausschließlich für die Arbeit angeheuert worden war, die er gelernt hatte. Er ging davon aus, daß er für eine ganz normale Fahrt angeheuert war, bis er merkte, daß das große Schiff mit Scientologen bemannt war, die noch nie auf See gewesen waren und daß außer ihm selbst nur noch zwei oder drei echte Seeleute – darunter der Erste Maschinist und der Bootsmann – an Bord waren. Als er das Schiff betrat, kam ein Offizier auf ihn zu, der ihn beschuldigte, ein Journalist zu sein, und sich erst beruhigte, als ihm Churcher sein Seefahrtsbuch gezeigt hatte. Es dauerte nicht lange, bis irgend jemand herausfand, daß Churcher ein bißchen von Navigation verstand, und innerhalb eines einzigen dramatischen Tages wurde aus dem Schiffszimmermann der Erste Offizier. Diese Beförderung, die vermutlich in die Geschichte der Seefahrt eingehen wird, wurde gewissenhaft in sein Seefahrtsbuch eingetragen. Von nun an war er es zumeist, der den Kurs des Schiffes festlegte, und im allgemeinen ließ man ihn unbehelligt das tun, was er für richtig hielt.

Außer ihm gab es noch sieben weitere Offiziere an Bord, von denen vier weiblichen Geschlechts waren. Alle sieben trugen prächtige Uniformen, spitze Mützen und so weiter, und alle sieben hatten «so gut wie keine Ahnung von der Seefahrt». Hubbard, der als «Kommodore» mitfuhr, hatte «vier verschiedene spitze Mützen», und seine Frau Mary Sue «ließ sich ebenfalls eine Offiziersuniform machen». Allen schien, laut Churcher, das Matrosenspiel Spaß zu machen, und als er sich erbot, sie alle in der Kunst der Seefahrt zu unterrichten, revanchierten sie sich mit einem kostenlosen Anfängerkurs in Scientologie. Dieser Kursus wurde zu einem über die Maßen verwirrenden Erlebnis für den Ersten Offizier. Den Redakteuren von *The People* berichtete er: «Ich wurde mit ihrem E-Meter, einer Art Lügendetektor, getestet, und ein weiblicher Offizier stellte mir einen Haufen persönlicher Fragen, die unter anderm Einzelheiten aus meinem Geschlechtsleben betrafen. Ich wurde nicht schlau aus dem, was sie mir beizubringen suchten, aber ich spielte mit, weil ich mir so das Leben leichter machte!»

Der ehemalige Schiffszimmermann fand das Ganze so hochgradig mysteriös, daß er einige der Scientologen nach dem Sinn ihres Aufenthalts an Bord befragte. Die Antworten, die er bekam, klangen einigermaßen merkwürdig. Eine fünfundsiebzigjährige Dame zum Beispiel erklärte ihm, sie nähme an der Fahrt teil, da sie davon überzeugt sei, daß Mr. Hubbard ihr bei ihrem Ableben einen neuen Körper schaffen werde.

Als das Schiff in Valencia eintraf, erklärten Churcher und der Bootsmann, sie befänden sich im «Zustand des Zweifels» (*Condition of Doubt*), was sie indessen nicht daran hinderte, wild entschlossen ihre Habseligkeiten zusammenzupacken und das Schiff zu verlassen.

Es ist nunmehr an der Zeit, das Augenmerk auf den Entwicklungsstand zu richten, den die scientologischen Ideen in dieser Phase erreicht hatten, und zu versuchen, die sonderbare Hierarchie der Bewegung und die verschiedenen «Zustände» zu erläutern, die man bei Gruppen oder Einzelpersonen konstatierte.

In all seinen Schriften hat Hubbard immer wieder darauf hingewiesen, daß es sich bei der Dianoetik und der daran anknüpfenden Scientologie um exakte Wissenschaften handele, die sich durch ihre strenge Logik auszeichneten und bei richtiger Anwendung eine extrem hohe Erfolgsquote garantierten. Bei genauerem Hinsehen zeigt sich jedoch, daß die Logik alles andere als streng ist und daß der Eindruck des Logischen allein dadurch erzielt wird, daß Hubbard einen Spezialjargon entwickelte, der es oft unmöglich macht zu sagen, ob eine bestimmte Aussage sinnvoll oder sinnlos ist. Innerhalb des Systems selbst mag es ein gewisses Maß an Logik geben, aber nichts bleibt davon übrig, sobald man den Versuch macht, dieses System zu anderen philosophischen und technischen Systemen in Beziehung zu setzen.

Etwaige Unzulänglichkeiten der Scientologie sind, laut Hubbard, nicht auf Fehler im System oder in den Vorstellungen zurückzuführen, sondern auf die Anwendung. Mit anderen Worten, wenn ein einzelner Scientologe oder eine scientologische Organisation mit irgendeiner Sache Schiffbruch erleidet, so nicht etwa, weil die Scientologie falsch ist, sondern weil sie falsch oder gar überhaupt nicht angewendet wurde.

In der Scientologie gibt es drei mögliche Quellen des Erfolgs oder Mißerfolgs, die im einschlägigen Jargon als *Ethics*, *Admin* und *Tech* bezeichnet werden. Ist jemand mit den Methoden (*techniques*) gut vertraut, so hat er einen hohen «Tech»-Quotienten. Beherrscht er die Anwendung dieser Methoden (*administration*), dann ist auch sein «Admin»-Quotient hoch. Ist seine Einstellung zur Scientologie nicht uneingeschränkt positiv, so fällt er durch einen niedrigen «Gesinnungs»-Quotienten (*Ethics*) auf. Die Scientologen glauben nun, daß man jeden dieser drei Quotienten ziemlich genau feststellen kann. Hat ein einzelner oder eine Organisation (Org) auf allen drei Sektoren einen hohen Quotienten, dann wird nach den Prinzipien und der Theorie der Scientologie dieser einzelne bzw. diese Organisation auf allen drei Ebenen der Aktivität erfolgreich sein.

Läßt hingegen ein einzelner oder eine Org Zeichen von Schwäche oder Erfolglosigkeit erkennen, so kann dies seinen Grund nur darin haben, daß mit «Ethics», «Admin» oder «Tech» etwas nicht zum Besten steht. Das Auffinden dieser Schwäche und ihre Beseitigung führen sodann dazu, daß das System wieder voll funktionsfähig ist.

Aus diesem Grunde ist es das Ziel der Scientologie, «Ethics, Admin und Tech auf ein Niveau von 100 Prozent zu bringen». Gelingt dies, so gibt es nichts mehr, was den Vormarsch der Scientologie aufhalten kann.

Da «Tech» und «Admin» weitgehend eine Sache des Übens und Lernens sind, ist es nach Hubbard sehr viel wahrscheinlicher, daß die Schwächen im Bereich der «Ethics» liegen. Dieser Umstand führte zu dem Beschluß, eine Abteilung für Scientologische Moral [*Ethics Department*] mit einer Hierarchie von Gesinnungs-Beauftragten [*Ethics Officers*] zu gründen, die unter Umständen über eine sehr beträchtliche Macht verfügten. Für diesen lebenswichtigen Arm der Bewegung bedurfte es einer Zentrale, die vor jedem physischen und psychologischen Angriff von seiten der Nicht-Scientologen sicher war. Aus diesem Grunde, so scheint es, wurden die See-Orgs ins Leben gerufen.

Eine der ersten Aufgaben der neu erworbenen Schiffe war es deshalb nicht, wie die Presse vermutet hatte, alle Scientologen aus England zu evakuieren. In erster Linie ging es vielmehr darum, eine Art Elite-Corps aufzubauen, eine besondere «Polizeitruppe», die sich mit ihrer mobilen Zentrale jederzeit auf den Weg machen konnte zu irgendwelchen an Land stationierten Orgs, die unter sogenannter «Negativ-Statistik» litten. Die Schiffe tragen die euphemistische Bezeichnung «Missions-Schulen»; sie können bei Bedarf «Missionen» (Kommandos) zu unbotmäßigen Orgs schicken. Ihre Aufgabe besteht darin, den Störenfried ausfindig zu machen, der die Ursache dieser Unbotmäßigkeit ist, oder dem «Out-Admin» oder «Out-Tech» auf dem Spur zu kommen, durch den die Arbeit der Org behindert wird.

Es wäre ein Fehler, die Intensität des Glaubens zu unterschätzen, der hinter alledem steht. Der Unbeteiligte, der von diesen Dingen liest, sieht zunächst immer die komische und absurde Seite der Sache. Scientologen aber nehmen das alles todernst, und wenn die Mitglieder des Gesinnungskommandos in ihren an Marinesoldaten erinnernden Uniformen mit hohen Stiefeln und spitzer Mütze bei einer Land-Org auftauchen, packt diejenigen, die der Aufsässigkeit verdächtigt worden sind, durchaus so etwas wie Furcht. Ein kleines Foto in der Nummer 42 von *The Auditor* vermittelt einen Eindruck vom Aussehen dieser Missions-Leute: Es zeigt drei finster aussehende Gestalten mit spitzen Mützen und Taljereeps, die mit grimmigen Mienen dastehen. Die Bildunterschrift lautet: «See-Org-Beauftragte, von Ron speziell zu Inspektoren der Klasse VIII ausgebildet, führen den Org-Kurs Klasse VIII für Fortgeschrittene durch.» Hubbard selbst hat einmal geschrieben, solche Missionare müßten harte Männer sein. Zu diesem Zweck wird Judo gelehrt und – wie einige ehemalige Scientologen zu berichten wissen – auch Karate.

In jenen chaotischen Tagen, da die Abteilung für Scientologische Moral auf dem Gipfel ihrer Macht war und ein Klima des Wahnsinns sich in der Welt der Scientologie auszubreiten begann, wurde selbst das berühmte Zentrum in East Grinstead mehrfach zum Opfer solcher Missionen, von denen noch die Rede sein wird. Bei Abschluß einer Mission übrigens hatten die Gesinnungsbeauftragten die charmante Angewohnheit, mit einem See-Org-Wurfmesser eine entsprechende Bekanntmachung an das Schwarze Brett der Land-Org zu heften.

Die Entscheidung, ein Gesinnungskommando auszusenden oder irgendwelche anderen disziplinarischen Maßnahmen zu ergreifen, basiert auf einer Bewertung der Schwere des Vergehens, dessen sich ein einzelner oder eine Org schuldig gemacht hat. Sind die Dinge nur ein wenig ins Stocken geraten, so begnügt man sich damit, einen nachdrücklich aufmunternden Brief auszusenden (Scientologie-Orgs sind große Briefschreiber). Geht es jedoch auf irgendeine Weise abwärts mit der Org, so wird eine Mission durchgeführt.

Am 11. Juli 1968 mußten Mitarbeiter und Studenten der Londoner Org in der Tottenham Court Road mit Schrecken erfahren, daß eine «Weltweite Mission nach London» beschlossen worden war, die man mit «TOTALER GESINNUNGSMACHT» ausgestattet hatte

(Spezial-Bulletin, Missions-Order 22), um sie in die Lage zu versetzen, «für Moral zu sorgen und die Produktion anzukurbeln».

In einem unfreundlichen Brief, unterzeichnet mit «Jon Rappoport, Mission-in Command», wurde die Londoner Org darauf hingewiesen, daß «eine suppressive Person» mit allen Mitteln versucht zu verhindern, daß dieses Ziel [die «Totale Freiheit»] erreicht wird. Die «Wirkung einer suppressiven Person auf den einzelnen» könne «überaus schädlich für seinen Seins-Zustand sein». Daher müsse jeder Kontakt zu dieser Person abgebrochen werden. Es folgte eine Liste mit über hundert Namen von Mitgliedern, darunter auch langjährige Schüler Hubbards, von denen sich alle Scientologen unverzüglich und konsequent abwenden sollten. Der Brief schloß mit dem drohenden Hinweis, daß «die Weigerung, den Kontakt zu einer Person abzubrechen, die als suppressiv eingestuft ist, ein suppressiver Akt» sei. Auf diese Weise konnte es geschehen, daß Freunde sich von Freunden abwenden und Menschen sich von ihrer Familie trennen mußten, wenn sie weiterhin Scientologen bleiben wollten.

Die gleitende Skala von Erfolg und Mißerfolg ist nicht uninteressant. Für jede Stufe der Skala sind besondere Strafen bzw. Anerkennungen vorgesehen. Die oberste Stufe der Skala bildet ein (selten erreichter) Zustand, der als *Power* (Macht) bezeichnet wird und mit dem sehr ansehnliche Privilegien verbunden sind wie etwa eine Erhöhung der Einkünfte durch Bonusse und «Gratisgeschenke», die – wie etwa Schreibmaschinen oder Tonbandgeräte – durchaus wertvoll sein können.

Eine Stufe darunter ist der immer noch recht erhabene Zustand der *Affluence* (Reichtum) angesiedelt. Er bedeutet besondere Bonusse und auch einige Geschenke, die freilich weniger großzügig ausfallen als diejenigen, die den Macht-Menschen zukommen. Ja, man darf sogar sagen, daß es sich um einigermaßen bescheidene Geschenke handelt: Frisuren für die Frauen zum Beispiel oder Rasierklingen und Badeseifen für die Männer. (Warum der Seife und ähnlichen Dingen soviel Bedeutung beigemessen wird, dürfte, wenn wir der Stufenleiter weiter nach unten folgen, ein wenig klarer werden.)

Die Mehrzahl derer, die in einer Org ihre Arbeit verrichten, befindet sich vermutlich im Zustand der *Normal Operation* (Normalfunktion). Sie erhalten normale Bezahlung und (ich zitiere aus einem scientologischen Bulletin) «können sich rasieren, Make-up benutzen, baden, anständige Kleider tragen und sich die Haare machen lassen». Ihre Seife jedoch müssen sie selbst bezahlen.

Eine Stufe unter «Normal» ist ein Zustand, der dramatisch als *Emergency* (Notstand) umschrieben wird. Hier treten Strafen an die Stelle der Bonusse. Mitglieder einer Org, die sich auf dieser Stufe befinden, müssen nicht nur auf ihre Mittagsstunde verzichten; es wird auch von ihnen erwartet, daß sie unbezahlte Überstunden leisten. Außerdem bekommen sie ein reduziertes Gehalt. Kein Wunder, daß jeder, der als «Notstand» eingestuft ist, sich nach Kräften bemüht, die nächsthöhere Stufe zu erklimmen oder wenigstens ein Abrutschen in den Zustand von *Danger* (Gefahr) zu vermeiden; denn dies würde eine eindeutige Verschlechterung seiner Situation bedeuten. Die Bestrafungen, die für diesen Zustand vorgesehen sind, spiegeln die absonderlichen Anschauungen wider, auf die man meist sehr rasch stößt, wenn man sich mit der Philosophie der Scientologen befaßt. Wer im Zustand der «Gefahr» ist, «darf nicht baden, kein Make-up tragen, nicht zum Friseur gehen, sich nicht rasieren». Natürlich steht ihm keine Mittagspause zu, und es wird von ihm erwartet, daß er auch nachts arbeitet. Überdies steht er am untersten Ende der Gehaltsskala.

Rabiater noch sind die Bestrafungen, die für einen Zustand gelten, der mit dem tragikomisch anmutenden Begriff *Non-Existence* (Nicht-Existenz) bezeichnet wird. Mitglieder, die so eingestuft werden, dürfen ebenfalls weder baden noch sich rasieren, noch Make-up tragen und so weiter. Darüber hinaus aber müssen sie alte Kleidungsstücke tragen, die sie nicht wechseln dürfen, und es ist ihnen nicht gestattet, das Gelände der Org zu verlassen. Gleichwohl ist der absurd wirkende (von den Scientologen aber völlig ernst genommene) Zustand der «Nicht-Existenz» – so unglaublich dies klingen mag – keineswegs der unterste auf der Skala. Weiter unten noch folgen die Zustände *Liability* (Schuld), *Doubt* (Zweifel), *Enemy* (Feind) und *Treason* (Verrat) – Zustände, die nach Auskunft ehemaliger Scientologen in sozialer wie in psychischer Hinsicht demoralisierend sind. Leute im Zustand der «Schuld» zum Beispiel dürfen keine Uniform tragen und müssen mit einem schmutzigen, grauen Lappen um den linken Arm umherlaufen. Sie dürfen nur abgestandene Speisen und Wasser zu sich nehmen. Scientologen im Zustand des «Zweifels» müssen am linken Handgelenk Handschellen tragen (der ehemalige Scientologe Cyril Vosper behauptet, daß man sich mit «symbolischen» Handschellen begnügen könne, die aus Büroklammern gefertigt würden). Überdies können sie eingesperrt oder vom Gelände der Org vertrieben werden. Und es sind viele Fälle von Abweichlern – vermutlich Scientologen im Zustand des «Zweifels» oder auf einer noch tieferen Stufe – bekannt, die im wahrsten Sinne des Wortes über Bord geworfen wurden. In der Nummer 41 der Zeitschrift *Auditor* zum Beispiel findet sich ein Foto mit der Überschrift: «Studenten werden aufgrund von schwerem Out-Tech über Bord geworfen und der Tiefe übergeben.» Mit Erleichterung nimmt man zur Kenntnis, daß sie anschließend wieder aus dem Wasser gefischt und an Bord geholt werden. Scientologen und «suppressive Personen» im Zustand des «Verrats» werden zu «Freiwild» erklärt und dürfen, um Hubbards einschlägigen Entscheid zu zitieren, «des Eigentums beraubt oder auf jegliche Weise durch jeglichen Scientologen ohne jegliche Disziplinierung durch die Scientologen geschädigt werden». Sie «dürfen betrogen, verklagt, belogen oder vernichtet werden». Diese Strafe sowie «alle Strafen für alle niederen Zustände» und alle Relikte dessen, was David Gaiman vor Gericht als die «puritanische» Periode der Scientologie bezeichnen sollte, wurden – ohne Zweifel aufgrund des Drucks, der innerhalb und außerhalb der Bewegung dagegen ausgeübt wurde – im Jahr 1970 abgeschafft. Unter Scientologen wie Außenseitern wird es nur wenige geben, die diesen Umstand bedauern.

An Einzelheiten über das Leben auf den Scientologie-Schiffen ist nur schwer heranzukommen. Wer sich um die Mitgliedschaft in einer See-Org bewerben will, muß unter anderem einen langen Fragebogen ausfüllen, mit dessen Hilfe man sich Hintergrundinformationen über den Kandidaten beschaffen will. Und wer in den Verdacht gerät, ein Journalist oder der Scientologie irgendwie feindlich gesonnen zu sein, wird schwerlich auch nur einen Augenblick lang an Bord gelangen. Ist man erst einmal auf dem Schiff, so muß man (oder mußte man jedenfalls bis vor kurzem) zunächst ein Dokument unterzeichnen, durch das man sich für eine Million Jahre an die See-Org bindet. Der Text dieses absurden Schriftstücks, das mit dem Bild zweier Seepferde geschmückt ist, lautet:

«Ich ... erkläre mich hiermit bereit, in den Dienst der See-Organisation zu treten und erkläre mich im Vollbesitz meiner Geisteskraft bereit, ihrem Ziel gemäß zu leben, welches darin besteht, auf diesem PLANETEN UND IM UNIVERSUM der MORAL zum Sieg zu verhelfen, und unterwerfe mich vollständig und ohne Einschränkung der Disziplin, den Sitten und Bedingungen dieser Gruppe und gelobe, ihnen gemäß zu leben.

Aus diesem Grunde binde ich mich für die nächste Million Jahre an die See-Organisation.

(Laut Flaggen-Order 232)»

Wie stets bei den Scientologen, ob sie nun an Land oder auf See zu Hause sind, zeichnen sich ihre Aktivitäten auch hier durch ein reiches Maß an unbewußter Komik aus. Aber auch diese Medaille hat ihre Kehrseite. Schiffe sind nun einmal Schiffe, und befinden sie sich erst in internationalen Gewässern, so sind sie kleine Imperien von eigenen Gnaden. Scientologen, die solchen See-Orgs (und zugleich auch der Scientologie) den Rücken gekehrt haben, wissen von dem erschreckenden Gefühl der Isolierung von der Gesellschaft zu berichten und von dem Bewußtsein, einer verkapselten Miniaturwelt der Scientologie auf Gedeih und Verderb ausgeliefert zu sein. Und in der Tat kann sich der Außenseiter und Nicht-Scientologe kaum eine unfreundlichere Umgebung vorstellen als die auf einem Schiff der seltsamen Flotte des L. Ron Hubbard, die in rätselhafter Mission die Meere der Welt durchpflügt.

8. Kapitel
Gesinnung in Uniform

Nach immer heftiger werdenden Attacken von seiten der Presse und des Parlaments, die zu einem guten Teil durch den Anderson-Report ausgelöst wurden, begann sich im Jahr 1968 die Position der organisierten Scientologie zu verhärten, und man ging zum Gegenangriff über, wo immer sich die Möglichkeit dazu bot. Die berühmten «Trennungs»-Befehle, durch welche die Scientologen aufgefordert wurden, sich konsequent von jedem abzuwenden, der als «suppressive Person» eingestuft war, und die dazu führen konnten – und gelegentlich auch dazu führten –, daß Ehemänner von ihren Frauen oder Eltern von ihren Kindern getrennt wurden, sind ein Zeichen neben anderen dafür, daß die Bewegung nach und nach in kollektive Paranoia verfiel. Die Einsätze der «Gesinnungsabteilung» (*Ethics Department*) zur Aufrechterhaltung der absoluten moralischen Disziplin (*Ethics*) innerhalb der Bewegung und zur Abwehr äußerer Einflüsse waren ein weiteres Zeichen für diese Entwicklung. Im Laufe der Jahre, die nichts als Ablehnung seiner Person und seiner Bewegung durch Institutionen des Establishments wie die Kirche, die Schulmedizin, die Regierung und so weiter mit sich brachten, hatte sich auch Hubbards eigene Einstellung verändert. An die Stelle jovialer Toleranz gegenüber der Dummheit der Welt waren wütende Ausfälle in Wort und Tat getreten.

Hauptziel der Angriffe Hubbards waren stets die Psychiater und die anerkannten Methoden der medizinisch-psychologischen Behandlung, und seine Texte sind voll von Anspielungen auf den «medizinischen Imperialismus», den «psychiatrischen Sadismus», die «Elektroschock-Psychologie» und so weiter. In einem Aufsatz mit dem Titel «Nehmt teil an dem Kreuzzug für ein glückliches, gesundes England», der in der Zeitschrift *Certainty* erschien und eine kurze «Geschichte» der psychiatrischen Behandlung in den Jahren vor der Entdeckung der Dianoetik enthält, stellt Hubbard fest, Pawlow sei im Grunde seiner Seele davon überzeugt gewesen, daß die Menschen «Tiere» seien und «wie Tanzbären oder Hunde» dressiert werden könnten. Freud wird als «österreichischer Jude» abgetan, dessen «Konzentration auf den Sex diesem Thema eine beachtliche Popularität verschaffte». Und er fügt hinzu, daß «die Methoden der Psychiatrie, körperliche Schäden hervorrufen, vielfach mit ausgesprochenen Brutalitäten einhergehen und den Patienten häufig für sein ganzes Leben zeichnen oder ihn schlicht und einfach umbringen». Die Psychologie hingegen werde «mehr für Kriegszwekke eingesetzt und finanziert».

Derlei Gerede ist, solange es nicht über die seltsamen Zeitschriften der Scientologen und Hubbards eigene Bücher hinausdringt, verhältnismäßig harmlos. In der Phase jedoch, in der die Aggressivität der Scientologen ihren Höhepunkt erreichte, entwickelte sich eine weit gefährlichere Situation. Das Ganze scheint damit begonnen zu haben, daß Hubbard die Scientologen unverblümt zu offenen Aktionen aufrief, die der Stärkung ihres persönlichen Glaubens dienen sollten.

Die Sache wurde ruchbar, als in der Zeitschrift *The People* vom 20. März 1966 berichtet wurde, man habe eine Reihe von Privatdetektiven aufgespürt, die von Hubbard angeheuert worden seien für die Aufgabe, die privaten Affären verschiedener Kritiker der Scientologie unter die Lupe zu nehmen. Es versteht sich von selbst, daß die Liste der zu observierenden Personen von den Psychiatern angeführt wurde.

Ein Privatdetektiv namens Vic Filson, der sich auf eine Anzeige im *Daily Telegraph* hin gemeldet hatte, wurde von den Scientologen für die phantastische Aufgabe engagiert, gegen ein Honorar von 35 Pfund Sterling pro Woche (plus Fahrtkosten) «die Aktivitäten von Psychiatern in Großbritannien auszukundschaften und über jeden einzelnen ein Dossier anzulegen». Die erste Person auf der Liste war Lord Balniel, der zu jener Zeit Vorsitzender der National Association for Mental Health war.

Man wollte kurzen Prozeß machen. Hubbard, so wird berichtet, gab die folgende Erklärung ab: «Ein Psychiater, der an einer Frau Gefallen findet, hat heutzutage die Macht, sie mit Hilfe von Drogen oder Schocks vorübergehend in den Wahnsinn zu treiben, sie sexuell zu mißbrauchen, sie zu sterilisieren, damit sie kein Kind von ihm bekommt, und sie durch eine Hirnoperation zu töten, um seine Überführung unmöglich zu machen.»

Psychiater, so heißt es, täten nicht nur Einzelpersonen, sondern auch ganzen Gruppen wie den Scientologen Gewalt an, und sie hätten «überaus schmutzige Hände». Im gleichen schrillen Ton geht es weiter: «Wir wollen mindestens einen dunklen Punkt im Leben jedes Psychiaters in England aufdecken – einen Mord, eine tätliche Drohung, eine Vergewaltigung – oder auch mehrere Vergehen dieser Art. Dies ist unsere ‹Operation Psychiatrie›. Wir werden sie ausradieren.»

Aber nicht nur Psychiater hatten es auf die Zerstörung der Scientologie abgesehen. In der Zeitschrift *Certainty*, Band 16, Nummer 3, erklärt Hubbard, sooft er den Hintergrund eines Kritikers der Scientologie ausgeleuchtet habe, sei er auf *«Verbrechen»* gestoßen, «für welche die betreffende Person oder Gruppe ins Gefängnis hätte kommen können ... wir fanden *keine* Kritiker ... ohne kriminelle Vergangenheit». Immer und immer wieder, so Hubbard, hätte sich dies bewahrheitet. In einer seiner wirrsten Passagen schreibt er: «Politiker A stellt sich in irgendeinem Parlament auf die Hinterbeine und schreit nach einer Verdammung der Scientologie. Wir schauen ihn uns näher an, und wir entdecken Verbrechen – veruntreute Gelder, Unmoral, eine Schwäche für Knaben – unerquickliches Zeug. Frau B kreischt ihren Mann an, weil er sich einer scientologischen Gruppe angeschlossen hat. Wir überprüfen sie und finden heraus, daß sie ein Kind hat, von dem *er* nichts weiß.»

Und so weiter und so weiter. Die Botschaft ist primitiv, aber eingängig. Wenn ihr einem Kritiker der Scientologie begegnet, dann sagt ihm, er solle seine Kritik einstellen oder «wir werden uns nach deinen Verbrechen umsehen, sie ausfindig machen und ans Licht zerren. Läßt du uns in Ruhe, lassen auch wir dich in Ruhe. So einfach ist das.» Und weiter: «Diese Sprache versteht sogar der Dümmste.» Natürlich wurden solche Leute – genau wie die schlimmsten unter den «suppressiven Personen» – zum «Freiwild» erklärt.

In dem Versuch, das abstoßende Image loszuwerden, das Hubbard der Scientologie durch derlei Erklärungen verpaßt hat, haben kürzlich Sprecher der Bewegung diesen scharfmacherischen Aufruf des Gründers so interpretiert, als handele es sich bei sogenanntem «Freiwild» lediglich um Personen, denen der Schutz durch die scientologische Organisation und das Gesinnungsamt (*Ethics Office*) entzogen sei. Bei erneuter Lektüre des Aufrufs jedoch kommt einem diese Deutung reichlich hergesucht vor, und man fröstelt unweigerlich bei dem Gedanken an die erschreckenden Worte ohne jedes menschliche Mitgefühl: sie müssen einen verheerenden Eindruck gemacht haben auf alle, die sich mit dem Gedanken trugen, aus der Kultbewegung auszuscheren.

Wie viele Oberhäupter bürokratischer Organisationen, scheint auch Hubbard davon überzeugt, daß nur das wahr sein kann, was niedergeschrieben ist. Das gesprochene Wort ist flüchtig und hat keine Masse, während das, was man auf einem Stück Papier schreibt, zum Faktum wird. Das mag die geradezu fanatische Vorliebe für den Papierkrieg erklären, die zahllosen Bulletins, Direktiven, Notizen, Leitlinien und so weiter, die von scientologischen Orgs in Umlauf gesetzt und gesammelt werden. Es erklärt auch das dichte Netz der Telex-Verbindungen, durch das alle größeren Orgs in der Welt miteinander in Kontakt stehen – ein überaus funktionstüchtiges Kommunikationssystem, das Hubbard in die Lage versetzt, jederzeit und von jedem Punkt aus auch mit den entferntesten Außenposten seines Imperiums in Verbindung zu treten.

Einen lebendigen Eindruck von dem wirren Administrationssystem der Scientologie vermittelt Cyril Vosper, ein ehemaliges ranghohes Mitglied der Bewegung, dessen Buch *The Mindbenders* [Die Geistverbieger] insofern interessant ist, als es die aufschlußreiche Meinung eines Insiders präsentiert, der zum Outsider wurde. Weit davon entfernt, die Funktionsfähigkeit des Ganzen zu erhöhen, scheint der endlose Papierkrieg in erster Linie eine gewaltige Zeitverschwendung zu sein und eine ständige Quelle der Qual für die schlechtbezahlten Lakaien, die das Personal der verschiedenen Orgs ausmachen. Aus Hubbards Hauptquartier – wo immer es gerade sein mag – treffen Tag und Nacht Grundsatz- und Weisungspapiere ein mit neuen Gesetzen und Vorschriften, gelegentlichen Weisheiten des Meisters persönlich sowie Einzelheiten über die neuesten dramatischen Beförderungen und Relegationen, die ein Charakteristikum der hektischen Scientologie-Szene sind. Jedes einzelne Mitglied einer Org muß einen *«Commbasket»* haben, einen «Kommunikationskorb» zur Unterbringung der Papierberge, die tagtäglich ein- und ausgehen. Die Farbe des Sterns auf diesem Korb verrät dabei den Status seines Besitzers, das heißt, sie läßt erkennen, ob er im Zustand der «Macht», der «Nicht-Existenz» und so weiter ist. Niemand bleibt davon verschont, und eines der ruchlosesten Verbrechen, die ein Scientologe begehen kann, ist es, Feierabend zu machen, wenn der «Kommunikationskorb» noch voll ist.

An Bord müssen sogar Hubbards Kinder Botenaufgaben übernehmen und so ihren Teil beitragen zur Ausweitung des Netzes aus Gerede und Geschreibsel. Kommunikation wird um der Kommunikation willen betrieben, und nach der phantastischen Logik der Scientologie ist dies Rechtfertigung genug. Qualität oder Substanz der Botschaft, die auf den Weg gebracht wird, ist ohne Belang. Alles wird um der Effizienz willen getan, und voll Stolz verweisen die Scientologen auf die – freilich nur in der Theorie existierende – durchrationalisierte Arbeitsweise ihrer Orgs.

«Die Scientologie ist die vitalste Kraft auf diesem Planeten, und Saint Hill bringt ihre auserwählte Führungsmannschaft hervor», heißt es in *The Auditor* Nr. 12. «Jetzt ist Eure Chance gekommen, dieser phantastischen Mannschaft anzugehören.» Und weiter: «Ron sagt, daß wir unseren Mitarbeiterstab bis 1966 auf 266 Personen erweitert haben und über doppelt soviel Raum verfügen werden.»

In der gleichen Ausgabe finden sich die ersten Hinweise auf Uniformen, wie sie 1965 in Saint Hill auftauchten. Zur Begründung der Notwendigkeit, Uniformen zu tragen, liest man in *The Auditor*: «Die Scientologen stehen in der vordersten Reihe der Gesellschaft von heute. Ihre Wachsamkeit, ihre Begeisterung sind allen sichtbar, und in dieser ahnungslosen, verirrten Welt wirken Scientologen neben ihren Mitmenschen wie Fanale. Die Scientologie ist die lebenskräftigste Philosophie in der heutigen Welt, ja sie ist die lebenskräftigste Philosophie, die die Welt je erlebt hat.»

Sich mehr und mehr in seine Begeisterung hineinsteigernd, fährt der Verfasser des Aufsatzes fort: «Die Führer dieser rasch wachsenden Bewegung der Wahrheit sind die Mitarbeiter der Org. Daher ist es nur angemessen, daß sie eine Uniform haben . . . die sie voller Stolz auf das tragen, was sie symbolisiert: die Wahrheit und die Verwirklichung von Ordnung und Freiheit für den Menschen als Basis für das Erzielen höherer Seinszustände.»

Nach dieser aufregenden Botschaft stellt man nicht ohne Enttäuschung fest, daß die Uniform für Männer aus grauen Flanellhosen und einem blauen Blazer, die für Frauen aus einem grauen Rock und einem blauen Blazer besteht.

Innerhalb weniger Jahre jedoch sollten die Uniformen für die Mitarbeiter von Saint-Hill beträchtlich an Attraktivität verlieren. Im Jahr 1967 – Hubbard war außer Landes und der Akzent verlagerte sich mehr und mehr auf die See-Orgs – ging es, zunächst kaum merklich, dann immer deutlicher, bergab mit der Zentrale in East Grinstead. Im September des Jahres setzte ein Telegramm, das von Hubbards Schiff kam, die verdutzten Bewohner von Saint Hill davon in Kenntnis, daß sie zu Personen im «Zustand der Nicht-Existenz» erklärt worden seien.

Für die meisten Mitarbeiter und Studenten war das ein harter Schlag. Bekümmert zwar, doch peinlich genau hielten sie sich an die Strafvorschriften, die für diesen Zustand galten und die, wie man sich erinnern wird, das Absolvieren von unbezahlten Überstunden ebenso umfaßten wie das Verbot zu baden, sich zu waschen, sich zu rasieren und so weiter. Andere – insbesondere diejenigen, die von Anbeginn der Bewegung angehört hatten und von denen nicht wenige persönlich mit Hubbard bekannt waren – empfanden die Beschränkungen als lächerlich und unerträglich. Einige hielten das Ganze für einen Irrtum, machten wie gewohnt weiter und versuchten, den Gestank zu ignorieren, den ihre ungewaschenen Kollegen, die kleinlaut dem Befehl von oben folgten, zu verbreiten begannen.

Irgend jemand muß der Abteilung für Scientologische Moral hinterbracht haben, daß der Befehl nur teilweise befolgt wurde. Denn eines späten Abends hielt ein Wagen in der Einfahrt von Saint Hill Manor, und vier uniformierte Gesinnungsbeauftragte, darunter ein junges Mädchen, stürmten durch die Räume, in denen noch Mitarbeiter saßen, um ihre Überstunden abzuarbeiten.

Einer der ranghöchsten Scientologen, die damals anwesend waren, ein Mann, der schon seit vielen Jahren in der Organisation gearbeitet hatte, berichtet, er habe an seinem Schreibtisch gesessen, als die Mitglieder des «Kommandos» in seinem Zimmer erschienen. Sie hielten ihm ein offizielles Schreiben unter die Nase, aus dem hervorging, daß Saint Hill von der See-Org übernommen werde. Die drei Männer und das Mädchen hatten «totale Gesinnungshoheit».

Gleich darauf kam es zu einem bösen kleinen Zwischenfall, der, für sich gesehen, vielleicht trivial wirken mochte, aber doch auch ein unübersehbares Zeichen jener abstoßenden unterschwelligen Tendenzen war, die sich damals in der Bewegung breitmachten. Nachdem sie ihre Weisungen übergeben hatten, die ihnen praktisch die Macht von Diktatoren gaben, befahl einer der Gesinnungsbeauftragten dem Scientologen (wie dieser sich erinnert), die Zigarette aus dem Mund zu nehmen. Verständlicherweise weigerte er sich, dem Befehl nachzukommen, worauf einer der Männer ihn packte und ihm die Zigarette wegriß – gewalttätig, rasch, brutal.

Als er sich von dem Schock erholt hatte, stand er auf und verließ das Haus. Zehn Sekunden lang hatte ihm die Bewegung, der er gedient hatte, ihre Kehrseite gezeigt, und zehn Jahre Arbeit für die Scientologie – ein Gutteil davon in leitender Funktion – waren zu Ende.

Mit der Zeit erregte die Häufung von Symptomen einer diktatorischen Bürokratie, die sich sogar mit einer uniformierten Polizeitruppe zierte, mehr und mehr die Aufmerksamkeit der Presse. Im Spätsommer 1968 muß Hubbard oder der eine und andere seiner Kollegen zu der Überzeugung gekommen sein, daß eine Periode der Befreiung überfällig sei. Vielleicht spielte dabei eine Rolle, daß Nachrichten über die rauhe Behandlung von Scientologen durch die Gesinnungsbeauftragten nach und nach zu Unzufriedenheit und Furcht in der Bewegung führten.

Die Formulierung «Hubbard oder der eine und andere seiner Kollegen» wurde nicht zufällig gewählt. 1968 war das Jahr, in dem L. Ron in gewissen Grenzen die Macht auf die Direktoren der Scientologie als einer unternehmerischen Organisation und einer eingetragenen Religion übertrug. Theoretisch hatte das alles bereits am 1. September 1966 (kurz nach seiner Rückkehr aus Rhodesien) begonnen, als er erklärte, er habe sämtliche Führungspositionen in der Scientologie abgegeben. Zu diesem Zeitpunkt verkaufte er den Goodwill des Namens «L. Ron Hubbard» für die hübsche Summe von 100 000 Pfund Sterling an die scientologische Bewegung, und eine besondere Abmachung sah vor, daß die Orgs für die Benutzung seiner Unterschrift zahlen mußten.

Man könnte leicht auf die Idee kommen, daß es Hubbard bei dieser Abmachung darum ging, sein ohnehin beträchtliches Vermögen auf eine unkomplizierte Weise zu vergrößern, doch dieser Gedanke wird von ihm rasch als Trugschluß entlarvt. In einem seiner berühmten Briefe sagt er, er habe von den Orgs nur deshalb verlangt, für die Verwendung seiner Unterschrift etwas zu bezahlen, weil «die Öffentlichkeit sich nachweisbar von solchen Orgs fernhält, die nicht den Namen ‹L. Ron Hubbard› tragen, und ich habe nicht die Absicht, ihren Verkehrswert zu beeinträchtigen».

Die Höhe des persönlichen Vermögens, das Hubbard durch die Scientologie zugeflossen ist, war stets umstritten. Alles deutet darauf hin, daß es sich dabei um gewaltige Summen handelt. Hubbard hat das gute Recht sich auszuschweigen, wo es um die Frage geht, wie vermögend er tatsächlich ist. Nach einem Bericht in der *Daily Mail* vom 3. August 1968 jedoch erzählte er engen Vertrauten, kurz bevor er 1966 England verließ, er habe fast 3 000 000 Pfund Sterling auf einem Geheimkonto in der Schweiz. Bei der Pictet Bank in Genf existierte ein «persönliches Konto» auf seinen Namen, und die *Daily Mail* behauptete, Geld von scientologischen Orgs in der ganzen Welt sei auf dieses und ein «Treuhänder-Konto» Hubbards überwiesen worden. Die Scientologen freilich streiten dies energisch ab.

Hubbards selbst erklärt, er habe der scientologischen Bewegung buchstäblich Millionenbeträge geliehen, sei jedoch bereit, diese Summen zu vergessen. Aus zuverlässigen Quellen ist zu erfahren, daß er einen bestimmten Prozentsatz – in der Regel 10 Prozent – des Bruttoeinkommens aller scientologischen Orgs kassiert habe. Und selbst wenn man das Auf und Ab der Popularitätskurve gewisser Zentren in Betracht zieht, würde dies eine überaus respektable Summe bedeuten angesichts der Tatsache, daß das Einkommen von Saint Hill zum Beispiel immerhin bei 30 000 Pfund pro Woche lag. Wieweit sich an dieser Situation aufgrund seines angeblichen Rücktritts als Führer der Scientologen etwas änderte, ist völlig unklar. Sicher ist, daß er heute im Briefkopf als «Gründer» genannt wird und daß sich die Zeichen für eine, wenn auch zunächst noch sehr zögernde, Übernahme der Macht durch andere mehren.

Die Ausbildungskosten auf den meisten Ebenen der Scientologie sind hoch, und bekanntlich folgen diese Ebenen einander wie die Sprossen einer Leiter, bei der die oberste Sprosse allerdings zu fehlen scheint. Schauen wir uns einmal eine typische Laufbahn an. Dabei ist freilich stets zu bedenken, daß die Schaumschlägerei, die die Scientologie umgibt, und die «Durchbrüche», die sich in regelmäßigen Abständen ereignen, immer wieder zu unvorhersehbaren Veränderungen führen, so daß die hier dargestellte Laufbahn durchaus schon wieder anders aussehen kann, wenn das Buch veröffentlicht ist. (Als Quelle für die Einzelheiten diente die Zeitschrift *The Auditor*).

Am Anfang steht die sechsmonatige «Freie Mitgliedschaft» (*Free Membership*) in der scientologischen Organisation, die man ganz einfach dadurch erwerben kann, daß man sich bei der nächsten Org schriftlich darum bewirbt. Mit dieser Versuchsphase sind keine Verpflichtungen zur Teilnahme an Kursen oder zur Zahlung irgendwelcher Beträge verbunden, wenngleich man, sobald die Bewerbung angenommen ist, mit einem Schwall von Briefen und Schriften bedacht wird, in denen einem nahegelegt wird, dieses oder jenes Buch zu kaufen, an diesem oder jenem Kongreß teilzunehmen oder ein Tonband mit der Stimme Hubbards zu erwerben. Reagiert man auf eines dieser Schreiben und überweist tatsächlich irgendeine Summe, so wechselt die Org ihre Gangart, und man wird eingeladen, einen Einführungskurs zu besuchen.

Gegenwärtig wird die unterste Sprosse der Leiter verkörpert durch den «Hubbard-Anfänger-Kurs für Scientologen» (*Hubbard Apprentice Scientologist Course*), der insgesamt zehn bis zwanzig

Stunden umfaßt. Ihm folgt der «Hubbard Sonderkurs für Dianoetik» (*Hubbard Special Dianetic Course*), der etwa einen Monat lang dauert. Die beiden Kurse kosten zusammen weniger als 50 Pfund und bringen dem Teilnehmer Zeugnisurkunden ein. Als Inhaber dieser Zeugnisse wiederum steigt man vom «Hubbard-Anfänger-Scientologen» (*Hubbard Apprentice Scientologist*) zum bereits höher angesiedelten «Qualifizierten Hubbard-Scientologen» (*Hubbard Qualified Scientologist*) auf. An diesem Punkt mag der Neuling – der inzwischen, Bücher und so weiter eingerechnet, um rund 100 Pfund Sterling leichter ist – genügend Ehrgeiz entwickelt haben, um sich für den «Hubbard-Kursus für Anerkannte Scientologen» (*Hubbard Recognized Scientologist*) zu entscheiden. Am Ende des Kurses wird er sodann enttäuscht feststellen, daß er sich nach wie vor auf der untersten der sieben Stufen befindet, die zum Zustand des «Clear» hinaufführen.

Hat er genügend Durchhaltevermögen und Geld, so kann er nunmehr, unter Entrichtung von Gebühren zwischen 10 und 50 Pfund pro Stufe, zum «Ausgebildeten Hubbard-Scientologen» (*Hubbard Trained Scientologist*), zum «Diplomierten Hubbard-Auditor» (*Hubbard Certified Auditor*) und schließlich zum «Hubbard-Berufs-Auditor» (*Hubbard Professional Auditor*) aufsteigen. Darüber liegen die Stufen des «Fortgeschrittenen Hubbard-Auditors» (*Hubbard Advanced Auditor*), des «Hubbard-Diplom-Auditors» (*Hubbard Validated Auditor*) und – höchst eindrucksvoll – des «Hubbard-Ober-Scientologen» (*Hubbard Senior Scientologist*).

Schwinden ihm angesichts des Glanzes der Karriere, die er damit bereits erkämpft hat, nicht die Sinne, so wird ihm nicht entgehen, daß die Gebühren plötzlich recht ansehnlich geworden sind. So kostet zum Beispiel der «Saint Hill-Spezial-Instruktionskurs» (*Saint Hill Special Briefing Course*), mit dessen Hilfe er von der fünften auf die sechste Sprosse der Leiter gelangt, stolze 323 Pfund. Nunmehr steht dem Aufstieg zum Auditor «Klasse VII» nichts mehr im Wege, und der Zustand des «Clear» ist nahe. Nur noch eine kleine Intensiv-Behandlung, das «Power Processing» für 417 Pfund pro Stück, und die Vorbedingungen zur Teilnahme an jenem Kurs, an dessen Ende der «Clear» steht, sind erfüllt.

Und was hat man von alledem? Nicht allzuviel, wenn man den Berichten derer glauben darf, die sich der zeitraubenden Prozedur unterzogen und später bedauerten, daß sie ihr Geld dafür ausgegeben hatten.

Einer von ihnen, dessen Name unter den ersten hundert «Clears» genannt wird, bezweifelt rundheraus, daß die «Clears» nach all den Mühen tatsächlich irgend etwas vorzuweisen haben, zumindest etwas, das die nichtscientologische Welt beeindrucken könnte. Das Problem ist, daß die Leute, die sich der Scientologie zuwenden, oft entweder jung, naiv und idealistisch sind und häufig wieder abspringen, um sich anderen «Religionen», «Philosophien» oder politischen Bewegungen zu widmen, oder aber zu den Einsamen, den Neurotikern oder Versagern gehören, auf die das extravertierte gesellschaftliche Engagement eines Scientologie-Kurses und das ständige Gerede von «großen Fortschritten», «sich entwickelnden Seinszuständen» und so weiter ausgesprochen stärkend wirkt. Diese stärkende Wirkung kann, wie verärgerte Ex-Scientologen bestätigen werden, eine recht kurzfristige Sache sein. Aber bis dem Betroffenen dies klar wird, kann er sich finanziell und ideologisch bereits so stark engagiert haben, daß er nicht mehr einfach einen Rückzieher machen kann, ohne seine Selbstachtung zu verlieren.

Hinzu kommt, daß es nicht an Aufmunterungen fehlt, die zwar im Grunde wenig bedeuten, aber doch jedesmal als bedeutsam empfunden werden. Die zahlreichen Zeugnisse zum Beispiel, die ständigen optimistischen Erklärungen anderer Scientologen und die scheinbar unerschütterliche Zuversicht, von der Hubbards Schriften und Vorlesungen getragen sind, verfehlen ihre Wirkung nicht. Dazu kommt die geheimnisvolle Magie des E-Meters – für viele Anhänger des Kults ein absolut phantastisches Gerät –, das Erfolgserlebnis, das mit dem Erlernen des komplizierten Fachjargons verbunden ist, und schließlich das Gefühl, zu einer exklusiven Gruppe zu gehören, das sich steigert, sooft eine neue Stufe der Leiter erklommen ist.

Eine Rolle spielen in diesem Zusammenhang auch jene seltsamen Erlebnisse, die als «Befreiungen» (*«releases»*) bezeichnet werden. Eine solche «Befreiung» wird von Leuten, die sie erlebt haben, als eine Art emotionaler oder psychischer Entladung beschrieben, die in irgendeiner Phase der Ausbildung die meisten Scientologen plötzlich erleben. Sie scheint einer mystischen oder religiösen Erfahrung vergleichbar, wie sie oft mit dem Akt der Konversion verbunden ist, und ist begleitet von einem Gefühl der Euphorie und des erweiterten Wahrnehmungsvermögens. Ein solches Phänomen ist keineswegs selten bei Menschen mit mystischen, hysterischen oder gar psychotischen Zügen. Es ist vorübergehend und kann mit einem depressiven Kater verbunden sein. Die Scientologen tun gleichwohl, als handele es sich um eine echte und dauernde Veränderung der Persönlichkeit, die durch die Auslöschung eines tieferen Engramms oder Störfaktors erzielt wird.

Die größte Enttäuschung aber ist offenbar der Zustand des «Clear» selbst. In der Blütezeit der Dianoetik glaubte man, wie schon gesagt, daß «Clears», wenn es sie dereinst gäbe, menschliche Wesen von ungeheurer Überlegenheit sein würden, und zwar ganz einfach deshalb, weil sie befreit seien von den Massen des psychischen Abfalls, den sie seit ihrer Geburt, ja sogar schon vorher, in zahllosen Traumata angesammelt hätten.

Noch höher angesiedelt war der Zustand des «Thetan in Aktion» (*Operating Thetan*) – ein Zustand, in dem sich der Thetan (der, wie man sich erinnern wird, dem menschlichen Geist oder der menschlichen Seele entspricht) von seinem Körper freimachen und seine erstaunlichen Kräfte nach eigenem Belieben einsetzen kann. Die griechischen Götter mit ihrer Gewalt über Blitz und Donner und mit ihren mancherlei anderen magischen Kräften waren, so Hubbard, nichts anderes als Thetane in Aktion die zu jener Zeit in der Welt umherzogen und die Primitivlinge von damals mit ihren übernatürlichen Kräften zum Staunen brachten.

Selbst dieser phantastische Seinszustand sollte nach Meinung Hubbards und seiner Anhänger mit Hilfe der Methoden von Dianoetik und Scientologie erreichbar sein.

All das liegt zwanzig Jahre zurück. Und wenn es den Zustand des «Clear» und des «Thetan in Aktion» auch nach wie vor in der Terminologie der Scientologen gibt, so haben sich doch die Eigenschaften, die ihnen zugeschrieben werden, mit der Zeit drastisch verändert. Verschwunden sind die mutmaßlichen telepathischen Fähigkeiten, die «totale Erinnerung aller Wahrnehmungseinheiten», die Erlangung eines fotografischen Gedächtnisses, die Freiheit des Körpers von Gebrechen, Schmerzen, Erkältungen und so weiter – lauter Dinge, die den Zustand des «Clear» für die Pioniere der Scientologie besonders erstrebenswert machten. Statt dessen wird nunmehr der «Clear» definiert als eine Person, die «einen Seinszustand erlangt hat, in dem sie im Vollbesitz ihrer geistigen Möglichkeiten und ganz sie selbst ist, ihren eigenen Grundvorstellungen folgen kann und nicht reaktiv ist».

Diese Erklärung ist ohne Sinn außerhalb des scientologischen Denkens. Die Eigenschaften, die dem «Clear» hier zugeschrieben werden, sind in der Tat so vage, daß sie niemand in Frage stellen kann. Wenn die Scientologen zum Beispiel behaupten, ein «Clear» sei wahrhaft «im Vollbesitz seiner geistigen Möglichkeiten» oder er sei «ganz er selbst», so ist es unmöglich, derlei zu bestreiten oder auch nur darüber zu reden, weil eine objektive Prüfung von Erklärungen solcher Art einfach nicht möglich ist. Wenn hingegen behauptet wird, «Clears» seien intelligenter als andere Leute, sähen besser aus, seien widerstandsfähiger gegen Schmerz oder Krankheit, so ist es im Prinzip durchaus möglich, solche Aussagen zu überprüfen und auf ihre Stichhaltigkeit hin zu testen.

Scientologen pflegen auf solche Überlegungen zu antworten, für einen Scientologen sei der Ausdruck «im Vollbesitz» sehr genau definiert, diese Definition jedoch könne nur in der Logik der scientologischen Philosophie nachvollzogen werden. Dagegen ist natürlich nichts einzuwenden, solange klar ist, daß es sich dabei nicht um ein übertragbares System handelt – mit anderen Worten: die dem «Clear» zugeschriebenen Eigenschaften und Fähigkeiten haben keinerlei Bedeutung für die Welt außerhalb des scientologischen Systems und sind in ihr praktisch nicht anwendbar. Aber wie dem auch sei: Tatsache ist, daß das alles nur noch sehr entfernt an die Zeiten erinnert, da «Clears» erklärten, sie seien in der Lage, sich neue Zähne wachsen zu lassen, Antischwerkraftmaschinen zu bauen oder vierhundert Jahre alt zu werden.

Das neue Ziel, das die Scientologie jetzt verfolgt, ist der Zustand des «Thetan in Aktion». Wie der Weg zum «Clear», so besteht auch der Weg zum «Thetan in Aktion» aus einer Reihe von sorgfältig vorgezeichneten Stufen oder Stadien, deren Bewältigung jeweils Geld kostet – alles in allem derzeit einige tausend Pfund Sterling. Man fragt sich natürlich, über welche Fähigkeiten und Eigenschaften diejenigen verfügen, die den Zustand des «Thetan in Aktion» erreicht haben. Können sie, wie ihre Vorgänger vom griechischen Olymp, mit einer Handbewegung Donner krachen und Blitze zucken lassen? Wohl kaum. Und überdies: Wer, außer den «Thetanen in Aktion» selbst, wird sich beeindruckt fühlen, wenn dieser Zustand erreicht ist?

Am 26. August 1968, gerade einen Monat nachdem man ihm mitgeteilt hatte, daß ihm die Wiedereinreise nach England untersagt sei, und noch unter dem Eindruck der größten Presse-Kampagne, die je durch die Scientologie ausgelöst wurde – einer Kampagne, die sich fast ausschließlich *gegen* die Bewegung richtete –, verkündete Hubbard, die «Sicherheitskontrollen» würden abgeschafft. Diese «Kontrollen» – und ebenso die Schnüffeleien von Privatdetektiven, die Amateur-Spionage, die Jagd auf Klatsch- und Tratschgeschichten und so weiter –, die dazu geführt hatten, daß einzelne zu «suppressiven Elementen» erklärt wurden und fortan als «vogelfrei» galten, wurden aus verschiedenen Gründen aufgegeben. Der Hauptgrund, der in seltsamen Gegensatz zu früheren Erklärungen steht, lautete: «Wir haben weder Interesse an den Geheimnissen und Verbrechen anderer noch Verwendung für sie.»

Darüber hinaus heißt es ebenso unverblümt wie aufschlußreich: «In der Öffentlichkeit ist Kritik an der Praxis der Sicherheitskontrollen laut geworden.» Diese Feststellung, die den deutlichen Eindruck vermittelt, daß der Gründer der Scientologie damals anfing, sich über öffentliche Kritik ernsthaft Gedanken zu machen, markiert – willkommenes Zeichen eines pragmatischen Realismus – in gewisser Weise einen Wendepunkt in der Geschichte der Scientologie.

Aber was sich damit abzeichnete, war erst der Anfang. Am 14. Oktober gab Hubbard einen neuen Kodex für Auditoren heraus, der professionellen Scientologen als Leitfaden bei der Audition und der Behandlung anderer Menschen dienen sollte. Dieses Manifest mit seinen achtundzwanzig Punkten sollte, so hieß es, alle übrigen Leitlinien außer Kraft setzen und an ihre Stelle treten. Und es sollte von allen «Auditoren und Schülern in der Ausbildung» auswendig gelernt werden. Der Katalog reicht von obskuren (von geheimsprachigen Floskeln durchwirkten) Sätzen wie: «Ich gelobe, dem ‹Preclear› in der Auditionssitzung Sein (*beingness*) zu garantieren», über dunkle Gelübde wie zum Beispiel: «Ich gelobe, niemals eine einzelne Handlung über ihren Schwimmpegel hinauszutreiben» bis zu dramatischen Versprechungen wie: «Ich gelobe, keine sexuellen Übergriffe oder Nötigungen an psychisch Kranken zuzulassen». Daneben stehen gewisse sehr direkte Anordnungen, die, wie es scheint, den Kritikern die veränderte Rolle der Scientologie verdeutlichen sollen. Regel Nr. 15 zum Beispiel lautet: «Ich gelobe, die Methoden der Scientologie nicht mit anderen Verfahren zu vermischen, es sei denn, der ‹Preclear› ist körperlich krank und nur die Mittel der Medizin können ihm helfen.» Und Regel Nr. 24 stellt fest: «Ich gelobe, die Scientologie nicht nur deshalb zu vertreten, weil ich mit ihrer Hilfe Krankheit heilen oder Geisteskranke behandeln will; denn ich weiß sehr wohl, daß sie dazu da ist, spirituellen Gewinn zu bringen.»

Mit beiden Regeln wird offenkundig der Versuch unternommen, die Rolle des Auditors von der des Psychotherapeuten oder gar des Arztes abzugrenzen – ein Versuch, der nach Meinung vieler Leute längst überfällig war. Selbst in diesem feierlich klingenden Katalog jedoch konnte Hubbard nicht der Versuchung widerstehen, in altvertrauter Weise der Psychiatrie eins auszuwischen. Regel Nr. 26 lautet: «Ich gelobe, niemals zuzulassen, daß irgendein Wesen im Namen der ‹Psychotherapie› körperlich verletzt, gewaltsam geschädigt, operiert oder getötet wird.»

Hubbard blieb am Ball und setzte die Politik der «Liberalisierung» mit Nachdruck fort. Am 1. November 1968 erschien die Nummer 42 von *The Auditor* mit der gigantischen Schlagzeile «INTERNATIONALE AMNESTIE. In einer knappen, von ihm selbst unterzeichneten Erklärung stellt Hubbard fest: «Zur Feier der Heraufkunft des ‹Standard Tech› wird eine internationale Amnestie für alle Scientologen, scientologischen Organisationen und Tochterunternehmungen auf der ganzen Welt gewährt, die am 1. November A. D. 18 in Kraft tritt. Alle Verfehlungen, zu denen es vor diesem Datum kam, sind damit vorbehaltlos vergeben.»

Diese großmütige Geste, die auf eine Abschaffung des Zustands der sogenannten «Vogelfreiheit» und auf ein Ende der Bedrohung und Verfolgung von ehemaligen Scientologen und den Gegnern der Bewegung – Psychiater eingeschlossen – hinauslief, ist ebenfalls eindeutig als Reaktion auf Proteste innerhalb und außerhalb der Bewegung zu verstehen. Als offizieller Grund wurde aber der «Standard Tech» vorgeschoben, einer jener großen Fortschritte, denen man in der Geschichte des Kults so häufig begegnet und die sich stets dadurch auszeichnen, daß sie jemandem, der nicht bis über beide Ohren im Jargon der Scientologen steckt, kaum zu erklären sind. Ein kurzer Aufsatz mit dem Titel «Was ist das Besondere am Standard Tech?», der in der gleichen Ausgabe des *Auditor* erschien, versucht eine Erklärung, ist aber gleichwohl nicht mehr als einer unter vielen Tausenden von verwirrenden Artikeln, die im Laufe der Jahre in dieser Zeitschrift erschienen.

«Ist es nicht der gleiche Tech, den wir schon kennen? Ist es nicht die gleiche Scientologie? Sind es nicht die gleichen Übungen, die gleichen Behandlungsmethoden?» beginnt der Aufsatz atemlos und fährt im gleichen Tenor fort:

«Ja. So ist es. Es ist die gleiche Scientologie, es sind die gleichen Axiome und die gleichen Grade.

Aber die ANWENDUNG IST GESTRAFFT.

Aus fünfzehn möglichen Aktionen zur Korrektur an einem Fall hat Ron eine einzige gemacht, die alles umfaßt.»

So einfach ist das. «Wie wenn ein Motor auf Höchstleistung getrimmt wird», heißt es in dunklen Worten weiter. Wenn man keine Ahnung von Motoren hat, ist es schwer genug, einen Motor zum Laufen zu bringen, und wenn er nicht läuft, gibt er auch keine Höchstleistung her. Aber schon ist das neue Handbuch des Experten zur Stelle, und die Resultate sind umwerfend.

«Es ist der gleiche Motor, es sind die gleichen Werkzeuge. Aber seht euch an, wie er JETZT läuft!»

Diese Auszüge mögen einen Eindruck vermitteln von den Weisheiten, die in der Zeitschrift *The Auditor* verbreitet und allen einschlägigen Berichten zufolge von ihren Lesern begierig verschlungen werden.

Ganz im Sinne der neuen Politik und vermutlich ebenso im Sinne des neuen Image, das Hubbard der Scientologie zugedacht hatte, präsentiert die Neujahrsausgabe des *Auditor* ein nie gekanntes Maß an überschwenglicher Gutherzigkeit. Mit den besten Wünschen für «ein glückliches Jahr 69 Euch allen» verbindet Hubbard eine kurze Botschaft an seine Gefolgschaft:

«Die Scientologie tritt in das 19. Jahr nach der Dianoetik ein, und wir haben große Pläne und Vorhaben, die diese Welt für jedermann in der Scientologie besser machen sollen.

Weniger Gesinnungs-Checks, mehr Tech, größere Orgs, neue Bürgergruppen und alles, was das wirklich Gute im Leben ausmacht.

Aber sei dem, wie ihm sei – was ich sagen möchte, ist: Ich hoffe auf ein wahrhaft gutes Jahr für Dich ganz persönlich. Ich tue alles, was in meiner Macht steht, um es gut zu machen.»

Unterschrift: «In Liebe, Ron»

Auf der gleichen Seite, in einem Aufsatz über den «Wert der Scientologie», spricht Hubbard von den «schreienden Affen» der Presse und den «kalten Sadisten, die in den wissenschaftlichen Gesellschaften das Sagen haben». Und er meint, die Vertreter der «älteren Methoden auf diesem Gebiet» hätten die «psychische ‹Gesundheit› in einen Vorwand für ein Bergen-Belsen oder ein Auschwitz verkehrt». Internationale Amnestie hin, internationale Amnestie her: Dieser Artikel läßt erkennen, daß L. Ron seine Feinde nach wie vor im Visier hat.

9. Kapitel
Von der Psychotherapie zur Religion

Wir haben uns in einiger Ausführlichkeit mit der historischen Entwicklung der Scientologie befaßt und sie verfolgt von ihren allerersten und ziemlich mysteriösen Anfängen um das Jahr 1949, als sie unter dem Namen Dianoetik als Durchbruch in der Psychotherapie gefeiert wurde, bis zu ihrer gegenwärtigen, reichlich turbulenten Existenz als organisierter Kult, der danach trachtet, als offizielle und legalisierte Religion anerkannt zu werden. Wir haben überdies unsere Aufmerksamkeit der interessanten und umstrittenen Persönlichkeit des Mannes zugewandt, der die Bewegung ins Leben rief und von den anfänglichen Erfolgen über die Phase ihrer Krise bis zu ihrer neuerlichen Renaissance ihre Leitfigur war.

Ohne Hubbard wäre die Scientologie nichts gewesen. Sie ist eindeutig und ausschließlich das Kind seines Geistes, dessen Pflege und Entwicklung er mehr als die Hälfte seines Erwachsenenlebens gewidmet hat. Begriffe, Sprache, Lehren, Gesetze und Regeln der Bewegung sind das Produkt seines Denkens, und nur seiner Willenskraft und der Faszination, die von seiner Persönlichkeit ausgeht, ist es zu verdanken, daß sie sich durchsetzten. Unter den Millionen von Menschen, die sich irgendwann einmal – sei es oberflächlich oder mit leidenschaftlichem Engagement – mit der Scientologie eingelassen haben, gibt es nur außerordentlich wenige, die einen wichtigen oder dauerhaften Beitrag politischer oder ideologischer Art zur Struktur und Funktion der Bewegung haben leisten können. Wenn man den Erklärungen jener Scientologen glauben darf, die früher einmal relativ hohe Positionen in der Hierarchie der Bewegung innehatten, bevor sie sich von ihr abwandten, so waren Kreativität und Zeichen von Originalität in Hubbards Umgebung keineswegs geschätzt. Wer sie dennoch zeigte, bekam sehr bald Schwierigkeiten.

Mehr als ein ehemals prominenter Scientologe, der feststellen mußte, daß sein eigener Aufstieg in der Bewegung das Mißfallen Hubbards erregte, hat diesen Umstand bestätigt. Die einzigen Leute neben Hubbard, die zumindest über eine Spur echter Macht verfügten, sind seine gegenwärtige Ehefrau Mary Sue und – freilich in geringerem Maße – sein ältester Sohn Nibs. Letzterer freilich ist inzwischen natürlich in Ungnade gefallen, da er im Prozeß der Food and Drug Administration gegen das E-Meter als Zeuge für die FDA auftrat. Seine in Los Angeles wohnende verheiratete Schwester jedoch und sämtliche Kinder Hubbards aus der Ehe mit Mary Sue sind glühende Anhänger der Scientologie. Die älteste Tochter übrigens heiratete kürzlich an Bord der *Apollo* einen jungen Scientologen, und die stolzen Eltern waren bei der Zeremonie absolut unübersehbar.

Es gibt eine Reihe von Gründen für die ausgeprägt pyramidenförmige Struktur der scientologischen Orgs, die, da sie eine starke Abhängigkeit von Hubbard garantiert, die Bewegung teuer zu stehen kommen kann, wenn er einmal das Zeitliche segnet. Der einfachste Grund besteht darin, daß Hubbard selbst ohne Zweifel ein Mann von beträchtlicher Intelligenz und grenzenlosem Enthusiasmus ist, der nicht den leisesten Zweifel an seiner Rechtschaffenheit kennt und höchstwahrscheinlich von dem unerschütterlichen Eifer eines Mannes beseelt ist, der glaubt, eine Gestalt mit schicksalhaftem Auftrag zu sein. Freunde und Bekannte aus den Anfangstagen der Dianoetik erinnern sich, daß er eine bemerkenswerte Figur war, die vor «Persönlichkeit» aus den Nähten platzte und allen Anschein nach für Großtaten irgendwelcher Art prädestiniert war. Der Science Fiction-Autor Damon Knight ist der Überzeugung, daß Hubbard eine außergewöhnliche Begabung als Schriftsteller hatte und durchaus zu einer literarischen Größe hätte werden können, wenn er sich beim Schreiben mehr Selbstdisziplin auferlegt hätte. Andere Gebiete, auf denen Ron wohl hätte brillieren können, sind die Politik, das Theater oder der Film und vielleicht sogar irgendeine nicht allzu strenge Wissenschaft wie zum Beispiel die Anthropologie. Aber das Schicksal wollte es anders. Dianoetik und Scientologie sollten die wichtigsten Früchte seines Talents sein. Kein Wunder also, daß Hubbard in einer Organisation, die nicht gerade gebildete oder wissenschaftlich denkende Menschen anzieht, wie ein Fanal wirkt.

Der zweite Grund ist vermutlich ein ganz handfester. Hubbard muß sich – falls er sich je überwinden kann, darüber nachzudenken – der schwachen Stellen in den Prinzipien und der Praxis der Scientologie bewußt sein und ihre zahlreichen Widersprüchlichkeiten in Wort und Tat kennen, von denen einige in diesem Buch sichtbar gemacht wurden. Kein noch so großer Aufwand an schmückendem Fachchinesisch kann darüber hinwegtäuschen, daß die ursprünglichen Verheißungen der Dianoetik, wie sie vor zwanzig Jahren formuliert wurden, bis heute unerfüllt blieben. Die einfache Grundvorstellung jener Zeit – die meisten Gebrechen des Menschen werden durch Engramme verursacht; ihre Auslöschung wird ihn in einen emanzipierten Zustand der Kraft versetzen – ist mittlerweile hoffnungslos vernebelt. Es drängt sich der Verdacht auf, daß die Nähe allzu vieler scharfsinniger und kritisch eingestellter Leute Hubbard zwingen würde, doch etwas länger über die klaffenden Risse im Gewebe der Scientologie nachzudenken, und daß ihre Gegenwart ihm aus diesem Grunde lästig sein könnte.

Und schließlich: Hubbard wacht, wie jeder kreative Mensch, zu Recht eifersüchtig über das, was er seinem Gehirn entrungen hat. Er war nachweislich stets von der Furcht beherrscht, gewisse Leute oder Gruppen seien aus irgendwelchen Gründen unentwegt darauf aus, die Ideen zu stehlen, die er in die Scientologie eingebaut hatte, oder sie zu zerstören. In unserer sonderbaren Welt ist meist noch in den wildesten Phantasien irgendwo ein Körnchen Wahrheit. Die Scientologie und ihr Gründer waren von Anfang an unentwegten Pressionen und Angriffen von außen ausgesetzt. Manchmal war es ein gutgemeinter Druck, wie im Falle des Millionärs Purcell, der in der Frühphase der Dianoetik versuchte, das Ganze auf eine solide geschäftliche und wissenschaftliche Basis zu stellen. Manchmal versuchten Dissidenten, ihre eigenen scientologischen Organisationen zu gründen, die mit der ursprünglichen Bewegung «rivalisierten». Solche Abspringer ernten in den meisten Fällen Schimpf und Schande, oder sie geraten rasch in Vergessenheit. Der Grund ist ganz einfach Talentmangel, Großsprecherei oder beides. Gelegentlich jedoch gibt es auch Abspringer, die über echte Fähigkeiten verfügen – so etwa der Science Fiction-Autor A. E. Van Vogt, der in Kalifornien seine eigene Version der Dianoetik praktiziert. Van Vogt scheint auch ohne L. Ron recht zufrieden zu sein und veröffentlicht eine kleine Zeitschrift, in der über Dianoetik geplaudert wird, als schrieben wir immer noch das Jahr 1953 und die Scientologie sei ebensowenig existent wie die seltsamen Blüten, die sie im Verlauf ihrer Entwicklung trieb. Andere, weniger selbstbewußte Abspringer haben sich eher zu bloßen Parodien des Meisters entwickelt. Jack Horner, ehemals ein Hohepriester der Bewegung, der sich vor ein paar Jahren mit Ron überwarf, betreibt heute seinen eigenen, wenn auch winzigen Zirkus unter dem hochgradig einfallslosen Banner der «Dianologie». Der Einfluß, den sie bisher auf die Welt der Psychologie ausüben konnte, muß als minimal bezeichnet werden. In manchen Fällen entfernen sich Abspringer (und das sind gerade die interessantesten unter ihnen) so weit von der alten Linie, daß die Ursprünge der Bewegungen, die sie ins Leben riefen, allem Anschein nach von Öffentlichkeit und Anhängern gleichermaßen vergessen wurden. Eine dieser Bewegungen ist *The Process*. Zu ihr seien an dieser Stelle einige Sätze gesagt.

The Process war die Schöpfung eines gewissen Mr. Robert de Grimstone und seiner Ehefrau Mary Anne. Beide waren irgendwann einmal Scientologen, die der Bewegung aus ideologischen Gründen, die inzwischen im Nebel des Vergessens verschwunden sind, den Rücken kehrten. Zunächst schienen sie eine ziemlich unverfälschte Scientologie zu praktizieren. Sie hielten sich bei der Bearbeitung ihrer Klienten an das Auditoren-Handbuch und behielten sogar die Sitte bei, den Leuten, die zu ihnen kamen, mit langem, festem Blick in die Augen zu starren – eine unangenehme Gewohnheit, die unter Scientologen und Amateurpsychologen in der ganzen Welt verbreitet ist. Anfangs praktizierten sie in einer kleinen Wohnung in der Londoner Wigmore Street gegen bescheidene Honorare von drei oder vier Guineas pro Stunde. Als ihre Anhängerschaft wuchs, erweiterten sie ihren Wohnraum: Sie nahmen sich ein ganzes Haus in Balfour Place, einem der exklusivsten Wohngebiete Londons. Die angebliche Jahresmiete von 3000 Pfund vermittelt einen Eindruck von ihrer damaligen finanziellen Situation.

In der Zwischenzeit vollzog sich eine seltsame Wandlung in Mr. de Grimstone. Sein Haar wuchs und wuchs und wuchs, und sein Gesichtsausdruck wurde, wie Fotografien verraten, über alle Maßen fromm. Und 1968 schließlich, einige Jahre nach seiner Trennung von L. Ron & Co., war endgültig nicht mehr zu leugnen, daß er wie eine Hollywood-Version von Jesus Christus aussah. Dieser Umstand erklärt vielleicht, warum Reporter der Zeitschrift *The People*, die sich 1970 in die Zentrale der Bewegung einschlichen, herausfanden, daß er für andere Mitglieder des Kults «Das Orakel» oder ganz einfach «Gott» hieß. Seine Frau wurde «Die Göttin» genannt. Diese Aura der Heiligkeit breitete sich auch über weniger exponierte Mitglieder der Gruppe aus, und Leute, die zuvor mit Namen wie Smith, Brown oder Robinson ihr Leben gefristet hatten, ließen sich plötzlich Bärte wachsen und verwandelten sich in Bruder Micah, Bruder Alban, Bruder Lars und so weiter. Selbst «Schwestern» huschten im Gebäude umher, alle angetan mit der geschlechtslosen *Process*-Kluft, die aus schwarzen Jeans und Pullover bestand. Der nächste – vorhersagbare – Schritt in der Entwicklung war die Verwandlung der Organisation in eine offizielle Religionsgemeinschaft mit dem unheilverheißenden Namen «Die Kirche des Jüngsten Gerichts».

Interessierte Besucher, die sich in den späten sechziger Jahren in der Zentrale von *The Process* in Balfour Place umsahen, müssen sich gefragt haben, wie die Kirche des Jüngsten Gerichts zu soviel Geld kam. Das Gebäude mit seinen vier oder fünf Stockwerken war teuer möbliert und ausgestattet in einem Stil, der sich am besten mit den Worten «geschmackvolle Üppigkeit» charakterisieren läßt. Auf einer Metallplatte an der Eingangstür prangte das Emblem der Organisation: ein Quadrat mit strahlenförmig angeordneten Armen, das von weitem wie eine modernisierte Version des Hakenkreuzes aussah. Die Sandwiches, die in der kleinen Coffee-Bar der Organisation im Souterrain des Gebäudes verkauft wurden, können das Geld schwerlich eingebracht haben. Auch ist kaum vorstellbar, daß die Straßenaktionen, bei denen besonders eifrige Mitglieder des *Process*, die mit wallenden Umhängen herumliefen, Passanten einluden, «für die Tierfürsorge zu spenden», beträchtliche Summen erbrachten. Jeder, der das Bedürfnis hatte, bevor er sich von seinem Geld trennte, zu fragen, um was für eine Art der Tierfürsorge es sich handele, wurde aufgeklärt, daß die Bittsteller einer Kirche angehörten, die aktiv gegen die Vivisektion zu Felde ziehe. Auf diese Weise diene das Geld, das der Kirche gespendet werde, letztlich der Tierfürsorge. Und auch der Verkauf des glänzend und professionell gemachten Magazins der Organisation konnte kaum nennenswerte Gewinne abwerfen, zumal es zu einem Preis angeboten wurde, der bei den zahlreichen Fotos, Farbillustrationen und teuren Kunstreproduktionen in jedem Heft vom Herstellungspreis sicherlich um das Sechs- oder Siebenfache übertroffen wurde.

Der wahrscheinlichste Grund für den Reichtum ist, daß die Leser im Magazin ganz offen aufgefordert wurden, ihr Vermögen der Kirche zu überlassen. In Heft Nummer 4 zum Beispiel wird den Lesern gedankt für ihre «hervorragende Reaktion auf den Appell zur Übereignung von Vermögen, der in unserer letzten Ausgabe erschien». «Wir haben jedoch», so heißt es weiter, «alles in absoluter Rekordzeit unter die Leute gebracht und warten dringend auf neue Spenden.» Leser, die sich noch nicht völlig verausgabt hatten, wurden beschworen, «uns nichts vorzuenthalten». Menschen, denen das Unglück auferlegt sei, «Mühlsteine von Geld um den Hals zu tragen», sollten der Qual ein Ende machen und dieselben durch *The Process* entfernen lassen. Die Organisation werde das mit dem größten Vergnügen besorgen. Ein Foto auf der gleichen Seite zeigt eine Gruppe von schwarzgewandeten Personen – acht davon männlichen, zwei weiblichen und zwei undefinierbaren Geschlechts –, die um einen Tisch herum sitzen, auf dem ein Globus steht. «Investiert in das Ende der Welt», lautet die entmutigende Bildunterschrift.

Marktschreierische Appelle an die Leute, sich von ihrem Vermögen zu befreien, mögen wie ein Studentenulk wirken. Es fehlt jedoch nicht an Hinweisen dafür, daß sich der Witz für *The Process* auszahlte. Es gab in der Tat höchst wohlhabende junge Leute – einige darunter der feinen Gesellschaft Großbritanniens eng verbunden –, die von dem seltsamen Verein das geistige und seelische Himmelreich erwarteten, und mehr als ein saftiger Scheck wurde der Kirche des Jüngsten Gerichts zugesteckt. Natürlich ist nichts Illegales dabei, wenn eine religiöse Organisation Geldsammlungen veranstaltet. Man kann nur hoffen, daß die Spender etwas Anständiges für ihr Geld bekamen.

Die Lektüre der Seiten der *Process*-Zeitschrift vermittelt ein einigermaßen klares Bild von der «Philosophie» der Bewegung und macht deutlich, daß es sich hier um mehr handelt als um eine intellektuell anspruchsvollere Variation der Scientologie, wie eine Reihe von Kritikern abschätzig gemeint hat. Gewiß, einige Spuren der Scientologie sind unleugbar: die Faszination durch die Vorstellung, das Leben sei ein Spiel, das von gefallenen Göttern gespielt werde; das große Interesse an der Kommunikation um ihrer selbst willen; die eindeutige Tendenz zu Wahnvorstellungen über Psychiatrie, Elektroschockbehandlung, Gehirnchirurgie und so weiter. Was andererseits fehlt, sind die theatralischen Kanzelpredigten der Scientologie und die unkritische Anbetung der Führergestalten, die so typisch ist für viele moderne Kulte. Alles wirkt konzentrierter, weniger gefühlig; die Einstellung zur Außenwelt ist eher bitter als voreingenommen, und sogar Anflüge von Selbstkritik und die Fähigkeit, über sich selbst zu lachen – in der scientologischen Literatur nur höchst selten auszumachen –, lassen sich gelegentlich erkennen.

Was also hat es auf sich mit der «Philosophie?» Nun, die Mitglieder der Kirche des Jüngsten Gerichts interessieren sich, wie man sich vorstellen kann, ungeheuer für die Mächte des Guten, für die Allmacht und Totalität Gottes und seiner Boten auf Erden wie Christus, Buddha, Krishna und so weiter. Um aber die Sache (für Außenseiter) zu komplizieren, interessiert sich die Kirche – und zwar nicht minder – auch für das, was man gewöhnlich als die Mächte des Bösen bezeichnen würde, das heißt für die Boshaftigkeit und Macht Luzifers und seiner diversen Diener. In der Theologie, die *The Process* entwickelt hat, gibt es drei Große Götter des Universums – Jehovah, Satan und Luzifer –, die, miteinander verschmolzen, zu einem kosmologischen Super-Wesen werden, das in Ermangelung eines besseren Wortes GOTT genannt wird. Das Leben ist das Wechselspiel der Kräfte dieser drei Meisterspieler, und die Menschen sind die Spielfiguren – Figuren jedoch, die die Seite wählen können, auf der sie spielen wollen, und die sich am Ende auf die eine oder andere Weise (hauptsächlich freilich durch den Eintritt in die Kirche des Jüngsten Gerichts) sogar selbst in die Rolle von Spielern hineinentwickeln können. Das eigentlich Entscheidende ist nach *The Process*, daß man in seiner Ausrichtung und seinem Engagement fest bleibt. Es ist, absolut gesehen, gleichgültig, ob man sich mit der Seite Christi oder der des Satan verbündet, da keine der beiden «besser» ist als die andere. Die eine Seite ist SCHWARZ, die andere WEISS. Die einzige echte Sünde, die einzige wesentliche Verderbtheit, besteht darin, daß man es nicht fertigbringt, sich entweder eindeutig für die SCHWARZEN oder eindeutig für die WEISSEN Mächte zu entscheiden und damit ein GRAUER wird, ein Anwalt von Kompromiß und Unentschlossenheit.

Die Welt, so stellt sich heraus, ist gegenwärtig von den GRAUEN beherrscht. Fotografien in der Zeitschrift geben einen Hinweis darauf, wer diese GRAUEN sind – der Papst, Mr. Harold Wilson, David Frost und so weiter. Die WEISSEN haben Jesus Christus in ihren Reihen, während die SCHWARZEN von so bezaubernden Gestalten wie Adolf Hitler repräsentiert werden. Ist man wie die meisten Menschen der Ansicht, daß Harold Wilson einer Figur wie Adolf Hitler eindeutig vorzuziehen sei, dann gehört man entweder selber zu den GRAUEN oder man hat die Botschaft nicht verstanden, die *The Process* verkündet. Jehovah und Luzifer, das gilt es zu verstehen, arbeiten nicht, wie in allen anderen Religionen, gegeneinander, sondern Hand in Hand. Beide sind mit einem einzigen Ziel zur Erde zurückgekehrt – mit dem Ziel, die GRAUEN Mächte mit Stumpf und Stiel aus allen Bereichen der Gesellschaft herauszureißen und zu zerstören. Oder wie es in der Zeitschrift heißt: «Jede graue Regierung in die Knie zu zwingen und an ihre Stelle entweder das totale Chaos und die Anarchie zu setzen oder eine militante Diktatur.»

Das also ist die Botschaft, die *The Process* zu vermitteln hat. Die zu Extremen neigende Betrachtungsweise, die in der Unterscheidung von SCHWARZEN und WEISSEN Mächten zum Ausdruck kommt, findet ihren Niederschlag nicht nur im redaktionallen Teil der Zeitschrift, sondern ebenso in den Leserbriefen, die in ihr veröffentlicht werden. «Das Bild von Robert de Grimstone hat mich in einen Taumel versetzt», schreibt J. Smith aus Leeds. «Ich habe niemals ein so eindrucksvolles Gesicht gesehen. Das ist der wiedergekehrte Christus, war mein erster Gedanke.» Ganz anders schreibt «Anonymus» aus London: «Sie sollen wissen, daß ich Sie für böse halte, für eine Ausgeburt des Teufels. Sooft ich irgendwo Ihre Zeitschrift sehe, mache ich das Zeichen des Kreuzes.» Die Beispiele für beide Richtungen lassen sich mehren. Vielleicht sollte man das letzte Wort «Valerie» aus London überlassen, die das Wesentliche auf die Formel gebracht zu haben scheint, wenn sie schreibt: «Oh, Ihr goldigen Typen mit Euren Bärten, langen Haaren und so weiter. Ich weiß nicht, wovon Ihr redet, aber ich bin dafür. Kann ich den haben, der wie Rasputin aussieht?»

Neuerdings hat die Kirche des Jüngsten Gerichts die Wurzeln, die sie in Balfour Place geschlagen hatte, mehr oder weniger herausgerissen und ihre Basis nach Amerika verlegt. Eine große Niederlassung, in der eine Reihe von englischen Emigranten, darunter die begüterte Tochter von mindestens einem Peer des Reichs, Quartier bezog, wurde in Chicago eröffnet. Die Chicagoer Gruppe gibt sich philanthropisch, indem sie zum Beispiel Geld für kranke Kinder sammelt, und entwickelt sich allem Anschein nach rasch auf eine Art Kommunen-Existenz zu. Ihre Mitglieder tragen schwarze Trikots, silberne Halsketten und Armbänder, und ihre Kleidung ist mit dem Emblem von *The Process* in Rot geschmückt. Wo immer Anhänger der Kirche des Jüngsten Gerichts gehen und stehen, sind sie von großen Schäferhunden umgeben, und zwar nicht von ein oder zwei Exemplaren, sondern von ganzen Scharen. Die Hunde führen ein recht freizügiges gesellschaftliches und häusliches Leben und werden als Symbol für irgend etwas betrachtet, vielleicht für das Bemühen der Kirche um das Wohlergehen der Tiere. Irgendwann im Laufe ihrer Geschichte legte sich die Bewegung ein Zentrum in Mexiko zu, in einem Ort am Meer mit Namen Xtul. Aufnahmen, die in der Zeitschrift erschienen, sind von Sonne, Palmen, Sand, Brandung und Schäferhunden beherrscht, und man muß zugeben, daß alle, die sich in dieser Umgebung tummeln, auf den Bildern ausgesprochen zufrieden wirken.

Auch andere Notabilitäten aus Hubbards Bewegung haben gelegentlich versucht, etwas vom Glanz der Scientologie für sich selbst zu erhaschen mit dem Erfolg, daß ihre Köpfe rollten. So wurde offenbar Hubbards zweite Frau Sarah Northrup beschuldigt, sie habe versucht, die Dianoetik zu annektieren und für selbstsüchtige und böse Zwecke zu mißbrauchen. Eine ähnlich bittere Familienfehde brach aus, als sich Hubbard von seinem Sohn Nibs trennte, der in der Bewegung einigen Einfluß gewonnen hatte.

Hubbard glaubt überdies, daß sich starke Kräfte in der Welt zu dem Versuch vereinigen, die Scientologie zu zermalmen, und vieles von dem, was er in letzter Zeit geschrieben hat, spiegelt diesen Verfolgungskomplex wider. Zahlreiche Scientologen sind aufgrund solcher Vorstellung ihres Leitbildes der Überzeugung, daß eine internationale Gruppe finsterer Gestalten ihnen den Garaus machen will. Es handelt sich dabei, wie sie meinen, um eine bunt zusammengewürfelte Schar aus unehrenhaften Politikern, Psychiatern (versteht sich), habgierigen Geschäftsleuten und diversen irren und böswilligen Journalisten. Wie bereits gesagt, ist diese Wahnvorstellung auf eine merkwürdige Weise sogar gerechtfertigt. Die Welt – oder zumindest eine lautstarke und mächtige Minderheit in dieser Welt – ist in der Tat darauf aus, die Scientologie zu unterdrücken, wie die Aktionen der Food and Drug Administration, des britischen Parlaments und des australischen Bundesstaates Victoria, um nur einige zu nennen, eindeutig beweisen. Die Frage ist nur, wieweit diese Verfolgung tatsächlich gerechtfertigt ist.

Verfolgung ist ein Wort, das viele Assoziationen weckt. Bis zu einem gewissen Grade umfaßt es auch die ungerechtfertigte Unterdrückung einer verhältnismäßig untadeligen Minderheit durch eine große und mächtige Gruppe. Als die Nazis sich daranmachten, die Juden auf dem europäischen Kontinent auszurotten, machten sie sich damit eindeutig einer Verfolgung schuldig. Auf der andern Seite scheuen wir alle uns, das Wort «Verfolgung» zu benutzen, wenn ein Land sich auf legale Weise einer unerwünschten Minderheit – wie zum Beispiel der professionellen Heroinhändler – entledigt. Natürlich handelt es sich bei diesen Beispielen um zwei Extreme auf einer breiten Skala. Gleichwohl setzt eine objektive Betrachtung der Scientologie voraus, daß wir uns entscheiden, welcher der beiden genannten Extremfälle dem Fall Hubbards und seiner Anhänger am ehesten entspricht. Handelt die Gesellschaft, die sie in gewisser Weise bestraft, recht oder unrecht? Der Beantwortung dieser Frage kommt entscheidende Bedeutung zu. Die westlichen Gesellschaften räumen dem Begriff der religiösen Freiheit und Toleranz einen hohen Stellenwert ein – oder leisten ihm doch zumindest Lippendienst. Wenn also die Scientologie – wie sie behauptet – eine Religion ist, warum sollte sie dann in unserer Gesellschaft nicht praktiziert werden dürfen? Die schlichte Antwort ihrer Gegner lautet: Die Scientologie gibt nur vor, eine Religion zu sein. In Wahrheit ist sie eine gefährliche Organisation. Ist dieser Standpunkt vertretbar? Ist die Scientologie *a* eine Religion und *b* gefährlich?

Genau diese Fragen wurden im Verlauf eines Verfahrens gestellt, zu dem es kürzlich vor dem Hohen Gerichtshof in London aufgrund einer Klage der Scientologischen Kirche von Kalifornien gegen Geoffrey Johnson Smith, den Parlamentsabgeordneten von East Grinstead, kam, dem vorgeworfen wurde, er habe die Organisation in einem Fernseh-Interview in der BBC-Sendung *24 Hours* verleumdet. Die Scientologen behaupteten, die Aussagen, die er vor der Fernsehkamera gemacht habe, ließen die Scientologie als eine «gefährliche Organisation» erscheinen, «die ihre Mitglieder mißbraucht». Nach einem schier endlosen Verfahren (einem der längsten in der jüngeren Geschichte der Rechtsprechung), in dessen Verlauf nicht weniger als dreißig Tage lang ausschließlich Zeugen gehört wurden, kamen die Geschworenen zu dem Schluß, daß die Sekte durch die Aussagen von Johnson Smith nicht verleumdet wurde. Die Klage wurde abgewiesen. Die gewaltigen Kosten des Verfahrens – sie beliefen sich nach Schätzungen auf 70 000 Pfund – hatte die Scientologische Kirche zu tragen.

Dem Fall kam besondere Bedeutung zu; denn es ging dabei – wie der Anwalt der Scientologen, Ronald Shulman, gleich zu Beginn des Prozesses feststellte – mittelbar um Probleme von großer Tragweite, von denen einige das ganze Fundament der Glaubensfreiheit im Lande betrafen. Es sei, so Shulman, «überraschend, daß im zwanzigsten Jahrhundert ein Recht wie das Recht auf Glaubensfreiheit vor Gericht in Frage gestellt» werde. Der Prozeß sei «vermutlich der Freiheitsprozeß des Jahrhunderts». Die Scientologen unterschieden sich nicht von anderen Menschen. Sie glaubten an den Allmächtigen und an die Unsterblichkeit der Seele. Die Scientologie sei weder ein Witz noch ein «religiöses Schwindelunternehmen».

In der Tat machten die Scientologen vor Gericht einen besseren Eindruck, als viele erwartet hatten, und aus allen Teilen der Welt wurden Zeugen beigebracht, die zugunsten der Bewegung aussagten. Der Höhepunkt war wohl die Aussage eines Amerikaners namens William Benitez, der angab, er sei neunzehn Jahre lang drogenabhängig gewesen und habe von diesen neunzehn Jahren dreizehn wegen Verstoßes gegen das Rauschgiftgesetz hinter Gittern verbracht, ehe ihn die Scientologie von seiner Sucht befreit habe. Er hatte inzwischen eine Organisation zur Heilung und Rehabilitation von Drogenabhängigen gegründet, die einige der Prinzipien der Scientologie übernommen hatte, und behauptete, ihre Behandlung von Rauschgiftsüchtigen sei in 85 Prozent der Fälle erfolgreich.* Auch einige Ärzte sagten aus, sie hätten sich in ihrer Praxis die Scientologie zunutze gemacht, und sogar ein Psychologe aus Kalifornien trat auf, der zu Protokoll gab, er habe in seinen Vorlesungen zur Einführung in die Psychologie auch Grundprinzipien der Scientologie behandelt. Für die Mehrzahl der Beobachter müssen die negativen Seiten trotzdem überwogen haben. Ein Großteil der Diskussion konzentrierte sich auf die häufig zitierten Befehle, jeglichen Kontakt zu bestimmten Personen abzubrechen, und auf die Anordnung, bestimmte Gegner der Scientologie als «vogelfrei» zu betrachten. Mr. Shulman gab sich alle Mühe, die Anwesenden davon zu überzeugen, daß der erschreckende Hinweis, «Vogelfreie» könnten belogen, betrogen und vernichtet werden, nicht mehr bedeutete, als daß die Pflichtvergessenen nicht länger jenen Schutz genössen, den Scientologen einander normalerweise gewährten, und daß Worte wie «belogen» und so weiter nicht buchstäblich verstanden werden dürften. Richter und Geschworene fanden diese Argumentation offenbar nicht sonderlich überzeugend.

Nachdem der Ausgang des Prozesses veröffentlicht worden war, erklärte der Hauptsprecher der scientologischen Bewegung, David Gaiman, die Aussagen der Zeugen vor Gericht hätten dazu beigetragen, gewisse schwerwiegende Mißverständnisse aus der Welt zu schaffen, und die Scientologen überdies in ihrer Überzeugung bestärkt, daß die vorherige Regierung (Wilsons Kabinett der Jahre 1964 bis 1970) «tatsächlich gegen uns vorgegangen ist, ohne sich zuvor angemessen zu informieren». Dies, so Gaiman in einem Zeitungsinterview, sei «das wichtigste Ergebnis des Verfahrens» gewe-

* Das Narconon scheint gute Fortschritte zu machen. Die Ende 1972 erschienene Nr. 82 von *The Auditor* verzeichnet offizielle Neuaufnahmen in aller Welt. Es heißt, daß die mexikanische und die schwedische Regierung ebenso wie der Bundesstaat Delaware Mittel für die auf der Scientologie basierende Bewegung zur Verfügung stellen.

sen. Wenngleich in dieser Feststellung vermutlich nicht mehr zum Ausdruck kommt als der übliche Scientologen-Optimismus, ist durchaus denkbar, daß die ganze Angelegenheit – mochte sie finanziell gesehen auch nicht sehr erfreulich verlaufen sein – noch gewisse andere positive Aspekte für die Bewegung hatte. Zum einen machten die Scientologen, wie bereits gesagt, vor Gericht einen besseren Eindruck, als ihre schärfsten Kritiker vorhergesehen haben mögen. Einige der Zeugen beeindruckten das Gericht durch ihre Offenheit und ihr allgemeines Auftreten, und zumindest muß derjenige, der das Verfahren von Anfang bis Ende verfolgen konnte, das Gefühl gehabt haben, daß die Scientologie unter bestimmten Umständen auch ihre guten Seiten haben könnte. Geht man davon aus, daß es nur sehr wenige Dinge auf der Welt gibt, die nicht irgendwo auch eine gute Seite haben, so mag dies sogar zutreffen. Jedenfalls war die Öffentlichkeitsarbeit der Scientologen zu allen Zeiten so schlecht, daß der Eindruck, sie könnten auch ihre guten Seiten haben, unweigerlich eine Image-Verbesserung bedeutete. Darüber hinaus konnte man sich des Eindrucks nicht erwehren, daß sich die Scientologie von ihrer ziemlich trüben Vergangenheit löse und nunmehr auf eine etwas solidere und anständigere Zukunft hinentwickle. Damit erhebt sich die Frage, wie es um die Vorteile bestellt ist, die als Ergebnis der Teilnahme an scientologischen Kursen oder des Engagements in der Bewegung genannt wurden.

Die Scientologen selbst schildern wortreich, wieviel sie der «Verarbeitung» zu verdanken haben, und man muß zugeben, daß die Sache für sie wahrscheinlich in der Tat bestimmte Vorteile hat. Trifft dies zu, so könnte die Wirkung durchaus dem geistigen Hochgefühl und dem gesteigerten Wohlbefinden verwandt sein, das der Erfolg auf jedem Gebiet mit sich bringt, und das besonders ausgeprägt zu sein pflegt, wenn er mit einer Erfahrung religiöser Art zusammenhängt. Wie alle subjektiven Erfahrungen solchen Ursprungs ist auch diese Wirkung oft vorübergehend; sie pflegt insbesondere dann zu schwinden, wenn die betreffende Person aus irgendeinem Grunde nicht in der Lage ist, auf der endlosen Leiter der Grade und Qualifikationen, die die Scientologie vor ihren Anhängern aufbaut, weiter emporzuklimmen.

Erfolgsberichte von Scientologen, wie sie in *The Auditor* Nr. 12 nachzulesen sind, offenbaren nur zu deutlich, wie subjektiv die Verbesserungen sind, die durch die scientologischen Methoden erzielt werden. Ein Mann namens Bob Musack zum Beispiel, der am «Clear»-Kurs teilgenommen hatte, schreibt: «Hier eine Zusammenfassung dessen, was das *Power Processing* [etwa: Intensiverarbeitung] bei mir bewirkt hat. Nachdem meine alten Verhaltensschemata (Gott sei Dank) abgebaut waren, dauerte es eine Weile, bis ich mich in der Umgebung neuorientiert hatte. Nicht, daß mir die Umgebung gefährlich vorkam. Ich fand vielmehr heraus, daß sie fast bedeutungsleer war, sofern ich nicht etwas hineingab; aber ich stellte an mir eine gewisse Zurückhaltung fest, wenn es darum ging, irgendwelche Dinge zu bewirken – eine Zurückhaltung, die erst wich, wenn ich sicher war, daß ich die Verantwortung für diese Dinge übernehmen würde. Da ich früher weitgehend impulsiv handelte, ist das ein eindeutiger Fortschritt. Die Voraussetzungen fürs Geldverdienen sind bei mir besser als je zuvor ...»

Noch obskurer ist das, was John Lawrence mitzuteilen hat: «Der Nutzen und Gewinn, den mir das *Power Processing* gebracht hat, ist vielfältig. Und der Gewinn besteht darin, daß es seither für mich nur ein einziges erstrebenswertes Ziel gibt: das Ziel, so zu werden, wie ich weiß, daß ich sein kann. Der Gewinn besteht einfach darin, daß ich mehr ich bin und daß ich alles in Übereinstimmung mit mir bringe sowie in der Gewißheit, daß ich weiterhin Fortschritte machen werde.»

Gertrude Brown schließlich erklärt: «Seit meinem *Power Processing* werde ich ständig sicherer. Ich habe mehr Entschlußkraft. Meine Fähigkeit, mich zu validieren, ist gewachsen. Die fünfte Stufe brachte für mich den großen Gewinn. Sieht man von der R6 Solo-Audition ab, so war das *Power Plus Processing* die beste Audition, die ich erlebte. Für mich waren das wirklich Orientierungsprozesse. Ich komme bestens zurecht.»

Das alles klingt großartig, wenn auch ein wenig wie die Werbung für eine neue Benzin-Marke. In der Substanz indessen läßt sich kein Unterschied feststellen zu jener Art von Erklärungen, mit denen nervenstärkende Mittelchen, Massagegeräte, Wie-gewinne-ich-Freunde-und-Einfluß-Kurse oder die Vorzüge der Yoga-Meditation angepriesen werden. Allerdings ist die Scientologie natürlich sehr viel kostspieliger als Segnungen der genannten Sorte. Aber Subjektivität als solche ist kein Verbrechen. Wenn Leute sich besser fühlen und das auch zum Ausdruck bringen oder glauben und erklären, daß ihr Leben durch scientologische Methoden zum Besseren verändert wurde, dann haben Hubbard und seine Anhänger das Recht, ihren Kritikern diese Erfolge zu präsentieren. Die Feststellung, daß die meisten Erfolge nur vorübergehend sind, reicht als Antwort im Grunde nicht aus. Es bleibt die Frage, warum sich überhaupt Erfolge einstellen. Mit anderen Worten, es stellt sich die Frage, worauf die – wenn auch begrenzte – Wirkung der Methoden beruht.

Wenn sich Erfolge einstellen, so hat das vermutlich zwei Hauptgründe. Einer davon liegt, wie gerechterweise zugegeben werden muß, in der scientologischen «Philosophie». Er hängt zusammen mit der Vorstellung von der Notwendigkeit einer verbesserten Kommunikation zwischen den Menschen. Hubbard hat stets die Bedeutung der Kommunikation als eines der fundamentalen Prinzipien im Wirken des Universums betont. Thetanen bewirken nur in dem Maße etwas, in dem sie in der Lage sind, miteinander und auch mit anderen Objekten in ihrer Umwelt zu kommunizieren. Ohne diese Kommunikation kann sich nichts Positives ereignen. Ohne sie wird der einzelne zur absterbenden, in sich selbst gekehrten Kreatur, die geistig und körperlich stagniert. Kreaturen, die sehr schwach im Kommunizieren sind, können, laut Hubbard, sogar in die Situation kommen, sich für Steine oder ähnliches zu halten, um dann für Millionen von Jahren in düsterer, selbstverschuldeter Isolation dahinzukümmern. Eine Entwicklung der Kommunikationsfähigkeit kann überaus positive Auswirkungen auf die Persönlichkeit, die intellektuelle Fähigkeit und den allgemeinen Zustand des Menschen haben. Daher liegt denn auch in den scientologischen Einführungskursen der Akzent eindeutig auf diesem Sektor. Die Studenten müssen eine Serie von Übungen absolvieren, die zum großen Teil aus Fragen und Antworten bestehen, die weithin durchaus trivial oder unsinnig sein können wie etwa die Frage: «Können Vögel fliegen?» Der Inhalt der Antworten wird im allgemeinen als mehr oder weniger irrelevant betrachtet. Es kommt vor allem darauf an, daß überhaupt eine Antwort gegeben wird. Mit der Antwort ist die «Kommunikation in zwei Richtungen» verwirklicht und so die Voraussetzung geschaffen für die Anwendung aller übrigen Methoden der Scientologie.

Psychologisch betrachtet, könnten Übungen, die darauf abzielen, introvertierte Menschen zu veranlassen, aus sich herauszugehen, durchaus ihren Wert haben. Bei manchem einsamen, schüchternen und leicht neurotischen Menschen könnte der einführende Kommunikationskurs Wunder wirken, und er hat es ohne Zweifel schon häufig getan.

Der zweite Hauptgrund für etwaige Erfolge der Scientologie ist wahrscheinlich darin zu suchen, daß ihre Vertreter sich eines uralten Kunstgriffs bedienen, der Wahrsagern und Quacksalbern ebenso vertraut ist wie achtbaren Geistlichen und qualifizierten Psychoanalytikern. Dieser Kunstgriff besteht in der unendlich einfachen Methode, einem Menschen ungeteilte persönliche Aufmerksamkeit zu schenken. In unserer Gesellschaft stürzen sich die Neurotiker ganz einfach deshalb auf Systeme wie Yoga, Scientologie und so weiter, weil der herkömmliche Arzt weder die Fähigkeiten noch die Zeit hat noch die Geduld aufbringen kann, deren die chronisch unsicheren Menschen bedürfen, die mit ihren neurotischen Beschwerden in sein Sprechzimmer kommen. Auch der durchschnittliche Psychiater kann nur wenig für diese Opfer unserer kränkelnden Gesellschaft tun; er kann nur ein paar reichen Leuten jene langwierige psychoanalytische Behandlung bieten, die gelegentlich zu bleibenden Verbesserungen des Persönlichkeitszustandes führt. Die einzige «kostenlose» Behandlung bleibt der Trost der Kirche mit ihren Gebeten und ihrem geistlichen Rat durch Pfarrer oder Priester. Der rasante Verfall der Glaubwürdigkeit des orthodoxen religiösen Denkens läßt allerdings auch diese Quelle der Hoffnung mehr und mehr versiegen.

Die Scientologie scheint – selbst in ihrer derzeitigen Verworrenheit – eine echte und für einen bestimmten Menschentyp völlig plausible Alternative zur Psychoanalyse einerseits und zur orthodoxen Religion andererseits zu bieten. Sie liefert eine auf den ersten Blick durchaus stichhaltig wirkende Glaubensstruktur mit klaren, kühn formulierten Antworten auf Fragen wie: «Warum sind wir hier?» und: «Wohin geht unser Weg?» – Fragen jener Art also, die zu stellen Menschen verständlicherweise das Bedürfnis haben. Überdies formuliert sie diese Antworten, die in der Regel mystischer Natur sind – das ewige Leben wird, wie immer, deutlich betont – in einer Sprache, die der zweiten Hälfte des zwanzigsten Jahrhunderts besser entspricht als die Sprache irgendeiner großen Weltreligion. Es ist eine Sprache mit technischen und psychologischen Untertönen, durchsetzt mit Wendungen aus den Bereichen der Science Fiction, der Psychoanalyse, der Computer-Technologie und angehaucht mit den würzigen Aromen asiatischer Mystik. Diese Sprache geht am unmittelbarsten jenem Teil unserer Gesellschaft ein, der sich am stärksten vom Zusammenbruch des religiösen Glaubens und der Unfähigkeit der modernen Psychologie betroffen fühlt, das Funktionieren des menschlichen Geistes begreifbarer zu machen.

Die Gruppe der älteren, wenig gebildeten Arbeiter fühlt sich durch diese Sprache nicht angesprochen. Ihre Probleme sind immer noch vorwiegend wirtschaftlicher und sozialer Art, und sie haben wenig Zeit für «den Geist» und noch weniger für Neurotiker. Ebensowenig kann die wachsende Gruppe der studierten Leute damit anfangen, deren intellektuelle Möglichkeiten es ihnen gestatten, die furchterregenden Geheimnisse zu ignorieren (oder zu verdrängen), die uns die Lücken in unserer wissenschaftlichen Erkenntnis aufgeben, und deren Interesse am Geistig-Seelischen fast durchweg vom Kreuzworträtsel der Psychoanalyse gefesselt wird.

Es sind vielmehr die mit einer mittleren Intelligenz ausgestatteten, einigermaßen belesenen und an ihrer Persönlichkeit interessierten Menschen, denen aus irgendeinem Grunde keine Möglichkeit geboten wurde, eine vertiefte Bildung zu erlangen oder die aufgrund ihres Naturells nicht dafür prädestiniert sind, auf die die Scientologie die größte Faszination ausübt. Für sie bedeuten das Selbstvertrauen der Scientologen, die rasche Einführung in eine private Fachsprache und der Erwerb von Zeugnissen, Diplomen und so weiter, das unmittelbare Reagieren Gleichgesinnter auf sie und die Verheißung wundersamer Errungenschaften ein Fanal der Hoffnung. Haben sie sich erst einmal der Bewegung angeschlossen und entwikkeln damit das Gefühl der Identität mit einer Sache, so wäre es in der Tat seltsam, wenn es nicht zu beträchtlichen Persönlichkeitsveränderungen käme. In der Scientologie findet jeder, der guten Willens ist – sofern er zahlt, was gefordert wird –, auf jeder Ebene, von der untersten Stufe bis zu den wolkigen Höhen des «Thetan in Aktion» die Aufmerksamkeit anderer Scientologen. Und es gibt nichts, was die unbehausten Seelen in unserer Gesellschaft dringender benötigen, als die persönliche, uneingeschränkte, urteilsfreie Aufmerksamkeit eines anderen Menschen.

Die Auditionssitzung in der Scientologie wird «Beichte» (*Confessional*) genannt, und diese Bezeichnung ist keineswegs unpassend. Denn wenn es um die Wahrheit geht, ist der Auditor mit seinem magischen E-Meter durchaus ein brauchbarer Ersatz für die zusehends veraltende Beichte der traditionellen Kirche. Der rituelle Verlauf der scientologischen ‹Verarbeitung› ist in der zweiten Hälfte des zwanzigsten Jahrhunderts eher geeignet, seine Wirkung zu tun, als der Akt des Betens zu einem Gott, der so wenig zu erkennen gibt, daß er das Gebet hört, und an den heutzutage so wenige Menschen wirklich glauben.

Was ich mit alledem sagen will, ist, daß die Scientologie ernsthafte Chancen hat, eine der bedeutenden religiösen Bewegungen unseres Jahrzehnts, vielleicht sogar dieses Jahrhunderts, zu werden. Ihre Entwicklung scheint diese Vermutung zu stützen, und manches deutet darauf hin, daß die Bewegung – wenn Hubbard auch nach wie vor die Zügel in der Hand hält und noch über Jahre hin (mit Sicherheit auch nach seinem Tode) die Messias-Figur bleiben wird – inzwischen hinreichend Stoßkraft gewonnen hat, um auch ohne ihren Gründer weiterzubestehen, und zugleich flexibel genug bleibt, um sich jeweils der sich verändernden Zeitstimmung anzupassen.

Heute, zwanzig Jahre nach ihrer Entstehung, ist aus einer Bewegung, die sich als Psychotherapie verstand, eine Bewegung geworden, die eine Religion sein will. Wie alle jungen Religionen verweist sie mit einiger Berechtigung darauf, daß sie ihre Märtyrer hat. In der Tat war ihr Lebensraum in den englischsprachigen Ländern bis vor ganz kurzer Zeit immer enger geworden, und wäre Hubbard nicht auf die glänzende Idee verfallen, die See-Orgs zu gründen, so hätte sie heute vielleicht sehr beträchtliche Standortprobleme. Die Bewegung hatte ihre Schattenseiten in der Vergangenheit, und die hat sie ohne Zweifel auch jetzt noch. Sie läßt sich ihre Dienste teuer bezahlen, und ein nicht unwesentlicher Teil ihres Einkommens diente und dient mit großer Wahrscheinlichkeit der Mehrung von Hubbards persönlichem Vermögen. Beide Vorwürfe aber treffen heute genauso auf zahlreiche als respektabel geltende Unternehmungen zu. Der Kult ist – oder war zumindest – rücksichtslos, wo es darum geht, unzufriedene Anhänger zu disziplinieren, und er drängt seine Mitglieder, schon ihre Kinder zu indoktrinieren. Aber das gleiche tun viele andere Kulte auch – die Zeugen Jehovas zum Beispiel, die in ihrem Glaubenseifer so weit gehen, daß sie sich – wie etwa durch ihr umstrittenes Verbot jeder Blutübertragung – selbst in Gefahr bringen. Und mögen viele Theorien der Scientologie auch seltsam sein: Es ist gleichwohl zweifelhaft, ob sie seltsamer sind als der Glaube der Zeugen Jehovas an die absolute Wahrheit der Bibel und an das bevorstehende Eingreifen Jehovas auf Erden.

Demjenigen, der nicht ganz zu Unrecht darauf hinweist, daß sich die Scientologie *a* mehr wie ein Geschäftsunternehmen denn wie eine Religion ausnimmt, daß sie *b* als ein pseudo-psychoanalytisches System begann und daß sie *c* – zumindest in einer bestimmten Phase, die noch gar nicht weit zurückliegt – durch eine strenge interne Autokratie gekennzeichnet war, läßt sich erwidern, daß all dies, selbst wenn es zutrifft, der Rolle, die die Scientologie gegenwärtig spielt, keinen Abbruch tut. Wir wissen sehr wenig über die Geburtswehen religiöser Bewegungen – selbst der sehr alten und angesehenen –, und es ist unwahrscheinlich, daß Motive und Persönlichkeit ihrer Gründer denen «normaler» oder «durchschnittlicher» Menschen entsprechen. Entscheidend ist wahrscheinlich, daß ihr Denken oder Tun von einem Element der Lebendigkeit (die übrigens nichts mit Wahrheit zu tun haben muß) geprägt ist. Wenn diese Lebendigkeit vorhanden ist und der Gründer dynamisch genug, wenn er dazu einfältig genug ist zu glauben, er könne die Welt gleichsam über Nacht verändern, dann wird sein Glaubenssystem wachsen und gedeihen und sich dabei ständig in Reaktion auf Kritik von außen und innen wandeln. Die Zukunft der Scientologie ist zum gegenwärtigen Zeitpunkt außerordentlich unsicher, aber es scheint, als habe sie die Talsohle des Popularitätstiefs hinter sich. Im Bericht des parlamentarischen Ausschusses, der sich unter der Leitung von Sir John Foster kürzlich mit der Bewegung befaßte, werden die einschränkenden Maßnahmen, die Gesundheitsminister Robinson von der Labour-Partei gegen sie durchsetzte, als bis zu einem gewissen Grade ungerechtfertigt bezeichnet, und es wird eine Lockerung jener Bestimmungen empfohlen, durch die einreisende Scientologen allein aufgrund der Tatsache, daß sie Scientologen sind, benachteiligt werden. Auf der anderen Seite findet sich in dem Bericht freilich auch wenig besonders Positives über Hubbard und seine Gefolgsleute, wohl aber die nachdrückliche Empfehlung, man solle die Ausübung der Psychotherapie anerkannten Organisationen einschlägiger Art überlassen. Und schließlich fehlt auch nicht der ausdrückliche Hinweis auf die außerordentlichen Steuervorteile, die religiöse Organisationen in Großbritannien genießen. Die Veröffentlichung des Berichts ist von den Scientologen als Sieg ihrer Sache gefeiert worden und als gutes Omen für eine bessere Zukunft. Bei genauerem Lesen allerdings gewinnt man den Eindruck, daß sie im Grunde wenig Anlaß hatten, begeistert zu sein. Der Bericht, in dem ausführliche Proben besonders exzentrischer Hubbard-Prosa, versehen mit ebenso knappen wie trockenen Kommentaren, abgedruckt sind, ist ein wahrhaft klassisches Beispiel für ausgereifte britische Amtsironie.

Die Angaben über die Anhängerschaft der Scientologie in aller Welt sind höchstwahrscheinlich übertrieben. Sie basieren vermutlich nicht auf der Zahl derer, die aktiv in der Bewegung mitwirken, sondern beziehen all jene mit ein, die sich irgendwann einmal mehr oder weniger vorübergehend für die Scientologie interessiert haben. Zur Zeit existieren zwischen drei- und viertausend «Clears» (die Zahlen werden regelmäßig in *The Auditor* bekanntgegeben), was bedeuten würde, daß im Durchschnitt jährlich zwischen fünf- und sechshundert Anhänger in diesen Zustand versetzt werden. Solche Zahlen sprechen eher für ein konstantes, als für ein wachsendes Interesse an dem Kult. Bei dieser Zuwachsrate wird es noch lange dauern, bevor Hubbards erklärtes Ziel, alle Bewohner unseres Planeten zu «Clears» zu machen, erreicht ist – zumal wenn man bedenkt, daß es in der Scientologie nicht nur bei den Mitläufern Leute gibt, die abspringen. Selbst «Clears» werden, zum verständlichen Entsetzen der Organisation, der Bewegung nicht selten untreu. Das erschütterndste Ereignis, das sich in den letzten Jahren in dieser Hinsicht zugetragen hat, war wohl der Abfall des vielgerühmten ersten «Clear» John McMaster. McMaster, ein intelligenter und kultivierter Mann, der sich durch sein sehr sicheres Auftreten und eine außergewöhnliche Rednergabe auszeichnete, entwickelte sich zum inoffiziellen Experten der Bewegung für Öffentlichkeitsarbeit und reiste in der zweiten Hälfte der sechziger Jahre in der Welt herum, um vor begeisterten Zuhörern Vorträge zu halten. Obwohl er inzwischen alle Verbindungen zu Hubbard abgebrochen hat, ist er (wie viele andere ehemalige Scientologen auch) nach wie vor der Überzeugung, daß die Methoden der scientologischen Behandlung der Menschheit durchaus etwas zu bieten haben.

Wie sich die Scientologie auch weiterentwickeln mag: Soziologen, Psychologen und der Religionshistoriker werden diese Entwicklung in den kommenden zehn Jahren mit wachsendem Interesse beobachten. Und sie werden dies nicht zuletzt deshalb tun, weil ihnen die Scientologie eine glänzende Möglichkeit bietet, die Verwandlung eines psychotherapeutischen Kults mit Fehlzündung in eine aufkeimende Religion zu untersuchen. Offizielle Veröffentlichungen der Scientologen haben heutzutage die Tendenz, die psychotherapeutischen Aspekte zugunsten der religiösen herunterzuspielen. Das 1968 erschienene Büchlein *The Character of Scientology* zum Beispiel, auf dessen farbigem Umschlag ein stilisierter Disneyland-Chorknabe mit goldenem Glorienschein prangt, enthält Abbildungen von religiösen Medaillons und Kruzifixen in besonderer Ausführung. Bei den religiösen Andachten treten Chöre auf (die die «Faktoren» singen – vgl. Seite 56 f.); außerdem werden predigtartige Reden gehalten, und die Hauptfiguren tragen einen Talar. Ich habe an solchen Andachten teilgenommen, und ich muß gestehen, daß ich beeindruckt war von der Tatsache, daß es sich dabei keineswegs um reine PR-Aktionen handelt, die dem Zweck dienen, den religiösen Neigungen der Bewegung Lippendienst zu erweisen. Das Publikum, die Gemeinde oder wie man die Teilnehmer auch immer nennen will, spricht das «Kredo» mit offenkundiger Andacht und hört der Predigt (die gewöhnlich ein aufgelockerter Vortrag über das Problem der Kommunikation oder ähnliches ist) aufmerksam zu. Diskussionen mit jungen Scientologen über die religiösen Aspekte ihrer Bewegung offenbaren nicht selten ein gewisses Durcheinander hinsichtlich der philosophischen Grundlagen; die meisten von ihnen erklären jedoch übereinstimmend, die Scientologie biete ihnen eine «Lebensweise», die zumindest potentiell so allumfassend sei, wie eine Religion nach traditioneller Auffassung zu sein habe.

Dies führt uns, wie ich meine, zu einem wichtigen Punkt, der von denen, die sich bisher zu Mr. Hubbards bemerkenswerter Organisation geäußert haben, fast vollständig außer acht gelassen wurde: Es ist vermutlich an der Zeit, sich auf das zu konzentrieren, was die Scientologie heute darstellt und will, und sich nicht allzusehr ablenken zu lassen von ihrer stürmischen Vergangenheit. In dem oben erwähnten Buch wird die Scientologie beschrieben als «die erste religiöse Technologie», und ich muß feststellen, daß in dieser Aussage ein Körnchen Wahrheit steckt. Vielleicht wäre sie (vom Standpunkt des Außenseiters gesehen) treffender gekennzeichnet durch den Ausdruck «erste Science Fiction-Religion». Wenn sie bisher relativ erfolgreich ist, so hat dies seinen Grund nicht darin, daß ihre Methoden unbedingt besser sind als die anderer Kulte oder Glaubenssysteme, sondern vielmehr darin, daß sie sich auf eine Weise, wie es nur wenige andere Systeme tun, Themen und Terminologie unseres Jahrhunderts nutzbar macht. Man könnte sogar noch weiter gehen und sagen, ein Grund für ihren Erfolg sei die ungeheure Flexibilität, mit der die Scientologie auf die wechselnden Trends der Mode reagiert.

Gelegentlich scheint sie Trends der öffentlichen Meinung geradezu vorwegzunehmen. Ein gutes Beispiel dafür ist die Hinwendung der Bewegung zu der immer wichtiger werdenden Rehabilitation Drogenabhängiger in den Vereinigten Staaten, die unter anderem darin ihren Ausdruck findet, daß eine Reihe von ehemaligen Rauschgiftsüchtigen durch ihre Verbindung mit der Scientologie offenbar zu einer neuen Einstellung zum Leben gefunden hat. Zu erwähnen wäre in diesem Zusammenhang auch die derzeitige Wendung der öffentlichen Meinung gegen die Psychiatrie, die der Scientologie gegenwärtig ein gewisses Maß an Unterstützung durch die Medien einbringt. Aus dem einen oder anderen Grunde haben die Scientologen stets Hubbards Einsichten über Lobotomie und Elektroschock-Therapie, das heißt zwei ästhetisch und emotional heikle Aspekte der heutigen psychiatrischen Behandlung, in den Vordergrund gestellt. Und nachdem sie nun bereits seit mehr als einem Jahrzehnt auf diesen beiden Behandlungsmethoden herumgeritten sind, befinden sie sich damit seit kurzem plötzlich in Übereinstimmung mit der öffentlichen Meinung. Ihre verhältnismäßig junge Zeitung *Freedom* zum Beispiel – eines ihrer anspruchsvollsten Publikationsorgane, dessen Beiträge gleichwohl ungeheuer aufgeblasen sind – hat in diesen Fragen eine beinahe politische Tendenz entwickelt und ist gegenwärtig in einen Streit mit dem ehemaligen Gesundheitsminister Kenneth Robinson verwickelt. Sollte man den Versuch machen, die Tendenz der Zeitung mit einem Wort zu charakterisieren, so würde man sie wohl als anarchistisch bezeichnen. Und in der Tat lassen sich gewisse Übereinstimmungen zwischen dem Pop-Anarchismus, wie er von den Lesern der *International Times* verkörpert wird, und den jüngeren Bürgern des Hubbardschen Reiches entdecken.

Wer das Buch bis zu diesem Punkt gelesen hat, mag überrascht sein, daß ich – nachdem ich die Absurditäten, die inneren Widersprüche und den nebulosen Hintergrund der Scientologie beleuchtet habe – nicht mit einer uneingeschränkten Verdammung schließe. Die Gründe dafür sind sehr einfach. Je intensiver ich mich mit der Scientologie beschäftigte, desto mehr gewann ich den Eindruck, daß sie sich zum Besseren hin verändert und daß sich ihr Führer und ihre Anhänger bemühen, ihre Vergangenheit zu vergessen. Kritiker mögen mir entgegenhalten, die Vergangenheit der Scientologie sei derart abstoßend, daß jegliche Veränderung nur eine Veränderung zum Besseren sein könne. Und sie haben das Recht, dieser Ansicht zu sein. Man fragt sich jedoch, wieviel tatsächlich bekannt ist über die Gründer und Schöpfer der großen klassischen Religionen der Vergangenheit. Wie war es wirklich bestellt um ihre Anfänge? Welches waren die wirklichen Motive ihrer Gründer? Was glaubten ihre frühesten Anhänger wirklich zu erhalten für die Opfer, die sie brachten? Vielleicht sind die Anfänge aller erfolgreichen und dauernden Religionen durch Aufsehen und Widerspruch erregende Geburtswehen gekennzeichnet, begleitet von hitzigen Reden, vorschnellen Verheißungen und extremen Verhaltensweisen, mit denen der Bewegung ein erster Halt in einer aggressiven Welt gesichert werden soll. Erst wenn ein Kult etabliert ist und seine Existenz nicht länger in Frage gestellt wird, kann der lange Weg des Vergessens vergangener Mißerfolge und der Glorifizierung der gegenwärtigen Erfolge beschritten werden. Bedenkt man dies alles, so drängt sich eine – überaus müßige und spekulative – Suggestivfrage auf. Angenommen, die Welt dreht sich noch tausend Jahre weiter wie bisher und nach diesen tausend Jahren spazieren nach wie vor Menschen auf diesem sonderbaren Planeten umher, und angenommen schließlich, auch die Scientologie existiert nach tausend Jahren immer noch (an dieser Stelle dürfen Sie ruhig einwerfen: «Was Gott verhüte!»): Wie wird dann die Mythologie der Scientologen aussehen? Und welche Geschichten werden sich die Leute dann von Mr. Lafayette Ronald Hubbard, seinen Lehren und seinen Jüngern erzählen?

Zwei Lebensumstände sind es…

… in denen der Mensch mehr als sonst zum Übersinnlichen neigt: wenn es ihm sehr schlecht geht – oder sehr gut.

Dauerndes Muß kann so bedrücken wie anhaltende Muße. Mangel an Betätigung ist auf die Dauer so schwer erträglich wie Mangel an Geld.

Zweiter Teil
Die Retter aus dem All

1. Kapitel
Die Untertassen kommen

Die Scientologie ist ein Do-it-yourself-Kurs in Psychologie, der sich zu einem Kult auswuchs und nun den Anspruch erhebt, eine Religion zu sein. Ihr Erfolg beruht vorwiegend auf der Persönlichkeit und der rastlosen Energie ihres Gründers und Führers, wenngleich sie ohne die leidenschaftliche Unterstützung durch ihre vieltausendköpfige Anhängerschar niemals wirklich Fuß gefaßt hätte.

Der Kult – oder besser gesagt – der Kranz von Kulten, der sich um das Phänomen der Fliegenden Untertassen – der «Unidentified Flying Objects», kurz UFOs genannt – rankt, basiert auf einer solideren, zumindest aber einer eher vertretbaren Grundlage. Während der Beweis für die Gültigkeit oder Objektivität der Scientologie in erster Linie in den Köpfen ihrer Verfechter existiert, können für die Existenz von UFOs und – wichtiger noch – für das aktive Interesse ihrer Besatzungen an den Bewohnern der Erde weitaus einleuchtendere Argumente ins Feld geführt werden. Die Liste der Naturwissenschaftler, Philosophen und Gelehrten von Rang und Namen, die sich zu den *Scientologen* zählen, ist kurz. Auf der Liste derer hingegen, die zu der Überzeugung gelangt sind, daß Raumschiffe von fremden Planeten die Erde umschwirren, finden sich die Namen von Raketenexperten, Astronomen und Politikern, von führenden Männern der Armee und der Luftwaffe sowie von einigen der bedeutendsten Persönlichkeiten unserer Zeit. Die Zahl derjenigen, die noch weiter gegangen sind und sich auf die spezifisch religiösen Aspekte der Sache eingelassen haben, ist kleiner. Eine genauere Untersuchung der UFO-Story jedoch und der Beharrlichkeit des Glaubens an «himmlische Brummer» führt rasch zu dem Schluß, daß hier starke emotionale Faktoren im Spiel sind, die den Glauben des Menschen in eine ganz bestimmte Richtung lenken.

Der Sachverhalt kann wie folgt zusammengefaßt werden: Der Gott der orthodoxen Religion wird – ganz einfach aus Gründen der Glaubhaftigkeit – als unvollkommen empfunden, als ein Gott, dem der Mensch nicht mehr vertrauen kann, wenn er in Not ist. An seine Stelle sind neue Götter getreten, überintelligente Wesen, die der Menschheit technologisch und vielleicht auch moralisch überlegen sind. Sie kommen nicht aus einem altmodischen Danteschen Himmel, sondern von einem oder vielen der Myriaden Planeten, die es unzweifelhaft in den Weiten des Universums gibt. Und sie kommen nicht mehr auf Wolken und Feuerwagen daher, sondern in schnellen, manövrierfähigen Raumschiffen, die die unterschiedlichsten Formen haben können, meist jedoch wie riesige, umgedrehte Untertassen aussehen.

Wie viele offizielle Meinungsumfragen zeigen, ist der Glaube an ihre Existenz außerordentlich verbreitet: Mehr als fünfzig Prozent der Bevölkerung haben sich zu irgendeinem Zeitpunkt zu diesem Glauben bekannt! Dieser Umstand läßt vermuten, daß die Leute nichts wirklich Absurdes an der Vorstellung eines Besuchs aus dem Weltraum finden – an einer Vorstellung, die zweifellos durch Science Fiction-Bücher und -Filme begünstigt wird, sowie in jüngerer Zeit durch die offenkundigen Erfolge, die viele Länder in der Erforschung des Weltraums verbuchen konnten.

Wer ein wenig von Astronomie versteht, mag es gar nicht so unwahrscheinlich finden, daß es sich bei den Fliegenden Untertassen um fremde Raumschiffe handelt. Die meisten Astronomen sind sich heute darüber einig, daß das Universum groß genug ist, um für Tausende von Sonnen mit Planetensystemen Raum zu bieten, und daß auf vielen davon durchaus intelligente Wesen leben könnten. Unser eigenes Sonnensystem scheint in einem verhältnismäßig «jungen» Teil des Universums zu liegen, und in irgendwelchen anderen galaktischen Regionen könnten sich inzwischen Zivilisationen entwikkelt haben, die der unseren wissenschaftlich und technisch unendlich weit voraus sind. Was daraus gefolgert wird, liegt auf der Hand: Wenn der Homo sapiens schon nach ganzen drei- bis viertausend Jahren schriftlich fixierter Geschichte in sein unmittelbares astronomisches Umfeld vordringt, warum sollten dann nicht Vertreter einer Zivilisation, die auf, sagen wir, eine Million Jahre verbuchter Geschichte zurückblicken kann, in der Lage sein, den gesamten Weltraum nach ihrem Belieben zu durchqueren und sogar unserem eigenen kleinen Planeten dann und wann einen Besuch abzustatten?

Diese Argumentation ist auf den ersten Blick nicht ohne Reiz und basiert auf der einigermaßen einleuchtenden Prämisse, daß es in anderen Teilen des Universums wahrscheinlich in der Tat fortgeschrittene Zivilisationen gibt. Leider verliert das einfältige Bild fremder Rassen, die überall in Fliegenden Untertassen umherreisen, an Überzeugungskraft, wenn man an die wahrscheinliche Verteilung der planetarischen Systeme im Universum und die phantastische Ausdehnung des Kosmos denkt. Unser nächster stellarer Nachbar, der geradezu unheimlich nahe Alpha Centauri, ist immerhin etwa vier Lichtjahre entfernt, und das bedeutet, wie jeder zehnjährige Schuljunge weiß, daß eine Reise von dort zu uns – vorausgesetzt, es wird *mit Lichtgeschwindigkeit* gereist – runde vier Jahre dauern würde. Für Flüge von den meisten Sternen in unserem Teil der Milchstraße zur Erde würde dies bei derart gigantischem Tempo sogar Reisezeiten von ein- bis zweihundert Jahren bedeuten. Selbst wenn man davon ausginge, daß solche Fahrten sich lohnen und – was nicht weniger zweifelhaft ist – daß Geschwindigkeiten dieser Art für ein Raumschiff überhaupt möglich wären, so würde man gleichwohl nur selten – alle zehn- oder zwanzigtausend Jahre einmal – einen Besuch auf Erden zu erwarten haben. Ein UFO-Fan freilich würde diesem Argument mit der Frage begegnen, warum denn die Höchstgeschwindigkeit in der Raumfahrt die des Lichts nicht übertreffen solle. Wäre es nicht möglich, so wird er fragen, daß irgendeine überwissenschaftliche Zivilisation eine Reisemethode entwickelt hat, die unser bescheidenes Wissen über die Gesetze von Raum und Zeit übersteigt und die Raumschiffe in den Stand setzt, sozusagen im Handumdrehen durch die endlosen Weiten des Alls zu hüpfen? Wie alles theoretisch möglich ist, so ist natürlich auch dies vorstellbar. Trotzdem hat der UFO-Verfechter an diesem Punkt seinen festen Grund (die Annahme nämlich, daß andere Teile des Universums wahrscheinlich bewohnt sind) verlassen und sich in den Sumpf der reinen Spekulation (daß die fremden Raumschiffe sicherlich in der Lage sein werden, die Lichtgeschwindigkeit zu übertreffen) begeben. Die letztere Annahme ist unbegründet, wird aber nicht selten vorgebracht, als handele es sich dabei um mehr als bloße Spekulation.

Gleichwohl ließ sich insbesondere während der letzten zwei Jahrzehnte ein erstaunliches Phänomen beobachten: Zehntausende von Menschen berichteten, sie hätten mysteriöse fliegende Objekte am Himmel gesehen, und einige erklärten sogar, sie hätten geistigen und körperlichen Kontakt mit den Besatzungen dieser Flugobjekte gehabt. Derartige Berichte führten dazu, daß sich ein ausgedehntes

Glaubensgebäude entwickelte, zu dem sich ein durchaus meßbarer Prozentsatz der Menschheit bekennt und das auf der Vorstellung basiert, daß die Erde von irgendwelchen höheren Wesen besucht wird. Dazu gesellten sich abgeleitete Glaubenssysteme mit eindeutig religiösem Einschlag.

Der historische Hintergrund der Kontroverse um die Fliegenden Untertassen, von der der Psychologe C. G. Jung meinte, sie werde sich zu einer der großen Mythen des 20. Jahrhunderts verdichten, ist umfassend, wenn auch ungeordnet, dokumentiert in Hunderten von Büchern, die in den vergangenen zwei Jahrzehnten erschienen. Wir werden ihn deshalb an dieser Stelle nur kurz ansprechen. Jagdflieger aller Seiten hatten während der Kriegsjahre von seltsamen Flugkörpern am Himmel berichtet, die sich häufig allem Anschein nach mit einer Geschwindigkeit bewegten, die weit höher war als die normaler Flugzeuge. Um diese Flugobjekte, die in den angloamerikanischen Einsatzberichten bald den Spitznamen *foo-fighters* erhielten, rankte sich eine Legende mit ernstem Unterton empor, vergleichbar jener Mythologie, die sich um die koboldartigen Geschöpfe namens *gremlins* bildete, die kampfesmüde Piloten mit allerlei handgreiflichen Streichen heimsuchten. Mit dem Ende des Krieges schienen sich *foo-fighters* und *gremlins* zunächst in nichts aufzulösen, bis eines sonnigen Nachmittags im Juni 1947 Kenneth Arnold, ein Geschäftsmann aus Idaho, der mit seiner Privatmaschine auf dem Flug über die Rocky Mountains war, eine Gruppe von metallisch glänzenden, flügellosen Objekten sichtete, die in Formation mit unglaublicher Geschwindigkeit dahinflogen. Von Presseleuten befragt, schilderte Arnold, sie seien geflogen «wie eine Untertasse, die man übers Wasser hüpfen läßt» – ein Satz, der von den Nachrichtenagenturen falsch zitiert wurde, so daß die Welt am nächsten Tag aus den Zeitungen erfuhr, über amerikanischem Territorium seien «fliegende Untertassen» gesichtet worden, die sich mit phantastischer Geschwindigkeit bewegt hätten. Obwohl Arnold nichts anderes über ihre Gestalt gesagt hatte, als daß sie allem Anschein nach keine Flügel gehabt hätten, war von diesem Augenblick an nur noch von Untertassen die Rede.

Irgend etwas an der Geschichte – vielleicht war es der nüchterne, aufrichtige Eindruck, den Arnold machte – bewirkte, daß die Öffentlichkeit ein beträchtliches Interesse an dem Phänomen nahm, und keinen Soziologen wird es verwundern, daß sich innerhalb weniger Wochen in allen Teilen der Welt die Berichte über Begegnungen mit fliegenden Untertassen häuften. Diese Berichte waren so zahlreich und nicht selten so überzeugend, daß sich die US Air Force höchstselbst zu einer umfassenden Untersuchung der Angelegenheit entschloß. Man braucht nicht lange nachzudenken, um zu begreifen, warum es zu diesem Entschluß kam.

Zu dem Zeitpunkt, als Arnold die Flugkörper sichtete, befanden sich die Vereinigten Staaten und die Sowjetunion bereits mitten im Kalten Krieg. Beide Seiten waren überzeugt, daß sie in jedem Augenblick auf einen nuklearen Überraschungsangriff des Gegners gefaßt sein müßten, und betrieben mit ungeheurem technologischem Aufwand die Entwicklung hochfliegender, schneller Flugzeuge und der ersten Interkontinentalraketen. Ein die gesamten Vereinigten Staaten umspannendes Radarnetz war ständig in Alarmbereitschaft, und Aufklärungsflugzeuge waren unentwegt im Einsatz. Beide Seiten mußten Berichten über unbekannte Flugkörper in ihrem Luftraum zwangsläufig höchstes Interesse entgegenbringen, wirkten solche Berichte auch noch so weit hergeholt.

Der Stand der sowjetischen Luftfahrttechnologie – mochte man ihn auch nicht sonderlich hoch einschätzen – war vorerst noch unbekannt, und man war sich nicht darüber im klaren, welchen Beitrag die penetrant erfinderischen deutschen Raketenbauer, die scharenweise gefangengenommen worden waren, zur weiteren Entwicklung einschlägiger Waffensysteme in Rußland leisten würden. Amerikanische Experten hatten beim Einmarsch der alliierten Truppen in Europa einige seltsame Waffen für den Luftkrieg entdeckt, die sich bereits in einem fortgeschrittenen Stadium der Entwicklung befanden, und ein Flugzeug von der Gestalt einer Untertasse wäre keineswegs merkwürdiger gewesen als einige der Apparaturen, an denen die deutsche Luftwaffe herumgebastelt hatte. Die Amerikaner selbst hatten ebenfalls mit einem Flugzeug experimentiert, das man mit einiger Phantasie ebenfalls als untertassenförmig beschreiben könnte – es war der sogenannte *flying flapjack* («fliegende Puderdose» oder «fliegender Pfannkuchen»). Und wenn die Experimente auch enttäuschend verliefen, so war doch nicht auszuschließen, daß die Sowjets in diesem Punkt mehr Erfolg gehabt hatten. Die US Air Force hatte also allen Grund, sich um die Berichte über angeblich gesichtete Fliegende Untertassen zu kümmern, und sie verfolgte jede Phase des Spiels mit kritischem Interesse.

Ein Gutteil der Kritik, die an der Haltung der amerikanischen Air Force im Zusammenhang mit den UFOs geübt wurde (das gleiche trifft für das routinemäßige, aber geringe Interesse zu, das der Angelegenheit von der britischen Royal Air Force gewidmet wurde), geht auf eine Fehleinschätzung der Situation zurück. Der inzwischen verstorbene Captain Ed Ruppelt, Leiter der ersten offiziellen UFO-Untersuchung, die unter der Schirmherrschaft der US Air Force durchgeführt wurde, erklärte, 1947 hätten Offiziere in Spitzenpositionen des Pentagon genaue Informationen über UFO-Sichtungen angefordert. Eine Zeitlang hätten sie geglaubt, die Sowjets testeten irgendeine spektakuläre neue Waffe. Pressemeldungen und militärische Berichte über Sichtungen fremder Flugkörper wurden mit großer Akribie, aber wenig Koordination ausgewertet. Als gegen Herbst des Jahres immer noch keine schlüssige Hypothese zur Erklärung des Phänomens fliegender Diskusscheiben, Zigarren, Würste und so weiter vorlag, kam es zu Presseanfragen, die entweder mit schlecht vorbereiteten Ausflüchten beantwortet wurden oder gar mit der schlichten Erklärung, man habe nichts zu berichten, was irgendeine Bedeutung hätte. Diese unangemessene Strategie, die offenbar das Ergebnis einer echten Verwirrung und Sorge bei der Führungsspitze der Air Force war, wurde später, als man offizielle Untersuchungen einleitete, aufgegeben. Von nun an gab man in regelmäßigen Abständen realistische und wohlabgewogene Pressemeldungen heraus, in denen Einzelheiten über die Zahl aufgeklärter und unaufgeklärter Sichtungen fremder Flugkörper mitgeteilt wurden. Es zeigte sich indessen, daß der Schaden, den die alte Informationspolitik angerichtet hatte, nicht wiedergutzumachen war, und die Legende, die Air Force halte irgendwelche apokalytischen Fakten über Fliegende Untertassen zurück, war bereits fest verankert.

Die Wahrheit sieht etwas anders aus: Je mehr man bei der Air Force die Untersuchungen vorantrieb, desto weniger neigte man zu der Ansicht, daß es sich bei den Fliegenden Untertassen um wirkliche Flugzeuge oder Raumschiffe mit unglaublichen Möglichkeiten handelte. Statt dessen tendierte man mehr und mehr zu prosaischen Erklärungen wie der, daß die UFOs nichts anderes seien als Wetterballons, meteorologische Phänomene, konventionelle Flugzeuge, deren Entfernung und Geschwindigkeit falsch eingeschätzt worden waren und so weiter. Eine Reihe von offiziellen Untersuchungen kam zu Ergebnissen, die entweder dagegen sprachen, daß es sich bei den UFOs um außerirdische Objekte handelte, oder die in dieser Hinsicht neutral waren. Und trotz einiger sensationeller Bücher wie zum Beispiel Donald Keyhoes *The Flying Saucer Conspiracy* [Die Untertassen-Verschwörung], die das Gegenteil behaupteten, setzte sich diese Ansicht auch langsam in der Öffentlichkeit durch. Mochte die Vorstellung, UFOs seien Besucher von fremden Planeten, für

Schlagzeilenschreiber auch noch so reizvoll sein: Die breite Öffentlichkeit reagierte seit Anfang der fünfziger Jahre gelangweilt auf die Untertassen und ihre undefinierbaren und unzugänglichen Besatzungen. Nur Science Fiction-Jünger und jene Leute, die unentwegt auf der Suche nach dem Wundersamen sind, blieben standhaft bei der Stange. 1953 aber erschien ein sensationelles Buch mit dem Titel *Flying Saucers have Landed* [Fliegende Untertassen sind gelandet] und löste eine dramatische Wiederbelebung des Interesses für Fliegende Untertassen aus. Dieses unwissenschaftliche Buch, aufgemacht als Bericht über die erste persönliche Begegnung zwischen einem Menschen und einer anderen Lebensform, gelangte über Nacht auf die Bestseller-Listen und wurde überall in der Welt zum bevorzugten Gesprächsthema. Aber auch in anderer Hinsicht kommt ihm eine besondere Bedeutung zu: Es markiert mit seinem Erscheinen den Beginn eines Übergangs in der Ufologie von der quasi-ernsthaften Science Fiction zur Mythologie im Embryonalzustand.

Das Buch, gegliedert in zwei Teile, ist das Ergebnis einer sonderbaren Zusammenarbeit zwischen dem begabten Schriftsteller und Elektroniker Desmond Leslie, dessen Vater der zur ersten Garnitur der irischen Romanautoren gehörende Shane Leslie ist, und einem Amerikaner polnischer Abstammung von ungewöhnlicher Ignoranz namens George Adamski, Pseudo-Astronom und Amateur-Psychologe seines Zeichens. Leslie war für den ersten und längeren Teil des Buches verantwortlich, der einen Überblick bietet über die vielen tausend merkwürdigen Objekte, die seit Urzeiten in unserem Himmel umhergeflogen sind. Die Skala reicht von Hesekiels «Feuerrad» (das ein Evergreen der UFO-Archäologen ist) aus dem Alten Testament bis hin zu Seltsamkeiten jüngeren Datums wie den Augenzeugenberichten über ein riesenhaftes Luftschiff, das im Jahre 1879 Amerika überflog und akustisch vorwiegend dadurch in Erscheinung trat, daß die Besatzung aus irgendeinem Grunde geschlossen Kirchenchoräle sang. Hesekiels Bericht über seine Sichtung eines UFO enthält unter anderm Sätze wie die folgenden:

1.4: «Und ich sah, und siehe, es kam ein ungestümer Wind von Norden her, eine mächtige Wolke und loderndes Feuer, und Glanz war rings um sie her, und mitten im Feuer war es wie blinkendes Kupfer.»

5: «Und mitten darin war etwas wie vier Gestalten; die waren anzusehen wie Menschen.»

15: «Als ich die Gestalten sah, siehe, da stand je ein Rad auf der Erde bei den vier Gestalten, bei ihren vier Angesichtern.»

19: «Und wenn die Gestalten gingen, so gingen auch die Räder mit, und wenn die Gestalten sich von der Erde emporhoben, so hoben die Räder sich auch empor.»
20: «... denn es war der Geist der Gestalten in den Rädern.»

Die meisten Leser werden diese Passagen als ein typisches Beispiel für die rätselträchtige Sprache der Bibel bezeichnen, die zwar reich ist an poetischen Bildern, aber wenig Information vermittelt. Ganz anders die UFO-Fans: Sie deuten diese Sätze ohne Schwierigkeiten.

In der Tat glaubt Desmond Leslie, daß man bereits UFOs beobachtete, lange bevor die Bibel entstand, und er scheint allen Ernstes davon überzeugt, daß Fliegende Untertassen seit dem Jahr 18 617 841 v. Chr. ein überaus wichtiger Bestandteil der Menschheitsgeschichte sind – dem Jahr nämlich, in dem das erste interplanetarische Luftschiff, das von der Venus kam, auf der Erde eintraf. Er macht keinen Versuch, die erstaunliche Genauigkeit dieser Datierung zu rechtfertigen, sondern begnügt sich mit dem Hinweis, der Zeitpunkt sei «1951 mit Hilfe uralter brahmanischer Schrifttafeln berechnet» worden. Und Tatsache sei, so Leslie, daß die Brahmanen über die Maßen genau seien.

Darüber hinaus enthüllte er, daß die Fliegenden Untertassen und ihre Insassen während der Blütezeit der ägyptischen Kultur wie auch im England der vor-keltischen Zeit aktiv gewesen seien. Mit dieser Offenbarung werden denn auch ein paar ehrwürdige Probleme gelöst, die die Archäologen seit Jahrzehnten beschäftigt haben. Gemeint sind natürlich Probleme wie etwa die Frage, wie die riesigen Steinblöcke, aus denen Stonehenge besteht, von ihrem vermutlichen Ursprungsort im Westen von Wales an ihren heutigen Standort nach Salisbury Plain gebracht wurden, und wie die fünfzehn Tonnen schweren Steine der Pyramide von Gizeh an ihren Platz gelangten. Die Antwort besteht ganz einfach darin, daß die großen Wissenschaftler jener Zeiten, denen die Fliegenden Untertassen so vertraut waren wie uns das Düsenflugzeug, auch die inzwischen vergessene Technik der Bewegung schwerer Gegenstände mit Hilfe des Schalls beherrschten. Unter Hinweis auf W. Kingslands absurdes Buch *The Great Pyramid in Fact and Theory* verrät er, man habe lediglich mit einem Stab auf die gewaltigen Steine geschlagen, und schon hätten sie sich «einen Bogenschuß weit durch die Luft» bewegt. «Auf diese Weise gelangten sie schließlich zu dem Ort, an dem die Pyramiden gebaut wurden.» Die Zauberstäbe wurden, wie Leslie meint, «auf genau die Länge geschnitten, die der Wellenlänge der erforderlichen Schwingungen entsprach». Wie immer das zu verstehen sein mag: von dem Zauberstab muß eine Antriebskraft ohnegleichen ausgegangen sein, und er muß unter den Sklaven jener Zeit eine weit verbreitete Arbeitslosigkeit ausgelöst haben. Mag die Sache mit den Zauberstäben auch einigermaßen unglaubhaft klingen, so meint Leslie gleichwohl: «Schaut man sich die siebzehn Tonnen schweren Blöcke aus rotem Granit an, die über der sogenannten ‹Königskammer› liegen, und bedenkt man, daß sie aus Steinbrüchen stammen, die fast tausend Kilometer entfernt liegen, so fällt es einem schwer, sich vorzustellen, auf welche andere Weise sie hätten bewegt und mit derart unglaublicher Präzision in das Bauwerk eingefügt werden können.»

Diese wenigen Sätze mögen einen Eindruck vermitteln von dem eingängigen, seriöse Geschichtsschreibung vortäuschenden Ton, in dem das Buch geschrieben ist. Leider ließen Leslies Forschungen gelegentlich das notwendige Maß an kritischem Bewußtsein vermissen, wie sein Bericht über das UFO zeigt, das «im Jahre 1290» vom Kloster Ampleforth aus gesichtet wurde. Der Bericht über dieses historische Ereignis erschien mit einem Dank an einen Mann mit dem ungewöhnlichen Namen A. X. Chumley, den der Autor als ursprüngliche Informationsquelle angab. Der Text wirkt auf den ersten Blick so überzeugend, daß verschiedene andere UFO-Autoren ihn wiederholt zitiert und gelegentlich auch ausgeschmückt haben – ohne sicherheitshalber die eigentliche Quelle zu überprüfen. Diese Überprüfung blieb dem Journalisten Samuel Rosenberg überlassen, der die unterhaltsame Aufgabe hatte, 1968 für den *Condon Report* der US Air Force Recherchen über den historischen Aspekt gewisser UFO-Phänomene anzustellen. Er ist es, dem wir die folgende, ebenso amüsante wie wichtige Enthüllung verdanken.

Die vollständige Abschrift der von Leslie bemühten Quelle, die auf den Seiten 22 bis 23 der ersten Auflage seines Buches abgedruckt ist (jedoch klugerweise in die 1970 erschienene zweite Auflage nicht mehr aufgenommen wurde), lautet so:

«oves a Wilfredo susceptos die festo sanctissimorum Simonis atque Judae assaverunt. Cum autem Henricus abbas gratias redditurus erat, frater quidam Joannes introivit, magnam portentem foris esse referebat. Tum vero omnes ecuccurrerunt, et ecce *res grandis, circumcircularis argentea, disco quodam haud dissimilis,* lente et super eos volans atque maximam terrorem exitans. Quo tempore Henricus abbas exclamavit Wilfredum adulteravisse (quo) de causa impius esse de ...»

Kenner der lateinischen Sprache mögen Lust verspüren, sich selber an einer Übersetzung zu versuchen. Für all jene, die weniger gebildet sind oder weniger Zeit haben, zitiere ich die Übertragung, wie sie der geheimnisvolle Mr. Chumley bietet:

«nahm die Schafe von Wilfred und briet sie an dem Fest des hl. Simon und des hl. Judas. Als aber der Abt Heinrich den Segen sprechen wollte, kam Johannes, einer der Brüder, herein und sprach, es sei draußen ein gewaltiges Zeichen. Da liefen alle hinaus, und siehe! *ein großes, silbernes Ding von der Gestalt einer runden Scheibe flog langsam* über ihnen und verbreitete den größten Schrecken. Worauf der Abt Heinrich ohne Zögern verkündete, Wilfred sei ein Ehebrecher, und es sei daher gottlos zu . . .»

Der entscheidende Teil des Zitats ist natürlich der durch Kursivierung hervorgehobene Hinweis auf eine fliegende Scheibe, und Desmond Leslie ist der Ansicht, da es unwahrscheinlich sei, daß das Luftschiff eigens gekommen sei, um den Mönch Wilfred des Ehebruchs anzuklagen, könne es sich nur um ein zufälliges Zusammentreffen gehandelt haben, das der «kluge Abt» genutzt habe, um ihn wegen seines Verhaltens und die «Gemeinde wegen ihres Mangels an Frömmigkeit» zu ermahnen.

Zum Schaden dieser hübschen Geschichte beschloß Rosenberg, die Quelle ein wenig unter die Lupe zu nehmen, und er fand heraus, daß der lateinische Text von A bis Z das vergnügliche Werk zweier Schüler der Ampleforth Abbey Public School war, die den Nerv gehabt hatten, es am 9. Februar 1973 in einem Brief der Londoner *Times* zur Kenntnis zu bringen.*

In den Leserbriefspalten der *Times* entdeckte es Desmond Leslie für sein Buch, aus dem es dann prompt von anderen übernommen und in zahlreichen Versionen unter die Leute gebracht wurde. Bis es in Gabriel Greens völlig unkritischem Werk *Let's Face the Facts about Flying Saucers* [Wir müssen den Tatsachen über Fliegende Untertassen ins Auge blicken] auftauchte, das erst 1967 erschien, hatte es sich in einen Text verwandelt, der dem Skript für eine Fernsehsendung über die Abenteuer des Robin Hood nicht unähnlich war.

Für all jene, die das ungewöhnliche Hobby haben, Fälschungen

* Für englischsprachige Leser birgt schon der Name A. X. Chumley einen ironischen Fingerzeig. *Chum* heißt nämlich auch Klassenkamerad. X steht für unbekannt. A. X. Chumley kann also auch verstanden werden als: ein unbekannter Kumpel.

solcher Art zu sammeln, sei vermerkt, daß die Literatur des Okkulten und des Übersinnlichen ebenso wie die Ufologie für sie eine schier unerschöpfliche Fundgrube darstellt. Besonders zu empfehlen ist in diesem Zusammenhang Rosenbergs Kapitel im *Condon Report* (jener Denkschrift der US Air Force, die dem UFO-Mythos gewidmet ist). Dieses Kapitel enthält unter anderm eine Untersuchung von gefälschtem Material zum Thema «Fliegende Untertassen», das aus den Schriften der komplizierten Mystikerin Madame Blavatsky und aus gewissen zweifelhaften ägyptischen Papyri stammt.

Obwohl vieles von dem Material, das Leslie zusammengetragen hat, keineswegs überzeugend wirkt, ist diese Art der ungenauen und hochgradig selektiven Geschichtsforschung für eine sehr beträchtliche Zahl von Menschen den wissenschaftlichen, wenn auch vielleicht weniger gut lesbaren Werken aus der streng akademischen Ecke durchaus ebenbürtig. Die von Leslie in Umlauf gebrachte Methode, sich aus einer breiten Skala gedruckter Quellen je nach Bedarf Material zur Stützung dieser oder jener Theorie über die Existenz Fliegender Untertassen herauszupicken, ist auch heute noch in Mode. Bekannte Vertreter dieser Art der Recherche sind B. le Poer Trench (*The Flying Saucer Story, The Sky People* und so weiter), G. Hunt Williamson (*Secret Places of the Lion, Road in the Sky*) und Paul Thomas (*Flying Saucers through the Ages*). Besonders gute Beispiele für diese Gattung sind die Bücher Erich von Dänikens, die eine weltweite Manie auslösten. Es handelt sich dabei um den offenbar ernst gemeinten Versuch nachzuweisen, daß die Geschichte des zivilisierten Menschen sehr viel weiter zurückreicht, als uns die wissenschaftliche Archäologie glauben machen will. Im Laufe der Geschichte wurde die Erde häufig von fremden Raummenschen aufgesucht, denen der Homo sapiens den größten Teil dessen verdankt, was er an Wissenschaft und Kultur vorweisen kann. Überschriften wie «‹Götter› und Menschen paarten sich gern», «Und immer wieder ‹Himmelswagen›!» und «Ließen die Götter die Riesen auf der Osterinsel im Stich?» lassen ziemlich deutlich erkennen, worum es in diesen Büchern geht.

Gespickt mit groben historischen Schnitzern oder nicht – der Teil des Buches, den Desmond Leslie verfaßt hat, zeichnet sich zumindest durch eine gewisse stilistische Qualität, durch Phantasie und durch einen Hauch von elementarer Faktensicherung aus. Adamskis Bericht über seine Begegnung mit einem langhaarigen, Skihosen tragenden Venusbewohner in der Mohavewüste in Südkalifornien, mit dem er telepathischen Kontakt aufnahm, liest sich dagegen wie eine traurige Karikatur des einfältigsten aller Science Fiction-Romane. Wir wollen uns an dieser Stelle nicht auf Einzelheiten ihrer langweiligen Unterhaltung einlassen. Und wir wollen uns auch nicht näher mit Dingen wie der salbungsvollen Miene befassen, die der Vernusbewohner aufsetzte, als er die Erdbewohner auf das Mißbehagen hinwies, das ihr ungehöriges Benehmen bei den «höheren Wesen», die uns aus der Geborgenheit ihrer Raumschiffe beobachten, auslöst. Man kann indessen nicht umhin, über den weltweiten Erfolg zu staunen, den das Buch bei seinem Erscheinen hatte, obwohl seine Aussagen durch nichts anderes gestützt wurden als durch einen «Gipsabdruck der Fußspur eines Venusbewohners» (Adamski hatte rein zufällig Gips bei sich, als er an jenem Tag seinen Ausflug in die Wüste unternahm) sowie durch eine Reihe von Fotografien, die in den vergangenen zwei Jahrzehnten beträchtliche Kontroversen ausgelöst haben und die von erfahrenen Fotografen für plumpe Fälschungen gehalten werden, für Nahaufnahmen von einem simplen selbstgebastelten Modell. Das wichtigste der Bilder zeigt den unteren Teil eines etwa glockenförmigen Apparats mit Bullaugen an den Seiten und mit drei kugelförmigen Gegenständen – Fahrwerk oder Tischtennisbälle, je nach Geschmack – darunter. Trotz der Tatsache, daß Adamski nach eigenen Angaben genügend Zeit zum Fotografieren hatte, sind die Details unscharf und ein Hintergrund ist überhaupt nicht zu sehen, so daß es unmöglich ist, die Größe des Apparats abzuschätzen. Frank Edwards, ein inzwischen verstorbener Journalist, der durchaus an die Existenz von Fliegenden Untertassen glaubte, aber gleichwohl für die meisten Berichte von Kontaktaufnahmen mit UFO-Besatzungen nur Hohn und Spott bereithielt, ist der Meinung, daß es sich bei dem Raumschiff um den oberen Teil eines bestimmten Staubsauger-Typs, Baujahr 1937, handelte – ein Gerät, das er für außerordentlich ungeeignet für ausgedehnte Reisen im All hält. Was die verdächtigen Lichtflecke betrifft, die an der Seite des Geräts auszumachen sind, so hat er zwei mögliche Erklärungen anzubieten: Entweder handelt es sich um den Spiegeleffekt dreier Scheinwerfer, mit denen das Modell für die Aufnahme beleuchtet wurde, oder an dem Tag, an dem Adamski die Aufnahme machte, schienen drei Sonnen am Himmel. Als vorsichtiger Mann entschied er sich für die erste der beiden Alternativen.

Adamskis Abenteuer fand ein zu breites Echo in der Öffentlichkeit, als daß man es ohne weiteres übergehen könnte. Das beträchtliche Aufsehen, das die Fliegenden Untertassen seit 1947 erregt hatten, gepaart mit den endlosen Spekulationen in Magazinen und Zeitungen über ihre Herkunft, trugen mit Sicherheit dazu bei, daß bei einer unkritischen Öffentlichkeit die Vorstellung entstand, eines Tages werde es zu einer Begegnung zwischen irdischer und außerirdischer Zivilisation kommen. Überdies ließ die intensive Aufmerksamkeit, die die Massenmedien der Legende schenkten, ähnliche «Kontakt»-Geschichten, von denen einige phantastisch ausgeschmückt waren, wie Pilze aus dem Boden schießen. Manche «Kontaktpersonen» behaupteten, sie hätten bereits vor Adamskis Abenteuer Begegnungen mit außerirdischen Wesen gehabt, seien jedoch «zu verängstigt» oder «zu verwirrt» gewesen, um darüber zu sprechen.

Zu denen, die schon früh ein solches Erlebnis hatten, gehört auch ein gewisser George Van Tassel, der – zumindest bei der leicht übergeschnappten Schar der Untertassenfanatiker – inzwischen zu einer wichtigen internationalen Figur geworden ist, da er angeblich die Fähigkeit besitzt, tagtäglich mehr oder weniger regelmäßig (natürlich auf telepathischem Wege) Kontakt mit außerirdischen Raummenschen aufzunehmen.

Das Ganze begann am 24. August 1953, als George Van Tassel und seine Frau «wegen der Hitze» in der Wüste schliefen. Gegen zwei Uhr morgens, so berichtet er, erwachte er und sah einen Mann am Fuße seines Bettes stehen, der sich unverzüglich als «Sol-danda» vorstellte und ihn einlud, sein Raumschiff zu besichtigen. Der Mann sprach gut, um nicht zu sagen ausgezeichnet Englisch. Van Tassel ließ seine Frau, die «unter irgendeinem Zauber zu stehen schien», zurück und machte sich auf, um das Raumschiff zu inspizieren, ein glockenförmiges Gebilde, dessen Abmessungen er ziemlich genau feststellen konnte. Nachdem ihn, als er sich dem Raumschiff näherte, ein Gefühl der Übelkeit erfaßt hatte, wurde er auf einem «Anti-Schwerkraft-Strahl» ins Innere der Glocke befördert, das mit seinen Skalen, Sitzen und rotierenden oder leuchtenden Armaturen den Phantasiegebilden zweitklassiger Science Fiction-Autoren der damaligen Zeit in nichts nachstand, ja sie vielleicht sogar noch übertraf. Van Tassel wurde zwar nicht zu einem Probeflug eingeladen, durfte jedoch eine Reihe von Räumen besichtigen und sich einen Eindruck verschaffen von dem Antriebssystem des Raumschiffs, das ihm am treffendsten durch den Ausdruck «Räder in Rädern» gekennzeichnet scheint.

George, heute bekannt unter dem Namen «Der Weise von Giant Rock», veranstaltet Jahr für Jahr in seinem Haus in Kalifornien eine Zusammenkunft all jener, denen es vergönnt war, mit außerirdischen Raumschiffern in Kontakt zu treten. Nach allem, was man hört, scheint es sich dabei um höchst seltsame Versammlungen zu handeln. Bei der Zusammenkunft von 1966, zum Beispiel, erlebten die Delegierten, wie Miss Gloria Lee, eine ehemalige Stewardess, von den Botschaften berichtete, die sie regelmäßig von einem Bewohner des Jupiter erhalten hatte. Sie betreffen vor allem die Sexualmoral auf unserem Planeten und machen deutlich, daß wir nach Ansicht der Jupitermenschen eine falsche Auffassung von unseren sexuellen Wünschen haben. Auf dem Jupiter, so klärte Miss Lee die Gruppe auf, gibt es keine Ehe, und die Bewohner führen ein ziemlich ungehemmtes Geschlechtsleben. Unter den Teilnehmern dieser glanzvollen Veranstaltung waren so bemerkenswerte Gestalten wie «Andy Sinatra, der Mystische Barbier», der einen albern aussehenden Hut zu tragen pflegt, den ihm ein Untertassen-Mensch verehrt hat, und Mr. Gabriel Green, der Gründer der Amalgamated Flying Saucer Clubs of America, Inc. (Vereinigte Fliegende Untertassen-Clubs Amerikas AG), der sich regelmäßig als Untertassen-Kandidat um das Amt des Präsidenten der Vereinigten Staaten bewirbt. Bislang konnte die geballte Macht des republikanischen und des demokratischen Parteiapparats seinen Aufstieg weitgehend verhindern, doch unermüdlich rückt er aufs neue aus, sobald die Zeit der Wahlen anbricht.

Die Zeit zwischen den Parteitagen, bei denen die Kandidaten aufgestellt werden, verbringt George Van Tassel damit, daß er – bildlich gesprochen – seinen Kopf offenhält für Botschaften von anderen Planeten. Und diese Botschaften veröffentlicht er monatlich in den *Proceedings of the College of Universal Wisdom* – einer Zeitschrift von unvergleichlichem Interesse für all jene, die über die seltsamen Wege des menschlichen Geistes nachsinnen.

Wir wollen uns nicht lange mit Betrachtungen über die Abenteuer Buck Nelsons (*My Trip to Mars, the Moon and Venus*), Orfeo Angeluccis (*The Secret of the Saucers*) oder gar Truman Bethurums (*The Voice of the Planet Clarion*) aufhalten. Sie alle haben – wie die meisten Berichte über außerirdische Kontakte – ein Hauptthema gemeinsam: Die Erde läuft Gefahr, sich selbst zu zerstören. Sie muß die Friedfertigkeit des Kosmos erlernen oder sie wird sich selbst ihren Untergang bereiten. Die Raummenschen sind uns nicht nur in der Wissenschaft weit voraus, sie haben auch entsprechende moralische und ethische Prinzipien entwickelt, und sie wünschen den Erdenbewohnern nichts als Freude und Wohlergehen. Aus verschiedenen Gründen kann der erste Kontakt nur durch eine kleine Gruppe von «Auserwählten» geknüpft werden, deren Aufgabe darin besteht, die kosmische Weisheit so rasch wie möglich allen Menschen zu vermitteln, die sie erfahren wollen. Der Tag einer Massenlandung von Untertassen auf dem Times Square in New York oder vor dem Londoner Parlamentsgebäude mag noch in weiter Ferne liegen, da der Schock für die bornierten Autokraten der Erde zu groß wäre (eine einleuchtende Vermutung übrigens). Fürs erste darf die Wahrheit nicht hinausposaunt werden; sie muß vielmehr ganz allmählich einsickern.

So oder ähnlich lautet die Botschaft der meisten «Kontaktpersonen», ob sie nun zu denen gehören, die selbst Flüge im Raumschiff erleben dürfen, oder zu denen, die lediglich fremdartige telepathische Signale empfangen. Sie ist das zentrale Thema der Mehrzahl jener eindeutig religiösen Gruppen, die sich in diesem Bereich entwickelt haben und von denen wir uns im weiteren Verlauf besonders eine genauer anschauen wollen.

2. Kapitel
Jesus lebt, ist wohlauf und wohnt auf der Venus

Es war ein kalter Samstagmorgen im März 1954, und Mr. George King war in seinem Wohnschlafzimmer im Norden Londons gerade mit Geschirrspülen beschäftigt, als eine Stimme aus dem Nichts erscholl, die sagte: «Mach dich bereit. Du bist ausersehen, die Stimme des Interplanetarischen Parlaments zu sein.» Die Botschaft überraschte George King so sehr, daß er einen Teller fallen ließ.

Wenngleich er seither erklärt, er habe die Stimme nie zuvor gehört und habe keinen Grund zu der Annahme, daß er sie je wieder hören werde, hat das Erlebnis bei ihm, wie er berichtet, einen ungeheuren Eindruck hinterlassen. Was ihm nicht zuletzt Kopfzerbrechen bereitete, war, daß er noch nie von dem «Interplanetarischen Parlament» gehört hatte. Auch konnte er sich einfach nicht vorstellen, woher die Stimme – die ihn von außen getroffen hatte und nicht irgendein telepathisches Signal gewesen war – gekommen sein mochte. All diese Rätsel sollten schon bald ihre Lösung finden, und Mr. King sollte mit der entschlossenen Schar derer, die sich ihm inzwischen angeschlossen hatten, in interplanetarische Intrigen und Gemeinheiten phantastischster Art verwickelt werden – in Abenteuer, die die armseligen Bemühungen prosaischerer Mystizisten und Okkultisten ebenso in den Schatten stellen würden wie – auf einer anderen Ebene – die kurzatmigen Raumausflüge sowjetischer und amerikanischer Kosmonauten. Denn aus Kings ursprünglichem Kontakt und den zahlreichen und redseligen Kommunikationen, die sich anschlossen, entwickelte sich eine regelrechte religiöse Bewegung, die heute die einflußreichste und bestorganisierte unter den vielen Gruppen in aller Welt ist, die sich im religiösen Sinne auf höhere Wesen aus dem Weltraum beziehen. Es ist die Aetherius Society, die Tausende zu ihren Anhängern zählt, Niederlassungen in den meisten englischsprachigen Ländern hat und ein vollständiges Paket religiöser Leistungen anbietet, zu denen Gebete, liturgische Gesänge, komplizierte Rituale und anstrengende Pilgerfahrten ebenso gehören wie eine phantastische und umfassende Philosophie, zugeschnitten auf die Sprachmode und Bildwelt des Raumfahrtzeitalters.

Wie die Scientologie hat sie sich aus einer Mischung aus dramatisierter Science Fiction und persönlicher Offenbarung zu einer klar umrissenen Religion mit zahlreichen gläubigen Anhängern entwikkelt. Im Hinblick auf Stil und Intellektualität jedoch ist sie anspruchsloser, und sie scheint, indem bei ihr der Akzent auf der göttlichen Heilkraft und nicht auf irgendwelchen überspannten Formen der Psychoanalyse liegt, mehr auf ältere Menschen und mittlere Jahrgänge abzuzielen und einen Reiz auszuüben als auf die jüngere Generation. Andererseits stützt sie sich genauso stark auf die Persönlichkeit und die Dynamik ihres Gründers und Führers und propagiert ihre Glaubensprinzipien und Errungenschaften auf die gleiche Weise in einer Reihe von ungeheuer enthusiastischen Publikationen, die sich für den Außenseiter in höchstem Grade phantastisch ausnehmen. In diesem Kapitel soll der Geschichte dieser Aetherius-Bewegung nachgegangen und versucht werden, ihre Philosophie, ihre Prinzipien und ihre Praxis vorzuführen.

Zur Zeit seiner ersten Kontakte mit den «Herren aus dem All» war George King fünfunddreißig Jahre alt. Er stammt aus Westengland, wo seine Mutter eine Zeitlang eine Heilstätte mit «Heiliger Quelle» und anderen Attraktionen für Touristen mit Neigung zum Göttlichen unterhielt. Nachdem er zunächst in dem mittlerweile nicht mehr existierenden National Fire Service beschäftigt war, wandte er sich dem normalen bürgerlichen Leben zu, indem er weltliche Aufgaben übernahm, die das Geld einbrachten, das er zum Leben brauchte. Abende und Wochenenden freilich widmete er dem intensiven Studium von Mystik und Yoga.

Seinen eigenen Aussagen nach stürzte ihn das Erlebnis mit der geheimnisvollen Stimme in Unruhe und Verwirrung, und nur die Selbstdisziplin, die er der Übung des «Pranayama» (eines Yoga-Systems zur Kontrolle der Atmung) verdankte, bewahrte ihn davor, den Verstand zu verlieren. Acht Tage nach dem ersten Kontakt wurde er durch ein zweites erstaunliches Erlebnis «bis ins Innerste erschüttert». Ein Mann in blütenweißem Gewand (den George augenblicklich als einen bekannten östlichen Heiligen identifizierte) trat durch die Tür seines Zimmers und hielt eine Moralpredigt über den schrecklichen Zustand der Menschheit und die Notwendigkeit ihrer schnellen geistigen Erneuerung. Darüber hinaus gab er zu verstehen, daß George dazu ausersehen sei, eine große Aufgabe zu übernehmen, und daß er – möge er sich auch noch so unwürdig fühlen – zu den wenigen Auserwählten zähle, die in der Lage seien, als Diener der Kosmischen Herren zu wirken. Mit dem Rat, er möge sich durch weitere intensive Yoga-Übungen für seine Aufgabe vorbereiten, wandte sich der heilige Besucher um und verschwand mit einer erhabenen Geste der Verachtung für materielle Hindernisse durch die geschlossene Tür.

Auf den Besuch folgte alsbald ein wahrhaft folgenschweres Ereignis. George King sah sich beherrscht – er selber zieht den Ausdruck «überschattet» vor – von einem Wesen, das sich «Meister Aetherius» nannte und von der Venus stammte, wo allem Anschein nach eine ausgewachsene, überaus fortschrittliche Zivilisation besteht. Aetherius gab sich als Sprecher des Interplanetarischen Parlaments zu erkennen, das auf dem Planeten Saturn tagte, und überbrachte die Nachricht, dieses erhabene Gremium sei übereingekommen, daß George King ihr «erster irdischer Kanal» sein solle. Von Zeit zu Zeit werde er Geist und Körper ganz in den Dienst an der Aufgabe stellen müssen, Bindeglied zu sein zwischen den mächtigen Zivilisationen des Sonnensystems und des Bereichs jenseits davon einerseits und den unwissenden Massen auf der Erde andererseits. Seine Mission (bei deren Erfüllung ihn Aetherius und andere leiten würden) werde darin bestehen, der Welt oder zumindest jenen Bewohnern der Erde, die geistig hoch genug entwickelt seien, um die Wahrheit zu begreifen, die Tatsache bewußt zu machen, daß der Mensch nicht allein sei im Universum, und daß für ihn die Zeit gekommen sei, seine kosmische ebenso wie seine physische Verantwortlichkeit zu erfassen.

Während George King in seinem Wohnschlafzimmer über diese Entwicklung nachsann, wurde ihm klar, daß es seine Pflicht sei, das neue Evangelium mit allen verfügbaren Mitteln unter die Leute zu bringen – das heißt erstens durch geeignete öffentliche Veranstaltungen und zweitens auf dem Weg über Informationsblätter oder eine Zeitschrift. Die erstere Möglichkeit wurde rasch erprobt; es kam zu einer Veranstaltung in Caxton Hall, Westminster.

Am bekanntesten haben Caxton Hall in London wohl die standesamtlichen Trauungen der feinen Leute und Berühmtheiten gemacht, die in diesem Gebäude stattfinden. Aber Caxton Hall spielt noch eine zweite Rolle, die auf andere Weise faszinierend und bedeutsam ist. Abend für Abend wird hier demjenigen, der auf der Suche nach geistiger oder mystischer Erleuchtung ist, mindestens eine öffentliche Veranstaltung, häufig genug aber auch eine ganze Palette davon, geboten, die jene Mischung aus Übersinnlichem, Okkultem, Exzentrischem und schlicht Verschrobenem darstellt, die so entscheidend ist für das reibungslose Funktionieren jeder komplexen Gesellschaft in unserer verworrenen Welt. Warum sich ausgerechnet die Caxton Hall zum traditionellen Zentrum dieses Treibens an der Grenze des Normalen entwickelt hat, ist schwer zu sagen. Mag sein, daß die dunklen, holzgetäfelten Wände, die mit Teppichen belegten Treppen und die riesigen, thronartigen Sessel für die Redner eine Atmosphäre der Überzeugung vermitteln, die andernorts vielleicht gefehlt hätte. Jedenfalls war es das winzige Tudor-Zimmer im ersten Stock, in dem Meister Aetherius in der Gestalt des Mr. George King gegen Ende des Jahres 1954 seine erste öffentliche Audienz gab.

Mögen die Versammlungen der Aetherius-Gesellschaft heute auch in überfüllten modernen Sälen mit Hunderten von Sitzplätzen von Los Angeles bis Sydney stattfinden vor einem Publikum, das die Autorität des Interplanetarischen Parlaments fast ebenso selbstverständlich anerkennt wie die der nationalen Parlamente, so hat sich doch das Schema, nach dem derlei Ereignisse ablaufen, seit jenen frühen Tagen in der Caxton Hall wenig geändert.

Vorbereitung und Einführung beschränken sich bei den Veranstaltungen im allgemeinen auf ein Minimum. Das Publikum ist gekommen, um den Star zu hören, und ist ebensowenig dazu aufgelegt, den wortreichen Ausführungen irgendeines langweiligen Lakaien zu lauschen wie Scientologen, wenn Hubbard persönlich auf dem Programm steht. George King sitzt ruhig auf einem Stuhl und setzt nach ein paar tiefen Atemzügen eine maßgeschneiderte dunkle Brille auf. In diesem Augenblick verlöschen die Lichter im Saal, und unmittelbar darauf meldet sich die erste Stimme. Dabei handelt es sich in der Regel nicht um die Stimme des Meister Aetherius, sondern um die eines Wesens, das sich in abgehackt vorgebrachten Worten als «Mars, Sektor 6» vorstellt. Dieses Wesen scheint die Funktion zu haben, eine Art psychischer Schaltzentrale zu bedienen, um unter schwierigen Umständen eine Sprechverbindung herzustellen. Daneben übermittelt es Informationen über verschiedene Ereignisse im Weltraum, die von der Ankunft und dem Abflug von Untertassengeschwadern bis zu bevorstehenden irdischen Katastrophen wie Erdbeben, Wirbelstürmen und so weiter reichen. Das Ganze wird in verknappten Sätzen mit quasi-wissenschaftlichem Klang vorgebracht und kann Informationen einschließen wie: «Bei einer Absorptionseinheit von 3 muß der größte Teil der magnetischen Kraft noch aus einem magnetischen Fluß, der durch ein wiederholtes Reverberieren in Ihrer Atmosphäre verursacht wird, gewonnen werden.» Oder vielleicht: «Bedienen Sie sich der M-Ionen, die in Ihnen sind, und Ihre Gehirnzellen werden eine entgegengesetzte weibliche Magnetenergie erzeugen. Sie wird der Hurrikan-Kraft entgegenwirken.» Oder gar: «Bestimmte Ernten werden als unmittelbare Folge schon des niedrigen Absorptionsgrades im nächsten Sommer sehr gut sein. Die Saison für Wolle dürfte hervorragend werden.»

Im scharfen Gegensatz zu der kläffenden Stimme des Marswesens steht die des Meister Aetherius, der sich wie ein Hilfspfarrer aus der Arbeiterschicht anhört, der auf der Teegesellschaft des Bischofs sein Bestes gibt. Leider ist das, was er zu sagen hat, nicht informativer, obwohl Anhänger der Gesellschaft ihm offenbar stundenlang lauschen können. Abgesehen von der entnervenden Gewohnheit, alle Leute mit «Meine lieben Freunde» anzureden, kennzeichnet ihn die Neigung zu Sätzen wie «Daß es so ist, macht mein Herz bluten», «Gehet denn hin, Brüder!» und gelegentlich gar «Hütet euch, ihr Ränkeschmiede!»

Trotz der Dürftigkeit solcher Aussagen entwickelte sich nach Kings ersten Auftritten in dem winzigen Raum schon bald eine treue Anhängerschar, und man sah sich genötigt, in einen der größeren Säle umzuziehen. Im Juni 1955 war das Interesse bereits groß genug, um die Herausgabe einer mit Hilfe eines Vervielfältigungsgeräts hergestellten Zeitschrift zu rechtfertigen, die zunächst *Aetherius Speaks to Earth* [Aetherius spricht zur Erde] hieß, und später, als die Ansprüche stiegen, in *Cosmic Voice* [Die kosmische Stimme] umbenannt wurde.

Exemplare der frühen Nummern der *Cosmic Voice* haben heutzutage Sammlerwert, und die Nachfrage ist so groß, daß die Zentrale der Gesellschaft in der Fulham Road in London inzwischen «Neudrucke» herausgegeben hat. Sie enthalten die Texte vieler Aufzeichnungen früher Mitteilungen von Mars, Sektor 6 (bzw. von Mars, Sektor 8, der sich gelegentlich statt Sektor 6 meldete), von Aetherius und sogar jene höchst umstrittenen Meldungen, von denen behauptet wird, sie kämen von Jesus Christus persönlich.

Diese Entwicklung, die der Aetherius-Gesellschaft das erste Scharmützel mit der nationalen Presse sowie Anklagen wegen Gotteslästerung einbrachte, überraschte nicht nur die Anhänger, sondern auch George King, das Medium. Denn kurz zuvor hatte der Meister Aetherius zwar mehrfach beiläufig den «Meister Jesus» erwähnt, der, wie er andeutete, lebte, wohlauf war und auf der Venus wohnte. Das gleiche jedoch traf offenbar auch für andere große Religionsstifter wie Buddha und Rama-Krishna zu. In dem «Antworten auf Ihre Fragen» überschriebenen Teil der Juli-Ausgabe 1955 der *Cosmic Voice* wird erklärt, daß die Unbefleckte Empfängnis keineswegs etwas Einmaliges sei; auf die gleiche Weise vollziehe sich die Wiedergeburt aller planetarischen Meister auf der Venus. Außerdem sei eine der ersten Landungen einer Fliegenden Untertasse, von denen uns Berichte vorlägen, unter dem Stichwort ‹Stern von Bethlehem› in die Geschichte eingegangen. Dabei habe es sich natürlich um das Raumschiff gehandelt, das Jesus zur Erde gebracht habe.

Heutzutage würde die Presse von solchen Geschichten wohl kaum Notiz nehmen. Im Jahr 1955 jedoch war die öffentliche Meinung immer noch geprägt durch die Vorstellung, daß England ein Land des aktiven Christentums sei mit einer aktiv christlichen Presse, von der man erwartete, daß sie jederzeit zur Verteidigung der nationalen Moral bereit sei. In einer wilden Attacke gegen George King, die Aetherius-Gesellschaft und jeden, der in irgendeiner, wenn auch noch so vagen Verbindung zu ihr stand, verstieg sich das Sonntagsblatt *Empire News* – eine Zeitung, die dem Aufstieg des Fernsehens in den späten fünfziger Jahren zum Opfer fiel – sogar zu der Behauptung, die Gesellschaft sei dem Kommunismus auf den Leim gegangen. Dieser ungewöhnliche Vorwurf hatte seinen Grund in den zahlreichen Warnungen von Mars, Venus und anderen Regionen des Weltalls, die durch das Medium King formuliert wurden, Warnungen, in denen die Menschen beschworen wurden, ihre Atomtests einzustellen, und in denen davon die Rede ist, daß die Welt im Begriff sei, sich Hals über Kopf in einen neuen großen Krieg zu stürzen – ein Thema, das uns in den meisten Berichten über Begegnungen mit außerirdischen Wesen begegnet ist.

Das persönliche Erscheinen des Jesus Christus in der Caxton Hall löste auch in der Öffentlichkeit eine Flutwelle des Interesses aus, und ein Angriff der wöchentlich erscheinenden Fachzeitschrift *Psychic News* auf King hatte zur Folge, daß die Veranstaltungen von nun an immer bereits Wochen im voraus ausverkauft waren.

Die Stimme Jesu (man kann sie auf Bändern hören, die bei der Aetherius-Gesellschaft zu kaufen sind) klingt enttäuschend, um nicht zu sagen unangenehm. Und auch was er zu sagen hat, ist nicht sonderlich überzeugend. Es handelt sich dabei vorwiegend um eine Ansammlung von Platitüden, formuliert in einem Stil, der von weitem an das Neue Testament erinnert: «Führet sie, wie ihr ein kleines Kind führt», «in jedem Herzen brennt eine Flamme der Liebe» und so weiter. Gleichwohl war, wie man in zeitgenössischen Berichten über die frühen Treffen nachlesen kann, ihre Wirkung auf die Anwesenden, von denen einige sichtbar zu Tränen gerührt waren, beträchtlich. Und bis zum heutigen Tag «überschattet» der Meister Jesus mit seinen Worten von der Venus den Führer der Aetherius-Gesellschaft, und für die meisten Mitglieder, die in seinem Erscheinen keine Spur von Blasphemie sehen, ist er eine völlig glaubhafte Gestalt.

Jesus spielt nach wie vor eine wichtige Rolle im Aetherius-Kult, wenngleich die Anhänger nicht müde werden, zu betonen, daß er «nur einer der Großen Meister» sei und nicht der Sohn Gottes. Unter den Veröffentlichungen der Gesellschaft finden sich hier und da Ausführungen von ihm, die alle mehr oder weniger harmlos und freundlich sind. Daneben hat er sich in vielen Teilen der Welt durch den Mund des George King zu Worte gemeldet, der um der Verbreitung der Botschaft willen ausgedehnte Reisen zu unternehmen pflegt. Dieser Umstand hat zu so erstaunlichen Schlagzeilen wie JESUS SPRICHT IN NEUSEELAND (*Cosmic Voice*, Mai 1961) geführt und zur feierlichen Verlesung eines völlig neuen Texts des Vaterunser, zu der es im gleichen Jahr in Los Angeles kam. Der Text ist etwas länger als die traditionelle Version. In seinem Zentrum steht die Bitte, daß göttliche Macht dem Betenden persönlich zuteil werden möge, und neben Anspielungen auf «Innere Vision», «Energie» und «Höhere Wesen» findet sich darin ein geheimnisvoller Satz mit östlichem Klang – «Om Shanti, Shanti, Shanti». Das Gebet wird für gewöhnlich am Schluß eines Treffens oder einer öffentlichen Veranstaltung von Kultanhängern in monotonem Singsang vorgetragen.

In der komplexen Hierarchie der quasi-göttlichen Wesen, die durch George King sprechen (nicht zu verwechseln mit den Verbindungsinstanzen Mars, Sektor 6 und Jupiter, Sektor 92), haben auch Berühmtheiten wie der Gott Buddha und Sankt Peter ihren Platz und nicht zuletzt ein Wesen zweifellos östlichen Ursprungs, das den unglückseligen Namen «Sankt Goo-ling» mit sich herumschleppt. All diese Gestalten und mit ihnen zahlreiche ungenannte und unbesungene Helden sind – so möchte uns die Aetherius-Gesellschaft glauben machen – unermüdlich darum bemüht, die Bewohner der

Erde vor Verdammung und kosmischen Katastrophen zu bewahren. Die Philosophie ist wirr und ihre Geschichte unvollständig. Ein sorgfältiges Studium der niedergeschriebenen Texte der Gesellschaft macht es gleichwohl möglich, ein einigermaßen zusammenhängendes Bild zu zeichnen.

Zentrales Thema – das die meisten religiösen Glaubenssysteme, gleich welchen Ursprungs, miteinander gemeinsam haben – ist das Universum als Schlachtfeld, auf dem sich die rivalisierenden Mächte des Guten und Bösen gegenüberstehen. Anders als die meisten anderen Glaubenssysteme jedoch, die den Kampf vorwiegend auf der Ebene des «Geistigen» stattfinden lassen, sind die Anhänger der Aetherius-Gesellschaft der Meinung, daß die Schlacht im physikalischen Universum tobt, von dem wir ein Teil sind. Die miteinander streitenden Mächte ziehen in Raumschiffen verschiedener Art und vermittels «Teleportation» von Planet zu Planet und von Milchstraße zu Milchstraße. Wenn auch alle Entdeckungen der Weltraumfahrt das Gegenteil beweisen, so sind doch die Planeten des Sonnensystems mit Ausnahme des Merkur reichlich bevölkert. Bestimmte Planeten – insbesondere Saturn – sind «geistig fortgeschrittener» als andere, wobei unsere Erde (von Aetherius und anderen demonstrativ als «Terra» bezeichnet) auf der Liste der Fortschrittlichkeit ziemlich weit unten steht. Ja, der geistige Zustand der Erde ist derart beklagenswert, daß sie unter normalen Umständen keinem Angriff der Mächte des Bösen, von denen viele über ein Arsenal hochentwickelter Waffen verfügen, widerstehen könnte. Und allein den unermüdlichen Anstrengungen von Mars, Sektor 6, Aetherius und anderen – ganz zu schweigen vom heiligen Goo-ling – ist es zu verdanken, daß wir nicht längst untergegangen sind.

Zahlreichen durch George King übermittelten Berichten zufolge wäre die Apokalypse in jüngster Zeit bereits mehrfach fast über die Erde hereingebrochen, und während die große Mehrzahl der Erdbewohner vor sich hinlebt ohne jede Ahnung von den gewaltigen Schlachten, die im Universum toben, gibt es einige – sehr wenige – Menschen auf der Erde, die nicht nur die Situation kennen, sondern auch in der Lage sind, etwas Konkretes zu ihrer Überwindung beizutragen. Mitglieder der Aetherius-Gesellschaft machen einen hohen Prozentsatz dieser privilegierten Gruppe aus. Hand in Hand mit dem großen Wissen dieser Auserwählten geht eine noch größere Verantwortung und die Möglichkeit, im Kampf gegen die Mächte des Bösen eine Rolle voller Dynamik zu spielen. Die wichtigste und beileibe nicht die leichteste dieser Pflichten besteht in der

Teilnahme an jenen häufig wiederkehrenden Aktionen, die als *«Spiritual Pushes»* – «Geist-Schübe» – bezeichnet werden.

Der Begriff des *«Spiritual Push»*, des «Geist-Schubes», ist wichtig und soll in einiger Ausführlichkeit behandelt werden. Alle Formen des Lebens gehen auf eine Lebenskraft zurück, die den Yoga-Enthusiasten unter dem Namen «Prana» bekannt ist, und die ihrerseits von denen, die ihr das Leben verdanken, genutzt werden kann. Diese Kraft, ihrem Wesen nach unkörperlich, ist selbst neutral und kann – je nach Geschick, Wissen und Motivation derer, die sich ihrer bedienen – zum Guten wie zum Bösen genutzt werden. Die Terraner haben nach Ansicht der Aetherianer die Fähigkeit, diese Lebenskraft einzusetzen, weitgehend verloren; sie können sich ihrer nur noch auf eine ganz und gar automatische Weise bedienen, und unser Planet zeichnet sich, was seine eigenen geistigen Batterien betrifft, durch eine beträchtliche Schwäche aus. Dieser Umstand setzt ihn natürlich in besonderem Maße der Gefahr von Angriffen durch Schwarze Mächte der einen oder anderen Art aus. Seit Jahrhunderten schon pumpen die Weißen Mächte unseres Sonnensystems, verkörpert vor allem von Aetherius und seinen Genossen, nach Kräften «Prana» in die Erde und ihre undankbaren Bewohner (Aetherius selbst ist bereits seit geraumer Zeit im Geschäft – als er 1954 zum erstenmal Kontakt mit George King aufnahm, verriet er, daß er 3 456 Jahre alt sei).

Die Hauptmethode, mit der sie dies bewerkstelligen, besteht darin, daß sie ein gigantisches Raumschiff – für gewöhnlich ist es der «Satellit Drei», ein kilometerlanger Flugkörper – in eine enge Umlaufbahn um die Erde bringen, wo es als Basis dient für den «Schub» der Lebensenergie. Wie dies im einzelnen bewirkt wird, ist alles andere als klar, aber der Hinweis, daß dabei «metaphysische Manipulationen» und die Strahlung «magnetischer Energien» im Spiel sind, dürfte zumindest einen vagen Eindruck von der Angelegenheit vermitteln. Während der Perioden, in denen der Satellit Drei sich in der Umlaufbahn befindet (er ist von einem Strahlen absorbierenden Schild umgeben, der ihn unsichtbar macht und auf Radarschirmen nicht auftauchen läßt), unterstützen Mitglieder der Aetherius-Gesellschaft diese Aktivitäten durch geistige Exerzitien, Gebete, Meditationen und ähnliches und tragen auf diese Weise ihren Teil zur Aufladung der sich erschöpfenden Batterien der Erde bei. Es steht außer Zweifel, daß solche Unterstützungsmaßnahmen begrüßt werden. Bei vielen Gelegenheiten haben sich die Meister Aetherius und Jesus und die Heiligen Petrus und Goo-ling sehr lobend geäußert und zu erkennen gegeben, daß der «Schub» ihrer Verbündeten stark genug ist, um in besonders heiklen Augenblicken den Ausschlag zu geben.

Wer das Gefühl hat, die Gefahr einer Übernahme der Erde durch die Schwarzen Mächte sei ein wenig übertrieben, der tut gut daran, sich mit der furchterregenden Geschichte von den «Unholden von Garouche» zu befassen, die in der *Cosmic Voice* Nr. 5, veröffentlicht im Jahr 1956, erzählt wird. George King, der sich damals schriftlich dazu äußerte, gab zwar zu, daß sich die Geschichte wie Science Fiction ausnehme, versicherte jedoch, sie sei «in allen Einzelheiten wahr». Und wenn es jemanden gab, der ihre Authentizität bezeugen konnte, dann war er es; denn schließlich war er selbst «intensiv beteiligt an der Aktion».

Hier nun die Geschichte selbst. Vor einiger Zeit wurde unsere Erde aus der Ferne von hochintelligenten Fischen inspiziert, die auf einem von Wasser umschlossenen Planeten namens Garouche «jenseits der Milchstraße» leben. Diese Kreaturen, treffend als Unholde bezeichnet, machten es sich zum Ziel, «alles menschenähnliche Leben auf Terra zu vernichten», indem sie der Erde «den atmosphärischen Mantel entzogen». Durch diese Tat wären, wie uns Mars, Sektor 6 berichtet (und zwar falsch berichtet), die Meeresbewohner auf unserem Planeten nicht geschädigt worden, da «sie ihren Sauerstoff aus dem Wasser selbst beziehen». (Bedenkt man, daß Mars, Sektor 6 immerhin der Pilot eines zwanzig Meilen langen Raumschiffs ist, so muten seine Kenntnisse in planetarischer Physik ein wenig dürftig an.)

Zum Glück wurden die Pläne dieser Unholde von den freundlichen Marsbewohnern durchkreuzt, die sich mit großem Einsatz und nicht ohne Verlust an Leben einschalteten. Mars, Sektor 6 erinnert uns daran, daß «viele vom Mars sich um der Rettung von Terra willen opferten», und er fordert diejenigen Erdbewohner, die «den Anstand haben, der dem menschlichen Leben angemessen ist», auf, «dies zu begreifen». Das Scharmützel – wir erfahren nicht, welche Waffen benutzt wurden, dürfen jedoch vermuten, daß es sich dabei um irgendeine Spielart von «Geist-Schüben» handelte – führte nicht zur Vernichtung der Fisch-Leute von der Garouche, die wenige hunderttausend Meilen vom Mars entfernt einen radioaktiven Planetoiden in Stellung brachten. Glücklicherweise wurde er von den vollautomatischen Mineuren des Mars entdeckt und «deaktiviert». «Dankt nicht uns», sagt Mars, Sektor 6 großmütig und fügt hinzu, daß «der Erd-Empfänger, den ich gerade jetzt benutze, im Verlauf der Auseinandersetzung dreimal fast den Tod fand» – ein unüberhörbarer Hinweis darauf, daß George Kings Rolle als Mittler zwischen den Erdbewohnern und den außerirdischen Wesen kein Zuckerschlecken ist.

Der Angriff der Unholde von der Garouche indessen war eine Kleinigkeit verglichen mit dem furchtbaren Duell, das in noch jüngerer Zeit stattfand, und über dessen Verlauf im Informationsblatt der Gesellschaft laufend berichtet wurde. In diesem Epos, das unter dem Code-Namen Operation Karmalight (Operation Karma-Licht) ablief, spielten neben George King «fünf Adepten» eine Rolle – Menschen, die zwar auf der Erde in körperlicher Gestalt leben, jedoch einen so hohen Stand der geistigen Entwicklung erreicht haben, daß sie sich jederzeit von ihren körperlichen Fesseln befreien können. Dr. King (einen Doktortitel erwarb er irgendwann auf seinen Reisen durch die Vereinigten Staaten) nennt sich selbst nie einen «Adepten», obgleich man sich des Eindrucks nicht erwehren kann, daß er ein solcher ist – ein Umstand, der von vielen Mitgliedern der Aetherius-Gesellschaft keinen Augenblick lang bezweifelt wird. Aber wie dem auch sei, Tatsache ist, daß er während der Operation Karma-Licht jede geistige Unterstützung brauchte, deren er habhaft werden konnte.

Das Hauptproblem scheint ein böser Wissenschaftler namens Lubek gewesen zu sein, der «über Hunderte von Jahren hinweg ... all seine Energien in die Anhäufung okkulter Daten gesteckt» hatte. Als einer der Chefberater keines geringeren als des Satans persönlich, hatte es sich Lubek zur Aufgabe gemacht, ständig mit den neuesten Entwicklungen im Bereich der Wissenschaft und Technologie schrittzuhalten und einen gewaltigen Computer-Komplex ersonnen, den er Egog nannte und der auf zehn Quadratmeilen Land errichtet wurde – in den unteren astralen Bereichen, versteht sich. In diesen eindrucksvollen Apparat fütterte der böse Wissenschaftler laufend alle okkulten Daten des Universums ein und entwickelte daneben die angemessene Software.

Der Besitz dieser riesigen Datenbank, die zu gegebenem Zeitpunkt dem Satan zufallen würde, stellte eine echte Bedrohung für die Mächte des Guten dar, wie die Fünf Adepten und der «Meister Babaji» (eine Art geistiger Präsident der Erde) sehr bald herausfinden sollten. Zum Glück wurde Lubek wie so viele irdische Wissenschaftler seiner Sorte von der Kompliziertheit der Funktion seines Computers und den ungeheuren Programmierproblemen, vor die ihn der Apparat stellte, derart gefangengenommen, daß er sein Ziel aus den

Augen zu verlieren begann. Er wurde, wie es das Informationsblatt der Aetherius-Gesellschaft vom Juli 1969 formuliert, «mehr und mehr zum reinen Wissenschaftler, und sein Interesse an der Auge-um-Auge-Politik der unteren astralen Königreiche wurde immer geringer. Sein ganzes Denken richtete sich auf die Verbesserung seines Computer-Systems.»

Schon bald sah sich daraufhin Lubek von den Lehensherren der Astralregionen herausgefordert, die versuchten, ihn um die Gunst Satans zu bringen, und sich dabei seine Faszination durch das Egog zunutze machten. In diesem Augenblick, als ihre Feinde durch interne Zwistigkeiten geschwächt waren, beschlossen die Adepten loszuschlagen. Unterstützt durch den konzertierten «Schub» und andere metaphysische Bemühungen der Mitglieder der Aetherius-Gesellschaft auf Erden, und flankiert durch zahlreiche Notstandsversammlungen in ihren Zentralen in London, Los Angeles und anderswo, machten sich die Adepten auf eine James Bond-Mission mit dem Ziel, Lubeks Computer ausfindig zu machen und zu zerstören.

Es war eine harte, aber erregende Zeit. Am 24. Mai 1969 um zwei Uhr morgens gab Dr. King Befehl, die geistige Energie-Strahlung «auf Erwiderungsgang» zu schalten, um so einen Angriff Lubeks auf seine Zentrale abzuwehren. Dieser herrliche Apparat, von dem es leider allzu wenige Exemplare auf unserem Planeten gibt, besteht aus einer Reihe von einfachen, rotierenden Teilen, die von einem Elektromotor angetrieben werden und angeblich Prana oder eine ähnliche Lebenskraft zum allgemeinen Wohl ausströmen. Niemand in der Londoner Zentrale der Aetherius-Gesellschaft, wo ein bis zwei solcher Maschinen stehen, scheint wirklich in der Lage zu sein, die Prinzipien zu erklären, nach denen das Gerät arbeitet, so daß es schwerfällt, seine umfassende Wirksamkeit zu begreifen. Jedenfalls versetzte der Apparat Lubek allem Anschein nach so etwas wie die geistige Entsprechung einer Ohrfeige. Beseelt von der unstillbaren Neugier des Wissenschaftlers jedoch suchte Lubek nicht das Weite, sondern blieb, um das Gerät eingehend zu untersuchen. Das war ein verhängnisvoller Fehler; denn während er versunken dasaß, wurde er von den Adepten Nummer Eins und Nummer Drei angegriffen, bewußtlos gemacht und – sehr vernünftig – zu einem Spezial-Satelliten geschleppt, den sie eigens in eine Umlaufbahn gebracht hatten, um ihn als Gefängnis benutzen zu können. Sodann wurden Sprengladungen an den dafür geeignetsten Stellen des Computers angebracht, und Egog, der «über Jahre hinweg mit so großer Sorgfalt gebaut und mit Wissen bedacht worden war, verwandelte sich innerhalb von Sekunden in einen Haufen verschlungener Drähte und zersprungenen Kristalls».

Lubek selbst, so erfahren wir aus dem Informationsblatt, erwartet derzeit die Bestrafung für seine vergangenen Taten. Ist dies das Ende des unholdigen Wissenschaftlers? Es mag so aussehen. Indessen, Anhängern amerikanischer Comic Books wird man es nicht verübeln, wenn sie sich fragen, ob es Lubek – wie dem Joker und dem verrückten Wissenschaftler Luthor, den unversöhnlichen Feinden von Batman und Superman – am Ende nicht doch gelingen wird, aus seinem Gefängnis zu entkommen, um die Welt aufs neue in Schrecken zu versetzen.

Man muß wissen, daß solche Geschichten, so seltsam sie dem unbeteiligten Beobachter auch vorkommen mögen, von den Anhängern George Kings und seiner Gesellschaft beinahe fraglos hingenommen werden. Perioden des Geist-Schubs werden absolut ernst genommen, und Krisen wie sie Lubek und sein Egog vom Zaune brachen, erfüllen sie mit der gleichen heiligen Furcht, die die meisten Menschen angesichts tiefgreifender internationaler Umwälzungen empfinden. Diese höchst unkritische Hinnahme des Bizzarren und des Phantastischen wird nicht zuletzt durch eine Reihe von amüsanten, wenn auch ziemlich bösen Streichen veranschaulicht, die der Gesellschaft und ihrem Gründer in den fünfziger Jahren gespielt wurden.

Der Schabernack begann damit, daß – nachdem sich King über die Engstirnigkeit der Wissenschaftler im Hinblick auf das Problem der Fliegenden Untertassen beklagt hatte – in der *Cosmic Voice* ein Brief eines gewissen Dr. phil., Dr. rer. nat. Walter Wumpe, F. R. A. P. C. veröffentlicht wurde, der darauf hinzudeuten schien, daß Wissenschaftler in aller Welt die Botschaften von Aetherius mit Interesse lasen und weit davon entfernt waren, sie unglaubhaft zu finden. Dr. Wumpe berichtet sogar, Astronomen hätten kürzlich Funksignale von einem «vierzig Lichtjahre entfernten» Planetensystem empfangen und darin die Namen «Thereus» und «Zaturn» entziffert. In seinem Kommentar zu dieser verblüffenden Entwicklung schrieb der Herausgeber der Zeitschrift: «Die *Cosmic Voice* möchte dem berühmten Dozenten für Astronomie Dr. phil., Dr. rer. nat. Walter Wumpe, F. R. A. P. C., von Herzen danken für den Bericht von einer Konferenz, die in unmittelbarem Zusammenhang stand mit dem Programm für das Geophysikalische Jahr. Ich betrachte seinen Beitrag als überaus bedeutsam für die Arbeit der *Cosmic Voice*.»

Auch ein Kollege des Dr. Wumpe, ein ebenfalls berühmter Astronom offenbar schwedischer Herkunft mit dem etwas ungewöhnlichen Namen Dr. Egon Spunraas wurde von der *Cosmic Voice* lobend erwähnt. «Der Hinweis auf die Entdeckungen von Professor Spunraas», so heißt es darin, «ist im Hinblick auf unsere Raumkontakte von großem Interesse. Ich möchte die Leser darauf hinweisen, daß die Worte ‹Thereus› und ‹Zaturn›, wie sie Professor Spunraas dekodiert, auf einer Interferenz beruhen können und daß keineswegs ausgeschlossen werden kann, daß sie ursprünglich als ‹Aetherius› und ‹Saturn› ausgestrahlt wurden. Ist dies der Fall», so die *Cosmic Voice* triumphierend, «dann verfügen wir über einen neuen, unerschütterlichen Beweis für die Echtheit des Kontakts mit Aetherius, dessen Regierungssitz eben der Planet Saturn ist!»

Spätere Ausgaben der *Cosmic Voice* boten sogar noch eindeutigere Belege für das wachsende Interesse der wissenschaftlichen Welt. So erschien zum Beispiel ein Artikel über «Mescalin und Fliegende Untertassen» von einem Dr. Dominic Fidler, der später von einem gewissen Professor Huttle-Glank wegen wissenschaftlicher Ungenauigkeiten kritisiert wurde. Es ist nicht auszuschließen, daß auch das eine oder andere Mitglied der Aetherius-Gesellschaft leicht verwirrt war angesichts der merkwürdigen Namen dieser großen Männer der Wissenschaft. Tatsache ist jedenfalls, daß sich keiner von ihnen beklagte. Denn in weiteren Ausgaben der Zeitschrift wurde auf weise Männer mit noch seltsameren Namen Bezug genommen – so etwa auf einen Dr. N. Ormuss und seinen Assistenten Waathervan, zwei niederländische Doktoren namens Houla und Huizenass und selbst auf den geradezu lächerlich eindeutigen Dr. L. Puller. Vermutlich wäre der Streich noch weiter eskaliert worden, hätte nicht die gelehrte Spiritisten-Zeitung *Psychic News*, die ein strenges Auge auf gewisse Blätter richtet, die Unsinn in die Welt setzen, und die ohnehin bereits das eine oder andere Wortgefecht mit King und seiner Gesellschaft hinter sich hatte, den ganzen Witz unter der höhnischen Überschrift DIESE NAMEN MACHTEN SCHLAGZEILEN aufgedeckt. Aus naheliegenden Gründen fehlten die anstößigen Artikel in späteren Neuauflagen der *Cosmic Voice*. Gleichwohl behält die Geschichte ihre Bedeutung als lebendige Veranschaulichung menschlicher Glaubenskraft und Kritiklosigkeit.

Trotz der Presse-Kontroverse über die allwöchentlichen Offenbarungen des Jesus Christus in der Caxton Hall, trotz des Fiaskos, das die Erkenntnisse des Egon Spunraas mit sich brachten, und trotz des erfolgreichen Vorstoßes der russischen und amerikanischen

Astronauten in den Weltraum (Mars, Sektor 8 hatte behauptet, daß es dem Menschen niemals gestattet sein würde, den Mond zu betreten, und daß die erste russische Mondrakete vor ihrem Aufprall vom «Magnetstrahl Neron sechs fünf» zerstört worden sei) wuchs und gedieh die Aetherius-Gesellschaft auch weiterhin, und es dauerte nicht lange, bis in vielen amerikanischen Städten kleine Niederlassungen gegründet wurden. Um 1959 war ihr Gründer zu der Erkenntnis gelangt, daß auch andere Teile der Welt von seinem persönlichen Auftreten profitieren würden, und als er daher schließlich von einem ungenannten Marsbewohner beauftragt wurde, nach Amerika zu reisen, hielt es ihn nicht länger in London. Schließlich war inzwischen eine neue, wichtige Unternehmung der Gesellschaft angelaufen, die in allen Teilen der Welt durchgeführt werden mußte – eine Unternehmung unter dem Kodewort ‹Operation Starlight› (Operation Sternenlicht).

Die Operation Starlight, die im Juli 1959 begann und bis August 1961 andauerte, stellt eines der spektakulärsten religiösen Rituale dar, die die Geschichte kennt. Sie ist eine eindrucksvolle Demonstration des Eifers und des Ernstes – wenn nicht auch noch anderer Eigenschaften –, mit denen George King und seine Gefolgsleute den Instruktionen der Kosmischen Meister folgen. Die Operation bestand darin, daß George King und Kollegen bestimmte «heilige» Berge persönlich erklommen, um sie mit geistiger Kraft «aufzuladen». Diese Berge, die die Kosmischen Meister nach ihren eigenen, unerforschlichen Gesichtspunkten auswählten, wurden einer nach dem andern bekanntgegeben, und George machte sich mit seiner Schar auf die Wanderschaft um den Erdball. Die ersten Ziele, unter denen nahegelegene Hügelchen wie Holstone Down in Devon oder Ben Hope in Schottland waren, bereiteten kaum Probleme und wurden von ganzen Heerscharen von Aetherianern, bewaffnet mit Sandwiches und Thermosflaschen, bestiegen. Auf dem Gipfel erlebten sie, wie ihr Führer, die Arme gen Himmel gestreckt, den Berg für «aufgeladen» erklärte, bevor mit weißer Farbe das Symbol der Gesellschaft (Pyramide und mystische Zeichen) auf einen passenden Felsen gemalt wurde.

In Amerika hingegen sah die Sache ganz anders aus. Der erste zur «Aufladung» auserwählte Berg war der Mount Baldy in Kalifornien, der sich bis zu einer Höhe von über 3 000 Metern erhebt. Bei prachtvollem Sonnenwetter wurde der Auf- und Abstieg ohne körperliche Unannehmlichkeiten oder Gefahren bewältigt. Berg Nummer zwei in Amerika war ein anderer Dreitausender in der kalifornischen Sierra-Kette. Sein Bild ziert die Frontseite der *Cosmic Voice* vom Mai 1960 über der schmetternden Schlagzeile: BEKÄMPFET DAS BÖSE. Diesmal war der Aufstieg zwar unproblematisch, beim Abstieg jedoch wurden die Kletterer vom Sonnenuntergang überrascht und krochen angsterfüllt in tiefer Finsternis die Bergflanke hinab. Der Mount Adams, der nach kosmischem Ratschluß als nächster an der Reihe war, hatte zwar nur eine Höhe von rund 2000 Metern, aber die Meister hatten dummerweise angeordnet, daß er im März zu besteigen sei. Die Folge war, daß die Teilnehmer eine höchst beschwerliche Klettertour erlebten, bei der sie wieder und wieder in Schneewehen gerieten und schließlich halberfroren ihr Ziel erreichten. Weit davon entfernt, sich durch dieses Erlebnis entmutigen zu lassen, machte sich die Gruppe – inzwischen bestens versehen mit Schneeschuhen, Schneebrillen und anderen Ausrüstungsgegenständen, wie sie der professionelle Bergsteiger braucht – im April auf, um den schneebedeckten über 4000 Meter hohen Castle Peak in Colorado zu erklimmen. Die Dezember-Ausgabe der *Cosmic Voice* enthält einen haarsträubenden Bericht von den Bedrängnissen, um nicht zu sagen den echten Gefahren für Leib und Leben, die auf dieser Exkursion zu bestehen waren. Die Gruppe wurde abwechselnd von Schneestürmen und gleißendem Sonnenschein heimgesucht, und erfahrene Bergsteiger würden vermutlich sagen, daß sie die Kletterpartie nur mit Glück lebend überstanden. Spätere Aufstiege in Australien und Neuseeland, die bei milderem Wetter unternommen wurden, und selbst die Besteigung der knapp 3000 Meter hohen Madrigerfluh in der Schweiz im Jahr 1961 müssen sich neben dem Castle Peak-Abenteuer wie Picknick-Ausflüge ausgemacht haben. Eine gewisse Bestürzung, die unter Umständen dadurch verursacht wurde, daß die Meister für die letzte Phase der Operation Starlight den Kilimandscharo auswählten, war rasch verflogen, als Aetherius den Mitgliedern der nach ihm benannten Gesellschaft zu verstehen gab, ihre hervorragenden Leistungen auf den zwölf bereits absolvierten Bergen hätten die Meister bewogen, die «Aufladung» des höchsten afrikanischen Berges von oben herab persönlich zu bewerkstelligen.

Die heiligen Berge sind inzwischen für Mitglieder der Aetherius-Gesellschaft zu Wallfahrtsstätten geworden, und es herrscht der Glaube, daß ein Aufstieg zu dem Punkt, an dem das Emblem auf den Felsen gemalt ist, nicht nur dem einzelnen, sondern der ganzen Menschheit beträchtlichen geistigen Gewinn bringt. Die *Cosmic Voice* und die Informationsblätter drucken Einzelheiten über organisierte Gruppen ab, die von Zeit zu Zeit solche Pilgerfahrten unternehmen, und warnen den begeisterten Laien nachdrücklich vor dem Versuch, die anspruchsvolleren unter den Gipfeln bei schlechtem Wetter oder ohne Spezialausrüstung zu besteigen.

Nachdem die Operation Starlight abgeschlossen war, nahm der Reverend Dr. George King die «Operation Bluewater» (Operation Blaues Wasser) in Angriff. Diese Operation bestand – so unglaublich es klingen mag – darin, daß Motorboote angeschafft wurden und gewisse «Batterien» zwischen der kalifornischen Küste und verschiedenen Punkten im Ozean hin- und herbefördert werden mußten. Fotos in der *Cosmic Voice* zeigen King und Schüler, wie sie mit Seglermützen und Sonnenbrillen zu einer Spritztour in See stechen, und man hat das Gefühl, daß sie nach den überstandenen Strapazen – wennschon nichts anderes – so doch zumindest diesen Spaß verdient hatten.

Zur Zeit scheint die Aetherius-Gesellschaft unangefochten den ersten Platz unter den religiösen Organisationen zu halten, die ihre Lehre aus den UFO-Phänomenen ableiten. Besonders stark ist ihre Position in den Vereinigten Staaten, wo sich ihre Zentrale in Los Angeles befindet. In dieser Zentrale residiert King, der längst sein Wohnschlafzimmer in den Niederungen des Londoner Nordens aufgegeben hat. Von hier aus fährt er ein bißchen um die Welt – zum Beispiel zurück nach England, wo er im Bedarfsfalle die Londoner Niederlassung auf Vordermann bringt oder sich in Schottland sehen läßt, wo kürzlich die Ben Macdhui-Kette zum mystischen Berg und zum offiziellen Wohnsitz der «Weißen Bruderschaft» erklärt wurde. In ihrem Hauptquartier hält die Gesellschaft regelmäßige Konferenzen ab und verteilt zahlreiche Bücher, Zeitschriften und Tonbandaufnahmen, die das neue Evangelium von den kosmischen Gesetzen verkünden. Auf einer Konferenz, die kürzlich im Hotel Rembrandt in London abgehalten wurde, und bei der der Reverend Keith Robertson den Vorsitz führte, wurden zweiundfünfzig Mitgliedern feierlich Urkunden überreicht in Anerkennung des Eifers, den sie in der Befolgung den großen Lehren der Kosmischen Meister an den Tag gelegt hatten. Dr. King, der inzwischen bereits mit einer neuen Unternehmung, der «Operation Sunbeam» (Operation Sonnenstrahl) beschäftigt war, konnte an der Verleihung wegen Unabkömmlichkeit nicht teilnehmen.

3. Kapitel
Mythen in den Himmeln

Einer der ersten Männer von intellektuellem Format, die erkannten, in welchem Maße bei dem ungeheuren Interesse der Öffentlichkeit an UFOs mystische und religiöse Elemente mitspielten, war der Psychologe und Denker Carl Gustav Jung. C. G. Jung, der selbst mit achtzig noch ein imposanter Kopf war, hatte sich bereits vieler seltsamer Phänomene seiner Zeit angenommen. Das bekannteste darunter war wohl die Astrologie, die ihm als Beweismaterial für seine eigene Theorie der «Synchronizität» galt, mit deren Hilfe er so zweifelhafte Phänomene wie Telepathie, Präkognition und so weiter als zwar kausale, aber gleichwohl *bedeutungsvolle* Vorgänge im Universum zu erklären sucht. Nur wenige haben die recht unklaren Begründungen, die er für dieses Prinzip vorbrachte, verkraftet, aber die Tatsache, daß er bereit war, in völlig neuen Kategorien zu denken, als er sich einem augenscheinlichen Konflikt zwischen Philosophie und Wissenschaft konfrontiert sah, unterstreicht, daß der große Pionier der Psychoanalyse zeit seines Lebens ein Mann blieb, der etwas zu sagen hatte. Kein Wunder daher, daß die Flut der UFO-Berichte in den fünfziger Jahren seine Neugier weckte.

In seinem ebenso umstrittenen wie bezeichnenden Buch *Ein moderner Mythus*, das 1958 zu einem Zeitpunkt erschien, als das öffentliche Interesse an der Ufologie gerade wieder einen Höhepunkt erreicht hatte, offenbart er die Geschichte seiner Beschäftigung mit dem Phänomen. Allem Anschein nach war Jung im Jahre 1956 von der Presse interviewt worden und hatte bei dieser Gelegenheit Erklärungen abgegeben, in denen er seinen Respekt für die verhältnismäßig große Zahl von Luftfahrt-Experten zum Ausdruck brachte, die an Fliegende Untertassen glaubten – ohne freilich zu sagen, daß er ihre Ansicht in diesem Punkt teile. Das Interview wurde später von Nachrichtenagenturen aufgegriffen und nach raffinierter Journalistenmanier so verändert, daß man den Eindruck gewinnen konnte, er selber glaube ebenfalls an die UFOs. In dieser Form machte die Nachricht zum Kummer des berühmten Psychologen in der ganzen Welt Schlagzeilen, und er gab sofort eine sorgfältig formulierte Pressemeldung heraus, um seinen Standpunkt deutlich zu machen. Zu seiner Überraschung nahm niemand Notiz von dieser Richtigstellung, und Jung sah sich zu dem Schluß veranlaßt, daß Presse und Öffentlichkeit nur an solchen Meldungen interessiert waren, die die Existenz von Fliegenden Untertassen bestätigten, während jedwede Skepsis unerwünscht war. Warum, so fragte er sich, findet man es wünschenswerter, daß UFOs existieren, als daß sie nicht existieren?

Jung befaßt sich zunächst eingehend mit den schier unglaublichen physikalischen Bravourstückchen in bezug auf Beschleunigung, Kursänderung und Höchstgeschwindigkeit, die vielen UFOs zugeschrieben wird, sowie mit dem Umstand, daß sie offenbar weder von Kameras noch von Radargeräten erfaßt werden können, und er macht sich die Prämisse zueigen, daß sie ihrem Ursprung nach nicht körperlich sind, das heißt, daß es sich bei ihnen weder um Flugzeuge noch um Raumschiffe noch um irgendwelche seltsamen interplanetarischen Wesen handelt. Da sie jedoch – zumindest im Kopf von Tausenden von Menschen, die angeben, sie gesehen zu haben – existieren, müssen sie, wenn schon keine physische, so doch eine psychische Realität haben, und eine Untersuchung der Berichte über ihre Sichtung, so Jungs Überlegung, müßte gewisse Elemente zutage fördern, die sie mit anderen großen seelischen Manifestationen gemein haben. Da sich C. G. Jung sein Leben lang mit der Erforschung unbewußter Prozesse befaßte, die sich durch Träume offenbaren, kann es nicht verwundern, daß auch in diesem Zusammenhang der Akzent bei ihm eindeutig auf den Träumen liegt, die, wie er andeutet, in zunehmendem Maße mit «archetypischen» UFO-Bildern angefüllt sind. Auch Künstler zapfen die unbewußten Tiefen der menschlichen Seele an, und Jung entdeckt zahlreiche Beispiele für UFO-artige Objekte in der modernen abstrakten Kunst – insbesondere in den Werken von Yves Tanguy, Jakoby und P. Birkhauser.

Fliegende Untertassen, so der Psychologe weiter, sind wahnhafte Projektionen oder visionäre Gerüchte, die ein tiefsitzendes Gefühl der Beunruhigung unter den Menschen widerspiegeln. In einer Zeit, da die alten Götter sterben oder bereits tot sind und die Welt mehr denn je zuvor in der Geschichte von der totalen Zerstörung bedroht ist, blicken die Menschen zum Himmel auf und erwarten ihre Erlöser von dort.

Ein moderner Mythus ist schon ein faszinierendes kleines Buch, das die gegenwärtigen Entwicklungen in der Ufologie im Ansatz um ein Jahrzehnt vorwegnimmt und das jenen Scharfblick erkennen läßt, der C. G. Jung zu einem der großen Denker unseres Jahrhunderts gemacht hat. Wenn heute seine Traumdeutungen nicht mehr recht überzeugend wirken, wenn seine Analysen von modernen abstrakten Bildern nach dem Denkmuster «zeitlich folgend, also ursächlich erfolgend» ein wenig zu hinken scheinen und wenn uns seine unausgesprochene Unterstellung, solche seelischen Projektionen könnten am Ende doch zu einer konkreten körperlichen Realität werden, vollends unannehmbar vorkommt, so beeinträchtigt dies alles doch keineswegs die Überzeugungskraft seiner Grundüberlegungen. Wäre C. G. Jung noch am Leben, er würde ohne Zweifel mit großem Interesse beobachten, wie im Verhalten der Aetherius-Gesellschaft und ihrer zahlreichen weniger bedeutsamen Geistesverwandten unübersehbar ein religiöser Glaube zum Ausdruck kommt.

Die Aetherianer haben sich, wie dargelegt wurde, ein komplexes System aus Glaubenslehren, Ritualen, geistlichen Exerzitien und ähnlichem zueigen gemacht und selbst einige der großen religiösen Gestalten der Vergangenheit – Jesus, Buddha, Petrus und so weiter – recht und schlecht in eine moderne Science Fiction-Szenerie verwoben. Gewiß nicht von ungefähr werden die Offenbarungen dieses Kults durch eine einzelne Person vermittelt (Aetherius hat mehrfach erklärt, daß George King sein «wichtigster terrestrischer Kanal» sei) auf eine Weise, die sehr deutlich an die Botschaften erinnert, die auf dem Weg über spiritistische Medien von den Toten empfangen werden.

Der Spiritismus ist eine Minderheiten-Religion, deren moderne Ursprünge in einem amerikanischen Kult liegen und die sich als Ableger des Christentums etabliert hat, wo das Leben nach dem Tode nicht bloß gepredigt wird, sondern als *bewiesen* gilt. Wenn auch in vieler Hinsicht radikal – die meisten seiner Anhänger glauben zum Beispiel, daß Jesus zwar ein erhabenes, nicht aber ein göttliches Wesen war –, so ist der Spiritismus doch fest verwurzelt im 19. Jahrhundert, und seine Medien pflegen prosaische und recht phantasielose Informationen aus einer Geisterwelt zu übertragen, die eindeutig nach viktorianischen Vorbildern gestaltet ist. Untersucht man die Art der Informationen, die heutzutage von Medien vermittelt werden, so stellt man nicht selten eine deutliche Tendenz zur Einbeziehung von oder Übereinstimmung mit Einzelheiten aus dem Bereich der Ufologie fest. So verbreitet zum Beispiel die «School of Universal Philosophy and Healing», die von dem Medium Mrs. Gladys Spearman-Cook in London geleitet wird, regelmäßig – häufig ungewollt lustige – Informationnen über Raumschiffe und ihre Besatzungen. Und auch der White Eagle Lodge, einer gut organisierten Spiritisten-Gruppe in Kensington, verdanken wir Hinweise auf die bevorstehende «Interplanetarische Bruderschaft» und genaue Informationen über Fliegende Untertassen. Der inzwischen verstorbene Lord Dowding war nur einer von vielen Spiritisten, die an Fliegende Untertassen glauben, und die *Psychic News*, das offizielle Organ der Bewegung, widmete eine Zeitlang Berichten über wichtige Untertassen-Sichtungen breiten Raum, um auf diese Weise dem Interesse ihrer Leser zu entsprechen.

Insbesondere in den Vereinigten Staaten mehren sich seit einiger Zeit Kontakte zu Weltraumwesen (im Gegensatz zu den «Geistern der Verstorbenen»), die auf dem Weg über Medien hergestellt werden. Und wenn die Spiritisten dies auch in Abrede stellen, so spricht doch manches dafür, daß das «Sommerland», von dem die Medien des 19. Jahrhunderts kündeten, nicht in irgendeiner unkörperlichen oder außerhalb der Dimensionen liegenden Sphäre angesiedelt ist, sondern auf einem besonderen Planeten in unserem Sonnensystem oder in einem anderen Bereich des Weltraums.

In der ersten Ausgabe seines Buches *Flying Saucers Have Landed* verweist Desmond Leslie auf das Werk eines gewissen «Dr.» Meade Layne aus Kalifornien, der «in sehr weit vorgeschobenen, geheimnisvollen Bereichen der Physik» experimentierte und der Überzeugung war, daß es «auf der Venus Leben gibt, das sich auf einer höheren Materien-Oktave abspielt als auf der Erde». Mit anderen Worten – falls nicht ganz klar geworden ist, was er meint –, das Leben auf der Venus ist durch eine «höhere Schwingungsrate» gekennzeichnet. Nachdem sich Leslie diesen Unsinn offenbar noch einmal hatte durch den Kopf gehen lassen, wurde diese Stelle in die Neuauflage seines Buches nicht wieder aufgenommen. Die meisten Angaben des Meade Layne gehen, wie sich herausstellt, nicht auf physikalische Experimente zurück, sondern wurden durch ein «Tief-Trancen-Medium» namens Mark Probert aus San Diego empfangen. In seinem Buch *The Coming of the Guardians* beschreibt Mead Layne die Rolle der Untertassen-Flieger so, wie es gewiß den Hoffnungen der Mehrzahl der UFO-Fans entspricht. Die meisten der Wesen, die sich durch Probert zu Wort meldeten – unter ihnen so bedeutende Gestalten wie Thomas Edison und der rätselvolle Laotse – leben auf einem ätherischen Gegenstück der Erde, von dem aus sie ihre ätherischen Untertassen starten lassen. Dabei handelt es sich lediglich um die Vorhut einer Untertassen-Flotte, die zu einem nicht genannten Zeitpunkt in der Zukunft auf der Erde landen wird. Was den außerirdischen Wesen in erster Linie Sorge bereitet, ist zum einen der Trend zum Bösen, der das Leben auf der Erde kennzeichnet, und zum andern unsere gefährliche Beschäftigung mit der Kernspaltung.

Proberts Kommunikationspartner legen großen Wert darauf klarzustellen, daß der Mensch nach dem Tode weiterlebt und daß die astralen Welten der orthodoxen spiritistischen Medien auswechselbar sind mit den «ätherischen» Welten, in denen sie leben. Es kommt, wie sich herausstellt, allein darauf an, was wir einfachen Menschen verkraften können, ohne Schaden an der Seele zu nehmen. Das heißt, den zu viktorianischen Zeiten lebenden Menschen, für die *jede* Art von Flugmaschine etwas Unbegreifliches gewesen wäre, hätte die Wahrheit über die Fliegenden Untertassen, ja sogar bereits die Information über ihre bloße Existenz, Schaden zufügen müssen.

Mit Meade Laynes Weisheiten im Geiste, wenn auch nicht in ihrer Darstellungsform eng verwandt, sind die Schriften eines gewissen Mr. George Hunt Williamson aus Prescott in Arizona. Williamsons Hauptbeitrag zu den Überlieferungen über angebliche spiritistische Kontakte zu außerirdischen Wesen ist ein seltsames Buch mit dem Titel *The Saucers Speak*, in dem der Autor in allen Einzelheiten Botschaften wiedergibt, die ein «Mr. R.» genannter Funker – der später als Lyman H. Streeter, Telegrafist bei der Santa Fe-Eisenbahngesellschaft vorgestellt wurde – im Morsealphabet empfangen hatte. In der Einleitung zu seinem Buch erklärt Williamson kühn, die Untertassen beobachteten uns bereits seit Tausenden von Jahren, und versetzt der amerikanischen Regierung den obligatorischen Rippenstoß, indem er ihr vorwirft, sie habe ihre Pflicht vernachlässigt. Wann werden die Führer der Welt endlich begreifen, worum es geht? fragt er und schließt bedeutungsvoll: «Nur die Zeit wird es klären, und davon ist nicht mehr allzuviel übrig.»

Das Buch selbst enthält Aussagen von solcher Banalität, daß man sich fragt, wieso das Ganze überhaupt als angeblicher Tatsachenbericht veröffentlicht werden konnte. Nach langatmigen Ausführungen darüber, wie es dazu kam, daß er von den mysteriösen Botschaften hörte, und warum er sich veranlaßt gesehen habe, an ihre Echtheit zu glauben, eröffnet Williamson dem Leser, daß das Material teils durch «automatisches Schreiben», teils mit Hilfe einer Eigenbau-Version der bei spiritistischen Sitzungen verwandten Alphabettafel und teils unter Anwendung der altbewährten Wasserglasmethode übermittelt worden sei.

Für Leser, die dieses Gesellschaftsspiel nicht kennen, sei hier kurz skizziert, um was es sich dabei handelt: Die Buchstaben des Alphabets werden (zusammen mit ein paar nützlichen Wörtern wie Ja, Nein usw.) im Kreis auf eine polierte Tischplatte gelegt. In die Mitte dieses Kreises wird sodann ein umgedrehtes Wasser- oder Weinglas gestellt, so daß der Rand des Glases auf der polierten Tischplatte aufliegt. Die Teilnehmer legen nun einen Finger auf das Glas, das sich daraufhin sehr bald zu bewegen beginnt und an den einzelnen Buchstaben vorüber auf der Tischplatte umhergleitet. Wer sich die Mühe macht, das Experiment selbst auszuprobieren, wird rasch herausfinden, daß nichts Geheimnisvolles dabei ist, wenn die Buchstaben in ihrer Folge häufig eine zusammenhängende Botschaft ergeben. Das Glas bewegt sich auf der polierten Oberfläche mit einer Leichtigkeit, die den Neuling nicht selten überrascht, und die meisten entdecken sehr bald, daß sie das Glas leicht steuern können, ohne daß irgend jemand etwas davon merkt.

Ob es im Falle des Williamsonschen Experiments Menschen oder Geister waren, die für die Bewegung des Glases verantwortlich waren, ist naturgemäß eine Frage des persönlichen Glaubens. Das Material selbst freilich vermittelt nicht gerade den Eindruck, daß es sich bei den außerirdischen Kommunikatoren um Wesen von besonders hoher Intelligenz handelt. Eines dieser Wesen, das sich Nah-9 von der Solar-Gruppe nannte, erklärte, man beobachte die Welt seit 75 000 Jahren, sei aber nicht interessiert an «den fleischlich Gesinnten». Ein anderes, Kadar Lacu, stellte sich als Vorsitzender der Interplanetarischen Ratsrunde vor und gab zu verstehen, daß zu gegebener Zeit gewisse Auserwählte von der Erde abgeholt und nur wenige gerettet werden würden. «Ankar-22» berichtete, Atomtests auf der Erde hätten auf dem Mars Vulkanausbrüche ausgelöst, und ein Wesen namens Zrs, das vom Uranus grüßte, verriet, daß die Erde zwei Monde habe, von denen wir einen wegen «bestimmter

Umstände» nie sehen könnten. Andere angebliche Wesen aus dem All hatten Namen wie Zo, Regga, Actar (vom Merkur) und Affa. Zos Frau übrigens hieß Um.

In «Kosmische Strahlen und eine Klein-Sonne», dem phantastischen Schlußkapitel des Buches, versucht der Autor, alle Botschaften, die auf den verschiedenen medialen Wegen übermittelt wurden, zu einem Gesamtbild zusammenzufassen und kommt zu dem Schluß, daß die Erde auf ihrem Weg im All auf einen kosmisch unruhigen Bereich zusteuert – ein Umstand, der schon bald in absonderlichem Wetter, abschmelzenden Polen, Erdbeben und anderem seinen Niederschlag finden werde. Er erklärt, die Regierungen der Welt seien sich dieser Tatsache bewußt, und die UFOs seien nicht nur hier, um uns vor der kosmischen Katastrophe zu warnen, auf die wir uns mit Sicherheit zubewegten, sondern zugleich, um uns zu ermahnen, «alle uralten Prophezeiungen» zu erfüllen, «indem sie uns daran erinnern, daß ‹unsere Erlösung nahe ist›». Die Besucher aus dem Weltraum selbst können nicht eingreifen, um die Katastrophe abzuwenden, aber sie werden dem kümmerlichen Rest, der übrigbleiben wird, dabei helfen, zurückzukehren in die Arme der «Interplanetarischen Bruderschaft, von der die Menschheit vor zahllosen Generationen abfiel». Das Buch schließt mit einem Bibelzitat: «Darum wachet; denn ihr wisset weder Tag noch Stunde!» (Matth. 25, 13).

Eine etwas differenziertere Analyse der Beziehung zwischen UFOs und theologischen Glaubenslehren wurde auf der UFO-Konferenz des Jahres 1968 in Cleveland, Ohio, von dem evangelischen Geistlichen Reverend Frank R. Basille vorgetragen, der sagte, er zweifele keinen Augenblick daran, daß wir ständig überwacht würden. Die Wesen aus dem All handelten vermutlich nach dem «Wunsch Gottes, uns geistig in die Lage zu versetzen, die Flut des Bösen einzudämmen». Es sei jedoch nicht auszuschließen, daß es sowohl gute wie böse Raumwesen gäbe – eine unerfreuliche Komplikation, wenn dies zuträfe, denn man wüßte nie, ob die empfangene Botschaft ein übler Trick ist, um uns irrezuführen, oder eine echte Warnung von seiten der uns freundlich gesonnenen Verbündeten. Und Reverend Basille fügte hinzu, die bösen Raumwesen könnten durchaus mit einer Gruppe böser Menschen zusammenwirken in einer unheiligen Allianz zur Eroberung der Erde. Träfe dies zu, so könnten wir damit rechnen, daß uns allerlei schreckliche Dinge unmittelbar bevorstünden. «Böse Raumwesen werden sich, so glaube ich, eines Tages einen Menschen heraussuchen, den sie mit einer ungeheuren Macht ausstatten werden, und der durch seine Wundertaten demonstrieren wird, daß er fast gottgleich ist.» Seine Kräfte würden übernatürlich sein, vergleichbar denen des Anti-Christ der biblischen Prophezeiung. «Wir leben in einer Zeit der erfüllten Prophezeiung», schloß er, aber wenn wir «uns recht verhalten, dann mag es uns gelingen, auch die Welt auf der rechten Bahn zu halten.»

Die erstaunliche Rede des Gottesmannes fand nicht weniger Beifall als die Ansprache eines jüdischen Theologen, der unmittelbar vor ihm gesprochen und erklärt hatte, er habe fünfzehn Jahre an einem theologischen Seminar studiert und weise darauf hin, daß das Buch Moses der präzise Bericht über die Begegnung zwischen einer kleinen Volksgruppe im Vorderen Orient und einer Rasse von außerirdischen Wesen sei.

Derlei revolutionäre Interpretationen biblischer Geschichten sind, wie wir bereits gesehen haben, nicht ungewöhnlich, und all denen, die nicht überzeugt sind von dem Bezug zwischen UFO-Phänomenen einerseits und religiösen Vorstellungen andererseits, sei die Lektüre der Schriften des Engländers Brinsley le Poer Trench empfohlen. Mr. Trench – sein bedeutendstes Buch ist wahrscheinlich *The Sky People* – ist der Ansicht (und zitiert zur Untermauerung dieser Ansicht ausgiebig aus der Bibel und anderen heiligen Büchern), daß griechische Götter und Halbgötter wie Apollo, Hermes, Prometheus und andere ebenso wie ägytpische Gottheiten wie zum Beispiel Osiris Besucher aus dem Weltall waren. Der Autor verfaßt seine Bücher in einem gelehrten Stil, was sie indes leider nicht glaubhafter macht. Der Garten Eden befand sich, wie er entdeckte, auf dem Mars und war eine Art Freiluftlaboratorium, das es gestattete, ein bedeutsames Experiment – nämlich die Kreuzung von zwei Spezies des Menschen – unter ständiger Kontrolle ablaufen zu lassen. Aus verschiedenen Gründen scheiterte das Experiment, der «Garten wurde geschlossen, und es stellte sich heraus, daß sich seine Bewohner allein durchs Leben schlugen». Die Legende von der Sintflut wird durch den Hinweis erklärt, der Garten habe in der Nähe eines der Pole gelegen, dessen Eismassen plötzlich abschmolzen und die Mehrzahl der Bewohner ertrinken ließ. Nur eine einzige Gruppe habe in weiser Voraussicht und harter Arbeit ein Schiff gebaut, auf dem sie, als das Unglück hereinbrach, Zuflucht fand. Damit begannen für sie, wie Trench meint, keineswegs vierzig Tage Regen auf sturmzerfurchten Wassern; denn ihr Schiff verließ die Oberfläche des Mars und nahm Kurs auf unseren Planeten Erde. Die Arche Noahs war, wie man sieht, ein Raumschiff.

Es gibt freilich noch andere Methoden als die Berufung auf die Bibel, wo es darum geht nachzuweisen, daß schon in uralten Zeiten Fliegende Untertassen gesichtet wurden. Eine der bekanntesten dieser Methoden basiert auf dem von Aimé Michel, einem französischen Mathematiker, entwickelten Prinzip der Orthotenie, das in einer sorgfältigen Analyse aller Orte, an denen Fliegende Untertassen gesichtet wurden, und ihrer Eintragung in eine Landkarte mit großem Maßstab besteht. Trägt man die Punkte ein, so ergibt sich nach Michel eine statistische Verteilung, die nicht einfach eine Funktion der Ballungsräume und so weiter ist, sondern die darauf hinzudeuten scheint, daß die Raumschiffe ganz bestimmten Bahnen folgen und sich vorzugsweise in ganz bestimmten Gebieten versammeln. Die Veröffentlichung von Michels Buch *Flying Saucers and the Straightline Mystery* (mit den geraden Linien [*straightlines*] sind die «bevorzugten Bahnen» der Flugobjekte gemeint) hat bewirkt, daß in den vergangenen Jahren viel Aufhebens von der Orthotenie gemacht wurde. Der zugrunde liegende Gedanke hat zunächst einmal Seltenheitswert und macht einen neugierig. Nun ist der Schöpfer dieses Gedankens aber auch noch ein Mathematiker und damit ausgewiesen als exakter Denker – und so wird natürlich aus der «mathematisch genauen» Orthotenie flugs ein bombensicheres Argument für die Sache der Ufologie.

Leider neigen Mathematiker, die sich die Zeit genommen haben, die Befunde der Michelschen Orthotenie ein bißchen genauer unter die Lupe zu nehmen, eher dazu, hierin ein Beispiel für willkürliche Auswahl und Interpretation von Fakten zu sehen – ein Musterfall für methodisch unsauberes Arbeiten, der noch einmal die allgemeine und nicht ganz unbegründete Meinung bestätigt, mit Statistik könne man alles beweisen und auch das Gegenteil von allem.

Man wähle aus der Gesamtheit aller «Befunde» nur diejenigen aus, die einem in den Kram passen. Sodann bringe man diese «Fakten» in ihre zeitliche Reihenfolge und leite daraus frisch ihre ursächliche Folgerung ab – und schon hat man ein scheinbar unerschütterliches Gedankengebäude. In der traditionellen Logik – und zwar in der Abteilung Trugschlüsse – wird der Satz behandelt: post hoc, ergo propter hoc, zu deutsch: danach, also deswegen. Manchmal stimmt dieser Schluß von der Reihenfolge auf die Verursachung («Wo Rauch ist, da ist auch Feuer.» Erst muß das Feuer brennen, dann steigt Rauch auf. Also ist der Rauch eine Folge des Feuers. Kein Rauch ohne Feuer. Und zwar immer in derselben Reihenfolge: erst das Feuer, dann der Rauch). Dieser einfache logische Schluß ist sehr verführerisch. Wir wenden ihn gerade wegen seiner Einfachheit ständig an und stellen eine bestimmte Gegebenheit sehr gern auch ohne zwingenden Grund als Ursache einer bestimmten anderen dar, zum Beispiel so: «Meine Brieftasche ist weg. Eben saß doch noch der Mann mit Brille in meinem Zugabteil. Jetzt sind beide weg, meine Brieftasche und der Mann.» Bis hierhin ist alles noch unbedenklich. Aber nun kommt der geläufige Schluß: «Also hat der Mann meine Brieftasche gestohlen.» Das *kann* sein, *muß* aber *nicht*! Die kausale Verknüpfung der zwei Umstände muß erst bewiesen werden. Diese Mühe nehmen aber die meisten Menschen nicht gern auf sich. Und deswegen kann man ihnen so leicht Aberglauben, Wundergeschichten, Lügenmärchen und Wunschvorstellungen einreden. «Heute morgen ist mir eine schwarze Katze über den Weg gelaufen. Eine Stunde später rutschte ich aus und brach mir ein Bein. Also habe ich mir ein Bein gebrochen, *weil* mir die schwarze Katze begegnet ist.» Wer wissen will, was sich aus dem simplen Trugschluß post hoc, ergo propter hoc alles machen läßt, der braucht sich nur mit Astrologie zu beschäftigen, die von oben bis unten mit diesem Fehl- und Fangschluß operiert.

Das Bild der Bahnen, auf denen sich die von Michel und anderen kartographisch eingetragenen Punkte massieren, ist in der Tat zunächst eindrucksvoll, bietet der Kritik jedoch mindestens zwei wichtige Ansatzpunkte. Erstens: Es ist völlig unklar, nach welchen Kriterien entschieden wird, ob eine UFO-Sichtung eingetragen wird oder nicht. Wenn hier aber überhaupt eine Auswahl irgendwelcher Art stattfindet, so ist nichts Überraschendes dabei, wenn sich bestimmte Bildmuster ergeben. Man denke etwa an die sogenannte Pyramiden-Forschung, die die erstaunlichsten Daten zutage fördern kann, wenn die Ergebnisse der Messungen entsprechend gefiltert werden. Zweitens: Die eingezeichneten Punkte scheinen die Positionen der *Beobachter*, nicht aber der UFOs selbst, zu sein – ein wichtiger Unterschied, wenn behauptet wird, daß die Fliegenden Untertassen immer wieder ziemlich genau bestimmten Bahnen folgen.

Obgleich diese Kritik von den Verfechtern der Orthotenie durchaus zur Kenntnis genommen wurde, lebte die Legende, daß Fliegende Untertassen heute wie vor uralten Zeiten gleichsam von Bezugspunkt zu Bezugspunkt um die Welt brausen, unverändert weiter. Besonderer Beliebtheit erfreut sie sich in England, wo sich die Orthotenisten geschickt der prachtvollen Generalstabskarten des Landes bedienen, um ihre Sache zu untermauern. Was die wichtigen Bezugspunkte betrifft, die die Untertassen-Piloten auf ihren endlosen Streifzügen durch den Himmel wählen, so gehen die Meinungen auseinander. Angesichts der Tatsache jedoch, daß sich die außerirdischen Wesen bereits seit uralter Zeit für die Erde interessieren, herrscht allgemeine Übereinstimmung darüber, daß es sich dabei um Stätten von historischer Bedeutung, wie zum Beispiel die Burg König Arthurs, oder spektakuläre Felsformationen wie Glastonbury Tor handeln muß. Sucht man die Karten ab, auf denen die Untertassen-Sichtungen verzeichnet sind, und kombiniert man die Punkte auf eine der zahllosen möglichen Weisen, so müßte es schon mit dem Teufel zugehen, wenn sich nicht sehr bald die Bahn fände, die über historische Bauwerke oder prähistorische Grabhügel hinwegführt. Und sollte die Bahn zufällig nicht über das White Horse von Uffington, Banbury Cross oder irgendeine lang vergessene Begräbnisstätte in Sussex hinwegführen – nun, so kann dies seinen Grund naturgemäß nur darin haben, daß der Beobachter nicht ganz korrekt wiedergegeben hat, was er sah, und eine kleine, wohlüberlegte Korrektur wird rasch dafür sorgen, daß alles seine Richtigkeit hat.

Bei vielen Ufologen erfreut sich diese sonderbare Variante der Untertassen-Kunde eines solchen Interesses, daß eine kleine Zeitschrift mit dem Namen *The Ley Hunter* herausgegeben wird, in der stets sämtliche Einzelheiten über die neuesten Karteneintragungen zu finden sind, zusammen mit aufregenden Artikeln, in denen die Vermutung geäußert wird, daß diese Eintragungen zur Lokalisierung des Heiligen Grals (eines alten Favoriten der Kultbegeisterten) oder zur Enthüllung des Geheimnisses von Stonehenge führen könnten. Für diejenigen unter den Lesern, die sich überfordert fühlen, sei vermerkt, daß als *ley* jene besondere (und natürlich am leichtesten durch das Bullauge einer dahinsausenden Untertasse wahrnehmbare) Linie bezeichnet wird, die sich ergibt, wenn man prähistorische Stätten miteinander verbindet. Und niemand wird überrascht sein zu hören, daß England von einem dichten Netz solcher Linien überzogen ist.

Einige der wichtigsten *leys* verlaufen übrigens durch die historische Stadt Warminster in Wiltshire (oder zumindest dicht daran vorbei), und für viele ist diese Stadt denn auch zum Mekka der Untertassen-Entdecker in diesem Lande geworden. UFOs tauchen, den Berichten zufolge, in diesem Teil der Welt mit erstaunlicher Regelmäßigkeit auf, und das Verdienst, unsere Aufmerksamkeit auf das Phänomen gelenkt zu haben, hat ein gewisser Mr. Arthur Shuttlewood, dessen Buch *The Warminster Mystery* schon fast ein Klassiker seiner Gattung ist.

Arthur Shuttlewood, ein freundlicher, intelligenter Mensch von Ende Vierzig, ist als Journalist beim Lokalblatt von Warminster tätig. Als Reporter hatte er natürlich eine hervorragende Ausgangsposition, wo es darum ging, die erstaunliche Welle von UFO-Aktivitäten dokumentarisch zu verarbeiten, die am Weihnachtsfest 1964 begannen und mit Unterbrechungen bis zum heutigen Tag andauern. Bei alledem scheint es sich vorwiegend um Lichter am Himmel, krachende und surrende Geräusche und so weiter zu handeln, die man besonders häufig erleben kann, wenn man im Buschwerk auf dem Cradle Hill, einer Anhöhe, von der aus sich die Stadt überblicken läßt, Stellung bezieht. Da sich der Cradle Hill in der Nähe eines Truppenübungsplatzes erhebt, neigen viele Bürger Warminsters der Auffassung zu, daß die dumpfen und krachenden Geräusche und die Blitze von so irdischen Quälgeistern wie Panzern und Geschützen verursacht werden. Shuttlewood jedoch weist darauf hin, daß der Krach häufig aus der «entgegengesetzten Richtung» kommt. Wer auch immer recht haben mag, Tatsache ist, daß im Verlauf des Jahres 1965 Hunderte von Leuten in der Stadt von seltsamen Flugkörpern verschiedener Art berichteten, die sie gesehen hätten, und daß sich in der Öffentlichkeit Unruhe ausbreitete. Die Hauptgegner dieser Entwicklung scheinen zunächst Handels- und Wirtschaftskreise des Ortes gewesen zu sein, die klagten, das Echo, das die Massensichtungen in der überregionalen Presse fanden, habe die Stadt zu einer Art Anti-Attraktion gemacht und schrecke die potentiellen Touristen von einem Besuch ab.

Wenn es indessen je Zweifel an der Zugkraft von Fliegenden Untertassen gegeben haben sollte, so sollte der ortsansässige Handel bald eines Besseren belehrt werden. Anläßlich einer öffentlichen Versammlung, die einberufen wurde, um die Angelegenheit zu diskutieren, mußten mehr als 350 Menschen an den Türen des Rathauses wegen Überfüllung abgewiesen werden. Im Licht der Fernseh-Scheinwerfer wirkte das Rathaus wie der Brennpunkt eines öffentlichen Aufstandes. Am Wochenende nach der Versammlung fielen ganze Heerscharen von Neugierigen über Warminster her, erhöhten die Einwohnerzahl vorübergehend von 10 000 auf 20 000, kauften die Souvenirläden leer und überforderten das bescheidene Gaststätten- und Beherbergungsgewerbe der Stadt. Autofahrer und Kühler kochten stundenlang in einem ungeheuren Verkehrschaos, Kneipen hatten zum erstenmal seit dem Ende des Zweiten Weltkrieges kein

Bier mehr und die Straßen zum Cradle Hill und zum Colloway Clump (den strategisch günstigsten Punkten für eine optimale UFO-Beobachtung) waren schwarz von neugierigen Menschen. Wenn es je eines Beweises für die Attraktivität Fliegender Untertassen bedürfen sollte, so könnte man getrost den Bericht über die Warminster-Invasion am Bank Holiday im August 1965 vorlegen.

Einst ein «hartgesottener Skeptiker», hat Arthur Shuttlewood mittlerweile so viele UFOs über Warminster gesichtet, daß er absolut überzeugt ist von ihrer Existenz. Der Titel seines zweiten Buches, *Warning From Flying Friends*, vermittelt eine Vorstellung von seinen derzeitigen Gedankengängen. Mehr als einmal wurde er in seinem Hause von merkwürdigen Wesen mit ungewöhnlichen Augen aufgesucht – so zum Beispiel von einer Gestalt, die sich Karne nannte und verkündete, das Ende der Welt stehe unmittelbar bevor. Bei gewissen geheimnisvollen Telefonanrufen von Wesen namens Selorik und Traellison, Königin von Aenstria, allerdings könnten es sich seiner Meinung nach um Streiche gehandelt haben, die man ihm spielen wollte.

Es ist wenig sinnvoll, sich noch weiter in die exotischen Einzelheiten des Warminster-Rätsels oder irgendeiner anderen der zahllosen Manifestationen des Ufologiekults zu vertiefen, der überall in der Welt seine Anhänger gefunden hat. Der Kult um die Untertassen ist zum bevorzugten Jagdrevier von Leuten aller Art geworden. Wissenschaftler, Ärzte, Admiräle, Sekretärinnen, Soldaten, Polizisten, Richter und Hippies – es scheint keine Bevölkerungsgruppe zu geben, die nicht unter den Verfechtern seiner Mythologie vertreten ist. Die Phänomene scheinen einfach in der Substanz, wenn auch kompliziert im Detail. Es steht fest, daß echte *U*nbekannte *F*liegende *O*bjekte nicht nur eine starke Anziehungskraft auf die Gehirne eines beträchtlichen Teils der Menschheit ausüben, sondern für viele sogar *lebenswichtige* Bedeutung besitzen. Die höchsten Dienststellen der militärischen oder zivilen Luftfahrt können daher noch so eindeutig die Existenz von UFOs verneinen, die einschlägigen Fachwissenschaftler mögen sich noch so vorsichtig-skeptisch äußern, das nützt alles nichts: Fliegende Untertassen und ihre tollen Besatzungen, ob heilig oder profan, existieren nun einmal, haben existiert und werden wahrscheinlich immer existieren. Oder um einen bekannten Ausspruch sinngemäß abzuwandeln: «Wenn es keine UFOs gäbe, dann müßte man sie erfinden.»

Dritter Teil
Schwarze Kästen

1. Kapitel
Die Pioniere

Dem scharfsichtigen Leser wird nicht entgangen sein, daß es zwischen der Scientologie und zumindest einem Aspekt der Ufologie eine interessante Gemeinsamkeit gibt: die Vorliebe nämlich für Apparaturen von umstrittenem praktischen Wert. Die Scientologen haben ihr E-Meter, das, wie wir gesehen haben, eine wichtige Rolle bei der Ausbildung der Auditoren und beim Aufstieg des «Preclear» von der untersten Stufe bis zu den höchsten Ebenen der Bewegung spielt. Die UFO-Anhänger, die keine homogene Gruppe bilden, sondern eher ein buntes Mosaik aus Menschen aller Schattierungen und Spielarten des Glaubens, von den Nüchtern-Pragmatischen bis zu den Einfältigen, bedienen sich verschiedener technischer Hilfsmittel. Es können gewöhnliche Geräte sein wie Kameras und Teleskope, oder auch höchst ausgefallene wie der Geistesenergiestrahler, der von Mitgliedern der Aetherius-Gesellschaft in Krisenzeiten eingesetzt wird. In den meisten, wenn nicht in allen Fällen dienen derlei Gerätschaften als quasi-wissenschaftliche Ausrüstung, deren konkretes Vorhandensein unbestreitbar, deren Funktion indessen nur für den begreiflich und sinnvoll ist, der den Kult selber praktiziert. Das E-Meter zum Beispiel ist ein Apparat, der sich ohne Schwierigkeiten mit Begriffen aus der Mechanik oder der Elektronik beschreiben läßt; die ihm zugeschriebene Wirkung dagegen dürfte bei exakter wissenschaftlicher Betrachtung zweifelhaft sein. Das gleiche trifft vermutlich für den Geistesenergiestrahler zu.

Die Begeisterung für derlei Geräte ist leicht zu begreifen. Jeder technische Apparat übt – sofern sich ein Rad dreht, eine Lampe aufleuchtet oder ein Zeiger ausschlägt – auf die meisten Menschen einen unmittelbaren Reiz aus und wirkt irgendwie bereits aus sich selbst heraus überzeugend. Das gilt im besonderen Maße für Menschen, die, wie der durchschnittliche Scientologe oder Aetherianer, nur über begrenzte wissenschaftliche Kenntnisse verfügen. In diesem Fall erhält der geheimnisvolle Apparat eine Aura der Tiefgründigkeit, die zum konkret greifbaren Gegenstück für jenen Spezialjargon wird, den so viele Kulte entwickeln. Das E-Meter und seine Entsprechungen sind letztlich die Verbeugung der Kulte vor dem Maschinenzeitalter, eine unbewußte Anerkennung der Tatsache, daß die Ikonen von heute etwas von einem Düsenaggregat, von einem Fernsehmonitor und Computer an sich haben müssen.

Die genannten Geräte werden als technische Hilfsmittel betrachtet und von ihren Benutzern auch so behandelt. Sie werden – wie die Food and Drug Administration zu ihrer Verlegenheit im Falle des E-Meters feststellen mußte – nicht als therapeutische Instrumente verkauft oder angepriesen. Aber angesichts der fatalen Faszination, die für die Menschen nun einmal von geheimnisvollen Apparaturen ausgeht – wer daran zweifelt, braucht nichts anderes zu tun, als Menschen an Spielautomaten zu beobachten –, kann es nicht überraschen, daß komplizierte und undurchschaubare Instrumente in quasi-medizinische Bereiche Eingang gefunden haben, um dort als Plattform für eine ganze Reihe von kultartigen Handlungen zu wirken. Das beste Beispiel dafür sind die verschiedenen Geräte, die seit einiger Zeit unter dem Gattungsbegriff «Black Boxes» («Schwarze Kästen») zusammengefaßt werden. Obwohl sich nur in wenigen Fällen um sie herum ein Kult entwickelt hat, sind sie für dieses Buch wichtig, weil sie ohne Ausnahme eine kultische Bedeutung erlangt haben. Sie können Randerscheinungen oder technische Hilfsmittel sein – wie das E-Meter –, oder sie können eine gewichtigere Rolle spielen – wie die diversen elektronischen Geräte, von denen in Kürze die Rede sein wird. Im Grunde freilich dienen sie alle dem gleichen Zweck: Mit ihrer Hilfe soll das Vorhandensein eines unabhängigen geistigen oder seelischen Prozesses, eines *élan vital* oder einer spirituellen Komponente im Menschen aufgezeigt oder bewiesen werden. Wenn ein Scientologe, ein Aetherianer oder ein Elektroniker an den Knöpfen seines Apparates herumspielt, so ist dies für ihn auf der einen Ebene ein Routineakt der Diagnose, der psychischen Verteidigung oder was auch immer; auf einer anderen Ebene jedoch erinnert er damit sich selbst und seine Kollegen an ein höchst bedeutsames Faktum, das hinter allem religiösen Denken steht: an die Tatsache nämlich, daß der Mensch Körper *und* Seele ist, und daß die Seele ebenso wirklich und meßbar ist wie der Körper. Eine genauere Untersuchung der faszinierenden Angaben, die von «Black-Box»-Jüngern der einen oder anderen Art gemacht werden, wird dies sehr deutlich machen. Gelegentlich wirkt die Tünche des Wissenschaftlichen auf den ersten Blick echt, aber man braucht nie lange zu kratzen, um sie als Tünche zu entlarven.

Vom Standpunkt der Elektronik und verwandter Bereiche aus betrachtet stellt ein «schwarzer Kasten» ein hypothetisches System dar, dessen innere Logik unbekannt ist und von dem sich normalerweise nur sagen läßt, daß etwas hineingegeben wird und etwas herauskommt. So wäre es zum Beispiel durchaus möglich, wenn auch nicht besonders hilfreich, das Gehirn als «black box» zu bezeichnen, der einerseits die Sinne etwas einfüttern und die andererseits in der Lage ist zu *bewirken*, daß auf dem Weg über Sprache, Muskelbewegungen und so weiter Dinge in der Außenwelt in Erscheinung treten. Über eine «black box» läßt sich nur sagen, *daß* sie funktioniert – nicht indessen, *wie* sie funktioniert. Für die meisten Menschen fällt das Radio unter diese Kategorie. Es hat Knöpfe oder Tasten, durch die sich bestimmen läßt, welche Art von Geräuschen es hervorbringt, und es hat nicht selten Batterien, die von Zeit zu Zeit aufgeladen oder durch neue ersetzt werden müssen. Im übrigen ist der Besitzer froh, wenn es so funktioniert, wie es der Hersteller verspricht. Diese liebenswerte Naivität, die uns keineswegs nur im Zusammenhang mit verhältnismäßig komplizierten Geräten wie dem Radio begegnet – für einen beträchtlichen Teil der Menschheit sind die Kamera und der Kraftfahrzeugmotor «black boxes» –, liefert sehr viele Leute dem Scharlatan, dem Quacksalber und selbst dem irregeleiteten Exzentriker aus, der behauptet, revolutionäre wissenschaftliche Entdeckungen gemacht zu haben. Die altehrwürdigste unter diesen sogenannten Entdeckungen ist wahrscheinlich das Perpetuum mobile, eine Erfindung, die sich laufend übergeschnappte «Wissenschaftler» patentieren lassen möchten. Nicht ganz so alt, aber gleichwohl recht ehrwürdig, ist die Anti-Schwerkraftmaschine.

Eines der frühesten und langlebigsten Beispiele für derlei erstaunliche Apparate, die im medizinisch-psychologischen Bereich Wunder wirken, ist der Zauberstab, dessen sich Franz Anton Mesmer bediente, um den sogenannten animalischen Magnetismus zu beeinflussen. Mesmer und der spätere stumme Triumph der Hypnose sind ein Lieblingsthema der Kultanhänger; denn sie sind das klassische Beispiel dafür, wie eine offenkundig mystische Technik, die von allen zeitgenössischen Wissenschaftlern verachtet wurde, sich am

Ende als durchaus brauchbar erwies. Noch heute ist die Theorie der Hypnose fast vollkommen obskur, und die ständigen Fortschritte auf dem Sektor der Anästhesie haben dazu geführt, daß sie heute nur noch in Randbereichen eingesetzt wird. Gleichwohl ist sie nach wie vor eine der Hauptwaffen im Arsenal des Pseudo-Wissenschaftlers, dem es darum geht, seine fixe Idee gegen die Feindseligkeiten der orthodoxen Wissenschaft zu verteidigen.

Der Stab, den Mesmer benutzte, war natürlich keine Maschine, sondern ganz einfach ein Überrest mittelalterlichen Glaubens an Zauberei und ähnliches. Die ersten überzeugenden «black boxes» erschienen – nur zu begreiflich – erst in dem Augenblick auf der Bildfläche, als sich die Leute an tatsächlich funktionierende mechanische oder elektrische Geräte gewöhnt hatten, deren Wirkung sie, zumindest in großen Zügen, verstanden, deren Wirkungsweise jedoch ebensogut auf Zauberei hätte beruhen können. Der erste, der die beträchtlichen Möglichkeiten, die sich auf diesem Feld auftaten, offenbar erkannte, war ein gewisser Dr. Albert Abrams, der in den ersten beiden Jahrzehnten unseres Jahrhunderts in Kalifornien «black boxes» verschiedener Art herstellte und vertrieb und 1923 als Millionär starb.

Anders als so viele der sogenannten Doktoren, die auf diesem Territorium mit ihren Waren hausieren gingen, hatte Abrams eine echte wissenschaftliche und medizinische Ausbildung genossen. Irgendwann indessen hatte sich sein Geist über die Monotonie der orthodoxen Medizin erhoben und sich Methoden der Diagnose und der Behandlung zugewandt, die viele seiner Freunde und Kollegen mit Entsetzen erfüllten. Anfangs versuchte er lediglich, den Zustand des Patienten dadurch zu diagnostizieren, daß er ihm fest auf den Unterleib klopfte und sorgfältig den Geräuschen lauschte, die dadurch hervorgerufen wurden. Er glaubte, daß sich Krankheiten und Störungen der körperlichen Funktion unschwer an den unverwechselbaren Geräuschen erkennen ließen, die jede von ihnen bewirkte, wenn der Unterleib beklopft wurde.

Noch heute haben Ärzte die Angewohnheit, Patienten bei der Untersuchung hier und dort zu beklopfen, und so ist es nicht verwunderlich, daß Abrams' Perkussionen zunächst wenig Beachtung fanden. Das Stirnrunzeln begann erst, als er eine Maschine entwikkelte, die ihm bei der Diagnose helfen sollte. Der «Dynamizer» (Dynamisator), wie er seine Erfindung nannte, war ein Kasten mit einem Gewirr von Drähten darin. Ein Kabel war mit einer Batterie verbunden, ein zweites wurde vermittels einer Metallklemme an der Stirn eines gesunden Menschen befestigt. War diese seltsame Schaltung hergestellt, entnahm Abrams dem Kranken eine Blutprobe und ließ sie auf ein Stück Löschpapier tropfen, das sich irgendwo zwischen den Drähten im Kasten befand. Sodann machte sich der Doktor daran, den Unterleib des – man höre und staune – Gesunden abzuklopfen, um durch die angemessene Deutung der Geräusche, die dadurch bewirkt wurden, den Gesundheitszustand des Patienten zu ermitteln, dessen Blutprobe der Apparat beherbergte. Wissenschaftliche Köpfe werden bereits ahnen, daß dabei irgendeine Ausstrahlung der Blutzellen entdeckt und durch die «black box» verstärkt wurde, und daß der Gesunde, der über den Draht mit dem Kasten verbunden war, als lebender Lautsprecher fungierte. Und keinen der Leser dürfte es inzwischen mehr wundern, daß Abrams das, was von der Blutprobe ausging, als «Schwingungen» kennzeichnete – ein Wort, das für Kultanhänger aller Gattungen von großem Nutzen ist.

Indessen, diese Erfindung war nicht mehr als der erste, bescheidene Flügelschlag des großen Doktors. Zum eigentlichen Höhenflug setzte er erst an, als er entdeckte, daß er mit seiner Methode nicht nur körperliche, sondern auch seelische Zustände aufspüren konnte. Es dauerte nicht lange, bis ein weiterer Durchbruch gelang: die Entdeckung, daß der Dynamisator auch die Religion eines Menschen ergründen konnte (besonders empfindlich reagierte er auf Theosophen und Adventisten des Siebten Tages) – ganz zu schweigen von Alter und Geschlecht. Und wer keinen Blutstropfen hatte, für den lasen der Dynamisator und seine diversen Nachfolger statt dessen aus einer Schriftprobe genaue Diagnosen ab.

Der nächste Schritt war nichts weiter als die logische Konsequenz. Wenn kranke Körper bestimmte, beschreibbare Schwingungen aussandten, sollte es dann nicht auch möglich sein, mit Hilfe eines entsprechend vielseitig gestalteten Vibrators therapeutische Signale in das ungesunde Gewebe zurückzusenden und so für Heilung zu sorgen? Dr. Abrams war fest überzeugt von dieser Möglichkeit und konstruierte den «Oszilloklasten», eine Maschine, die wohltätige Schwingungen aller Art übertrug, und die er menschenfreundlich und gegen ein gewisses Entgelt in großen Stückzahlen an die Quacksalber verlieh, mit denen Amerika von jeher reichlich gesegnet ist und an denen zweifellos auch in Zukunft kein Mangel sein wird.

Wie viele andere Kultführer oder Väter exzentrischer wissenschaftlicher Theorien, so war auch Abrams mit Begeisterungsfähigkeit und persönlicher Anziehungskraft gesegnet, und man darf annehmen, daß er überdies vom ehrlichen Glauben an seine eigene Genialität durchdrungen war. Diese Eigenschaften, die in der Tat ihre Wirkung nicht verfehlen können, veranlaßten viele Menschen, seine Sache zu verfechten. Einer der wortgewandtesten unter diesen Anhängern war der über die Maßen fruchtbare Schriftsteller Upton Sinclair, der erklärte, Abrams habe «die revolutionärste Entdeckung unseres Zeitalters, wenn nicht gar aller Zeiten» gemacht. Im Laufe seines langen Lebens offenbarte sich Sinclair immer wieder als ein ernsthafter, aber gleichwohl leichtgläubiger Mensch, den seine Toleranz gegenüber der Welt und der Menschheit beinahe unfähig machte zu glauben, daß Angehörige der Spezies Homo sapiens lügen könnten. Der Erfolg war, daß er für fast jede verrückte Idee auf dem Sektor der Politik, der Religion oder der Wissenschaft, von der er läuten hörte, lichterloh entflammte. Seine Begeisterung für Abrams, seinen Dynamisator, seinen Oszilloklasten und das später von ihm entdeckte «Reflexophon» (mit dessen Hilfe sich Ferndiagnosen stellen ließen) bildete da keine Ausnahme.

Eine zeitgenössische Zeichnung des Reflexophons in Aktion läßt erkennen, daß es etwa die Größe einer Aktenmappe hatte und mit Eingangs- und Ausgangsbuchse sowie mit drei oder vier Skalen und Knöpfen ausgerüstet ist. Der schlichte Betrachter der Zeichnung (auf der außerdem ein wissenschaftlich aussehender Mensch auszumachen ist, der einem anderen Menschen auf dem Unterleib herumklopft) könnte auf den Gedanken kommen, daß die Knöpfe und so weiter auf irgendeine logische Weise mit einem sinnreichen elektrischen System innerhalb der Reflexophons verbunden sind. Ein solcher Gedanke wäre ein Irrtum. Fast alle medizinischen «black boxes» von Dr. Abrams' Dynamisator bis zu seinen zahlreichen Nachfolgern zeichnen sich dadurch aus, daß das Leitungsnetz in ihrem Innern – sofern es überhaupt vorhanden ist – kein System erkennen läßt, über das ein Handbuch der Elektrotechnik Aufschluß geben könnte. Häufig genug kann man sogar entdecken, daß die Skalen an der Außenseite des Apparates, an denen mit großem Ernst herumhantiert wird, durch keinerlei Draht oder Kontakt mit dem Inneren verbunden sind! Doch bevor man das Bedienen von Knöpfen und Schaltern, die mit nichts anderem als Luft verbunden sind, als Verrücktheit abtut, sollte man gerechterweise einen Blick auf die Theorie werfen, die diesem Aspekt der Erfinderei zugrunde liegt, um festzustellen, ob sie zur Erklärung des Phänomens beitragen kann, daß viele Tausende von augenscheinlich normalen Menschen auf die «black box»-Diagnose und -Therapie schwören. Den nächstliegenden und instruktivsten Fall bietet die bemerkenswerte Geschichte des inzwischen verstorbenen Mr. George de la Warr, dessen Laboratorien in Oxford mitsamt ihren sensationellen Nebenprodukten während der fünfziger Jahre in der ganzen Welt Schlagzeilen machten.

George de la Warr wurde 1905 im Norden Englands geboren. Er begann seine ungewöhnliche Karriere als Bauingenieur und war bei der Verwaltungsbehörde der Grafschaft Oxford angestellt. 1953 nahm er seinen Abschied und konnte sich nun ganz dem Studium und der Entwicklung von «black boxes» widmen, einem Gebiet, auf dem er sich bereits damals einen internationalen Namen machte.

Obwohl das traditionelle Ingenieurwesen seine berufliche Heimat war, waren ihm gewisse Randbereiche der Wissenschaft und der Medizin nicht völlig fremd. Seine Mutter hatte sich sehr für die Homöopathie interessiert, ein Grenzgebiet der Medizin, dem der Gedanke zugrunde liegt, daß Krankheiten durch die Verabreichung winziger Dosen jenes Stoffes behandelt werden können, der beim gesunden Menschen die gleichen Symptome hervorrufen würde, die die jeweils zu behandelnde Krankheit charakterisieren. Diese umstrittene Theorie erregte im neunzehnten Jahrhundert viel Aufsehen. Und da die Anwendung der Homöopathie keine Hochschulausbildung voraussetzte, erfreute sie sich besonderer Beliebtheit bei Laientherapeuten. In den vergangenen Jahrzehnten hingegen ist sie mehr und mehr aus der Mode gekommen. De la Warr, so wird berichtet, hielt die Theorie der Homöopathie für «blühenden Blödsinn», war aber gleichwohl beeindruckt von der Tatsache, daß sie allem Anschein nach zu Ergebnissen führte. Statt sich die Ansicht zu eigen zu machen, daß homöopathische Kuren vermutlich nicht mehr als eine vorübergehende Abschwächung der Krankheitssymptome brächten, kam er zu dem Schluß, daß ihre Wirkung auf irgendeiner fundamentalen «Energie oder Lebenskraft» basieren müsse, die in allem, was lebt – vom menschlichen Gewebe bis zum kleinsten Virus –, vorhanden sei und mit wissenschaftlichen Mitteln erkennbar und meßbar gemacht werden könne.

Bei dieser Energie handelt es sich übrigens nicht um eine einfache Variante des Strahlenspektrums, wie es die Wissenschaft kennt, sondern um etwas, das sich bis dahin nur auf ebenso seltsame wie unvorhersehbare Weisen zur Geltung gebracht hatte. Ein Wünschelrutengänger zum Beispiel kann (wenn er über die nötige Sensibilität verfügt) an den ruckartigen oder drehenden Bewegungen der Rute, die er in den Händen hält, erkennen, an welcher Stelle sich in der Erde Wasser, Mineralien und so weiter befinden. Das Wasser, so glaubt man, sendet eine besondere Art von Energiestrahlen aus, die zwar selbst den empfindlichsten wissenschaftlichen Meßinstrumenten verborgen bleiben, mit Hilfe der einzigartigen Kombination aus richtiger Wünschelrute und richtigem Geist jedoch entdeckt werden können. Eine Variation dieses Themas ist die sogenannte Radiästhesie, bei der an die Stelle der Wünschelrute ein Pendel tritt, das kreis- oder ellipsenförmig zu schwingen beginnt, sobald man sich der gesuchten Substanz nähert. Wünschelrutengänger und Radiästhetisten haben die Neigung, die Möglichkeiten ihrer Technik durch mancherlei phantastische Behauptungen ins rechte Licht zu rücken. Sie machen sich zum Beispiel anheischig, damit das Geschlecht eines frisch gelegten Eis bestimmen oder aus einem einzelnen Haupthaar die politischen Verbindungen eines Menschen ablesen zu können. Es versteht sich von selbst, daß Wünschelrutengänger und Radiästhetiker in der Regel keinen Wert darauf legen, ihre Kräfte den verhältnismäßig einfachen wissenschaftlichen Tests zu unterziehen, durch die leicht festzustellen wäre, was es mit ihnen auf sich hat. Und wenn tatsächlich einmal getestet wurde, war das Ergebnis gewöhnlich ein totales Fiasko. Dennoch übt das Thema mit seinen endlosen Variationen eine starke Faszination auf einen ansehnlichen Teil der Menschheit aus, und de la Warr war keineswegs der erste oder der letzte, der in diesen Wassern fischte.

1943 unternahmen de la Warr und seine Frau (wie er in einer Vorlesung berichtete, die er rund zwanzig Jahre später vor der Oxford University Scientific Society hielt) den ernsthaften Versuch, in verschiedenen Formen pflanzlichen Lebens vom Keimling bis zur ausgewachsenen Lärche «Lebensstrahlung» nachzuweisen. Als gelernter Ingenieur verschmähte er die unzuverlässige Wünschelrute und konstruierte statt dessen – im frühen Improvisationsstadium aus den Haarnadeln seiner Frau – eine Reihe von Metallantennen. Die Experimente verliefen enttäuschend. Denn obwohl er Antennen von verschiedener Länge benutzte (die optimale Länge war zuvor in Experimenten radiästhetischer Art ermittelt worden), ließen sich keinerlei elektrische Signale entdecken, als die Antennen an einen Verstärker und sodann an eine Kathodenstrahlröhre angeschlossen wurden. De la Warr schloß aus diesem Befund, daß entweder die elektrischen Signale, die von der Pflanze ausgesandt wurden, zu schwach waren, um von seinen Instrumenten wahrgenommen werden zu können, oder daß er es gar nicht mit elektromagnetischer Energie zu tun hatte. Er entschied sich für das letztere. Die dritte Möglichlichkeit – daß er nämlich deshalb keine Signale wahrnahm, weil die Pflanze gar keine Signale aussandte – zog er gar nicht erst in Betracht. Trotzdem erbrachten diese frühen Experimente einen interessanten Befund. Es stellte sich nämlich heraus, daß Pflanzen, die durch Drähte mit den Miniaturantennen verbunden waren, die Tendenz hatten, schneller zu wachsen oder sich kräftiger zu entwickeln als jene Pflanzen, denen er eine solche elektrische Behandlung nicht angedeihen ließ. Dieses unerwartete Ergebnis überzeugte de la Warr davon, daß er einer großen Sache auf der Spur war, und er begann sich zu fragen, ob die «Lebensstrahlung», die er entdeckt hatte, nicht für irgendwelche medizinischen Zwecke nutzbar gemacht werden könnte. War dies am Ende das Geheimnis, das hinter den Phänomenen stand, die im Zusammenhang mit der Anwendung der «black box» von Abrams beobachtet worden waren?

Der Leser wird sich erinnern, daß die Diagnose von Abrams auf der fachmännischen Deutung der Geräusche basierte, die durch das Perkutieren des Körpers eines gesunden Menschen erzeugt wurden. Zur kompletten Ausrüstung des Diagnosegerätes gehörte daher nicht nur der Dynamisator selbst mit seinen Drähten und Kontrollvorrichtungen, sondern ebenso ein gesunder Erwachsener, der bereit war, festgeschnallt mit einem Gurt, der ihm um die Taille gelegt wurde, stundenlang dazustehen und das Geklopfe der Expertenfinger über sich ergehen zu lassen. Ein erschreckender Gedanke, fürwahr, und ein Gedanke zugleich, der de la Warr veranlaßte, für Vereinfachung zu sorgen.

Als erste und wichtigste Maßnahme beschloß er die Abschaffung des menschlichen ‹Lautsprechers›, an dessen Stelle ein einfaches Gummikissen treten sollte, das, wie man herausgefunden hatte, dem geübten Ohr ebenfalls vielsagende Informationen übermitteln konnte, wenn es beklopft wurde – immer vorausgesetzt natürlich, daß eine Blutprobe oder etwas ähnlich Geeignetes in den Diagnosekasten gelegt wurde. Im weiteren Verlauf der Entwicklung verzichtete man auf das Klopfen und *rieb* das Gummikissen statt dessen mit den Fingerspitzen.

Läßt man einen Finger rasch über ein kleines Gummiplättchen gleiten, so wird er sich normalerweise sehr leicht bewegen lassen. Dennoch spürt man dabei, daß ein verstärkter Druck des Fingers eine gewisse Bremswirkung auslösen kann. Drückt man den Finger beim Reiben fest auf, so wird er irgendwann abrupt gebremst, da die Reibungskräfte diejenigen Kräfte übertreffen, die die seitliche Bewegung des Fingers bewirken. Der Punkt, an dem es zu diesem Bremseffekt kommt, kann auch durch andere Variable wie etwa durch Veränderung der Temperatur, durch erhöhten oder verminderten Zusatz von Gleitmitteln wie Schweiß, Fett und so weiter, beeinflußt werden. In der «black box»-Theorie kommt diesem sogenannten *«stick»* (Klebepunkt) eine außerordentliche Bedeutung zu; denn er zeigt nicht nur so irdische Faktoren wie den Reibungskoeffizienten zwischen Fingerspitze und Gummikissen an, sondern ist zugleich ein Zeichen dafür, daß derjenige, dem die Fingerspitze gehört, vom Apparat und der Blutprobe darin ein wichtiges Signal erhalten hat. Wollte man sich also als praktizierender Fachmann für Medizin sein Brot verdienen, so brauchte man dafür nichts anderes als den Delawarr-Apparat, ein paar Patienten (oder zumindest einige Teile von ihnen) und einen kräftigen, haltbaren Finger.

Die von de la Warr konstruierte «Box» bestand aus einer Schatulle – schwarz natürlich, hübsch mit Kunstleder bezogen und mit Chrom und Bakelit verziert –, in Reihen angeordneten Kontrollknöpfen, dem Gummidetektor und ein paar Behältern für die Blut- oder Haarprobe des kranken Menschen oder Tieres. In dem Kasten war nichts. Keine Röhren, keine Kondensatoren oder Dioden – nichts als ganz gewöhnliche Luft. Wie war es möglich, mit einem derart simplen Apparat Krankheiten zu diagnostizieren, für deren exakte Feststellung man sonst unter Umständen die ganze Ausrüstung einer ausgewachsenen Klinik benötigt hätte? Um diese Frage beantworten zu können, müssen wir uns mit einigen technischen Einzelheiten beschäftigen, und wer sich verwirrt fühlt, der wird einige Seiten zurückblättern und noch einmal beginnen müssen. Ich bin freilich in der glücklichen Lage, dem Leser versichern zu können, daß es keiner weitreichenden Kenntnisse auf dem Gebiet der Elektrotechnik bedarf, um die Prinzipien zu erfassen, nach denen die Geräte arbeiten – ja, zuviel elektrotechnische Kenntnisse könnten einem Verständnis der ganzen Angelegenheit sogar im Wege stehen.

Zunächst müssen wir uns das «Schaltschema» des Systems vorstellen, das in einer Reihe von Veröffentlichungen de la Warrs ganz offen preisgegeben wird. Von dem Gummidetektor aus (er steckt in einem Metallrahmen) führt ein Draht zum ersten der Knöpfe, von dort nacheinander zu den übrigen und schließlich zu den Blut- oder Haarproben. Auf diese Weise ist eine Verbindung geschaffen, durch die Elektrizität von den Behältern, in denen die von der Krankheit befallenen Proben untergebracht sind, über die acht Knöpfe zum Gummidetektor und von dort – vermutlich zum Diagnostiker selbst strömen kann. Was nun den Zweck der Knöpfe betrifft, die unabhängig voneinander in zehn verschiedene, auf einer Art Zifferblatt markierte Positionen gebracht werden können, so besteht er darin, daß mit ihrer Hilfe die Länge des Stromkreises zwischen Blutprobe und Gummidetektor zu variieren ist.

Die Funktion der Schalter bestand also nicht in der Veränderung des Volumens oder der Schwingungszahl nach irgendeinem sinnvollen Prinzip, sondern schlicht in der Veränderung der *Länge* des Stromkreises, durch die es aus unerfindlichen Gründen möglich werden sollte, die charakteristischen Strahlen zu entdecken, die alle lebenden Wesen aussenden und durch die sie identifiziert werden können. Natürlich mußte der erste Schritt des Pioniers auf diesem Gebiet in der Erarbeitung einer umfassenden Liste der Wellenlängen der besonders wichtigen und häufigen Krankheiten bestehen. Das Prinzip, nach dem dabei verfahren wurde, war einfach. Man brauchte nur die Blutprobe eines kranken Menschen oder Tieres, dessen Gebrechen bereits mit orthodoxen Methoden genau diagnostiziert war. Das Blut wurde in den dafür bestimmten Behältern des Delawarr-Apparats deponiert (der eine positiv gepolt, der andere negativ) und sämtliche Knöpfe wurden auf Null gestellt. Darauf wurde der Gummidetektor mit dem Finger gerieben. Wurde der «Klebepunkt» nicht erreicht, wenn die Knöpfe auf Null standen, wurde der erste auf Eins geschaltet und wieder ein wenig gerieben, bevor der zweite und, wenn nötig, noch ein weiterer Knopf um eine Stufe hinaufgeschaltet, bis sich der charakteristische *«stick»* einstellte. Danach begann das Ganze noch einmal mit der zweiten Schaltstufe und so weiter, bis schließlich für jede Schaltstufe ein *«stick»* erzielt war. Aus Gründen, die hier nicht weiter erforscht werden sollen, war es nur selten notwendig, alle acht Knöpfe zu bedienen, wenn es darum ging, eine Durchschnittsbeschwerde zu diagnostizieren. Alles in allem aber ergab sich, daß kurze Zahlen in aller Regel auf eine allgemeinere Beschwerde hindeuteten, während die längeren meist einen spezifischen Aspekt dieser Beschwerde verrieten. Der *Leitfaden für den klinischen Zustand* [*Guide to Clinical Condition*], der jeder «black box» zur Diagnose, die verkauft wurde, beilag, erklärt zum Beispiel, daß eine «Quote» von 97 964 einen «Virus», eine Quote von 07 752 «Bakterien» und eine von 808 010 einen «Parasiten» anzeigt.

Die Lektüre des *Leitfadens* gerät zum Abenteuer. Die Zahl 30 528 zum Beispiel zeigt einen Zustand an, der als «mineralisch» bezeichnet wird, während 60 404 auf den verhängnisvoll klingenden Befund des «sekretorischen Ungleichgewichts» schließen läßt. Auch fehlt es nicht an Einsichten, die als gewichtige Bereicherungen der medizinischen Diagnostik anzusehen sind: «Toxine» bringen es nur auf 901, während «Gift» eine eindrucksvolle «Quote» von 700 457 erreicht. Die Verwirrung erreicht ihren Höhepunkt, wenn man weiter unten auf der Liste einen «toxischen Zustand» mit der Nummer 90 222 entdeckt. Nach derlei Seltsamkeiten wendet man sich geradezu erleichtert so einfachen und vertrauten Zuständen wie 907 (Bruch), 1014 (Kontraktur oder Krampf) und 80 799 (Quetschung) zu – zweifellos Kleinigkeiten für den geübten Praktiker, im Gegensatz zu der gefürchteten Nummer 60 682 587 (pericardialer Erguß).

Wie viele ihrer Vorgängerinnen, so ließ sich auch die Delawarr-Box keineswegs nur zur Diagnose körperlicher Gebrechen einsetzen. Eine andere Schalterkombination, und schon konnte der Enthusiast anhand einer Blut- oder Haarprobe auch feststellen, von welchem seelischen Zustand jemand beherrscht war, ganz gleich, ob es sich nur um «gärenden Haß» (30 341) oder «Selbstgefälligkeit» (50 413), um «Grübelei» (40 421) oder «Zügellosigkeit» (70 442) handelte. Erst wenn man liest, daß die Kombination 40 107 auf «unerwiderte Liebe» hindeutet, beginnt man sich (wie bei manchen Lehren aus der Feder Hubbards) zu fragen, ob hier nicht am Ende irgend jemand irgendwie auf den Arm genommen wird.

De la Warrs nächster Schritt führte ihn auf das Gebiet der Behandlung von Krankheiten. Für diesen Zweck wurden besondere Apparate hergestellt. Sie waren kleiner als die Diagnose-Geräte, aber mit einer sehr ähnlichen Batterie von Schaltern ausgerüstet, von denen wiederum keiner mit einer traditionellen Kraftquelle oder einem Sender verbunden war. Die Behandlung war kinderleicht. Hatte man die Diagnose gestellt, so suchte man die «Funkbehandlungs-Quote» der betreffenden Krankheit aus einem Katalog heraus, stellte die Schalter auf der Behandlungs-‹Box› entsprechend ein, und los ging's. Losgehen konnte man in der Tat, denn der Apparat arbeitete 24 Stunden am Tag fröhlich vor sich hin, ob man nun danebenstand oder nicht. Es war offenbar nicht einmal notwendig, der Person, die in den Genuß der heilenden Strahlen kam, mitzuteilen, welche Wohltat ihr zuteil wurde. Dieser Umstand wird durch nichts lebendiger veranschaulicht als durch die zahllosen Tiere, die sich aufgrund einer elektrischen Ferntherapie auf wundersame Weise von allen möglichen Gebresten erholten. Bei der Mehrzahl dieser Glückstiere handelte es sich um Hauskatzen und Hunde, aber auch einige größere Exemplare wie zum Beispiel Kühe sollen Zeichen eines verbesserten Gesundheitszustandes gezeigt und damit die Tiermedizin vor ein Rätsel gestellt haben. All diese Entwicklungen jedoch waren bedeutungslos im Vergleich zu dem nächsten Durchbruch, der in den Delawarr-Laboratorien mit dem Bau einer Kamera gelang, mit der sich menschliche «Gedankenformen» fotografieren ließen.

Die Gedanken-Fotografie freilich – kurz «thoughtography» (Gedankografie) genannt – war keine völlig neuartige Entwicklung in diesem Bereich. Die sogenannte Wissenschaft von der Geist-Fotografie, durch die die Züge der Verstorbenen, eingerahmt in Watte, auf wundersame Weise auf den Film gebannt werden, geht auf die Zeit um die Jahrhundertwende zurück. Die Geist-Fotografie, ein wichtiger Zweig der betrügerischen Vorspiegelung medialer Kräfte, basiert zu einem guten Teil auf der mehr oder weniger totalen Ahnungslosigkeit des Durchschnittsmenschen, was das Funktionieren einer Kamera betrifft. Selbst heutzutage, da es dank des wissenschaftlichen Fortschritts möglich ist, Freunde mit technisch hervorragenden Farbdias vom Urlaub in Cornwall oder auf den Kanarischen Inseln zu Tode zu langweilen, wissen nur wenige Fotoamateure, wie leicht es ist, Bilder auf einen Film zu bringen, ohne daß auf dem traditionellen Weg Licht durch die Linse dringt. Zum einen kann man natürlich während der Entwicklung an dem Negativ herumbasteln oder Licht von der Seite her in die Kamera eindringen lassen. Zum andern aber ist es keineswegs besonders schwierig, einen Film mit radioaktiver Energie zu belichten. Man braucht nur dafür zu sorgen, daß sich ein kleines Stück radioaktiver Materie in der Nähe der Kamera befindet – das man zum Beispiel im Fingerring verbergen kann –, und schon erscheinen echte, wenn auch recht diffuse Bilder auf Filmmaterial, das nie mit gewöhnlichem Licht in Berührung gekommen ist. Diese und viele andere Tricks sind bei der Herstellung von Gedankenfotografien dieser oder jener Art angewendet worden, und sie werden ohne Zweifel auch in Zukunft angewendet werden. Und selbst wo nicht bewußt auf Tricks zurückgegriffen wird, werden Unachtsamkeit, Ahnungslosigkeit oder schlichte menschliche Naivität immer wieder Seltsamkeiten produzieren, die geeignet sind, den Glauben an solche Phänomene zu stärken.

Im Zentrum einer neuen und höchst interessanten Entwicklung

auf diesem Sektor stehen gewisse Phänomene, die im Zusammenhang stehen mit einem trinkfreudigen, kettenrauchenden Hotelportier aus Chicago mit Namen Ted Serios. Mr. Serios, dessen Werk von dem amerikanischen Psychiater und Parapsychologen Dr. Jules Eisenbud gefördert und veröffentlicht worden ist, behauptete, in der Lage zu sein, Bilder seiner eigenen Gedanken auf fotografisches Filmmaterial zu projizieren. In einem phantastischen Buch mit dem Titel *The World of Ted Serios*, von dem Tausende von Exemplaren in allen Teilen der westlichen Welt verkauft wurden, vergleicht Eisenbud Serios' Talent mit einem von Gedanken gesteuerten Malerpinsel – ein Vergleich, dessen Sinn sich bei näherem Hinsehen in nichts auflöst.

Serios braucht für die Vorführung seiner Methode eine Polaroidkamera (damit die Ergebnisse rasch in Augenschein genommen werden können), ein paar Liter seines Lieblingsbiers Marke Budweiser und eine winzige Pappröhre, die er *«gizmo»* nennt. Nachdem er sich mit Hilfe des Budweiser Biers genügend geschmiert hat, schreitet Serios vor der Kamera auf und ab, um dann plötzlich, in einem psychisch kritischen Augenblick, seinen *«gizmo»* gegen die Kameralinse zu rammen und gleichzeitig «Jetzt!» zu rufen – als Zeichen dafür, daß der Auslöser bedient werden soll. Sodann wird die Polaroid-Aufnahme inspiziert und unter dem staunenden Gemurmel der leichtgläubigen Schar, die Serios stets auf den Fersen ist, zeigt sich darauf nicht selten irgendein winziges Bild. Die auf diese Weise produzierten Bilder können in bezug auf Qualität und Informationswert sehr verschieden sein. Während manchmal nichts als eine formlose, wolkige Masse auszumachen ist, entstehen gelegentlich auch scharfe Miniaturbilder von so fremdländischen Bauwerken wie dem Tadsch Mahal oder der Westminster Abbey.

Die natürliche Reaktion der Kritiker besteht in der Vermutung, daß sich in dem *«gizmo»* eine winzige Linse und ein Fotonegativ verbergen, so daß das Bild auf eine ganz und gar traditionelle Weise durch die Linse der Polaroidkamera gelangt. Trotz der Tatsache, daß es Serios noch nie gelungen ist, unter wissenschaftlich kontrollierten Bedingungen ein Gedankenfoto zu produzieren, *ohne* den *«gizmo»* gegen die Linse der Polaroidkamera zu drücken, wird dieses jüngste Beispiel von «Gedankografie» nach wie vor von erstaunlich vielen Menschen als eines der unerklärten Wunder unserer Zeit betrachtet.

Doch zurück zu den de la Warrs. Was ihre Hinwendung zur elektronischen Fotografie bewirkte, waren die Ergebnisse dramatischer Experimente, die 1950 in ihren Laboratorien durchgeführt wurden. Diese Ergebnisse wurden der Öffentlichkeit erstmalig auf einer Konferenz über «Elektronik und Radiästhesie» unterbreitet, die zwischen dem 16. und dem 18. Mai 1950 in London stattfand, und deren insgesamt zweihundert Seiten umfassende Protokolle im weiteren Verlauf des Jahres veröffentlicht wurden. Dieses ungewöhnliche Dokument verdient größte Aufmerksamkeit, da es ein hervorragendes Beispiel ist für jene Art von überspannter Pseudo-Wissenschaft, die unter Kultanhängern blüht und gedeiht. Gleichzeitig läßt es sehr deutlich die tiefe Verwurzelung in Mystizismus und Okkultismus erkennen, die für weite Bereiche des kultischen Denkens charakteristisch ist. Die Titel der Vorträge klingen teils noch einigermaßen normal («Die Gravitationswelle»), teils bereits eindeutig komisch («Forschungsarbeiten über das elektromagnetische Feld des Menschen»). Nur wenige der Texte erinnern von weitem an wissenschaftliche Dokumente im hergebrachten Sinne, obgleich außer Zweifel steht, daß sämtliche Teilnehmer jedes Wort absolut ernst nahmen.

In der ersten Abhandlung, die den Titel «Vis Medicatrix Naturae» trägt und von einem Mediziner namens Dr. Aubrey Westlake vorgetragen wurde, wird viel vom Od geredet, das das Universum durchdringe. Dieses Od, so stellt sich heraus, ist nichts als ein anderer Name für jene Impulse, die die Wünschelrutengänger und vermutlich auch Abrams und seine Nachfolger – einschließlich der de la Warrs – entdeckt haben wollen. Dr. Westlake vertrat die Ansicht, das Od sei die Manifestation von etwas, das er «Odyle» nannte. Odyle hat bemerkenswerte Eigenschaften; denn «fließendes Wasser entwickelt es, stehendes Wasser dagegen nicht». Es hat außerdem die Eigenschaft, «alles rasch zu durchdringen und zu durchströmen». Quellen wie Geräusch, Elektrizität, Licht und der Mond geben es in konzentrierter Form ab, und in konzentrierter Form entsteht es schließlich auch durch Reibung. Außerdem lassen sich Substanzen mit Odyle aufladen, die sodann, wenn das Odyle negativ ist, den Eindruck der Kühle vermitteln; ist das Odyle dagegen positiv, so vermitteln sie ein Gefühl der Wärme und des Unbehagens. Nicht zuletzt hat Odyle eine gewisse Leuchtkraft, und da Menschen Odyle-Träger sind, ist ihre gesamte Oberfläche durch diese Leuchtkraft geprägt. Aus diesem Umstand erklärt sich die sogenannte Aura, die die körperliche Erscheinung umgibt.

Die einen Substanzen sind bessere Odyle-Leiter als die anderen, und da die Auffüllung des Körpers mit der richtigen Odyle-Sorte einer der besten Garanten für Gesundheit und Glück ist, sollte man stets darauf achten, daß man richtig gekleidet ist, damit man nicht aus Versehen Odyle-isolierende Stoffe trägt. Als sich während einer Fragestunde ein Zuhörer erkundigte, ob es (unter diesem Gesichtspunkt, versteht sich) empfehlenswert sei, seidene Unterwäsche zu tragen, antwortete Dr. Westlake, dies sei «gut, da Seide ein ausgezeichneter Odyle-Leiter ist».

Alle Vorträge, die auf der Konferenz gehalten wurden, waren gekennzeichnet durch eine gewisse Vorliebe für die Vorstellung, daß es fundamentale Kräfte gibt, die von der Wissenschaft entweder noch nicht erkannt seien oder ignoriert würden, und die aufs engste mit den psychischen Kräften des Menschen verknüpft seien. So sprach zum Beispiel Professor H. Larvaron von der Universität Rennes über die schwerwiegenden Folgen einer «unausgeglichenen Zellschwingung», die durch eine zu intensive kosmische und nukleare Strahlung verursacht werde, und lenkte die Aufmerksamkeit des Publikums auf seine Entdeckung der «tellurischen Strahlung» (die nicht vom Weltraum, sondern von der Erde ausgeht). Sie sei entscheidend für ein reibungsloses Funktionieren des Lebens. Während Überdosen kosmischer Strahlung zum Tode der Lebensform, die ihr ausgesetzt sei, führe, habe eine gezielte Überbelichtung mit tellurischer Strahlung genau die entgegengesetzte Wirkung. Zur Veranschaulichung zeigte Professor Larvaron – Landwirt im innersten Winkel seines Herzens – den Versammelten Fotografien von großen Rüben, Kartoffeln und gewaltigen Melonen, die auf diese Weise behandelt worden waren.

Das Bild von dem intellektuellen und wissenschaftlichen Niveau der Konferenz verdichtet sich, wenn man liest, daß sich die Diskussion, die dem Vortrag des französischen Weisen folgte, sehr rasch auf die Radiästhesie im alten Ägypten konzentrierte. Eines der Geheimnisse des alten Ägypten, so kam man überein, war höchstwahrscheinlich die Fähigkeit, odische, elektronische und tellurische Kräfte zu manipulieren – was natürlich von entscheidender Bedeutung für den Bau der Pyramiden war. Darüber hinaus wurden in der Diskussion jene aufregenden Fragen erörtert, die sich im Zusammenhang mit der Gestalt der Pyramiden stellen. Und einer der Teilnehmer wies darauf hin, daß die Pyramidenform Austrocknung und Mumifizierung bewirke. Wer dies bezweifle, so fügte er hinzu, könne es leicht selbst nachprüfen; denn wenn man ein von der Schale befreites Ei auf eine Untertasse lege und ein Pappmodell der Großen Pyramide darüberstülpe, so erhärte das Eiweiß in weniger als einer Woche. Lasse man dasselbe Ei dagegen ohne diese Abdeckung liegen, so bleibe das Eiweiß flüssig. Seine Ausführungen gipfelten darin, daß er den Konferenzteilnehmern Eier präsentierte, die *tatsächlich unter einem Pappmodell der Großen Pyramide mumifiziert worden waren.*

Vor diesem ungewöhnlichen Forum, wie gesagt, hielt George de la Warr seinen Vortrag «Aspekte der Radionik-Forschung: die Materialisation der Fundamentalenergie», in dem der Welt erste Details über seine Experimente zur Gedankenfotografie mitgeteilt wurden. Die Ausführungen, in denen vom Heraufdämmern einer neuen Ära die Rede ist, wurden durch eine Reihe von fleckigen Fotos ergänzt, auf denen angeblich Blutstropfen mitsamt dem sie umgebenden Kraftfeld zu sehen waren. Diese Fotos waren, wie man wissen muß, nicht einfach dadurch entstanden, daß eine Kamera auf die Tropfen gerichtet und ganz normal der Auslöser bedient worden war. Blutstropfen und Fotoplatte waren vielmehr in die «black box» gesteckt und die Schalter der Krankheit des Blutspenders entsprechend eingestellt worden. Danach hatte de la Warr die Platten wieder herausgenommen und entwickelt. Was dann auf den Bildern zu sehen war, identifizierte er ohne Zögern als die Blutstropfen einschließlich der dazugehörigen Kraftfelder, obgleich die Platten keinen Augenblick lang bewußt irgendwelchem Licht ausgesetzt worden waren. Weitere Experimente dieser nicht eben komplizierten Art brachten ihn und seinen technischen Assistenten Corte zu der Überzeugung, daß jede einzelne körperliche oder seelische Krankheit nicht nur ihre eigene «Wellenform» hätte, sondern auch ein jeweils charakteristisches visuelles Erscheinungsbild, sofern man sie auf diese unkonventionelle Weise fotografiere. Im Jahr 1950 staken de la Warrs Experimente noch in den Kinderschuhen, und die Konferenzteilnehmer mußten sich noch mit seiner Versicherung begnügen, daß sich der seelische und körperliche Zustand eines Menschen auf fotografischem Wege aus seinem Blut ablesen lasse. Nur wenige Monate später schon konnte er noch weit größere Wunder vermelden – Wunder, zu denen, wie der Leser vielleicht bereits erwartet haben mag, auch gehörte, daß für die de la Warr-Kamera Raum und Zeit kein Hindernis mehr darstellten. So ließ sich der ehemalige Bauingenieur zum Beispiel einmal neben seiner Kamera nieder und «dachte» an seinen Hochzeitstag, einen Tag also, der einundzwanzig Jahre zurücklag. Als die Platten aus der Kamera (in der Blutproben von ihm und seiner Frau untergebracht worden waren) gezogen und entwickelt wurden, zeigte sich auf ihnen das

Bild eines Hochzeitspaares, woraus zu schließen war, daß die Kamera entweder einen Blick in die Vergangenheit getan oder – prosaischer – ein Bild aus der Phantasie de la Warrs auf die Platte gebannt hatte. Für welche der beiden Erklärungen er sich entschei-det, bleibt jedem einzelnen überlassen. Die Vielzahl der Bilder, die in der Folgezeit auf dem Wege über die Kamera ans Licht kamen, läßt – sofern sie nicht bewußt und mit ganz normalen Methoden auf den Film praktiziert wurden – nur den Schluß zu, daß hier nicht nur die traditionellen Gesetze der Physik, sondern sogar die der Kosmologie außer Kraft gesetzt wurden. Der bloße Gedanke an ein Taschenmesser zum Beispiel reichte aus, um eine ganze Serie von Bildern zu produzieren, auf denen Gegenstände auszumachen waren, die sehr nach Taschenmessern aussahen. Die Gedankenfotografie eines Blutstropfens von einer Kuh, die an nicht spezifizierten Beschwerden litt, offenbarte etwas, von dem behauptet wurde, es handele sich um ihren «Netzmagen mit Fremdkörpern darin». Die Kuh, die im Augenblick der Aufnahme dreißig Kilometer von der Kamera entfernt gewesen war, wurde von einem Tierarzt operiert, und es stellte sich heraus, daß sich in ihrem Magen ein großer Stein und ein Stück Draht befanden, deren Entfernung zur raschen Gesundung des Tieres führte.

Noch sensationeller waren Gedankografien von Leitungswasser aus Oxford (ein paar Lichtstreifen, die von einem einzelnen Kern in der Mitte ausgingen) und von Mineralwasser (das ganz anders aussah). Nachdem der weitherzige Theologe J. C. Stephenson, Rektor der St. Mary Magdalen Church in Oxford, das Wasser geweiht hatte, zeigte eine neuerliche Gedankografie eine wundersame Veränderung: Der winzige Kern in der Mitte war nunmehr von einem großen, unregelmäßigen Fleck überlagert. Wasser hingegen, das vom Reverend P. W. Eardley aus London – freilich im Anschluß an einen fünfzehnminütigen Gottesdienst nach dem Sarum-Ritus – geweiht wurde, ließ auf dem Bild zwar auch einen überlagerten Mittelkern erkennen. Was ihn jedoch überlagerte, war nicht ein gestaltloser Fleck, sondern ein großes, sehr wohlgeformtes weißes Kreuz. Ob dieser sensationelle Unterschied zwischen den Ergebnissen der beiden Weihen auf die Macht des Sarum-Ritus zurückzuführen ist oder mit den verschiedenen Heiligkeitsgraden der beiden Kirchenmänner zu tun hatte, ist nicht überliefert. Papstgläubige Leser allerdings wird es interessieren, daß das Wasser von Lourdes eine Strahlung enthält, «die durch verschiedene übereinandergelagerte Bilder stark abgeschwächt ist».

Trotz all dieser Sensationen war de la Warrs Werk jenseits der ziemlich engen Grenzen der Welt der Kultanhänger und der sogenannten «Grenzwissenschaften» verhältnismäßig unbekannt, da es ihm nicht gelungen war, die Aufmerksamkeit eines nennenswerten Teils der Presse auf sich zu lenken. Das alles sollte mit der Veröffentlichung von Langston Days Buch *New Worlds Beyond the Atom*, das im September 1956 erschien, gleichsam über Nacht anders werden. Das Buch war in Zusammenarbeit mit George de la Warr geschrieben worden und sollte einen konzentrierten Überblick über die Geschichte der Forschungen geben, die de la Warr in den Jahren 1942 bis 1956 – den Jahren des Kampfes sozusagen – betrieben hatte. Der Klappentext läßt keinen Zweifel darüber aufkommen, wie Mr. Day zu der ganzen Sache steht. «Die Entdeckungen (de la Warrs) sind ein Schritt weg von dem vulgären Materialismus, der immer noch das Denken in Fesseln hält, und hin zu einem neuen Standpunkt, der eine Brücke schlägt zwischen der Welt der Materie und neuen Welten schwer faßbarer Einflüsse.» Das Buch selbst erzählt die Geschichte eines Mannes, den der Zufall eine der wichtigsten Entdeckungen aller Zeiten hat machen lassen, und der von den Wissenschaftlern für seine Mühen nichts als tief verwurzelte Vorurteile und Arroganz erntet. Ein Teil des Werkes ist den Vorschlägen de la Warrs zur Entwicklung einer so gut wie vollkommen neuen physikalischen Wissenschaft gewidmet, bei der ein Fundamentalstrahl eine gewichtige Rolle spielt, und die mit einem Schlag die schwerfälligen Theorien der Physiker von Newton bis Einstein aufs Altenteil verweist.

Während die meisten früheren Veröffentlichungen zu dieser Thematik nur von glühenden «Black-Box»-Anhängern gekauft und gelesen worden waren und für das allgemeine oder wissenschaftliche Publikum nicht mehr bedeuteten als ein paar Tonnen Papier mehr auf dem gewaltigen Berg der überflüssigen Literatur dieser Welt, wurde *New Worlds Beyond the Atom* ungewöhnlich positiv aufgenommen. Zwar übergingen es hartgesottene wissenschaftliche Zeitschriften wie zum Beispiel *Nature*, ganz zu schweigen vom *Bulletin of Atomic Physics* mit eisigem Blick, aber es erhielt gleichwohl auch aus solchen Ecken enthusiastisches Lob, aus denen man eine derartige Reaktion keineswegs erwartet hätte.

Die einflußreichste unter all diesen begeisterten Stimmen war die des bekannten Medizin-Publizisten Dr. Kenneth Walker, Autor diverser Taschenbücher mit Titeln wie *The Physiology of Sex, The Psychology of Sex* und so weiter, und eine der Schlüsselfiguren im intellektuellen Okkultisten-Untergrund. Kenneth Walker, ein blühend aussehender Herr mit einer eindrucksvollen weißen Mähne auf dem Kopf, hatte in den fünfziger Jahren seine Hand beinahe überall im Spiel, wo es um Aktivitäten in den Randzonen der Psychologie ging, und war dank seines 1951 veröffentlichten Buches *Venture with Ideas* [Wagnis mit Ideen] zu einem guten Teil verantwortlich für die Wiederbelebung des allgemeinen Interesses an dem sonderbaren russischen Mystiker Gurdjieff, von dem später noch die Rede sein wird. Anfang der fünfziger Jahre hatte er vorübergehend sogar Interesse an L. Ron Hubbard gezeigt und war damals so weit gegangen, in dem auflagenstarken Wochenmagazin *Picture Post* all jenen, denen die psychoanalytische Standardbehandlung keinen Spaß bereitete, einen Kurzlehrgang in Scientologie zu empfehlen. Damals machten sein klarer Stil, seine mehr als tolerante Einstellung in bezug auf Theorien an der Peripherie von Medizin und Psychologie und seine eindrucksvollen Kenntnisse im medizinischen und naturwissenschaftlichen Bereich Kenneth Walker zu einer gewichtigen Figur, deren Ansichten mit beträchtlichem Respekt zur Kenntnis genommen wurden.

Über de la Warr und seine Apparate verbreitete sich der berühmte Arzt mit besonderer Eloquenz. In einer Besprechung von *New Worlds Beyond the Atom* verstieg er sich zu der Feststellung: «Entweder sollte man de la Warr an den Schandpfahl der Wissenschaft bringen und mit Unrat bewerfen oder man sollte ihn augenblicklich zum Fellow der Royal Society machen und zum Ritter schlagen.»

Diese Rezension und ähnliche Besprechungen aus der Feder einiger weniger bedeutender Gestalten bewirkten, daß die Laboratorien in Oxford mit Bitten um Informationen und mit Aufträgen zur Lieferung von Wunder-«Boxen» der einen oder anderen Art überschüttet wurden. Und überall im Lande – in Londoner Appartments, in Bauernhäusern und hier und da sogar in den Sprechzimmern von Ärzten – bauten die neuen Experten ihre Apparaturen auf und betrieben mit Begeisterung Diagnose, Therapie und Gedankografie.

In Oxford lief alles auf vollen Touren. Am populärsten waren naturgemäß die diagnostischen Instrumente, und zu einem Stückpreis von 100 Pfund Sterling wurden Hunderte davon verkauft. Die meisten der Käufer entschieden sich überdies für die Anschaffung einer Behandlungs-«Box», die mit 50 Pfund Sterling pro Exemplar ausgesprochen preiswert war, selbst wenn sie nur einen

Teil dessen leistete, was ihr Erfinder verhieß. Die wahrhaft Ehrgeizigen schließlich konnten ihre Ausrüstung durch den Erwerb der berühmten Kamera zum Preis von 1400 Pfund vervollständigen und sich so in die Lage versetzen, die ursprüngliche Diagnose und sogar den Behandlungserfolg aus der Ferne zu bestätigen. Sogar eine handliche Westentaschen-Version der Diagnose-«Box» von nur wenigen Zoll Durchmesser, ausgestattet mit winzigen Schaltern und einer Miniatur-Gummiplatte, wurde geliefert. Einige Modelle gingen nach Übersee, um den britischen Export anzukurbeln. Die verständnislose Haltung der ausländischen Zollbehörden jedoch verhinderte weitgehend, daß sie einen nennenswerten Beitrag zur Verbesserung der britischen Zahlungsbilanz erbrachten. 1952 zum Beispiel verbot die Zollbehörde im australischen Brisbane die Einfuhr eines diagnostischen Instruments und eines «Colourscope Major» (Ergebnis eines Ausflugs der Delawarr-Laboratorien in die Gefilde der «Farb-Therapie») im Wert von insgesamt 280 Pfund Sterling mit der Begründung, die «Behauptungen, die in bezug auf die Wirkung der Instrumente aufgestellt werden, sind phantastisch und unhaltbar». In einem Falle verzögerte sich die Verschikkung eines Colourscopes an einen Arzt in Ghana, weil der Apparat von verwirrten Zollbeamten in Takoradi beschlagnahmt wurde. Wenn er später wieder freigegeben wurde, so war das allein den guten Diensten eines freundlichen Unterkommissars zu verdanken.

Neben dem Verkauf von Instrumenten betrieben die de la Warrs eine lukrative Privatpraxis, in der sie alles – von Beinbrüchen bis hin zu Würmern – behandelten, und die ihnen im Jahr 1956 Behandlungshonorare einbrachten, die auf über 5000 Pfund geschätzt werden. Aber auch die Forschungsarbeit wurde nicht vernachlässigt. Experimente auf so aparten Gebieten wie dem der Segnung von Pflanzen (gesegnete Pflanzen wuchsen bis zu fünfzig Prozent schneller als ungesegnete) und der Haltbarmachung von Milch wurden durchgeführt und Versuche zur Ortung unterirdischer Wasservorkommen in der Wüste bei Kuweit unternommen. 1957 erschien die erste Ausgabe der Vierteljahresschrift *Mind and Matter*. Auf der Liste der Förderer, die die Titelseite zierte, standen Persönlichkeiten wie Dr. Leslie Weatherhead, verantwortlich für das kurze Wiederaufleben der Methodistenkirche in den fünfziger Jahren, der Landwirtschaftsexperte Lord Noel-Buxton, die Schriftstellerin Barbara Cartland und natürlich der allgegenwärtige Kenneth Walker.

Die Zeitschrift, die in unregelmäßigen Abständen bis in die frühen sechziger Jahre hinein über *Geist und Materie* berichtete, ist ein unglaubliches Blatt, dessen Themen wie die launischen Winde der von ihm vertretenen Mode wechselten. Gedruckt auf hochwertigem Glanzpapier und geschmückt mit einer Titelseite im teuren Vielfarbendruck, entsprach die Zeitschrift in ihrer äußeren Form ganz dem in der ersten Ausgabe formulierten Versprechen, man wolle «etwas bringen, das jedermann interessiert». In der gleichen Ausgabe findet sich ein Aufsatz über «Geist und Materie», geschrieben von George de la Warr persönlich und illustriert mit der inzwischen berühmten Fotografie des geweihten Oxforder Leitungswassers und einigen Aufnahmen von gigantischen Kohl- und Salatköpfen und Saubohnen, die nach de la Warrs Methode behandelt worden waren. Nicht einmal ein Aufsatz über den «Mutterinstinkt von Pflanzen», verfaßt von Mr. J. I. Rodale aus Harrisburg, Pennsylvania, fehlte, und ein paar eingestreute Zitate von Sir James Jeans und Albert Einstein rundeten die Mischung ab. Spätere Ausgaben enthielten Artikel über Themen wie «Mögen Pflanzen Musik?», über «Radionische Instrumente im Kleinformat» oder über Versuche zur Kontrolle der Bewegungen von Pantoffeltierchen aus der Ferne. Einen Eindruck von der erstaunlichen Reichweite der neuen Wissenschaft erhält man beim Durchblättern der Dezember-Ausgabe des Jahres 1959. Auf einen Artikel aus Südafrika, in dem behauptet wird, durch den sachgerechten Einsatz einer «black box» lasse sich ein Wurf Ferkel von seinem Zwergwuchs befreien, folgt wenige Seiten später der Brief eines Ensemblemitglieds des Windsor Repertory Theatre, das de la Warr dafür dankt, daß er seine Frau rechtzeitig vor einer entscheidenden Aufführung von ihrem Nebenhöhlenleiden befreit habe. «Sie überstand die Vorstellung gestern abend ohne alle Halsbeschwerden», schreibt der dankbare Ehemann und fügt hinzu: «Da es sich hierbei um die anspruchsvollste Rolle handelte, die sie in den fünfundzwanzig Jahren ihrer Bühnenlaufbahn zu spielen hatte, war dies eine bemerkenswerte Demonstration der raschen Wirksamkeit Ihrer Behandlung.»

Nicht alle waren derart entzückt von der Wirksamkeit der diversen Schwarzen Kästen, die von den Pionieren aus Oxford hergestellt und vertrieben wurden. Und eines Tages sahen sich die Delawarr-Laboratorien vor dem High Court in London, «von Miss Catherine Phillips aus London, Regents Park, Dorset Square, wegen falscher Darstellung» verklagt. Die Verhandlung dieses sensationellen Falles, die schließlich am 20. Juni 1960 von Richter Arthurian Davies eröffnet wurde, dauerte dreizehn volle Werktage und ist von beträchtlichem historischem Interesse. Gleichzeitig markiert sie einen Wendepunkt in der Geschichte der Radionik.

Der Hauptvorwurf der Miss Phillips lautete, daß George de la Warr «ein Exponent und praktizierender Experte der pseudowissenschaftlichen Radionik» sei «und daß er 1956 in betrügerischer Absicht erklärt» habe, «es gäbe assoziierte Substanzen, besondere Wellen, Schwingungen oder Strahlen, die in der Lage seien, eine Wirkung auszuüben auf ein Gerät des Beklagten, welches als Delawarr-Diagnose-Instrument bezeichnet wird». Der springende Punkt bei der Sache war natürlich der Ausdruck «in betrügerischer Absicht».

Angesichts der Unwahrscheinlichkeit, die den verschiedenen unausgegorenen Theorien innewohnte, die hinter dem Delawarr-Apparat standen, muß sich die Klägerin ihrer Sache zunächst sicherer gewesen sein, als es, wie sich im Verlauf des Prozesses herausstellte, angebracht war. Unglücklicherweise hatte der Anwalt von Miss Phillips auf eine Schar von angesehenen Zeugen aus den Establishment – Chirurgen, Pathologen, Physiker, Fotografen und so weiter – gesetzt, die de la Warrs Ausrüstung als lächerlich und im Prinzip unbrauchbar bezeichneten. De la Warr hatte als Verteidiger klugerweise den ebenso brillanten wie leicht exzentrischen Mr. Christmas Humphreys gewählt, einen Mann, der sich dem Buddhismus zugewandt hatte und bekannt dafür war, daß er allem, was mit dem sogenannten Übersinnlichen zu tun hatte, tolerant und aufgeschlossen gegenüberstand. Er beschloß ganz einfach, einen Schritt weiter zu gehen und noch «fachmännischere» Männer als Zeugen der Verteidigung zu benennen – Männer, zu denen unter anderen der Generalleutnant der Royal Air Force, Sir Victor Goddard, Reverend Dr. Leslie Weatherhead und unser alter Freund Dr. Kenneth Walker gehörten. Alle gaben dem Sinne nach zu Protokoll, daß es sich bei der Arbeit der de la Warrs um solide wissenschaftliche Forschung handele, und daß es absurd sei, in diesem Zusammenhang von betrügerischer Absicht zu sprechen.

In einem toleranten Resümee führte Richter Davies aus, daß das in der Tat unsinnige Innere der «Box» für den verhandelten Fall ohne Belang sei, da niemand behauptet habe, er wisse, *wie* es funktioniere, sondern gesagt worden sei lediglich, *daß* es – gelegentlich – funktioniere. In einem wichtigen Vorbehalt jedoch erklärte er, er wolle damit keineswegs sagen, daß die «Box» tatsächlich funktioniere; denn dies sei eine «völlig offene Frage». Noch offener blieben alle Fragen, die mit der Kamera und ihren seltsamen Fotos zusammenhingen, und der Richter scheute sich nicht festzustellen, daß es sich dabei um nichts als Unsinn zu handeln scheine. Er war indessen überzeugt und befand demzufolge, daß Mr. de la Warr genauso ehrlich an die Kamera wie an die «Box» glaubte. Aus diesem Grunde müsse das Urteil zugunsten des Angeklagten ausfallen.

Als George de la Warr und seine Familie das Gerichtsgebäude verließen, applaudierten ihre Freunde und umarmten sie. In gewisser Weise war das, was sie soeben erlebt hatten, ein Triumph für die Sache der Radionik. Das Gericht als die kritischste Verkörperung des Establishments hatte befunden, daß das Werk und der Glaube, für die de la Warr stand, «in Ordnung» waren. Für viele muß es gewesen sein, als habe sich die Radionik mit diesem Gerichtsentscheid von einer Pseudo-Wissenschaft zu einer echten Wissenschaft entwickelt und als sei damit das erreicht, wofür de la Warr und seine Verbündeten drei Jahrzehnte lang gearbeitet hatten. So einfach freilich lagen die Dinge nicht. Zwar hatte der Richter wenig Anlaß gesehen, de la Warrs Ehrlichkeit in Zweifel zu ziehen. Was allerdings die Wirkung der verschiedenen Schwarzen Kästen betraf, so hatte er massive Vorbehalte angemeldet, ja er hatte es sogar dahingestellt sein lassen, ob sie überhaupt funktionierten, und damit eine Situation geschaffen, die schwerlich dazu angetan war, die finanzielle und technische Entwicklung in den Oxforder Laboratorien voranzutreiben.

Härter noch traf die de la Warrs die bittere Tatsache, daß sie zwar den Prozeß gewonnen hatten, aber gleichwohl für die Kosten des Verfahrens aufkommen mußten, die sich in diesem Falle auf die furchterregende Summe von 10 000 Pfund beliefen. In der letzten Ausgabe der glanzvollen Zeitschrift *Mind and Matter* wies der Herausgeber auf diesen Umstand hin und verkündete, daß die nächsten Jahre eine Periode der Einsparungen sein würden. Und wenn auch die Zeichen für die Zukunft günstig stünden, so könne doch nicht ausgeschlossen werden, daß die Dinge eine Zeitlang reifen müßten. Auf der Rückseite der Ausgabe war eine Karikatur aus dem *Daily Express* abgedruckt, die einen Arzt zeigt, der sich mit seinem Stethoskop an einem Gerät zu schaffen macht, bei dem es sich ziemlich eindeutig um eine Delawarr-Box handelt – ein Zeichen dafür, wie groß das Interesse war, das der Prozeß in der Öffentlichkeit gefunden hatte. Diese Karikatur war freilich das einzige heitere Element in der ansonsten verständlicherweise von einer gedrückten Stimmung beherrschten Ausgabe.

Am 2. April 1969 starb de la Warr in seinem Schlafzimmer bei der Arbeit. Er hatte in der letzten Zeit unter Asthma und Angina gelitten. Erst bei seinem Tode wurde seinen engsten Vertrauten offenbar klar, wie wenig von den ansehnlichen Summen, die das Laboratorium in seinen goldenen Tagen verdient hatte, übriggeblieben war. Die Praxis lief schlecht, und das geräumige Haus am Ranelagh Park war zunächst mit hohen Hypotheken belastet und später verkauft worden, als nach dem auf eine so ironische Weise erfolgreichen Prozeß die gnadenlose Flut der Schulden zu bewältigen war. In seinen besten Zeiten hatte das Labor Dutzende von Helfern beschäftigt. 1969 wurde ihre Schar auf eine Handvoll reduziert, zu der auch Mr. Corte gehört, der, als die letzte Zählung stattfand, gerade mit dem Bau eines «achtkanaligen Multioszillators» für die Schalltherapie beschäftigt war. Mrs. de la Warr, die noch heute als Radionik-Expertin praktiziert, macht kein Hehl aus ihrer Überzeugung, daß ihr Mann ein verkanntes Genie war, das das Pech hatte, seiner Zeit um Jahre voraus zu sein. Genauso fest glaubt sie daran, daß seine Pionierarbeit eines Tages die Anerkennung finden wird, die sie verdient. Auf dem Schreibtisch in ihrem Arbeitszimmer steht ein großes, eingerahmtes Foto von de la Warr, das einen gutaussehenden Mann mit intelligentem Gesicht zeigt. Es ist das gleiche Foto, daß die *Times* in dem halbspaltigen Nachruf verwandte, den sie ihm widmete – einem Nachruf, um dessen Ausführlichkeit ihn mancher verstorbene Minister hätte beneiden können.

2. Kapitel
Neue Wunder des Geistes

Mit dem Tode George de la Warrs trat der interessanteste und eindrucksvollste Repräsentant der Radionik von der Bühne ab, und es ist kaum anzunehmen, daß diese «Wissenschaft» noch einmal so sehr ins Licht der Öffentlichkeit rücken wird. Um die Mitte der fünfziger Jahre brachte das Science Fiction-Magazin *Analog*, das Ron Hubbard seine erste Plattform zur Vorstellung der Dianoetik geboten hatte, eine Serie von Artikeln über die sogenannte «Hieronymous-Maschine». Dieses Gerät – falls man es überhaupt so nennen kann – bestand aus einem rudimentären Stromkreis, der genauso undurchschaubar war wie das Drahtgewirr in den Schwarzen Kästen von de la Warr und Abrams, sowie aus einigen Schaltelementen. Dabei versteht es sich fast von selbst, daß von einer Stromzufuhr keine Rede sein konnte. Das Ganze eine Maschine nennen, hieße selbst die unbändige Phantasie von Science Fiction-Fanatikern überfordern. Denn in seiner einfachsten Form verlangte das System lediglich, daß man einen Stromkreis auf irgendein Stück Papier malte und diese Zeichnung selbst als Maschine benutzte! John Campbell, Herausgeber der Zeitschrift *Analog* (oder *Astounding Science Fiction*, wie sie zu jener Zeit noch hieß), sprach auf dem Science Fiction-Weltkongreß des Jahres 1957 in London vor einem begeisterten Publikum über die Wundertaten des Geräts und ergänzte seine Ausführungen durch praktische Demonstrationen mit einem Instrument, das von einem Eric Jones aus Cheltenham nach dem Hiernonymus-Prinzip gebaut worden war. In einem Kommentar über die Konferenz im allgemeinen und den Vortrag Campbells im besonderen bezeichnete Dr. A. H. Janser, wissenschaftlicher Korrespondent des unterhaltsamen Wochenblatts *Psychic News*, sogenannte «psionische» und radionische Instrumente als «modernisierte Magie» und fügte hinzu: «Je eher dies erkannt wird, desto besser.» Eine listige Bemerkung. Mit der gleichen Begeisterung wie eh und je wird auch heute noch nach einer modernen Magie gesucht.

Im Zusammenhang mit den geheimnisvollen Apparaturen und der Ikonographie moderner Kulte lohnt es sich, ein paar Anmerkungen zu jenem komplizierten medizinischen Gerät zu machen, das den Namen Elektroenzephalograph trägt. Wie das Psychogalvanometer, das ein Jahrhundert lang eine untergeordnete Rolle in der Psychologie gespielt hatte, bevor es sich zu einem der wichtigsten Elemente der Scientologie entwickelte, so hat auch der Elektroenzephalograph neben seiner medizinischen Rolle eine gewisse kultische Bedeutung erlangt. Das gilt insbesondere für eine der jüngsten quasi-religiösen Bewegungen, die in den Vereinigten Staaten florieren: den sogenannten Feedback-Kult. Die Geschichte der Ideen, die dem Feedback-Kult zugrunde liegen, ist besonders aufschlußreich im Hinblick auf das Thema dieses Buches. Ihr Verständnis freilich setzt einige Grundkenntnisse über die Elektroenzephalographie voraus.

Die meisten biologischen Systeme basieren, was die Übermittlung von Sinneswahrnehmungen auf den Nervenbahnen betrifft, auf elektrischer Energie – das gilt für Sehen, Hören, Fühlen und Schmerz- und andere Empfindungen. In allen lebenden Nervenzellen lassen sich nun elektrische Ströme von millionstel Volt Stärke nachweisen. Da sich die Neuronen vor allem im Gehirn konzentrieren, liegt die Vermutung nahe, daß im Gehirn auch die stärkste Quelle bioelektrischer Energie zu suchen ist. Das trifft in der Tat zu, wenngleich die Entdeckung elektrischer Hirnströme erst möglich wurde, nachdem man ein Meßgerät entwickelt hatte, das empfindlich genug war. Die erste erfolgreiche Messung von «Gehirn-Wellen» wird gemeinhin dem Franzosen Berger und dem britischen Physiologen Adrian zugeschrieben. Diese beiden Pioniere, die Elektroden an der Kopfhaut befestigten, die mit außerordentlich leistungsfähigen Verstärkern verbunden waren, fanden heraus, daß das zentrale Nervensystem verhältnismäßig starke elektrische Impulse aussendet. Gleichzeitig entdeckten sie, daß diese elektrische Energie in verschiedenen, jeweils charakteristischen Wellenformen auf den Weg gebracht wurde, deren Frequenz und Amplitude Rückschlüsse zuzulassen schienen auf den geistigen Zustand der Person, an deren Kopfhaut die Elektroden angebracht waren. Im Zustand des Schlafes, zum Beispiel, war die Amplitude der Wellen bei verhältnismäßig niedriger Frequenz auffällig groß, während bei konzentrierter geistiger Arbeit die Wellen abflachten und schließlich ganz verschwanden, fast so als habe das rhythmische Pulsieren der Nerven aufgehört. Am interessantesten aber war Adrians Entdeckung, daß sich im Zustand der Entspannung und Passivität – irgendwo in der Mitte zwischen aktiver Aufmerksamkeit und Schlaf, wenn man so will – ein dominierender Rhythmus mit einer Schwingungsfrequenz von 8 bis 12 Hertz (das sind 8 bis 12 Schwingungen pro Sekunde) und sehr konstanter Amplitude einstellte. Er wurde *Alpha-Rhythmus* getauft und schon bald nach seiner Entdeckung von Psychologen genutzt, wenn es darum ging festzustellen, ob sich das Gehirn in einem «entspannten» Zustand befand. Jahrzehntelang blieb der Alpha-Rhythmus eine der Hauptstützen der Elektroenzephalographie. Wenn diese aus verschiedenen Gründen auch nicht alles leistete, was man sich zunächst von ihr versprochen hatte – die Pioniere hatten gehofft, in kurzer Zeit die ganze Skala der Gehirnwellen, die zuverlässig spezifischen psychischen Zuständen entsprachen, erkundet zu haben, was ihnen jedoch nicht gelang – so erwies sich das EEG doch immerhin als sehr hilfreiches Diagnostikum, wo es um die Lokalisierung von Hirntumoren und Krampfpotentialen bei cerebralen Anfallsleiden wie der Epilepsie ging.

Anders als im medizinischen Bereich, hat sich die Elektroenzephalographie auf dem Sektor der Psychologie als Enttäuschung erwiesen. Der Polygraph oder «Lügendetektor», den in einigen Gegenden der Welt die Polizei so sehr schätzt, vereinigt in sich einen Elektroenzephalographen, einen Elektrokardiographen (Gerät zur Aufzeichnung der elektrischen Ströme im tätigen Herzen), einen Plethysmographen (Volumpulskurvenschreiber) und sogar das Psychogalvanometer, auf dem Hubbards E-Meter basiert. Aber nur wenige Menschen, seien sie nun Polizisten oder Kriminelle, nehmen das alles heutzutage noch besonders ernst. Die Öffentlichkeit hätte sicherlich nichts dagegen gehabt, wenn der Elektroenzephalograph nie die Spielzeugkiste der Wissenschaft verlassen hätte, hätten nicht mehrere Forscher in verschiedenen Teilen der Welt mehr oder weniger gleichzeitig herausgefunden, daß man unter bestimmten Umständen seine Gehirnwellen bewußt beeinflussen kann.

Dieser Einfluß kann auf verschiedene Weise ausgeübt werden. Zum einen stellt sich der Alpha-Rhythmus (der dem Vernehmen nach nur im Zustand der Entspannung auftritt) ein, wenn die Augen so weit wie möglich nach oben gerollt werden; zum andern läßt er sich dadurch herbeiführen, daß man ein Objekt, das sich in einiger Entfernung befindet, abwechselnd anvisiert und aus dem Blickfeld gleiten läßt. Dr. Edmund Dewan, ein Wissenschaftler im Dienst der US Air Force, brachte sogar einigen Versuchspersonen bei, ihren Alpha-Rhythmus nach dem Morse-Alphabet ein- und auszuschalten, und glaubte, damit eine Methode gefunden zu haben, deren sich an Elektroenzephalographen angeschlossene Astronauten bedienen könnten, wenn der normale Funkkontakt unterbrochen sei.

Der Eifer, mit dem man sich seit den frühen sechziger Jahren der Erforschung der Möglichkeiten einer bewußten Beeinflussung des Elektroenzephalogramms gewidmet hatte, ließ bald nach, als die Grenzen der Methode sichtbar wurden. Trotzdem hat dieses Feld für den spekulativ veranlagten «Wissenschaftler» nichts von seiner ungeheuren Attraktivität verloren, und mancherlei Ungewöhnliches ist dazu geschrieben worden. Typisch für diese Publikationen ist eine Arbeit mit dem Titel *The alpha rhythm; its meaning and applications* [Der Alpha-Rhythmus: Seine Bedeutung und seine Anwendungsmöglichkeiten], die in den Toomin-Laboratorien in Los Angeles entstand. In diesem von Dr. Marjorie Kawin-Toomin geschriebenen und privat veröffentlichten Werk wird dargelegt, wie sich der westliche Mensch mehr und mehr um Erforschung, Verständnis und Beherrschung seiner Innenwelt bemüht. Diese Bemühung führt ihn auf Wege, die zur Vereinigung der Wissenschaft des Westens mit der Mystik des Ostens führen – ein Charakteristikum moderner Kulte, mit dem wir uns im nächsten Teil ausführlicher beschäftigen werden. Der Mensch kann, so Majorie Toomin, alle Aspekte seiner Existenz beherrschen, und zwar besonders dann, wenn es ihm gestattet ist, seine Gehirnwellen zu beobachten, während er versucht, diese Kontrolle auszuüben. Mit anderen Worten, er kann lernen, seinen bewußten zerebralen Zustand nach eigenem Willen zu kontrollieren, sofern ihm ein unmittelbares Feedback all dessen garantiert ist, was mit seinen Gehirnwellen vorgeht. Dies könnte dadurch bewerkstelligt werden, daß ein Licht aufleuchtet, sobald sich der Alpha-Rhythmus einstellt, oder daß er den Elektroenzepalographen unmittelbar vor Augen hat. In ihrer Arbeit verbreitet sich Majorie Toomin begeistert über die subjektiven Vorteile, die aus der Fähigkeit erwachsen, den Alpha-Zustand bewußt herbeizuführen. Ein Mann aus Indien, der über vierzig Jahre praktischer Erfahrung mit Raja-Yoga verfügte, berichtete, sobald sich in seinem Gehirn der Alpha-Rhythmus einstelle, sei es ihm «gelungen, seinen Geist zur Ruhe zu bringen» und einen «Zustand der Wissendheit (*knowingness*)» zu verwirklichen – was immer das sein mag. Die Untersuchungen an Yogis ließen den Schluß zu, daß die Gehirne dieser erleuchteten Menschen in besonderem Maße dazu neigten, in den Alpha-Rhythmus zu verfallen.

Um die Frage zu beantworten, wo die Vorteile einer Alpha-Kontrolle liegen, weist Majorie Toomin darauf hin, daß sie vor allen Dingen ein neues und vielleicht bisher ungekanntes Gefühl der Lust vermittele. «Das Feedback», so erklärt sie, «versetzt den Menschen in die Lage, jene Gedanken, Gefühle und Geisteshaltungen zu erkennen, die ein ungestörtes Verhältnis zur Umwelt und zur eigenen Innenwelt gewährleisten (die innere Synchronie des Gehirns).» Man kann es, so meint sie, lernen, auf diesem *level* häufiger zu funktionieren und «damit ganz allgemein das Leben *angenehmer* zu machen». Doch nicht nur darin, daß sie die Lust steigern und das Leben angenehmer machen kann, liegt die Bedeutung der Alpha-Kontrolle. Marjorie Toomin (die übrigens ein Gerät herstellt und vertreibt, das sich Toomin Alpha-Schrittmacher nennt) ist überzeugt, daß die Alpha-Kontrolle überall dort eine große Zukunft hat, wo es um Meditation und die Veränderung von Bewußtseinszuständen geht. Demjenigen, der rasch lernen will, solche Zustände nach eigenem Willen zu steuern, empfiehlt sie nachdrücklich den Toomin Alpha-Schrittmacher, der das Schema der Gehirnwellen nicht nur sichtbar, sondern zugleich hörbar macht, indem er einen angenehmen Ton vernehmen läßt, der mit seinen Schwankungen das Bild der Gehirnwellen nachzeichnet. Benutzer des Schrittmachers haben berichtet, daß er ein deutliches Gefühl des Wohlbefindens vermittelt, ganz zu schweigen von dem «Gefühl des Eins-Seins mit dem Universum und dem intensiven Gefühl der Freude, das sich einstellte, wenn sie in den Bereich der höheren Frequenz (bis 12 Hz) kamen».

Selbst für die Psychotherapie könne die Feedback-Kontrolle, insbesondere wenn sie mit dem vorschriftsmäßigen Einsatz des Toomin-Schrittmachers gekoppelt werde, von Nutzen sein. Zum einen sei die Fähigkeit des Patienten, seine Gehirnwellen zu steuern, für den Therapeuten ein wichtiges Indiz für den erzielten Fortschritt. Zum andern aber könne sich der Therapeut nützliche Informationen verschaffen, indem er während der psychotherapeutischen Sitzung sein *eigenes* Gehirn kontrolliere. Patient und Arzt, die Köpfe durch Drähte mit dem Toomin Alpha-Schrittmacher verbunden, und im Hintergrund das Auf und Ab der Funksignale:

ein sonderbares Bild, das sich hier vor dem geistigen Auge einstellt, ein Bild, daß uns an die seltsamen Wege denken läßt, die die supertechnologische Gesellschaft Kaliforniens einschlägt.

Die Botschaft, die Dr. Majorie Toomin und andere so kühn zu Papier brachten, ließ den Drang, die eigenen Gehirnwellen beeinflussen zu können, in den USA zur großen Mode werden, die in jüngster Zeit Formen angenommen hat, die unfaßbar wären, entsprächen sie nicht anderen in diesem Buch geschilderten Entwicklungen, die kaum einen Zweifel daran lassen, daß religiöse Sehnsüchte heutzutage nur in solchen Glaubensbekenntnissen ihren angemessenen Ausdruck finden können, die sich der Terminologie der Populär- und Pseudowissenschaft bedienen. In den Zeitschriften des Okkulten und Übersinnlichen sieht man zahlreiche Feedback-Geräte, die zweifellos in vieler Hinsicht dem Toomin Alpha-Schrittmacher ähneln und zu Preisen zwischen 50 und 1000 Dollar angeboten werden. Dabei handelt es sich letztlich um nichts anderes als stark vereinfachte Elektroenzephalographen, die nur auf solche Frequenzen ansprechen, die im sogenannten «Alpha»-Bereich (8–14 Hz) liegen, und gegen die nichts einzuwenden ist, solange man nicht mehr erwartet als den vagsten aller denkbaren Hinweise auf das, was im eigenen Gehirn vorgeht.

Als Hilfsmittel bei der Meditation, zur Erreichung der psychischen Ekstase, des Zustands der «Wissendheit» (*knowingness*) und selbst der guten, altmodischen Entspannung hat der Feedback-Kult angeblich nicht seinesgleichen. Kein Yogi, Zen-Buddhist, Transzendentalmystiker oder Pseudopsychologe, der auf sich hielt, hätte zur Blütezeit des Kults seine Ausrüstung auch nur für annähernd vollständig gehalten, solange er nicht über einen schlichten EEG-Apparat verfügte. Geräte, die bloß zwei bewegliche Federn aufzuweisen haben, die Signale aus dem Hinterhaupt übermitteln, stehen natürlich ganz unten auf der Rangliste. Apparate, die Töne von sich geben, kosten mehr. Und solche, die im Rhythmus der Gehirnwellen bunte Lichter aufleuchten lassen, sind noch teurer. Es machen sogar Geschichten von Feedback-Orgien die Runde, bei denen ganze Gruppen von Leuten *beiderlei Geschlechts* sich jeweils an die Alpha-Maschine eines Partners anschließen lassen, um die Erregung zu genießen, die dadurch ausgelöst wird, daß jeder der Partner die Gehirnwellen des andern manipuliert.* Der neueste Trend

* Die erotischen – oder zumindest emotionalen – Möglichkeiten der Feedback-Geräte sind übrigens auch Dr. Marjorie Kawin-Toomin nicht

geht denn auch eindeutig weg von der einsamen Erforschung des Phänomens und hin zu echten Gruppenaktivitäten im Rahmen offizieller religiöser Organisationen – sogenannter Feedback-Kirchen mit so phantasievollen Namen wie The Church of the Sacred Alpha [Die Kirche des Heiligen Alpha] (Los Angeles), die Holy Feedback Church [Heilige Feedback-Kirche] (San Diego) und so weiter. Während dieses Buch entstand, wurde auch in London eine Feedback-Kirche gegründet, die in den obskuren Blättern der Underground-Presse mit Anzeigen wirbt, in denen allen Trost und Erleuchtung des Geistes durch das unverwechselbare, wahre Alpha-Erlebnis verheißen wird. In Amerika ist es möglich, sich zum Priester der Feedback-Kirche weihen zu lassen und als Prämie den Grad eines Ph. D. (Doktor der Philosophie) oder eines D. D. (Doktor der Theologie) zu erwerben, ohne den sich viele Kultanhänger, insbesondere jedoch Kultführer, allem Anschein nach in den Konferenzsälen der Welt nackt fühlen.

Da die diversen Feedback-Geräte, die von Anhängern des Feedback-Kults benutzt werden, unter dem Gesichtspunkt der Elektronik durchaus beschreibbar und sinnvoll sind, ist es trotz aller Zweifelhaftigkeit ihres Wertes für die Psychologie vielleicht nicht ganz fair, sie als «Schwarze Kästen» zu bezeichnen. Andererseits sind sie für die Mehrzahl ihrer Benutzer nicht weniger geheimnisvoll als das Reflexophon von Abrams oder die Gedankenkamera von de la Warr und können deshalb praktisch diesem Oberbegriff zugeordnet werden. Ihre Rolle scheint darin zu bestehen, die Erlangung von Yoga- oder Meditationszuständen dadurch faßbarer und akzeptabler zu machen, daß einer mystischen Vorstellung eine Prise Naturwissenschaft beigegeben wird. Wo es um Ideen geht, die schwer zu begreifen oder hinzunehmen sind, da ist nichts geeigneter, die Sache ein bißchen überzeugender zu machen als ein funktionierender Trickkasten, was immer er auch leisten mag.

Bisher scheinen die Mini-EEG-Maschinen, die im Interesse der Selbstentfaltung und so weiter vertrieben werden, vor dem Zugriff eines der mächtigsten unter den zahlreichen Hütern von Sitte und Moral in Amerika, der Food and Drug Administration, bewahrt geblieben zu sein. Die FDA interessiert sich, wie man weiß, für

entgangen. Sie berichtet, daß in ihrem Labor Experimente durchgeführt worden seien, bei denen Personen versucht hätten, die Tiefe und Art des Gefühls zu messen, das sie füreinander empfanden. Bei einem Paar habe sich dabei herausgestellt, daß sich bei beiden die «Amplitude der Alpha-Aktivität deutlich erhöhte», wenn sie einander tief in die Augen sahen.

«Black Boxes» jeglicher Art und hat den Scientologen wegen des E-Meters mehr als ein Jahrzehnt lang (ohne damit allzuviel zu erreichen) die Daumenschrauben angelegt. Vermutlich hält sie Feedback-Geräte für harmlos – harmlos selbst in den Händen verwirrter Geister, die ein Interesse daran haben könnten, sie käuflich zu erwerben. Ein anderer Kasten und sein Schöpfer hatten in dieser Hinsicht weniger Glück. Beiden, Erfinder wie Erfindung, wurde, nachdem sie einmal die Aufmerksamkeit der FDA auf sich gezogen hatten, wahrhaft übel mitgespielt. Die «Box», von der hier die Rede ist, hatte den Namen Orgon-Akkumulator, und die Weigerung, dem Befehl der FDA zu folgen und ihren Vertrieb einzustellen, bedeutete für ihren Schöpfer, Dr. Wilhelm Reich, Gefängnis und Tod und machte ihn zum Märtyrer.

Die Geschichte Wilhelm Reichs und seiner erstaunlichen Entdekkungen in bezug auf die Natur des Universums kann in einem Buch wie diesem nicht übergangen werden und ist von allergrößter Bedeutung, da sie entweder die Geschichte (a) eines großen Geistes ist, der von der ernsthaften Erforschung psychischer Phänomene in die tiefsten Tiefen der Pseudo-Wissenschaft absank, oder (b) die Geschichte eines großen Wissenschaftlers und Erneuerers, dessen revolutionäre Entdeckungen von einer voreingenommenen und verständnislosen Welt mit Verachtung aufgenommen wurden. Reich und seine erstaunlich zahlreichen Anhänger zweifelten keinen Augenblick daran, daß das letztere zutraf. Die Food and Drug Administration allerdings war anderer Meinung. Leser, denen an einer umfassenden und freimütigen Erörterung der Bewegung und ihrer Theorien gelegen ist, seien auf Martin Gardners unschätzbares Buch *Fads and Fallacies* [Marotten und Attrappen] hingewiesen, da wir uns an dieser Stelle mit einem kürzeren Überblick begnügen müssen.

Wie verschiedene andere Verfechter exzentrischer Glaubenssysteme, zu denen nicht zuletzt der berühmte Dr. Abrams zählte, war Wilhelm Reich ein brillanter Kopf, der über eine umfassende akademische Bildung verfügte. 1922 legte er in Wien sein medizinisches Staatsexamen ab und zog, obwohl jüngster unter den Ärzten, aufgrund seiner Begabung und Originalität die Aufmerksamkeit Sigmund Freuds auf sich, dessen Ansehen in psychoanalytischen Kreisen damals gerade seinen Höhepunkt erreichte. Freuds Protektion und die eigenen angeborenen Talente sicherten Reich eine steile Karriere. Schon 1930 genoß er weltweites Ansehen, und er war selbstbewußt genug, sich von Freud abzuwenden und – wie C. G. Jung und Alfred Adler vor ihm – seine eigenen Vorstellungen von der psychoanalytischen Theorie zu entwickeln. Wie Freud war er der Ansicht, daß ein befriedigendes Geschlechtsleben von entscheidender Bedeutung für das Wohlbefinden sei, fand jedoch, daß der Begründer der Psychoanalyse den Begriff der Sexualität viel zu weit fasse. Reich zog es vor, die Sexualität strikt auf die genitalen Bereiche zu begrenzen und kam bald zu dem Schluß, daß alle Neurosen das Ergebnis der Unfähigkeit der Betroffenen sei, zu einem befriedigenden Orgasmus zu kommen. Diese reichlich gewagte Weiterführung der Freudschen Ideen provozierte das Mißfallen zahlreicher Gelehrter, aber Reich verteidigte seine Vorstellungen (besonders in seinem bemerkenswerten Buch *Die Funktion des Orgasmus*, erschienen 1927, und in der Schrift mit dem aufschlußreichen Titel *Die sexuelle Revolution*, die 1930 erschien) mit solchem Geschick, daß sie für eine gewisse Zeit in dem Wirrwarr der psychoanalytischen Theorie beinahe tonangebend wurden. Hätte er sich damit begnügt und seine radikale Position ausgebaut, so hätte Reich vielleicht als einer der Großen der Psychologie seinen Platz neben Freud, Jung und Adler gefunden, und er wäre womöglich noch am Leben. Sein 1933 erschienenes, meisterhaftes Buch *Charakteranalyse* untermauerte sein Ansehen und zählt noch heute zu den bedeutendsten Beiträgen zur Literatur der Psychoanalyse. Zwei Umstände jedoch sollten bewirken, daß sein weiteres Leben einen weitgehend tragischen Verlauf nahm. Der eine dieser Umstände war (nach Reich und seinen Anhängern), daß er die fundamentale Bewegungskraft des Universums entdeckte. Der zweite bestand darin, daß er Österreich und Europa aus politischen Gründen verlassen und in den USA leben mußte.

Die Entdeckung des Orgon (wie er den *élan vital* nannte) war das Ergebnis seines Nachdenkens über die positiven Auswirkungen eines befriedigenden sexuellen Orgasmus. Da ein guter Orgasmus sowohl physische wie psychische Nachwirkungen zu haben schien, nahm Reich an, daß er bedeutsame Veränderungen im Energiehaushalt des Körpers auslösen müsse, und hielt es für wahrscheinlich, daß die Lebensenergie während des Geschlechtsverkehrs langsam zu den Genitalien hingezogen werde, um sich dort für die Dauer des Orgasmus zu konzentrieren. Nach dem Orgasmus ströme sie ebenso langsam zurück und durchdringe dabei den ganzen Organismus. Die Grundfunktion von Sex und Orgasmus, so meinte er, bestehe – abgesehen davon, daß sie ein Lustgefühl vermittelten und zur Erhaltung der Art beitrügen – darin, einen gleichmäßigen und stetigen Orgon-Fluß in Körper und Nervensystem zu gewährleisten, wobei der erfolgreiche Orgasmus wie eine Art Förderpumpe wirke, die ein zu langsam arbeitendes System wieder in Schwung bringe. Ein Mangel an Orgasmen führt nach Reich zu einer unausgeglichenen Orgon-Verteilung im Körper, deren Folge Neurosen, hysterische Symptome und mancherlei andere Beschwerden sind.

Einer der wichtigsten Aspekte der Lehre vom Orgon, der dazu führte, daß sich die Orgonomie von der Pseudo-Psychologie zur Pseudo-Kosmologie entwickelte, war, daß das Orgon nicht nur in den zum Orgasmus fähigen biologischen Organismen anzutreffen war, sondern im gesamten Universum. Ursprünglich von der Sonne stammend, wird es von allen feuerspeienden stellaren Körpern ausgeworfen und von Luft, Wasser und allen organischen Stoffen aufgenommen. Orgon ist, wie man erfreut zur Kenntnis nimmt, blau – daher das Blau des Himmels, des Meeres, mancher Augen usw. sowie vermutlich auch das Blau jener winzigen Partikelchen, die aus einem Feld-Wald-und-Wiesen-Waschpulver ein Wundermittel machen. Jeder lebende Organismus nimmt Orgon aus der Luft (beim Atmen) und aus dem Wasser (beim Trinken) auf. Der Tod tritt ein, wenn das Orgon den Körper verläßt oder aber das Orgon verläßt den Körper, wenn der Tod eintritt.

Einige Zeit vor seiner Entdeckung des Orgon überwarf sich Dr. Reich mit den politischen Machthabern in Österreich und Deutschland – insbesondere mit den Nazis. Wie viele andere Psychologen jener Zeit auch, war er ein überzeugtes und aktives Mitglied der Kommunistischen Partei gewesen, bis man dazu überging, seine Theorien einer ideologischen Prüfung zu unterziehen. In den dreißiger Jahren (und in den vierziger, fünfziger und sechziger Jahren übrigens ebenso) widmete sich die russische Psychologie ausschließlich dem unfruchtbaren Versuch, sich ganz und gar an dem einen Prinzip der Pawlowschen Konditionierung auszurichten – ein doktrinäres Unterfangen, das die Entwicklung einer theoretischen Psychologie in Rußland auf ganz ähnliche Weise verhindert hat wie der Lyssenkoismus die Forschung auf dem Gebiet der Genetik. Da die lokalen kommunistischen Parteien zu jener Zeit absolut Moskau-hörig waren, dauerte es nicht lange, bis Reichs psychologische Vorstellungen an der behavioristischen Parteilinie gemessen wurden. Es versteht sich von selbst, daß seine Lehre vom Orgasmus als dem wohl wichtigsten Vorgang im Leben den Pawlowianern nicht ins Konzept paßte, und Reich trat aus der Partei aus, nachdem sein Werk zum «anti-marxistischen Unsinn» erklärt worden war. Als mutiger Mann schrieb er ein Buch mit dem Titel *Die*

Massenpsychologie des Faschismus, das bei den Gefolgsleuten Hitlers ein genauso begeistertes Echo fand wie seine übrigen Ideen bei den Kommunisten. Bei Nacht und Nebel reiste er nach Skandinavien und entdeckte 1936 in Oslo das Orgon. Aus verschiedenen Gründen paßte Reichs Gesicht auch in diesem Teil der Welt nicht in die Landschaft, und so zog er 1939 mitsamt der aufblühenden Wissenschaft von der Orgonomie in die Neue Welt, wo er in Forest Hills, Long Island, das Orgone Institute gründete.

An dieser Stelle gilt es, sich zu vergegenwärtigen, daß der große Wert der Orgonomie darin liegt, daß sie nicht nur Auskünfte gibt über die Natur des Lebens, sondern gleichzeitig die Möglichkeit eröffnet, im Bedarfsfalle für Verbesserung zu sorgen. Eine unausgeglichene Orgon-Verteilung oder Orgon-Mangel bewirkt Neurosen (und auch zahlreiche körperliche Krankheiten), die jedoch beseitigt werden können, wenn man in der Lage ist, den Körper zu veranlassen, mehr Orgon aufzunehmen. Da nun die Luft voll davon ist, liegt der Gedanke nahe, daß ein Sonnenbad unter blauem Himmel den Gesundungsprozeß vorantreiben könnte. Und in der Tat erklärte Reich, ein solches Vorgehen scheine ein Gefühl des Wohlbefindens zu provozieren. Gleichzeitig erkannte er jedoch, daß es unter normalen Umständen recht lange dauern konnte, ehe sich dieses Gefühl einstellte. Und eben diese Erkenntnis führte zur Erfindung des berühmten Orgon-Akkumulators, mit der Reich seinen entscheidenden Beitrag zur «Black Box»-Kunde leistete, die er selber für den eindeutig wichtigsten Einzelbeitrag zur medizinischen Wissenschaft hielt, der je geleistet worden sei. Das Prinzip, nach dem das Gerät arbeitete, war erstaunlich einfach. Die Patienten hockten in einem Kasten von ungefähr 80 Quadratzentimeter Bodenfläche, dessen Wände aus zwei Schichten bestanden – einer äußeren Schicht aus Holz oder einem anderen organischen Material und einer Innenschicht aus Blech. Nach den Vorstellungen des Erfinders absorbierte das äußere, organische Material Orgon aus Sonnenlicht und Atmosphäre und leitete es auf die innere Metallschicht weiter, die es, da sie es nicht «halten» konnte, ins Innere des Kastens abstrahlte. Weder Drähte noch Batterien noch Schalter noch aufblitzende Lampen waren vonnöten. Nur Holz, Metall, ein menschliches Wesen und die reine, natürliche Vortrefflichkeit des Orgon. Eine Orgon-Box, die ganz einfach irgendwo herumsteht, sammelt nach und nach einen beträchtlichen Orgon-Vorrat an; denn die Substanz kann, einmal in die Zentralkammer gestrahlt, nicht wieder heraus, weil sie von der metallischen Innenschicht zurückgeworfen wird.

Die Verwandtschaft mit der Batterie oder dem Akkumulator liegt auf der Hand.

Anhänger Reichs, die viel Zeit in seinen «Boxes» verbrachten, äußerten sich begeistert über die bemerkenswerten Gefühle, die sie während des Aufenthalts im Kasten überkamen, und hätten gewiß gern Stunden, wenn nicht gar Tage darin verbracht, um möglichst viel Orgon in sich eindringen zu lassen. Ein Bulletin des Instituts für Orgonomie jedoch warnte nachdrücklich vor derlei Exzessen und wies darauf hin, daß man auch von guten Dingen – ja sogar vom Orgon – zuviel bekommen und daß eine Überdosis der lebensspendenden Kraft zur Zerstörung des Körpergewebes führen könne. Das Institut entwickelte übrigens auch eine Orgon-Decke (aus Stahl- und Schafwollschichten) für den Bettlägerigen sowie Miniatur-«Boxen», sogenannte *shooters* (Schießer), die jeweils dort am Körper angebracht wurden, wo es lokale Beschwerden wie Rheumatismus oder Zahnschmerz zu bekämpfen galt.

Diese und verschiedene andere Geräte, die zu beschreiben hier aus Platzgründen unterlassen wird, wurden seit etwa 1940 in Amerika zu sehr verschiedenen Preisen vertrieben. Aus Menschenfreundlichkeit und in der zweifellos ehrlichen Überzeugung, daß seine Kästen die Leiden der Menschheit zu heilen imstande waren, betrieb Reich den Verkauf nach dem Robin-Hood-Prinzip, indem er von den Reichen große Summen verlangte und für die Armen Miniaturpreise machte. Es war sogar möglich (und in der Regel ratsam) einen Akkumulator oder einen Shooter gegen eine Gebühr auszuleihen, wie man es sonst gelegentlich bei teuren Luxusgütern wie ferngelenkten Rasenmähern macht.

Neben dem Bau von Orgon-Akkumulatoren trieb Reich die Orgon-Forschung voran, indem er Dinge wie die «Bionen» entdeckte – winzige «Lebenssubstanz»-Wesen von Bakteriengröße, die nur er und seine Anhänger unter dem Mikroskop identifizieren konnten – und uralte Probleme wie die Frage nach dem Wesen der Materie und nach der Beziehung zwischen den Kräften der Gravitation und des Magnetismus löste – Erfolge, auf die wir an dieser Stelle leider ebenfalls nicht näher eingehen können. Der Entdekkung der Bionen indessen kommt eine besondere Bedeutung zu, da durch sie der Akzent der Orgonomie – kaum merklich zwar, aber folgenreich – vom vagen Territorium der Psychologie und der Psychotherapie in das Gebiet der allgemeinen Medizin verlagert wurde, was dazu führte, daß die verschiedenen Orgon-Kästen ins Blickfeld der Food and Drug Administration gerieten.

1954 führte eine eingehende Überprüfung der Theorien und zahlreiche Erfindungen Reichs durch die FDA zu dem Ergebnis, daß es keine Orgon-Energie gäbe und daß die Akkumulatoren für die Behandlung irgendwelcher Krankheiten untauglich seien. Die Folge war eine gerichtliche Verfügung, durch die Reich und seinem Institut untersagt wurde, Apparate oder Literatur über die bundesstaatlichen Grenzen hinweg zu verschicken. Der Respekt einflößende österreichische Psychiater jedoch, der in sich das Opfer einer weltweiten Verfolgungsjagd sah und mittlerweile zu der Überzeugung gelangt war, daß sein Werk der Zeit um tausend Jahre voraus sei, ließ sich durch solche Kleinigkeiten nicht schrecken. Nachdem es weder Kommunisten nach Nazis gelungen war, seinen Forscherdrang zu ersticken, sollte es der Food and Drug Administration schon gar nicht gelingen. Er ignorierte das Verbot, versandte seine Orgon-Kästen weiterhin von Küste zu Küste und stand prompt im Mai 1956 in Portland, Maine, vor Gericht. Wie nicht anders zu erwarten, verteidigte er sich selbst, wurde aber gleichwohl zu zwei Jahren Gefängnis und 10 000 Dollar Geldstrafe verurteilt. Taktlos und intolerant ordnete das Gericht überdies die Vernichtung seiner Bücher an. Für Reich, der zwei Jahrzehnte zuvor in einem anderen Teil der Welt schon einmal erlebt hatte, wie wissenschaftliche Bücher verbrannt wurden, war dies nichts anderes als ein neuerlicher Beweis dafür, daß er ein rechtschaffener Mann war und daß die Gesellschaft seine Ideen unterdrückte. Er legte Berufung gegen die Verurteilung zu Gefängnis ein und wurde gegen 15 000 Dollar Kaution auf freien Fuß gesetzt. Wenig später scheiterte er im Berufungsverfahren. Noch im Jahr 1956 wurde er in die Bundesstrafanstalt in Lewisburg, Pennsylvania, eingeliefert, wo er nach weniger als einem Jahr im Alter von fünfundsechzig Jahren starb. In der kurzen Phase der Freiheit zwischen den beiden Prozessen hatte er sich der Vervollkommnung eines Orgon-Regenmachers und eines Orgon-Energiemotors gewidmet, der mit einem Schlage den international eingeführten Verbrennungsmotor und die Kernspaltung überflüssig machen sollte.

Der Tod des Dr. Wilhelm Reich im Gefängnis trägt alle Zeichen einer Tragödie; er war das erschütternde Ende eines großen, wenn auch hoffnungslos exzentrischen Lebens. Es überrascht nicht, daß die amerikanischen Linken, zu jener Zeit eine eindeutige Minorität, sich mit prominenten Intellektuellen an der Spitze seiner Sache annahmen und sich um des Experiments willen der Reichschen Therapie unterzogen. Im Jahr 1960 gab es in den Vereinigten Staaten etwa ein Dutzend qualifizierte Psychiater, die – mit oder ohne Akkumulator – Reichs Therapie anwandten. Im weiteren Verlauf der sechziger Jahre jedoch wurde der Einfluß Reichs, dessen dynamische, missionarische Persönlichkeit nicht mehr unmittelbar wirken konnte, nach und nach geringer. Gegenwärtig allerdings ist wieder eine deutliche Zunahme des Interesses an seinen Ideen zu beobachten, die vielleicht mit der sogenannten sexuellen Revolution zusammenhängt, deren Verfechter offenbar in vieler Hinsicht an seine frühen Vorstellungen von der psychischen Notwendigkeit des «vollkommenen und totalen Orgasmus» anknüpfen, während sie für Kuriositäten wie die Orgon-Akkumulatoren nur ein minimales Interesse aufbringen. Es scheint, als ob mit ihrer schlichten Konstruktion und ihrem wenig aufregenden Aussehen im Zeitalter der Technologie kein Staat zu machen ist. Gelänge es jemandem, die Vorzüge von de la Warrs Diagnose-Box mit ihren vielen hübschen Schaltknöpfen oder gar die faszinierenden Aspekte des Gehirnwellen harmonisierenden Toomin Alpha-Schrittmachers mit den Vorzügen der von Reich konstruierten Black Box zu kombinieren, sähe die Sache mit Sicherheit anders aus.

An dieser Stelle müssen wir unseren Überblick über die geheimnisvollen und wundersamen Kultgeräte abschließen, die von Gehirnen ausgebrütet wurden, deren Besitzer zu den überspanntesten und unberechenbarsten Erfindern dieser Welt gehören. Bevor wir aber über ihre Bemühungen allzu leichtfertig den Stab brechen, sollten wir einen Augenblick lang innehalten und uns vergegenwärtigen, daß aller Wahrscheinlichkeit nach 95 Prozent aller Erfindungen – und das trifft im besonderen Maße für die wirklich originellen darunter zu – anfangs allen Menschen mit Ausnahme der Erfinder selbst einigermaßen abwegig vorzukommen pflegen. Der schöpferische Mensch ist ein einsamer Mensch, der sich allein an seinem Glauben und vielleicht an der seelischen Unterstützung durch Familie und gute Freunde wärmen kann. Wenn alle Erfinder im entscheidenden Augenblick auf die Skeptiker hörten, wäre unsere Welt ärmer als sie ist. Und wichtiger noch: Die Faszination, die verborgene Geheimnisse wie sie die Black Boxes repräsentieren, auf den Menschen, ob Schöpfer oder Benutzer, ausüben, ist Ausdruck jener eingeborenen und lebenswichtigen Neugier, die den Menschen veranlaßt, einerseits an Schaltern zu hantieren, die einen leeren Kasten schmücken, und andererseits mit dem Radioteleskop den Weltraum zu erforschen.

Vierter Teil
Der mystische Osten
(einschließlich Umgebung)

1. Kapitel
Vielerlei Meister

Die begriffliche Aufteilung der Welt in zwei Arten von Menschen – die östlichen und die westlichen – beherrscht die soziologische Betrachtungsweise des Durchschnittsbürgers seit Jahrhunderten, und auch gegenwärtig deutet kaum etwas darauf hin, daß sich künftig eine differenziertere Sicht der Dinge durchsetzen wird. Besonders tief verwurzelt scheint diese Art zu denken im religiösen Bereich, und man kann sich des Eindrucks nicht erwehren, daß die Vorstellung, Gott habe eine geistige Grenze gezogen, die irgendwo mitten durch die arabische Wüste geht, auf zahllose Gläubige einen magischen Reiz ausübt. Westlich dieser Linie leben diejenigen, deren Ritus auf christlichen oder vom Christentum geprägten Ideen basiert, während östlich davon die Anhänger von Buddha und Konfuzius den unergründlichen Blick auf diverse Idole gerichtet haben. Im Laufe der Menschheitsgeschichte ist die Grenze immer wieder umkämpft gewesen – so zum Beispiel, als die Kreuzritter gegen den Islam zu Felde zogen. Und selbst nach Jahrhunderten teils friedlichen, teils kriegerischen Austauschs lassen östliches und westliches System wenig Neigung erkennen, ineinander zu verschmelzen. In Anbetracht dieser Situation könnte man vielleicht Lust verspüren zu sagen, «Osten ist Osten und Westen ist Westen» und es dabei zu belassen, ließe sich nicht seit einigen Jahren in den reichen Ländern Europas und in Amerika ein wachsendes Interesse an den Lehren der asiatischen Mystik beobachten, das solches Gedankengut geradezu zum letzten Schrei hat werden lassen. Nie war Yoga so populär wie heute, nie wurden die Gesetze des Karma so ernst genommen. Nie haben westliche Gaumen soviel Gefallen an indischen und chinesischen Speisen gefunden und niemals dufteten so viele westliche Gemächer nach Weihrauch (sei es, um den Duft von Hasch zu überdecken oder aus anderen Gründen). Niemals sah man in unseren Breiten so viele Saris, safrangelbe, mönchische Kutten, kahlgeschorene Schädel und reich verzierte östliche Schmuckstücke, und niemals wurden Wörter wie Vedanta, Prana, Mantra, Zen oder Sutra so ehrfurchtsvoll in die Alltagssprache verwoben. Da keiner, der Indien, Japan oder andere Gegenden östlich von Suez besucht hat, von einer entsprechenden Blüte christlicher oder jüdischer Ideen in diesen Ländern zu berichten weiß, kann von einer wechselseitigen Befruchtung offenbar nicht die Rede sein. Wenn die Ideen nur in einer Richtung fließen, so hat das ohne Zweifel seinen Grund im größeren Wohlstand des Westens, darin, daß der Bewohner der westlichen Welt mehr Möglichkeiten zum Reisen hat, daß die westlichen Kommunikationsmedien weiter entwickelt sind, und vielleicht auch darin, daß die traditionellen westlichen Glaubenssysteme in einem verhältnismäßig rapiden Verfall begriffen sind. So wie die britischen Eroberer vor zweihundert Jahren den Orient um einen Teil seiner materiellen und künstlerischen Reichtümer erleichterten, scheinen die Leute heutzutage den geistigen Beistand und die Ikonographie des Ostens für sich zu reklamieren.

Der Reiz, den Religionen mit fernöstlichem Einschlag ausüben, beruht letztlich auf zwei Dingen: (1) das starke mystische Element, das die meisten östlichen Religionen kennzeichnet, und die in ihnen verborgene Verheißung erhöhter geistiger und körperlicher Kräfte haben für den Menschen des Westens etwas Unverbrauchtes und Willkommenes und (2) die Logik, die Philosophie und die Terminologie des Buddhismus, Hinduismus, Islam und so weiter, ist, überträgt man sie ins «Pop-Europäische», so vage und gestaltlos, daß der Durchschnittsbürger so gut wie alles in sie hineinlesen kann, was er hineinlesen möchte. Alle Kulte und anderen Spielarten des Glaubens, die in diesem Buch behandelt werden, bieten ihrem Anhänger praktische Vorteile, indem sie gesteigerte geistige oder physische Fähigkeiten, das ewige Leben oder eine tiefgreifende Veränderung des Seinszustandes verheißen, zumindest aber das Privileg, Angehöriger einer geistigen Elite oder einer Gruppe von Wissenden zu sein und weit über der Masse zu stehen – man denke etwa an die Mitglieder der Aetherius-Gesellschaft und ihren unermüdlichen geistigen Kampf um die Rettung der Erde vor marodierenden Feinden aus dem Weltall. Es ist beklagenswert offenkundig, daß für eine ungeheure Zahl von ganz gewöhnlichen Menschen, die unzufrieden sind mit dem Leben oder der Gesellschaft oder die schlicht nicht im Einklang stehen mit der Welt, die sie umgibt, die Früchte, die solche

Kulte verheißen, außerordentlich begehrenswert sind.

Eine der bekanntesten und am meisten verwestlichten der großen Glaubenslehren des Ostens ist Yoga, die uralte hinduistische Lehre von der geistigen und körperlichen Selbstdisziplin, die zum erstenmal detailliert in dem heiligen Text des Bhagawadgita beschrieben wird. Was die meisten östlichen Religionen gemeinsam haben, ist das Bekenntnis zur Lehre von der Reinkarnation, der endlosen Wiederkehr des Lebens, die auf der Vorstellung basiert, daß die Seele nach dem unbarmherzigen Gesetz des Karma bis in alle Ewigkeit von Körper zu Körper wandert. Man spricht von der endlosen Wiederkehr, und gleichwohl ist es möglich, aus dem karmischen Zirkel auszubrechen, indem man sich über den Schweinestall des Lebens (wie die Hindu-Literatur die irdische Existenz treffend nennt) erhebt und das wahre Bewußtsein erlangt. Das gelingt am ehesten durch die vielstufige Disziplin des Yoga, die die Durchführung gewisser psychischer Übungen verlangt, verbunden mit komplizierten körperlichen Stellungen, von denen einige höchst sonderbar sind.

Yoga-Übungen auf Swami- oder «Meister»-Niveau beweisen eine sehr beachtliche Beherrschung des Körpers und – wenn auch weniger offensichtlich – des Geistes. Der Yogi kann stundenlang in derselben Stellung verharren, seine Atmung auf das zur Aufrechterhaltung des Lebens absolut notwendige Minimum reduzieren und bis zu einem gewissen Grade sogar seinen Herzschlag beeinflussen. Weit schwerer fällt der Nachweis abnormer Kräfte auf der «geistigen» Ebene. Zwar berichtet die wissenschaftliche Literatur von Fällen, in denen Yogis die Gehirnwellen bewußt beeinflußt haben, doch wie im voraufgehenden Teil des Buches deutlich gemacht wurde, muß dieses Phänomen keineswegs unbedingt so wunderträchtig sein, wie die meisten offenbar annehmen. Andererseits ist es der psychologischen Forschung bis heute nicht gelungen, ernstzunehmende Beweise für jene telepathischen Kräfte zu finden, von denen bei Yoga-Anhängern häufig die Rede ist. Auch die Behauptung, durch Yoga-Meditation ließen sich tiefe Einblicke in das Wesen des Universums, das Geheimnis des Lebens und so weiter gewinnen, zeichnet sich – so interessant sie gewiß für die Yogis ist – durch jene Subjektivität aus, die charakteristisch für alle Offenbarungsgeschichten ist. Beklagt man sich darüber, daß Leute, denen derlei tiefschürfende Einsichten gegeben sind, niemals dazu in der Lage scheinen, sie an weniger privilegierte Sterbliche weiterzugeben, so pflegen Mystiker zu antworten, der einzige Weg, um zu den begehrten Erkenntnissen zu gelangen, bestehe darin, daß man sich zur

Lehre bekenne – eine Weisheit, der man leicht entsprechen könnte, gäbe es nicht so viele Lehren, die auf dem Markt feilgeboten werden.

Gleichwohl übt das Yoga-System nach wie vor seinen Reiz aus, der noch dadurch verstärkt wird, daß es immer wieder Leute gibt, die erzählen, sie seien am Fuße des Himalaja 136 Jahre alten Yogis begegnet. Da verständlicherweise Geburtsurkunden in der Regel nicht zur Hand sind, begnügen sich die meisten mit dem, was der Yogi selbst über sein Alter zu berichten weiß, und vergegenwärtigen sich nicht, daß Inder – besonders solche, die von einer Diät aus Beeren und Askese leben – im allgemeinen ziemlich rasch zu altern pflegen, so daß ein Durchschnittssechziger leicht für einen rüstigen Hundertjährigen durchgehen kann, wenn er Wert darauf legt. Die Aussicht, den natürlichen Alterungsprozeß deutlich verlangsamen zu können, ist naturgemäß für Millionen von Menschen in den Wohlstandsgesellschaften des Westens ungeheuer faszinierend, und sie ist denn auch, zusammen mit der verheißenen geistigen Entspannung, mit Sicherheit einer der Hauptgründe für den gegenwärtigen Yoga-Boom in den USA. Wie viele zusätzliche Hundertjährige uns diese Hochkonjunktur bescheren wird, ist vorerst noch höchst ungewiß, aber selbst im ungünstigsten Falle dürfte der Kult immerhin Millionen amerikanischer Bürgersfrauen Seelenfrieden und eine schlanke Linie bescheren.

Yoga, wie er im Westen praktiziert wird, ist eher die bereinigte Version eines alten religiösen Rituals als ein eigenständiger Kult und ist bereits in Hunderten von mehr oder weniger verdienstvollen Büchern in allen Einzelheiten beschrieben worden. Die derzeitige Tendenz, Yoga zur Verbesserung der körperlichen Konstitution statt um der Seele willen zu betreiben, hätte bei den alten Yoga-Lehrern, die eindeutig gegen eine Kultivierung des Körpers um seiner selbst willen waren, ein nachdrückliches Stirnrunzeln provoziert. Dennoch hat die vielen östlichen Religionen gemeinsame Vorstellung, daß die vollkommene Beherrschung des Körpers, seiner Bewegungen und Funktionen den ersten Schritt in Richtung auf die geistige Erleuchtung darstellt, das Interesse zahlreicher Lehrer des Okkulten und der Seelenkunde geweckt. Viele von ihnen haben sich bemüht, eine geistige Brücke zwischen Ost und West zu schlagen, indem sie sich das Beste aus der Mystik des Ostens zu eigen machten und es auf die kümmerlichen Reste der religiösen Vorstellungen im Westen aufpfropften. Einer der ersten, die sich in dieser Hinsicht hervortaten, war der geheimnisvolle, gelegentlich etwas weitschweifige, aber fast immer amüsante griechisch-russische schnurrbartgeschmückte George Ivanovich Gurdjieff, der diese Erde von etwa 1877–1949 auf der Suche nach Erleuchtung heimsuchte, auf einer Suche, an deren Ende die Menschheit eher noch verwirrter war als bei seiner Ankunft. Gurdjieff ist auch heute noch eine Zentralgestalt des Kultlebens, und wir wollen deshalb ein wenig bei seiner Person verweilen und bei seinem Beitrag zur Summe des menschlichen Wissens und Erkennens.

Über das Geburtsdatum Gurdjieffs, der als Sohn einer armenischen Mutter und eines griechischen Vaters in der russischen Stadt Alexandropol zur Welt kam, kann nichts Endgültiges mitgeteilt werden, da Gurdjieff in den meisten Dingen, die mit Fakten zusammenhingen, ein notorischer Phantast, um nicht zu sagen ein ausgemachter Lügner war. Besonders in seinen letzten Lebensjahren neigte er dazu, sein Alter zu übertreiben und sich, zum Beispiel, für neunzig auszugeben, obwohl er in Wahrheit eher siebzig war. Einzelheiten über seine jungen Jahre verschwinden, ähnlich wie im Falle L. Ron Hubbards, hinter fragwürdigen Produkten der Phantasie. Er behauptet, ausgedehnte Reisen in praktisch alle Gegenden der Welt – einschließlich Tibets natürlich, des Mekkas aller Berufsokkultisten – unternommen zu haben. Einige, die ihn gut kannten, waren der Ansicht, er sei nicht allzu weit in den Mittleren Osten vorgedrungen, ganz zu schweigen vom Fernen Osten, und seine einschlägigen Behauptungen seien «allegorisch» oder «symbolisch» zu verstehen. Auf diesen Streifzügen – mögen sie nun stattgefunden haben oder nicht – geriet er, sei es durch Zufall, sei es, weil sie ihm auf einem goldenen Tablett serviert wurden, an gewisse entscheidende Einblicke in – na, was wohl? – das Geheimnis des Universums. Nach Jahren des Gesprächs über dieses Thema mit diversen Heiligen (zweifellos ausnahmslos Hundertjährigen) beschloß Gurdjieff, seine Entdeckungen, angemessen verpackt, dem Rest der Menschheit zukommen zu lassen, und kehrte nach Rußland zurück. In Petersburg, das in jenen Tagen die Schrecken des Ersten Weltkriegs durchlitt, begegnete er Ouspensky, der sich zu den Lehrern und Mathematikern rechnete und Bücher mit so anspruchsvollen Titeln wie *Übermensch*, *Die Vierte Dimension* und *Die Symbolik des Tarock* geschrieben hatte. Gurdjieffs Erzählungen von seinen Reisen nach Tibet und so weiter und von seinen Mitabenteuerern, die sich ‹Die Sucher der Wahrheit› nannten, ergriffen die mystische Seele des Mathematikers, und wenig später schon hielten die beiden vor der großen Gemeinde der freischwebenden Intellektuellen, die damals Petersburg bevölkerten, Reden über allgemeine Fragen des Okkultismus. Das Schicksal wollte es, daß die Zeit nicht günstig war für die Verbreitung der Freudenbotschaft; denn den Durchschnittsrussen interessierten in jenem dramatischen Jahrzehnt weniger die mystischen Wahrheiten Gurdjieffs als so irdische Dinge wie der Sturz einer tyrannischen Monarchie. Gurdjieff und Ouspensky spürten den Wandel, der in der Luft lag, und verließen 1917 die von Unruhen gezeichnete Stadt, um sich in dem Badeort Tuapse am Schwarzen Meer niederzulassen, wo sich ein kleiner Kreis von Anhängern um sie scharte. Als die Revolution ohne Rücksicht auf die beiden Männer ihren Lauf nahm, hatten sie Rußland schließlich satt und machten sich unabhängig voneinander auf den Weg nach Istanbul. Von dort aus zog Ouspensky aufgrund einer Einladung des rechtslastigen Besitzers der *Daily Mail* Lord Rothermere nach London, wo er auf eigene Faust Vorlesungen über Probleme der Mystik hielt. Gurdjieff ließ sich nach zahlreichen Abenteuern, deren Authentizität zweifelhaft ist, in Frankreich nieder, wo er in Fontainebleau in der Nähe von Paris eine exklusive Kolonie von Jüngern und Mitläufern gründete. Damit hatten sich die Wege der beiden in mehr als einer Hinsicht getrennt. Denn obwohl London und Paris keineswegs weit voneinander entfernt sind, wollte es das Schicksal, daß sie sich nie wieder trafen und schon bald keinen Zweifel mehr darüber aufkommen ließen, daß sich zwischen ihnen nicht nur eine geographische, sondern ebenso eine geistige Kluft aufgetan hatte.

Ouspensky, eine rundliche Schulmeister-Gestalt, wie man auf Fotografien sehen kann, hielt Hof im Haus Nummer 38 in Warwick Gardens, wo er vor einem Publikum aus ältlichen Intellektuellen und Kreativen regelmäßig Vortragsreihen absolvierte. Die meisten seiner Zuhörer scheinen zur Gruppe jener entwurzelten und nach Orientierung suchenden intellektuellen Seelen gehört zu haben, die den okkulten Untergrund in den Hauptstädten des Westens bevölkern. Daneben aber gab es eine durchaus stattliche Minderheit von Männern und Frauen, die tatsächlich kreativ waren und über unleugbare geistige Gaben verfügten, und die kamen, weil Neugier und Wissensdurst sie trieben, jeden Zweig am wuchernden Baum der Philosophie in Augenschein zu nehmen. Aldous Huxley und Gerald Heard zum Beispiel waren häufige, wenn auch schweigsame Besucher der Veranstaltungen Ouspenskys.

Die Vorlesungen, die er mit einem starken, fast unverständlichen russischen Akzent hielt, waren, wenn man den zeitgenössischen Berichten glauben darf, nur schwer verdaulich, und die später gedruckten Versionen verraten einen bemerkenswerten Mangel an Kenntnis selbst der einfachsten Prinzipien der Physiologie und der Psychologie. Hier soll nicht der Versuch einer Zusammenfassung dessen gemacht werden, was er zu verkünden hatte. Denen, die hinreichend Neugier aufzubringen vermögen, sei nahegelegt, ihren Verstand an seinen beiden Hauptwerken *A New Model of the Universe* und *The Fourth Way* zu messen. Diese gewichtigen Wälzer, die in okkultistischen und mystischen Zirkeln stets mit tiefer Ehrerbietung genannt werden, müssen zu den obskursten und humorlosesten Büchern gezählt werden, die je von Menschen verfaßt wurden, und wir wollen uns, was sie betrifft, mit einer einzigen Feststellung begnügen: Wenn sie – wie einige der Anhänger Ouspenskys glauben – tiefe Einsichten über die Geheimnisse des Lebens enthalten, dann ist das Universum weitaus langweiliger als die meisten von uns glauben.

Alles andere als langweilig war im Gegensatz dazu das Leben in Gurdjieffs bizarrem Haushalt in Fontainebleau. Irgendwie hatte es der völlig mittellose russische Emigrant fertiggebracht, eine große und elegante ehemalige Priorei zu pachten, die inmitten eines weitläufigen Parks lag. Der verwahrloste Zustand des Gebäudes selbst und der verwilderte, von Dornenbüschen überwucherte Park waren für ihn kein Problem; denn nachdem die Gemeinde 1922 gegründet war, wurden ihre Mitglieder unverzüglich zu Instandsetzungsarbeiten herangezogen. Gurdjieff nannte seine Gründung «Institut für die harmonische Entwicklung des Menschen», und da es eine seiner Grundideen war, daß die Menschheit unerträglich selbstgefällig geworden sei und daß man ihr diese Blasiertheit austreiben müsse, damit geistiger Fortschritt möglich werde, wurden die vielfältigen Arbeiten, die in Haus und Garten zu erledigen waren, zur entscheidenden ersten Stufe des Programms zur Überwindung der Selbstgefälligkeit erklärt. Mit der den Russen angeborenen Freude an der Bewältigung der Aufgabe, große Menschenmengen zur Handarbeit zu bewegen, hatte es Gurdjieff bald geschafft, daß sämtliche Besucher der Priorei, von der steinreichen, konfusen und juwelenbehängten amerikanischen Witwe bis zum glühenden und von Armut gezeichneten Poeten mit Löchern in den Socken, emsig wie die Biber Geschirr spülten, Fußböden schrubbten, Wände strichen und Holz sägten, Gurdjieff selbst pflegte – einen Fes auf dem Kopf, um das Türkische in sich zu unterstreichen, und ununterbrochen schwarze Zigaretten rauchend – in dem Gedränge auf und ab zuschreiten und offenbar ganz nach Lust und Laune hier ein ermutigendes Wort zu sprechen, da zu fluchen und dort zu loben. An solche, die ihm besonders gefielen, verteilte er bei seinen Rundgängen aus einer Papiertüte Süßigkeiten.

Aus einer Reihe von Berichten, unter denen einige sehr beachtliche Texte sind, da viele Anhänger Gurdjieffs über ein beträchtliches literarisches Talent verfügten, wissen wir, wie es in dem seltsamen Institut herging. Einige der Besucher blieben nur für kurze Zeit, und es fiel ihnen nicht sonderlich schwer, Gurdjieff wieder zu vergessen. Die Mehrzahl jedoch blieb und ist allem Anschein nach bis zum heutigen Tage gefesselt von der außergewöhnlichen Persönlichkeit dieses Mannes und von seiner undurchsichtigen Philosophie.

Einer der besten Originalberichte über das Leben in der Priorei stammt aus der Feder des bemerkenswerten Schriftstellers, Philosophen und Mathematikers J. G. Bennett, dessen Autobiographie *Witness* [Zeuge] die Geschichte der Suche eines hervorragenden Wissenschaftlers nach einem nichtmaterialistischen Sinn für das Leben ist. Daneben vermittelt das Buch einen faszinierenden Einblick in die sonderbare Welt des George Ivanovich Gurdjieff und der zahlreichen Satelliten unterschiedlicher Leuchtkraft, die sich um ihn scharten.

Bennett begegnete «G» (wie Gurdjieff später von seinen vielen Anhängern genannt wurde) zum erstenmal Anfang der zwanziger Jahre in Istanbul und war, obwohl alles andere als ein leicht beeindruckbarer Mann, auf der Stelle gefesselt von der außergewöhnlichen Gestalt und Person seines Gegenübers. Wie viele andere, die ähnlich hingerissen waren, versuchte Bennett später immer wieder herauszufinden, worauf der überwältigende Eindruck zurückzuführen war, den der Russe auf ihn gemacht hatte. War es der lange, schwarze, kühn nach oben gedrehte Schnurrbart oder der gewaltige, kuppelartige, kahl rasierte Schädel? War es vielleicht die kurze, gedrungene, gorillahafte Gestalt? Oder die Tatsache, daß sich das eine Auge so auffällig und doch auf so unbeschreibliche Weise von dem anderen unterschied? Bennett weiß es nicht. Am wahrscheinlichsten ist wohl, daß es die Mischung aus Gurdjieffs merkwürdiger körperlicher Erscheinung und seinem besonderen Talent war, jede Bemerkung, die er machte, und mochte sie noch so gemeinplätzig sein, auf eine Weise über die Lippen zu bringen, als trüge sie einen tiefen Sinn in sich. Dieser Trick ist nicht einfach, und mancher Politiker würde sich glücklich schätzen, wenn er ihn beherrschte. Es gibt indessen Menschen, die ihn niemals zu erlernen brauchten, und einer dieser Gesegneten war Gurdjieff.

Dieser Umstand hatte mancherlei Seltsamkeiten zur Folge. Leute, die einen Abend im Gespräch mit dem Mystiker verbrachten, hatten – besonders wenn sie den Getränken zugesprochen hatten, die er seinen Gästen in reichlichem Maße aufzudrängen pflegte – auf dem Heimweg nicht selten das Gefühl, mit Erkenntnissen bedacht worden zu sein, die an Bedeutung nicht ihresgleichen hatten. Versuchten sie am nächsten Tag, die neuerworbenen Weisheiten an Freunde weiterzugeben oder sie gar zu Papier zu bringen, dann schien es jedesmal, als seien Sinn und Bedeutung in alle Winde verflogen. Statt daraus zu schließen, daß sie der psychologischen Bauernfängerei des Meisters zum Opfer gefallen seien, sind die meisten Gurdjieff-Verehrer der Ansicht, er habe ihnen auf raffinierte Weise Informationen von ungeheurem Wert in allegorischer Form übermittelt. Niemand konnte je *genau* sagen, was er vermittelt hatte, aber alle waren stets überzeugt, daß es absolut überwältigend war.

Einen sehr ähnlichen Eindruck gewinnt man bei der Lektüre seiner Bücher, von denen nur zwei von einigem Umfang veröffentlicht wurden. Das erste dieser beiden Bücher, ein langes und undiszipliniertes Werk mit dem charakteristischen Titel *Alles und Jedes* und dem Untertitel *Beelzebubs Geschichten für seinen Enkel*, macht das Lesen zum Ärgernis. Es handelt sich um eine reine Allegorie, aber die entscheidende Botschaft, die es zu verkünden hat, scheint zu sein, daß der Mensch zwar glauben könne, er habe einen freien Willen, sei zur Selbsterkenntnis fähig und besitze eine unsterbliche Seele, daß er jedoch weder auf den freien Willen noch auf Selbsterkenntnis noch auf die unsterbliche Seele ein angeborenes Recht habe. Um diese simple Philosophie vorzutragen, braucht Gurdjieff mehr als tausend engbedruckte Seiten. Und wenn darüber hinaus noch eine zweite tiefschürfende Botschaft in dem Buch verborgen sein sollte, so ist bisher jedenfalls keiner seiner Jünger in der Lage gewesen, sie anderen Sterblichen zu nennen. Trotzdem ist es möglich, sich eine gewisse Vorstellung davon zu verschaffen, was er vermutlich sagen will.

Gurdjieff, der mit vielen anderen Philosophen das Interesse für die kosmologischen Aspekte der Seele teilt, ist der Meinung, daß der Mensch die Fähigkeit zu einer beträchtlichen Weiterentwicklung seines derzeitigen Zustandes in sich trägt. Von der traditionellen Vorliebe der Okkultisten für die magische Zahl sieben beseelt, verkündet er, der Mensch lebe auf einer von sieben Ebenen der Evolution und seine psychische Gesamtausstattung lasse sich in sieben verschiedene Zentren aufgliedern. Auf der alleruntersten Stufe der Evolutionsleiter steht nach Gurdjieff der «Instinktiv-motorische Mensch». Dabei handelt es sich nicht etwa um einen Menschen, der besonders gut Auto fahren kann, sondern vielmehr um eine blinde, instinktiv handelnde Kreatur, die ihr Leben lang ihren animalischen Wünschen und Bedürfnissen widerstandslos ausgesetzt ist. Gurdjieff macht kein Hehl daraus, daß die meisten Erdenbürger «instinktiv-motorische Menschen» sind und – was noch schlimmer ist – daß die Mehrzahl von ihnen sich in diesem Zustand wohl fühlt. Durch angemessene Bemühungen und Selbsterkenntnis, vielleicht auch aufgrund von günstigen Erbanlagen, kann es gelingen, zur Stufe Zwei vorzudringen, der Stufe des «emotionalen Menschen». Auch er ist noch das Opfer animalischer Begierden und so weiter, aber er begreift sie zumindest als motivierende Kräfte und kann sie bis zu einem bestimmten Grad manipulieren. Stufe Drei ist dem «intellektuellen Menschen» vorbehalten. Auf dieser Stufe dominieren Vernunft, Intellekt, Logik und so gut wie alles philosophische und wissenschaftliche Denken. Der «intellektuelle Mensch» lebt, wenn er auch ungeheuer zufrieden mit sich selbst sein mag und sich einbildet, er wisse eigentlich alles, was wissenswert sei, in Wahrheit in einem Narrenparadies und ist kaum weiterentwickelt als der tölpelhafte «motorische Mensch». Gurdjieff selbst lag der «intellektuelle Mensch» am allerwenigsten, und wissenschaftlich begründeten Argumenten pflegte er mit umwerfenden Erklärungen wie «Newton ganz falsch» oder «Mathematik nutzlos» zu begegnen. War es der breite russische Akzent, der jeden Widerspruch im Keim erstickte? War es die kühne Überzeugung, mit der Gurdjieff seine Weisheiten vorbrachte? Waren es der schwarze Schnurrbart und die Ringerschultern? Es ist schwer zu sagen. Tatsache bleibt jedenfalls, daß mancher weltbekannte Wissenschaftler und Philosoph in dem Château von Fontainbleu auf ganz und gar unerwartete Weise den Mann fand, der ihm gewachsen schien.

Auf der Stufe Vier der Leiter (die drei ersten Stufen liegen in Gurdjieffs einfachem Schema letztlich auf ein und derselben Ebene) steht der «Mensch des Übergangs». Einfach ausgedrückt ist dies der Mensch, der sich, obwohl er ansonsten nicht viel anders ist als der Rest, zumindest darüber im klaren ist, daß er sich verändern *will*. Mit ihm sind wir an einem kritischen Punkt der Philosophie Gurdjieffs angelangt. Der Mensch in seinem derzeitigen Stadium schläft, ist sich seines unproduktiven, sinnlosen Zustands nicht bewußt und fühlt sich durch ihn nicht beunruhigt. Sein Selbstbewußtsein und sein Glaube an die eigene Identität sind die größte aller Illusionen. Nichts ist irriger als Descartes' Satz: «Ich denke, also bin ich». Denn der Gedanke der persönlichen Identität ist der größte Irrsinn und zugleich das verführerischste aller Phantasiegebilde. Nur wenn man sich der Scheinhaftigkeit des Ich bewußt werde, so heißt es, könne man hoffen, die Leiter zu erklimmen, deren erste entscheidende Sprosse die Stufe Vier – «Mensch des Übergangs» – sei. Die restlichen drei Stufen, die theoretisch von jedem zu erreichen sind, sind die Stufen des «integrierten Menschen», der zum erstenmal ein gewisses Maß an *wirklicher* Identität erlangt, des «bewußten Menschen», der anfängt, geistige und körperliche Super-Kräfte zu entwickeln, und schließlich des «vollkommenen Menschen», der «alles, was möglich ist», erreicht hat und «in den Grenzen des Sonnensystems unsterblich ist».

Und wie konnte ein gewöhnlicher «intellektueller», «emotionaler» oder gar «instinktiv-motorischer» Mensch die goldene Leiter emporklimmen, die übrigens deutlich an die Leiter des Fortschritts bei den Scientologen erinnert? Nun, ein Weg bestand darin, daß er soviel Zeit wie möglich im ‹Institut für die harmonische Entwicklung des Menschen› verbrachte und zu seinem Gedeihen dadurch beitrug, daß er Gurdjieff viele Francs gab. Ein anderer Weg, den man beschreiten konnte, bestand in der Lektüre der Werke George Ivanovich Gurdjieffs, unter denen *Alles und Jedes* das wichtigste war. Anders als die schwülstigen, penetrant wichtigtuerischen Werke Ouspenskys, zeichnet sich *Alles und Jedes* durch die rettende Tugend des Humors aus. Auf beinahe jeder Seite schimmert der deftige und ziemlich schwerfällige Witz des Autors durch, und dann und wann kann man sich nicht des Eindrucks erwehren, als inszeniere er – vorwiegend auf Kosten des Lesers – einen Riesenspaß. Das gleiche Gefühl, daß hier jemand seinen Mitmenschen einen gewaltigen, wenn auch reichlich derben Streich spielt, erwecken die Berichte über das Leben im Château von Fontainebleau.

J. G. Bennett erinnert sich, daß bei seinem ersten Besuch eine große Zahl von Jüngern damit beschäftigt war, einen ausrangierten Flugzeughangar, der auf dem Gelände des Châteaus stand, in einen Saal zu verwandeln, in dem die merkwürdigen Tänze oder «Übungen» durchgeführt werden konnten, die Gurdjieff seinen Anhängern verschrieb. Diese «Übungen» bestanden darin, daß eine große Gruppe von bis zu fünfzig, ja sogar hundert Leuten gleichzeitig eine Folge von Bewegungen ausführte, die irgendwo zwischen Ballett und Gymnastik einzuordnen waren. Gurdjieff hatte sie in Anknüpfung an irgendeine orientalische Tradition, die er angeblich auf seinen Streifzügen durch den Osten entdeckt hatte, persönlich entwickelt. Zum größten Teil handelte es sich um recht unkomplizierte Figuren, die vorwiegend aus den Routineübungen der Ballettproben bestanden – Gurdjieff ließ gern durchblicken, daß er früher einmal in Moskau Manager einer Ballett-Truppe gewesen war. Gelegentlich allerdings konnten sie sehr schwierig werden, und ab und zu waren sie schlechterdings unmöglich, und die Mitglieder der Gruppe schlugen sich verzweifelt Knoten in die Gliedmaßen, bei deren Anblick jeden professionellen Schlangenmenschen das blanke Entsetzen gepackt hätte. Dann und wann verlangte der exzentrische Ballettmeister von ihnen, daß sie minutenlang in derart extremen Stellungen verharrten, und es war keineswegs ungewöhnlich, daß einzelne Teilnehmer bei solchen Gelegenheiten vor Erschöpfung zusammenbrachen. Ein anderer Trick, den Gurdjieff besonders liebte, begann damit, daß er der ganzen Truppe befahl, von einer Seite der Hangars auf die andere zu stürmen. Wenn alle dann mitten im Lauf waren, schrie er «Halt», und jeder versuchte, genau in der Stellung zu verharren, in der er sich im Augenblick des Halt-Kommandos befand. Die meisten gingen dabei natürlich Hals über Kopf zu Boden, blieben dort jedoch tapfer in Lauf- oder Hüpfpose liegen, so daß die riesige Halle aussah, als sei sie mit den Werken eines wahnwitzigen Bildhauers übersät. Gurdjieff, der das Ganze in einem bequemen schwarzen Akrobatentrikot und mit einem Pelzhut auf dem Kopf zu überwachen pflegte, erklärte, die «Übungen» kämen nicht nur der körperlichen Konstitution, sondern auch der Seele zugute, und man darf vermuten, daß die Teilnehmer dieser Farce der gleichen Überzeugung waren.

Ergänzt wurden die Übungen durch eine Palette von höchst sonderbaren Arbeiten, zu denen Gurdjieff gelegentlich ganz unerwartet den einen oder anderen aufforderte. Solche Aufgaben konnten darin bestehen, daß eine lange Liste von tibetanischen Wörtern auswendig gelernt werden mußte oder daß der Betroffene, sagen wir, die Wurzeln eines riesenhaften Baumes mit einer winzigen Pflanzschaufel roden durfte. Ab und zu scheinen die Aufgaben, die er besonders leichtgläubigen Mitgliedern seiner Gruppe abverlangte, einen Anflug von Grausamkeit oder Verachtung zu verraten, der nicht recht passen will zu seinem Interesse an der harmonischen Entwicklung des Menschen. J. G. Bennett erinnert sich, daß Gurdjieff einmal eine besonders einfältige Frau veranlaßte, ihre Eiscreme mit

Senf zu essen, und sie anschließend vor allen anderen lächerlich machte. Nicht von ungefähr hatte er über der Tür seines Arbeitszimmers den Aphorismus anbringen lassen: «Es ist nutzlos, durch diese Tür zu gehen, solange dein kritisches Vermögen unterentwikkelt ist.» Bewunderer Gurdjieffs vertreten heute gern die Ansicht, mit seinem empörenden Benehmen, seinen Schindereien und Spöttereien hätte er, genau wie mit seinen ungewöhnlichen Befehlen, allein den Zweck verfolgt, das kritische Vermögen seiner Jünger zu testen. Das mag zutreffen. Aber wenn es auch zutrifft, so ist gleichwohl festzustellen, daß er gelegentlich ein bißchen zu weit ging. Es gab zum Beispiel mehr als einen Selbstmord in dem Château, und auch andere Todesfälle waren zu vermelden. Die begabte neuseeländische Schriftstellerin Katherine Mansfield, eine Freundin von D. H. Lawrence, war fasziniert von Gurdjieff und besuchte ihn 1923 in Fontainebleau. Obgleich sie an Tuberkulose erkrankt war, wurde sie von Gurdjieff, der sich für einen medizinischen und psychologischen Experten hielt, gedrängt, ihre Krankheit zu ignorieren und auf dem Speicher über dem Kuhstall zu schlafen. Sie tat es, und J. G. Bennett erinnert sich, daß bei seiner Ankunft im Château die ganze Kolonie völlig aus dem Häuschen war wegen der wundersamen Heilung, die seine Behandlung bewirkt hatte. Eine Woche später war Katherine Mansfield – fünfunddreißig Jahre alt – gestorben. Dieser Rückschlag änderte freilich nichts an der Tatsache, daß sich Gurdjieff für einen großen Zauberdoktor hielt, und bis an sein Lebensende pflegte er mit feierlicher Miene Kräutermixturen und die seltsamste Krankenkost zu verschreiben, an alle Welt starke schmerzstillende Arzneimittel zu verteilen und Vorträge über die Schrecken des Penicillins usw. zu halten. Selber ein begeisterter Esser, wenn ihm der Sinn danach stand, ließ der Institutsleiter an die schwerarbeitenden Horden eintönige und in der Regel unzureichende Mahlzeiten austeilen. Überlebenden ist besonders lebhaft ein grauenhafter Kaffee in Erinnerung – Gurdjieffs eigene Erfindung –, der aus zermahlenen Eicheln hergestellt wurde. Einmal in der Woche jedoch belebte sich die Speisekarte, und am Abend wurde ein Festessen veranstaltet, bei dem sich die Tische bogen, und an dem alle teilnehmen mußten. Bei diesen Gelagen pflegte Gurdjieff, der ein großer Trinker war, eine lange Reihe von Toasts auf «Idioten» verschiedenster Sorte auszubringen, bei denen jeder, ob Abstinenzler oder nicht, verpflichtet war mitzutrinken. Diejenigen, die gern Alkohol tranken, genossen solche Abende; für die anderen gerieten sie regelmäßig zum Alptraum. Die zahlreichen kleinen und großen Biographen des Russen haben wieder und wieder versucht, den Sinn der «Idioten-Toasts» zu deuten, und die meisten kamen zu dem Schluß, daß das ziemlich eindeutige Wort irgendeine symbolische Bedeutung hatte. Niemand, so scheint es, hat je ernsthaft in Erwägung gezogen, daß mit den Idioten all jene gemeint waren, die sich um den Tisch versammelt hatten, obwohl man sich des Eindrucks nicht erwehren kann, daß Gurdjieff, den Fes schief auf dem Kopf und das Gesicht gerötet und glänzend, sehr wohl wußte, wer gemeint war, wenn er das Glas zum Toast erhob.

Eine andere beliebte Abwechslung waren ausgedehnte Landpartien mit dem Auto. Gurdjieff liebte das Drum und Dran des Picknicks, und man verbrachte Stunden damit, Körbe, prall gefüllt mit Champagner- und Wodkaflaschen, mit Kaviar und Dutzenden von riesigen Melonen, in die Wagen zu laden. Zur festgesetzten Stunde nahm Gurdjieff, die brennende Zigarette in einer langen schwarzen Spitze, im Fond eines gewaltigen, offenen Halblandauers Platz, und der Konvoi setzte sich in Richtung Vichy oder wohin es sonst gehen mochte in Bewegung. Es muß ein seltsamer Anblick gewesen sein. Gelegentlich gab Gurdjieff, wenn die Kolonne gerade durch ein halbverfallenes Dorf donnerte, das Kommando zum Halten, und alle zogen zum Zwecke der Erfrischung in ein Café. Dort wurden dann zahllose Toasts ausgebracht, und Gurdjieff, dessen Taschen stets voller Tausend-Franc-Noten (die natürlich anderen Leuten gehörten) steckten, versetzte die örtliche Bauernschaft in Staunen, indem er für alle etwas zu trinken kaufte und auf einem kleinen, mit einer Hand zu bedienenden Akkordeon spielte. Meist lenkte ein russischer Chauffeur den Wagen des Meisters, aber dann und wann fühlte sich Gurdjieff gedrängt, das Steuer selbst in die Hand zu nehmen. In solchen Augenblicken verbreitete sich Entsetzen unter der Picknickgesellschaft, denn er war, ob nüchtern oder betrunken, ein katastrophaler Fahrer und hatte bereits eine Vielzahl von spektakulären Autounfällen hinter sich, bei denen er stets wundersamerweise mit dem Leben davonkam, wenn er auch jedesmal monatelang übel zugerichtet aussah. Sein Tod im Jahre 1949 scheint denn auch durch eine dieser Picknickkarambolagen beschleunigt worden zu sein.

Die Faszination, die dieser ungewöhnliche Mann auf andere ausübte, ist in der Tat kaum zu begreifen. Seine engagiertesten Anhänger waren zweifellos jene, die ihm persönlich begegneten und so seine Ausstrahlung gleichsam am eigenen Leibe erlebten – eine Ausstrahlung, die sich mit den Begriffen der Wissenschaft und der Psychologie nicht erklären läßt. Die meisten der Kultgestalten, von denen in diesem Buch die Rede war, zeichneten sich durch diese Anziehungskraft aus, die sie offenbar mit weniger erfreulichen Gestalten wie Hitler und Mussolini teilten, die zu ihren Lebzeiten eine ungeheure persönliche Macht ausübten. Was immer dieses Etwas gewesen sein mag, George Ivanovich Gurdjieff war damit reichlich gesegnet, und wenn es eines Tages irgendeinem Psychologen gelingt, es zu identifizieren und zu erklären, dann werden wir alle sehr viel mehr über die menschliche Natur wissen als heutzutage.

Das Interesse an Gurdjieffs – und in geringerem Maße auch an Ouspenskys – Ideen lebt noch heute in England und den USA weiter. In New York, 123 East 63rd Street, hat eine Gurdjieff-Stiftung ihren Sitz, und auch in Los Angeles und San Francisco gibt es Gurdjieff-Zentren. Die Wiederbelebung des Interesses an den Ideen des russischen Mystikers geht zu einem guten Teil auf Bücher zurück, die einige seiner hochgebildeten Bewunderer wie Bennett, der Arzt Kenneth Walker (den wir bereits als Propagandisten der «Black Box» de la Warrs kennengelernt haben) und der produktive Colin Wilson schrieben, dessen Bücher *The Outsider* und *Religion and the Rebel* das Wiederaufleben des Interesses der Jugend an der Mystik verkündeten. Dennoch ist nicht zu übersehen, daß der Mensch Gurdjieff und seine Philosophie, die Wilson als esoterisches Christentum kennzeichnet, tief in den politisch unruhigen Jahren zwischen den beiden Weltkriegen verwurzelt ist, in einer Zeit also, in der viele Menschen durch die Ereignisse von 1914/18 ihren Glauben an das Leben und seinen Sinn verloren hatten. Für sie hatte Gurdjieff eine – vielleicht echte – Botschaft, die besagte, daß der derzeitige Zustand des Menschen absurd und sinnlos sei, daß er jedoch die Kraft zum Wandel in sich trage.

Irgendwie überlebte Gurdjieff den Krieg und die Besetzung von Paris. Das Institut in Fontainebleau bestand nicht mehr, und da er niemals einen Beruf erlernt hatte, hätte es für ihn durchaus schwierig werden können, Leib und Seele zusammenzuhalten. Zum Glück ließ ihn seine Wortgewalt nicht im Stich, und unter dem Vorwand, er sei der Erbe des Woolworth-Vermögens, gelang es ihm, sehr beträchtliche Summen zusammenzuborgen. Die Überraschung seiner Gläubiger war groß, als am Ende des Krieges wohlhabende Bewunderer aus der alten Zeit in Scharen nach Paris strömten und seine Schulden beglichen. Bald darauf plante er eine Reise in die Vereinigten Staaten, aber Probleme mit der französischen Polizei, die dazu führten, daß er für kurze Zeit wegen Vergehens gegen die Devisenbestimmungen ins Gefängnis mußte, verzögerten die Abreise. Plötzlich wurde er alt. Der schwarze Schnurrbart wurde schneeweiß und begann herabzuhängen, und seine mächtige Gestalt wirkte gebückt und müde. Ein schwerer Autounfall im Jahre 1948 kostete ihn fast das Leben. Er wurde wassersüchtig und starb am 29. Oktober 1949 unter großen Schmerzen im Amerikanischen Krankenhaus. Für einen Mystiker hatte er stets eine erstaunlich hohe Meinung von den technischen Errungenschaften der Vereinigten Staaten gehabt, und eines seiner letzten Worte, als er den Blick über die eindrucksvollen Geräte wandern ließ, die sein Bett umstanden, war denn auch: «Bravo Amerika.»

2. Kapitel
Diverse Heilige

Gurdjieffs Beziehungen zum Orient und seine zweifelhaften Wanderungen durch Tibet und andere mystische Gegenden der Welt machen ihn eindeutig zu einem Abgesandten des Ostens. Überdies steht fest, daß die Schar der Anhänger, die sein seltsames Institut in Fontainebleau unterstützten, und all jene, die ihm noch heute, ein Vierteljahrhundert nach seinem Tode, ihren Tribut zollen, ihn als einen Mann betrachten, dem der westliche Mensch wichtige Einblicke in die Weisheit des Ostens verdankt. Er war sicherlich nicht der erste seiner Art, wenn auch gewiß einer der erfolgreichsten. Zu Beginn des letzten Viertels des 19. Jahrhunderts kamen zwei bemerkenswerte Frauen, Annie Besant und die Amerikanerin Madame Helena Blavatsky, zu der Überzeugung, daß der indische Subkontinent die Wiedergeburt der Religion als einer beherrschenden Kraft im Leben des Menschen erleben werde, und gründeten die Theosophische Gesellschaft mit Sitz in Madras. Madame Blavatsky, alles in allem die gewichtigere der beiden, behauptete, sie sei von verborgenen Meistern, Geheimen Brüdern und so weiter im Himalaja inspiriert worden und untermauerte ihre Behauptung mit eindrucksvollen Demonstrationen psychischer Phänomene, zu denen hellseherische Botschaften ebenso gehörten wie das Erklingen astraler Glocken.

Die Theosophie – wörtlich Gottesweisheit – wurde von Bewohnern der westlichen Welt vorwiegend für Bewohner der westlichen Welt geschaffen, basierte jedoch in hohem Maße auf vedischen, buddhistischen und brahmanistischen Texten. Obwohl sich ihre Begründerinnen alle Mühe gaben, den östlichen Charakter der Theosophie zu unterstreichen – zum Beispiel, indem sie in Indien lebten und eine indische Stadt zum Sitz der Bewegung machten –, haben Menschen der östlichen Welt nie besonders viel Begeisterung für sie aufgebracht. Sie predigt eine Lehre, die sich nicht sonderlich von den meisten anderen ‹Sophien› und ‹Logien› der Vergangenheit und der Moderne unterscheidet: die Lehre nämlich, daß der Mensch fähig ist, das Wesen Gottes intuitiv zu erfassen. Der Weg zu diesem Wissen übrigens führt über Theorie und Praxis des Yoga. Ein dreifaches Ziel wird mit der Lehre verfolgt: (1) die Schaffung einer Universalen Bruderschaft, die keine Rassenschranken kennt; (2) die Förderung vergleichender Religionsstudien; (3) die Erforschung angeblich paranormaler Fähigkeiten des Menschen wie Telepathie und Hellsehen, an die im 19. Jahrhundert fest geglaubt wurde.

Nicht zuletzt dank der Ausstrahlung und des Bekanntheitsgrades der Madame Blavatsky erregte die Bewegung in ihren Anfängen bei der intellektuellen Mittel- und Oberschicht ein erhebliches Interesse, und selbst Leute mit beachtlichem kreativem Vermögen wie zum Beispiel der Wissenschaftler und Philosoph Rudolf Steiner schlossen sich ihr, wenn auch nur vorübergehend, an. Die Problematik der Theosophischen Gesellschaft lag darin, daß sie von zwei überaus eigenwilligen Damen geleitet wurde, und fast wäre sie bereits in ihrer Frühphase an den gerichtlichen Auseinandersetzungen und Streitereien um ihre Führung gescheitert. Besonders schwierig wurde die Situation nach dem Tode der Madame Blavatsky im Jahr 1891, wenn auch Mrs. Besant am Ende triumphierte. Knapp ein Jahr, nachdem sie zur Präsidentin gewählt worden war, brachte sie die Gesellschaft unerwartet auf einen Kurs, der zu einer tiefen Spaltung der Bewegung führte, von der sie sich nie mehr ganz erholte. Mrs. Besant machte ein Brahmanen-Kind namens Jiddu Krishnamurti zum neuen Messias – eine dramatische Geste, die besagte, daß Christus in der Gestalt eines indischen Kindes zur Erde zurückgekehrt war.

Einige Mitglieder der Gesellschaft waren so empört darüber, daß Mrs. Besant es gewagt hatte, ohne ihre Zustimmung den Nachfolger Christi zu entdecken, daß die Bewegung zerbrach. Eine der angesehensten Gestalten unter den Abtrünnigen war Rudolf Steiner, der nach Europa zurückkehrte und 1912 seine eigene okkulte Bewegung, die Anthroposophie, ins Leben rief. Steiner, der stark von den Schriften Goethes beeinflußt war, ließ in der Schweiz das Goetheanum errichten, ein mächtiges Gebäude von bizarrer, aber gleichwohl eindrucksvoller Architektur, das noch heute das Zentrum der Aktivitäten seiner Bewegung ist. Im Vergleich zur Theosophie hat sich die Anthroposophie nach und nach als die bedeutsamere Lehre entpuppt, die eine Reihe von anerkannten Dichtern und Künstlern – wie etwa den Maler Kandinsky – in ihren Bann zog. Trotz ihrer reichlich verworrenen Vorstellungen von der Heilkraft farbiger Lichtstrahlen können die Anhänger Steiners auf bemerkenswerte Erfolge in ihren Schulen verweisen, in denen sie sich vor allem auch zurückgebliebener oder behinderter Kinder annehmen. Ob diese Erfolge vorwiegend auf die Wirksamkeit der Farbtherapie oder in erster Linie auf die Sorgfalt und Hingabe zurückzuführen sind, mit denen man sich der Unterrichtung der Kinder widmet, sei dahingestellt. Fest steht jedenfalls, daß in diesen Schulen nützliche Arbeit geleistet wird.

Aber kehren wir zur Theosophischen Gesellschaft oder ihrem kümmerlichen Rest zurück. Das erschütternde Drama des Krishnamurti wurde mit großem Ernst in Szene gesetzt. Trotz der Proteste des Vaters, der die Vergöttlichung seines Sohnes als Sakrileg betrachtete, und trotz der Mißfallenskundgebungen der Presse und der Kirche stellte Mrs. Besant den verwirrten Jungen in der ganzen Welt zur Schau und verkündete, er sei der langersehnte zweite Messias. Was Krishnamurti selber von alledem hielt, kann nur vermutet werden. Es ist zweifelhaft, ob er auch nur einen Augenblick lang an seinen angeblich göttlichen Ursprung glaubte, und wo er den Eindruck erwecken mußte, als glaube er tatsächlich daran, da tat er es vermutlich, um die Gefühle der Mrs. Besant nicht zu verletzten, die er bei all ihrem exzentrischen Gebaren für eine freundliche Seele hielt. Nach neunundzwanzig Jahren wachsender Frustration und Verlegenheit jedoch war er am Ende seiner Kraft, und 1929 brachte er den traurigen Rest der theosophischen Bewegung ins Schwanken, indem er in den USA vor zahlreichen Zuhörern auf seine göttliche Krone verzichtete und erklärte, er sei nicht mehr als ein ganz gewöhnlicher Sterblicher. Für Annie Besant war das ein harter Schlag, aber für eine Weile rührte sie noch weiter die Trommel, bis sie 1933 im Alter von fünfundneunzig Jahren in der schönen Gewißheit ihrer eigenen Reinkarnation das Zeitliche segnete. Was Krishnamurti betrifft, so sollte er schon sehr bald die Erfahrung machen, daß das Leben eines Gottes im Ruhestand weder das glücklichste noch das ertragreichste ist. Seit einigen Jahren reist er unermüdlich in der Welt umher und hält Vorträge über Mystisches und Okkultistisches.

Eine der neuesten Verkörperungen östlicher Weisheit, die im Westen von sich reden machten, und vielleicht sogar die bislang berühmteste, ist natürlich der Maharishi Yogi. Unter Kennern freilich wird diesem heiligen Burschen, der weitgehend eine Schöpfung der Beatles ist und sich erstaunlich heimisch fühlt in der Welt der Jumbo Jets, der TV-Kameras und der aus pflanzlichem Eiweiß zusammengebackenen Steaks, wenig Bedeutung beigemessen. Die Tatsache jedoch, daß er sozusagen über Nacht zur Berühmtheit wurde, zeigt deutlich, wie empfänglich man zur Zeit bei uns für alle Yogis und östlichen Weisen ist. Gewichtiger und von nachhaltigerer Wirkung ist ein Kult, dem wir uns ein wenig ausgiebiger widmen wollen: der Subud.

Der Mann, der mehr als jeder andere dafür sorgte, daß Subud in England und Amerika eingeführt wurde, war der Mathematiker und Schriftsteller J. G. Bennett, den wir bereits in seiner Rolle als Gurdjieff-Schüler kennengelernt haben. Bennett, dessen Lebensgeschichte ein Mosaik aus Abenteuer, wissenschaftlicher Entdeckung, philosophischer Spekulation und einem unermüdlichen Streben nach geistiger Erleuchtung ist, hatte nie ein Hehl aus seiner Bewunderung für den komplizierten Russen gemacht und seit dessen Tod intensiv nach einem würdigen Nachfolger für ihn Ausschau gehalten. Auf seinen Reisen um die Welt stieß er immer wieder auf das Gerücht, die Heraufkunft einer machtvollen geistigen Gestalt asiatischen Ursprungs stehe bevor – einer Gestalt, die das religiöse Leben in Ost und West zutiefst beeinflussen werde. Gurdjieff hatte, als sich sein Leben dem Ende zuneigte, Bennett feierlich erklärt: «Wenn ich gegangen bin, wird ein anderer kommen. Du wirst nicht alleingelassen werden.» Bennett, der den erfreulich vorurteilslosen Standpunkt vertrat, eine interessante Prophezeiung sei es allemal wert, zur Kenntnis genommen zu werden, vertraute die Information seinem Gedächtnis an. Ein Jahr später hörte er zum erstenmal von dem indonesischen Mönch Pak Subuh, von dem es hieß, er stehe an der Spitze einer großen religiösen Bewegung in Ostasien und verfüge über Wunderkräfte.

Zuerst, so erinnert sich Bennett, verspürte er nur ein vages Interesse, da er vermutete, die neue Subud-Bewegung sei nichts weiter als eine winzige Ablenkungsszene im gigantischen Welttheater der Religionen. Schon bald aber sah er sich von Freunden und Bekannten gedrängt, der Sache nachzugehen. Auch hörte er von dem sogenannten *Latihan*, einer einzigartigen mystischen Erfahrung, die, wie es hieß, die Jünger des Subuh und die Anhänger seiner Lebensweise überkomme. Nach Gesprächen mit Freunden, die das *Latihan* erlebt hatten und sich stark beeindruckt zeigten von dem Wandel, der sich in ihrem Leben und ihrer Person vollzogen hatte, beschloß Bennett, der Sache selber auf den Grund zu gehen.

Das *Latihan* ähnelt im Prinzip insofern vielen anderen Formen der geistigen oder seelischen Wandlung, als es darauf basiert, daß sich der einzelne empfänglich macht für die metaphysischen oder göttlichen Kräfte des Universums. Öffentliche Konversionen und Bekenntnisse, wie sie bei den fundamentalistischen Sekten praktiziert werden, sind nüchterne Beispiele dafür. Und es ist vermutlich der Ausdruck «das Licht sehen», mit dem das Erlebnis am häufigsten und treffendsten umschrieben wird. Das *Latihan*, dem man sich in Gegenwart und unter Aufsicht eines (von Pak Subuh persönlich ausgebildeten) Adepten unterziehen muß, beginnt prosaisch genug mit einer Periode der stummen Meditation. Irgendwann nach Minuten, Stunden oder gar Wochen wird man sich einer bedeutsamen Veränderung in der Persönlichkeit bewußt, eine Wahrnehmung, die mit einem überwältigenden Gefühl der Ruhe und der Erkenntnis – oder «Wissendheit» (*knowingness*), wie derlei Dinge in der Welt des Okkultismus häufig genannt werden – verbunden sein kann. Wie bei ähnlichen Anlässen in anderen Bereichen der Mystik, so ist auch hier die Wirkung des Ereignisses (der «Öffnung», wie es in der Sprache des Subud heißt) nicht von Dauer, sondern muß in bestimmten Abständen durch weitere *Latihans* erneuert werden. Gelegentlich kann es geschehen, daß der Betroffene dem psychischen Ansturm des *Latihan* nicht gewachsen ist und etwas erlebt, das einem schlechten LSD-Trip vergleichbar ist. Anhänger des Subud wissen eine Menge zu berichten von dem Schreien und Heulen der auf solche Reisen geratenen Glaubensgenossen. Bennett selbst wurde einmal von einem tatkräftigen Herrn, der wie King Kong im Subud-Zentrum wütete, Türen zerschmetterte und von mehreren Männern zur Ruhe gebracht werden mußte, eine Rippe gebrochen. Glücklicherweise waren solche Vorkommnisse eher die Ausnahme als die Regel, und Bennetts eigenes erstes *Latihan* war ein verhältnismäßig würdiges Ereignis, das ihm nichts anderes bescherte als eine Periode des «fast ungebrochenen Bewußtseins, frei von jeder geistigen Aktivität und dennoch ungeheuer lebendig und glückselig».

Diese Erfahrung und die Berichte von den Erfolgen des Pak Subuh im Fernen Osten waren es in erster Linie, die den Mathematiker veranlaßten, einen folgenschweren Entschluß zu fassen. Es war der Entschluß, die Arbeit an seinem vierbändigen kosmologischen Epos *The Dramatic Universe* (einem Werk, das abstrus und obskur genug war, um von einem Kritiker, der den ersten Band in der wissenschaftlichen Zeitschrift *Nature* besprach, als abschreckendes Beispiel dafür bezeichnet zu werden, was einem Wissenschaftler passieren kann, wenn er sich auf das Gebiet der phantastischen Spekulationen begibt) abzubrechen und sich auf das Studium und die Förderung der neuen Religion zu konzentrieren. Bennett hatte die verschleierten Hinweise auf einen großen Nachfolger, die Gurdjieff sein Leben lang gegeben hatte, nicht vergessen, und war überzeugt, daß Pak Subuh der neue Messias war. Im März 1957 traf der indonesische Mönch auf seine persönliche Einladung hin in England ein und bezog in Coombe Springs, Bennetts großem Haus in der Nähe von Kingston, Surrey, Quartier. Mit diesem Schritt wurde eine Folge von Ereignissen ausgelöst, die in einer Woge von Sensationen gipfelten, die Subuh und seine Anhänger von heute auf morgen in die Schlagzeilen der Weltpresse trug.

Bei seiner Ankunft sah der neue Messias, schmächtig, bebrillt und mit sanfter Stimme, wie ein ganz gewöhnlicher indonesischer Mönch aus. Der offenkundige Gegensatz zu Gurdjieffs dominierender äußerer Erscheinung und Persönlichkeit beeindruckte Bennett. Wie bei den meisten Messias-Gestalten, so bleiben auch bei Bennetts Mönch die Einzelheiten seiner Biographie weitgehend unerforschlich. 1901 als kränkliches Kind geboren, erhielt er auf den Rat eines vorüberziehenden Bettlers hin (wie das Leben im geheimnisvollen Osten so spielt) den neuen Namen Mohammed Subuh, woraufhin sich sein Gesundheitszustand auf wundersame Weise besserte.

J. G. Bennetts Ansehen unter den zahlreichen Erforschern und Fanatikern der Grenzbereiche zwischen Wissenschaft und Religion war so groß, daß sich die Nachricht von Pak Subuhs Ankunft in Windeseile in der Welt verbreitete. Obgleich er alles tat, um zu vermeiden, daß jene wilden Gerüchte entstanden, die bedeutende Kultgestalten auf all ihren Wegen zu begleiten pflegen, kündeten die Buschtrommeln des Übersinnlichen schon bald von Wunderheilungen und Offenbarungen in der Villa von Kingston. Alles wäre vielleicht in Ordnung gewesen, wären die Gerüchte nicht über die Grenzen der verhältnismäßig kleinen Welt der Enthusiasten des Übersinnlichen hinausgedrungen. Aber es dauerte nicht lange, bis die Presse ihre feinen Ohren spitzte. Der Höhepunkt bahnte sich an, als die attraktive Schauspielerin Eva Bartok, deren stürmischer Filmkarriere Skandale und persönliche Tragödien ein Ende bereitet hatten, bei Subuh Einzug hielt.

Eva Bartok, die schwanger und psychisch erschöpft war, hatte bereits eine Zeitlang bei den Lehren Gurdjieffs Zuflucht gesucht. Daß sie während der Dreharbeiten zu einem Film Hollywood verließ und nach Coombe Springs reiste, erregte bei den Presseleuten beachtliches Aufsehen. Bei ihrer Ankunft «identifizierte» sie die Villa als das Haus, das sie einst in einer Vision gesehen hatte, und Pak Subuh machte sofort einen tiefen Eindruck auf sie. Ihre sensationelle Heilung nach dem *Latihan* und die Tatsache, daß sie danach trotz der düsteren Voraussagen der Ärzte ein normales, gesundes Kind zur Welt brachte, schlugen wie eine Bombe ein. Reporter bestürmten das Haus in hellen Scharen, interviewten jeden, den sie zu Gesicht bekamen, und verbreiteten jene Atmosphäre der Planlosigkeit und Aufgeregtheit, die überall dort herrscht, wo die Presse leibhaftig zugegen ist. Das Presso-Echo wiederum ließ die Zahl derer, die sich für Subud interessierten oder auch nur neugierig darauf waren, sprunghaft in die Höhe schnellen, und in einem einzigen Monat des Jahres 1957 wurden fast fünfhundert Neulinge durch das *Latihan* «geöffnet». Viele von ihnen verhielten sich anschließend höchst seltsam und unkalkulierbar. Ein Mann, zum Beispiel, war derart überwältigt von alledem, daß er sich hinlegte und kurz darauf starb – ein Vorfall, den Subuh zu Recht als Warnung bezeichnete. Sonderbarerweise ließ sich an dem Leichnam keine sichtbare Todesursache feststellen; Herz, Lungen, Gehirn und so weiter waren durchaus gesund. Es war alles hochgradig mysteriös, und man kann verstehen, daß die Betroffenen mit aufgewühlten Gefühlen reagierten. In jenem heißen Sommer müssen die Anhänger Subuhs den Eindruck gehabt haben, daß die Augen der ganzen Welt auf die Villa in Surrey gerichtet waren, neben der ein neunseitiges Gebäude errichtet wurde, dessen Hauptachse nach Fontainebleau zeigte, wo Gurdjieff begraben lag. In Bennetts Buch *Witness* findet sich ein Foto, auf dem der große amerikanische Architekt Frank Lloyd Wright in Betrachtung des Bauwerks zu sehen ist, dessen sonderbarer Name Djamichunatra aus dem 46. Kapitel von Gurdjieffs *Alles und Jedes* stammte.

Subuh selbst scheint zunächst nichts dagegen gehabt zu haben, daß man ihm Gurdjieffs Mantel überstreifte, und am neunten Todestag des Russen versammelte sich eine große Menschenmenge, um seine merkwürdige Musik zu hören, die der begabte Dirigent Basil Cameron eigens zu diesem Zweck für ein großes Orchester arrangiert hatte. Bennett und seine Kollegen waren mittlerweile fest davon überzeugt, daß Subuh dazu ausersehen war, die geistige Welt zu erobern, und als wolle er diese Botschaft aller Welt vor Augen führen, erschien prompt ein neuer Komet – der Arland-Rouland – am Himmel. Was konnte dieses Zeichen anderes bedeuten als «Die

Heraufkunft des Subud im Westen»? Es folgte eine ausgedehnte Welttournee, die in New York, Honolulu, Sydney, Mexico City und anderen großen Städten ein frenetisches Presse-Echo provozierte und 1959 in einem gigantischen Internationalen Kongreß in Coombe Springs gipfelte, an dem vierhundert Delegierte aus vierzig Ländern teilnahmen, und der ein weithin sichtbares Zeichen für den meteorhaften Aufschwung der Bewegung war.

Mit dieser Veranstaltung hatten die Subud-Bewegung und ihr bescheidener und recht zurückhaltender Führer oder Prophet ihren absoluten Kulminationspunkt erreicht. Der Mönch, der stets großen Wert auf die Feststellung gelegt hatte, daß er kein Messias sei, begann weit weniger Begeisterung für seine Anhänger zu demonstrieren, als vielen von ihnen lieb gewesen wäre, und die nur locker gefügte Organisation wurde schon bald von internen Zwistigkeiten und Führungsproblemen bedroht. Noch bevor das Jahr 1960 vorüber war, hatte die Presse ihr Interesse verloren, der Troß begann Coombe Springs den Rücken zu kehren und Pak Subuh verließ England, um sich in sonnigeren Breiten niederzulassen. Heute ist die Subud-Bewegung zu einer Randerscheinung der okkulten Szene geschrumpft, zu einer Religion östlichen Stils mit einigen Anhängern im Westen, die nur noch ein schwacher Abglanz dessen ist, was sie einmal war. Verbindungen zu den übriggebliebenen Gurdijeffianern (die selbst ein bestürzend unharmonisches Bild bieten) bestehen fast gar nicht mehr. Vor ein paar Jahren gab es noch einmal eine kurze Aufregung, als ein vom Architekten-Verband hinausgeworfener Lehrer behauptete, die Organisation befinde sich in den Händen von Subud-Anhängern. Der damalige Vorsitzende des Verbandes, John Lloyd, gab zwar zu, selber ein Subud-Anhänger zu sein, bestritt aber, daß der Verband in irgendeiner Weise von seinen privaten Neigungen beeinflußt werde und fragte völlig zu Recht, was das ganze Theater überhaupt solle. Abgesehen von diesem Vorfall, scheint das Wort ‹Subud› schon seit einiger Zeit keinen Journalisten mehr zu einer Zeile zu animieren. Eine Zählung ergab jüngst, daß es auf der ganzen Welt ungefähr 15 000 Seelen gibt, die irgendwann einmal durch das *Latihan* «geöffnet» wurden. Diese Zahl ist nicht groß, und sie verdeutlicht, daß Schlagzeilen allein einen Kult noch nicht erfolgreich machen. J. B. Bennett, dessen unruhigem Geist und außergewöhnlichem persönlichen Engagement es weitgehend zuzuschreiben ist, daß der indonesische Mystiker bei uns Fuß fassen konnte, wandert inzwischen auf einem ausgetreteneren Pfad. 1968 trat er der römisch-katholischen Kirche bei.

Wie viele der intellektuell orientierten Kulte unserer Zeit sprach Subud fast ausschließlich Angehörige eines gebildeten und desillusionierten Bürgertums an. Ein intellektuell weniger anspruchsvoller Kult ist dagegen der des Hare Krishna, dessen glühende Anhänger in malerischen Gewändern umherziehen. Auch sie verdanken ihre Popularität den beiden Beatles George Harrison und Paul McCartney (zwei jungen Männern, die zu ihrer Zeit über eine ungeheure gesellschaftliche Macht verfügten), wenngleich die Bewegung bereits vor fünfundzwanzig Jahren von dem Mystiker Swami Prabhupad aus Kalkutta gegründet und 1965 im Westen eingeführt wurde. Ihr Leitgedanke ist, daß die Lehren des großen Krishna, dem die Welt die Bhagavadgita verdankt, zum Schaden der Menschheit verfälscht und ignoriert wurden. Der erste und wichtigste Schritt zur Wiedererlangung der Reichtümer dieser Welt besteht in der Rückbesinnung auf Krishna und seine Lehren – die in der Tat Bewunderung verdienen, da sie die Forderung nach Beendigung aller Kriege, nach einer die gesamte Menschheit umfassenden Liebe und nach hinreichend Essen und Trinken für alle beinhalten. Diejenigen nun, die sich von diesen Zielen inspiriert fühlen, machen es sich zur Aufgabe, die Aufmerksamkeit der Welt auf den Namen Krishnas zu lenken, indem sie auf öffentlichen Plätzen «Hare Krishna ... Hare Krishna» vor sich hinsingen. Daher die interessanten Prozessionen safrangelb gewandeter Jungen und Mädchen – die Männer mit kahlgeschorenen Köpfen, die Frauen mit Schönheitsflecken auf der Stirn –, die Glöckchen schwingend und die magischen Worte psalmodierend durch die Straßen unserer großen Städte ziehen.

Tatsächlich wissen Psychologen, daß einzelne Worte oder Wortfolgen, wenn sie oft genug wiederholt werden, anfangen, auf eine seltsame Weise ihren Charakter zu verändern. Dieses Phänomen läßt sich nicht allein durch den Zungenbrecher-Effekt erklären, der sich bei einem endlosen Wiederholen einstellt (das «Hare Krishna» wird schon nach einigen Wiederholungen undeutlicher). Denn auch ein Wort, das immer wieder von einem Tonband abgespielt wird, verändert sich auf die gleiche merkwürdige Weise. Dieser überraschende Effekt, den jeder mit einem Aufnahmegerät und einer Tonbandschleife nachvollziehen kann, hat zu mancherlei ernsthaften psychologischen Experimenten Anlaß gegeben, und man glaubt, daß er etwas aussagt über das Wesen des Hörvorganges. Es ist durchaus wahrscheinlich, daß er auch bei der Entstehung des Mantra eine Rolle gespielt hat, das aus einem Satz oder Gebet besteht, dem bei ständiger Wiederholung eine ganz besondere geistige Bedeutung zuwachsen soll. Natürlich gab es das Mantra lange bevor Psychologen zu experimentieren begannen, aber es ist nicht uninteressant, daß am Ende der von den Beatles aufgenommenen Langspielplatte *Sergeant Pepper* ein einzelner Satz – *«Fug you fugging superman»* – unentwegt wiederholt wird. Ein Beispiel dafür, wie das Mantra in die Pop-Kultur der späten sechziger Jahre integriert wurde.

Die Hare Krishna-Gruppen, zu denen viele Amerikaner gehörten, die vor Entsetzen über den Krieg ihres Landes in Vietnam ausgewandert waren, wurden bei ihrem ersten Erscheinen auf den Straßen Europas als mittlere Sensation empfunden und erfreuten sich einer ziemlich beträchtlichen Gefolgschaft. In einer weiträumigen viktorianischen Villa in Bury Place wurde ein «Tempel» eröffnet, in dem man montags, mittwochs und freitags Vorlesungen lauschen und singen konnte, während sonntags als besondere Attraktion ein Liebefest veranstaltet wurde. In einer bestimmten Phase ihrer Entwicklung schien die Bewegung besonders erfolgreich; denn die Scharen der singenden Hare Krishna-Jünger wuchsen sich zu einem echten Verkehrshindernis aus. Außerdem führte der Lärm, den so viele begeisterte Stimmen mit ihrem Mantra verursachten, zu Klagen von seiten der Bevölkerung. Die Folge war, daß sich die Londoner Polizei für die Angelegenheit zu interessieren begann. Seit dieser Zeit – ob nun aufgrund des polizeilichen Interesses oder nicht – ging die Zahl der safrangelb gewandeten, kahlköpfigen Gestalten im Straßeneinsatz zurück. Der wahrscheinlichste Grund für diese Entwicklung ist nicht die Verfolgung durch die Polizei, sondern vielmehr die Tatsache, daß die Bewegung an einem deutlichen Mangel an Substanz und einem zu wenig dynamischen Führer krankt – der Swami Prabhupad ist ein gütiger und zurückhaltender Siebziger. Obwohl sie behaupten, über fünfunddreißig Tempel in verschiedenen Teilen der Welt zu verfügen, und obwohl ihre geradezu rührende Lebensanschauung von jedermann akzeptiert werden kann, werden die Hare Krishna-Leute in den siebziger Jahren kaum die Welt erobern, wie sie hoffen und glauben. Wahrscheinlicher ist, daß die Bewegung still und weitgehend unbemerkt in der Versenkung verschwinden wird. Vielleicht wird ihren Jüngern nach dem ersten Begeisterungstaumel nach und nach bewußt, daß die Veränderung, die die Welt ohne Zweifel braucht, kaum durch die endlose Wiederholung der «Hare Krishna»-Formel herbeigeführt werden kann.

Das Motiv für das westliche Interesse an östlichen Religionen, das die ganze Skala vom Erhabenen bis zum Lächerlichen umfaßt, ist vermutlich die Hoffnung, daß irgendwo zwischen den Mantras und den Gebetsmühlen eine große Wahrheit verborgen liegt, die in den überkommenen europäischen Religionen fehlt. Diese Hoffnung findet ihren unübersehbaren Ausdruck in der Selbstverständlichkeit, mit der fast jedes Wundermärchen, und sei es noch so phantastisch, von der großen Masse der Bevölkerung akzeptiert wird, und zwar insbesondere dann, wenn es einen fernöstlichen Schauplatz hat. Das anschaulichste Beispiel dafür ist die Geschichte des heiligen Guru T. (für Tuesday) Lobsang Rampa, Hellseher, Pilot, Arzt und tibetanischer Lama, gewissen Leuten auch bekannt unter dem Namen Cyril Hoskins, ehemals wohnhaft in «Rose Croft» zu Thames Ditton in Surrey. Worin, um Himmels willen, mögen Sie fragen, besteht das Bindeglied zwischen einem tibetanischen Lama und einem Herrn Hoskins aus Thames Ditton? Um die erstaunliche Antwort auf diese Frage zu erhalten, gilt es, die Geschichte des übersinnlichen Doktors aus Lhasa aufzublättern und zu ergründen, wie er über uns kam.

Die Geschichte beginnt im Jahre 1955, als ein einfach gekleideter Mann mit einem Teilmanuskript in dem hochangesehenen Verlagshaus Secker & Warburg in der Londoner Russell Street erschien. Frederick Warburg erinnerte sich sehr genau an die Szene, als er später seinen Besucher als «klein, schmächtig, Tonsur in die dunklen Haare geschnitten, durchdringende Augen, gebogene Nase ... eine höchst ungewöhnliche Gestalt» beschrieb. Einer dieser ungewöhnlichen Züge muß seine ständig wechselnde äußere Erscheinung gewesen sein; denn im Gegensatz zu Warburg hat John Irwin, ein BBC-Regisseur, der den geheimnisvollen Mann etwa um die gleiche Zeit einmal zum Tee einlud, ihm als eine stattliche Gestalt in Erinnerung, «über einsachtzig groß, kahl und glattrasiert». Für weitere Verwirrung sorgt ein aus jener Zeit stammendes Foto des Mannes, der sich als Dr. T. Lobsang Rampa vorgestellt hatte; denn auf diesem Foto trägt er einen üppigen Bart. Heute ist es vermutlich zu spät, um herauszufinden, wie Rampa damals wirklich aussah. Begnügen wir uns deshalb mit der Feststellung, daß dieser große, kleine, stattliche, schmächtige, kahle, dunkelhaarige und glatt rasierte Herr mit Bart erklärte, er sei ein als Mediziner ausgebildeter tibetanischer Lama und lebe derzeit in England. Das Manuskript, das er anbot, war eine Autobiographie, ein Bericht über sein erstaunliches Leben und seine Erziehung auf dem «Dach der Welt». Um seine Behauptung zu belegen, er sei ein Doktor der Medizin, wies Rama stolz ein prunkvoll aufgemachtes Zeugnis vor, das angeblich von der Universität von Tschungking ausgestellt war. Der

Verleger fand es zwar ein wenig merkwürdig, daß das Zeugnis in Englisch statt in Chinesisch geschrieben war, aber es gelang ihm, diesen Gedanken beiseite zu schieben. Als Rampa sodann Warburgs Hand ergriff, die Linien darauf betrachtete und ihm nicht nur exakt sagte, wie alt er sei, sondern auch, daß er kürzlich in einen gewichtigen Kriminalfall verwickelt gewesen sei (was ebenfalls zutraf), waren offenbar alle Zweifel ausgeräumt und der Verleger erklärte sich bereit, das Manuskript zu lesen. Nach dieser Zusage zog der Autor, der noch andeutete, er sei auch unter dem Namen Dr. Kuon bekannt, offenkundig zufrieden davon.

Die Lektüre des Manuskripts, das Stück für Stück auf dem Weg über die literarische Agentur A. M. Heath & Co. eintraf, brachte den Verlag Secker & Warburg zu der Überzeugung, daß er einen interessanten Fang gemacht hatte. Es liest sich wie eine Mischung aus James Hiltons gattungsprägendem Roman *Der verlorene Horizont* und Alexandra David Neels Reisebericht *With Mystics and Magicians in Tibet* [Bei Mystikern und Magiern in Tibet], wobei übrigens die stilistische Ähnlichkeit mit dem letzteren gelegentlich durchaus bemerkenswert ist.

Der junge Rama, so berichtet die Autobiographie, wurde als Kind reicher Eltern in Lhasa geboren und im Alter von sieben Jahren von Astrologen dazu ausersehen, in einem Lamakloster eingesperrt und dort zum Priester-Arzt ausgebildet zu werden. Das Buch bietet einen anschaulichen Bericht von der Härte und Mühsal seiner langen Lehrzeit im Kloster, in deren Verlauf er lernte, auch extreme körperliche Belastungen zu überleben und verborgene psychische Kräfte zu entwickeln. Das Ganze ist eingebettet in farbige Detailschilderungen der seltsam anmutenden tibetanischen Landschaft und des fremdartigen Zusammenlebens im Kloster selbst. Viel Raum wird den Persönlichkeiten, die seine Entwicklung beeinflußten, gewidmet, zu denen Rampas persönlicher Lehrer und Berater, der Lama Mingyar Dondrup, ebenso gehörte wie der Dalai Lama höchstpersönlich, mit dem Rampa mehr als eine nur oberflächliche Bekanntschaft verband. Die Atmosphäre ist bestimmt durch winzige, auf den ersten Blick durchaus überzeugend wirkende, Details aus dem täglichen Leben der Mönche: die Dungfeuer, die blauen Rauch in die Bergluft steigen lassen; die mit *Tsampa* (einer Art Gerstenbrei, der das Hauptnahrungsmittel der Mönche war) gefüllten Holzschüsseln; holprige Ritte auf Yaks über kahle Berggipfel; Schalen dampfenden Buttertees und so weiter und so weiter. Auch an eher phantastischen Episoden ist kein Mangel. Von furchterregenden Flügen in bemannten Drachen ist die Rede («er verlor den Halt und stürzte Hals über Kopf zweitausend Meter an den Felsen hinab. Seine Kutte wehte und flatterte wie eine blutrote Wolke»), von der Entwicklung übernormaler Kräfte («der Zustand der Schwerelosigkeit kann erreicht werden und wird gelegentlich erreicht, und zwar allein um der technischen Übung willen, deren es dazu bedarf. Es ist eine unbeholfene Methode, sich auf der Erde forzubewegen ... der wahre Adept bevorzugt das astrale Reisen»), von aufregenden Begegnungen mit dem schrecklichen Schneemenschen («Er deutete mit der Hand auf mich und stieß dabei einen seltsamen miauenden Laut aus, der an eine Katze erinnerte. Der Schädel schien keine Stirn und keine Schläfen zu haben, sondern wich fast unmittelbar über den wulstigen Brauen zurück ...») und so weiter.

Das weitaus sensationellste Kapitel freilich ist jenes, das dem Buch seinen Namen gab. Im zarten Alter von acht Jahren, so heißt es dort, wurde der angehende Lama einer rigorosen Gehirnoperation unterzogen, die dem Zweck diente, sein inneres «drittes Auge», Sitz aller psychischen Kräfte und Organ zur Vermittlung hellseherischer und telepathischer Fähigkeiten, zu öffnen. Die Operation wurde ohne Betäubung von medizinisch ausgebildeten Mönchen durchgeführt, und ihre Schilderung wird für den Leser zur Marter. Ein Instrument aus schimmerndem Stahl mit einer drehbaren, mit scharfen Zähnen besetzten Spitze wurde gegen die Stirn gedrückt und langsam hineingebohrt. Sodann wurde ein sauberer, «mit Feuer und Kräutern behandelter» und sehr spitzer Holzspan vorsichtig in das Bohrloch eingeführt und langsam, aber fest in das Gehirn gedrückt. «Plötzlich», so schreibt Rampa, «verspürte ich ein stechendes, kitzliges Gefühl in der Gegend des Nasenbeins. Es ließ nach, und ich nahm zarte Düfte wahr, die ich nicht identifizieren konnte.» Darauf folgte ein blendender Blitz und ein kurzer, bohrender Schmerz. «Du bist jetzt einer von uns, Lobsang», sagte der Lama Mingyar Dondrup zu ihm. «Für den Rest deines Lebens wirst du die Menschen so sehen, wie sie sind, und nicht so, wie sie zu sein vorgeben.» Rampa starrte in die Runde und sah zu seinem Erstaunen, daß alle anwesenden Männer von einer leuchtenden goldenen Flamme umgeben waren – der Aura. Die Öffnung des dritten Auges war gelungen.

Ob es die Öffnung des dritten Auges, die Sache mit dem astralen Reisen oder die Begegnung mit dem Schneemenschen (in den fünfziger Jahren ein Lieblingskind der Presse) war, was dem Verleger den Atem verschlug, ist nicht bekannt, aber Warburg selbst gibt zu, daß er gefesselt, wenn auch höchst unsicher war. Die Einzelheiten *schienen* zwar authentisch, aber da er niemals in Tibet gewesen war, konnte er schwerlich entscheiden, ob sie es wirklich waren. Jedenfalls konnte niemand im Verlag ausschließen, daß es ein Gericht namens *Tsampa* gab, daß Tee mit Butter dem Durchschnittsmönch den Magen umdrehte und daß in Tibet Dungfeuer als unschicklich galten. Man sah sich genötigt, einige Experten auf den Plan zu rufen.

Die Reaktion dieser Herren war uneinheitlich. Die einen taten das Ganze mehr oder weniger aus dem Stand als Schwindel ab, die anderen meinten, es trage den Stempel der Echtheit. Warburg ließ Rampa/Kuon kommen und konfrontierte ihn mit den kritischen Stellungnahmen. Machen Sie uns nichts vor, beschwor er den rätselhaften Autor, geben Sie zu, daß der Inhalt des Buches frei erfunden ist, und wir werden es trotzdem veröffentlichen, als Roman und nicht als Sachbuch. Rampa blieb standhaft und behauptete steif und fest, seine Geschichte entspräche zu hundert Prozent der Wahrheit. Darauf stellte ihm Warburg ein paar einfache Testfragen zur tibetanischen Sprache, an denen Rampa elend scheiterte. Als man ihm diesen Mangel an Vertrautheit mit seiner Muttersprache vorhielt, wartete er mit einer geschickten und in der Tat unwiderlegbaren Erklärung auf. Als Kriegsgefangener der Japaner (das war etwas Neues) wurde er gefoltert, weil man mit seiner Hilfe an geheime Informationen über sein Land kommen wollte. Um nicht zum Verräter zu werden, sorgte er mit Hilfe seiner erstaunlichen psychischen Kräfte für eine hypnotische Blockierung seiner Kenntnisse des Tibetanischen, die er natürlich später nicht wieder aufheben konnte. Als er an diesem Punkt seiner Erklärung angekommen war, wurde der Mönch, wie sich Warburg erinnert, von einem heftigen Krampf geschüttelt und «preßte seine Hände an den Kopf, als habe er starke Schmerzen», um so für alle Fälle klarzumachen, daß die psychischen Auswirkungen der japanischen Folter nicht zu unterschätzen seien und daß es aus diesem Grunde unklug wäre, ihn weiter auszufragen. Nunmehr zutiefst argwöhnisch, entschied Warburg, das Manuskript abzulehnen, aber angesichts des fraglos faszinierenden Inhalts des Buches änderte er noch einmal seinen Entschluß.

Vom kommerziellen Standpunkt aus war die Entscheidung, das Buch auf den Markt zu bringen, eine der besten, die bei Secker & Warburg je getroffen worden waren. *The Third Eye* [Das dritte Auge] wurde, als es 1956 in die Buchläden kam, zur literarischen

Sensation. Das Buch wurde in Massen verkauft, und die Kritiker zeigten sich – überraschenderweise vielleicht – bereit, in bezug auf die bizarre Geschichte und gelegentliche Widersprüchlichkeiten Barmherzigkeit walten zu lassen. *The Observer*, gewiß kein konfuses Sonntagsblättchen, sprach von einem «außergewöhnlichen, erregenden und beunruhigenden Buch». *The Times Literary Supplement*, für gewöhnlich die Geißel abwegiger und minderwertiger Werke, geriet in Verzückung und schwärmte: «... es kommt einem Kunstwerk nahe ... selbst diejenigen, die ‹Magie, Schwindel oder Schlimmeres› rufen, werden wahrscheinlich ergriffen sein von der Erhabenheit des ethischen Systems, das einen solchen Glauben und solche Männer wie den Autor hervorbringt.» Gegen derlei Hymnen konnten einzelne überaus kritische Stimmen wie etwa die von Dr. D. L. Snellgrove von der London University School of Oriental and African Studies, der im *Daily Telegraph* einen eisigen Verriß veröffentlichte, natürlich wenig ausrichten. Innerhalb eines einzigen Jahres war *The Third Eye* in zwölf Ländern auf den Bestseller-Listen, und der Autor konnte Tantiemen in Höhe von rund 20 000 Pfund Sterling kassieren.

Mochten die Berichte von bemannten Drachen und von Begegnungen mit dem Yeti auch noch so spannend sein, so ist dennoch kaum zu bezweifeln, daß es der Bericht über die physische Öffnung des dritten Auges war, der dem Buch die eigentliche Würze gab. Seit Jahrhunderten beschäftigt die Vorstellung, der Mensch habe ein verborgenes psychisches Zentrum mit einer physischen Entsprechung irgendwo im Gehirn, alle Parteigänger des Okkulten. Einige Reptilien haben in der Tat ein drittes Auge – oder zumindest die entwicklungsgeschichtlichen Überreste eines solchen – im vorderen Bereich des Gehirns, dessen Funktion darin zu bestehen scheint, schwache Energie-Strahlungen im Wärmespektrum zu entdecken. Auch der Mensch hat allem Anschein nach ein funktionsloses Organ, die Zirbeldrüse nämlich, das Descartes für den Punkt hielt, an dem sich die wechselseitige Beeinflussung von Seele oder Geist einerseits und Körper andererseits vollzieht. Noch heute begegnet man in der Folklore des modernen Spiritismus häufig der Ansicht, die Zirbeldrüse sei das psychische Zentrum des Menschen. Die Öffnung von Rampas Pineal-Auge und ihre sensationellen Konsequenzen, bezeugt durch den Autor, der selber Arzt war, hatten durch einen weltberühmten Verlag das Siegel der Anerkennung erhalten. Damit schien ein völlig neuartiger Sieg über den Materialismus errungen, und eine wirksame neue Waffe schien geschmiedet für das Arsenal der Welt des

Übersinnlichen und Okkulten. Ohne Zweifel war dies der Grund dafür, daß der *Observer* das Buch als beunruhigend empfand.

Einen Augenblick lang geriet die nüchterne, materialistische Weltsicht ganz leicht ins Wanken. Aber es sollte nur ein kurzer Augenblick sein und nicht mehr. Wäre *The Third Eye* weniger gut geschrieben, weniger positiv rezensiert worden, wäre das Buch weniger populär geworden und wäre es von irgendeinem kleinen, eigenbrötlerischen Verleger veröffentlicht worden, es wäre vielleicht so geblieben, wie es nun einmal war, und Rampas Geschichte wäre still und leise im Nebel der Anekdoten des Übersinnlichen versunken. Aber es sollte anders kommen. Das Buch war zu gut, zu geschickt gemacht, um einfach ignoriert zu werden. Es war in der Tat zu gut, um wahr zu sein.

Der Ärger begann, als eine undefinierbare und ziemlich mysteriöse Gruppe von Akademikern, in der Presse damals allgemein als ein «Team von tibetanischen Gelehrten» bezeichnet, zu dem Schluß kam, daß die Zeit reif sei für eine genauere Überprüfung des inzwischen weltberühmten Arztes aus Lhasa einschließlich seiner Zeugnisse, seines dritten Auges und so weiter. Ihr erster Schritt bestand darin, daß sie einen Privatdetektiv aus Liverpool, einen gewissen Clifford Burgess, anheuerten, der seine Spur aufnehmen sollte, um herauszufinden, was los war. Wann, zum Beispiel, traf er aus dem Fernen Osten in England ein? Was wußten die tibetanischen Behörden, mit denen sich natürlich nur schwer von Mann zu Mann reden ließ, über ihn und Gestalten wie den Lama Mingyar Dondrup? Wie stand es mit Rampas Kriegsteilnahme (er hatte behauptet, als Pilot der chinesischen Luftwaffe gegen die Japaner gekämpft zu haben)? Und was war von seiner angeblichen medizinischen Ausbildung zu halten?

Es dauerte nicht lange, bis der eifrige Mr. Burgess die ersten Ergebnisse vorweisen konnte. Er fand heraus, daß Tuesday Lobsang Rampa nicht aus Tibet stammte, sondern aus dem ländlichen Plympton in Devonshire, wo er 1911 geboren wurde und den höchst unöstlichen Namen Cyril Henry Hoskins erhielt. Weit davon entfernt, Medizin zu studieren und sich zum Lama ausbilden zu lassen, half er in seinen Jugendjahren dem Vater in dessen Klempnerwerkstatt. Diese Tätigkeit übrigens, die er nach dem Tode seines Vaters im Jahr 1937 nur zu gern aufgab, hatte unter allen Beschäftigungen, denen er je nachging, noch am ehesten etwas mit Anatomie zu tun. 1938 – etwa zur gleichen Zeit also, da Rampa erklärte, er habe sich als Kampfflieger ausgebildet (eine lebendige und mit aeronautischen Unsinnigkeiten gespickte Schilderung der Art und Weise, wie er sich das Fliegen beibrachte), findet sich in seinem zweiten Buch, dessen Titel *Doctor from Lhasa* [Arzt aus Lhasa] lautet – nahm Mr. Hoskins an einem Fernkursus über Zeitstudien teil, den eine Firma in Weybridge veranstaltete. Später trat er in das gleiche Unternehmen als Mitarbeiter ein. John Pitt, ein neugieriger Journalist, der für die unschätzbaren *Psychic News* arbeitete, ergänzte die apokalyptischen Enthüllungen des Detektivs Burgess, indem er Leute ausfindig machte, die Hoskins aus jenen Vorkriegsjahren kannten und sich deutlich an ihn erinnerten. Eine Mrs. Ablett aus Weybridge in Surrey kannte ihn aus dem Fernlehr-Kurs und erklärte, er habe eine Menge seltsamer Geschichten über China erzählt und behauptet, er sei als Kind in diesem Land gewesen. Darüber hinaus erinnerte sie sich, daß er ein außerordentliches Interesse an okkultistischen Dingen gehabt habe, jedermann Horoskope zu stellen pflegte und ein guter Unterhalter gewesen sei, wenn er auch die Tendenz gehabt habe, mancherlei Widersprüchliches über seine Vergangenheit zu erzählen.

Im Verlaufe seiner Recherchen in Weybridge gelang es Pitt, noch mehr Leute zu entdecken, die sich genau an Hoskins/Rampa erinnerten. Mr. und Mrs. Boxall, zum Beispiel, die auf dem gleichen Gut gelebt hatten wie er, kannten ihn genau. «1943 oder 1944 erzählte er mir, er sei Fluglehrer bei der chinesischen Luftwaffe gewesen», erklärte Boxall. «Er sagte, er sei bei einem Flugzeugabsturz übel zugerichtet worden, da sich sein Fallschirm nicht geöffnet habe.» Dieser Umstand bot eine Erklärung für Hoskins' damalige Gewohnheit, mit einem Handstock herumzuhumpeln. Ein ganz ähnliches Bild entwarf Mr. Lorraine Sutton aus East Molesey, der Hoskins 1949, kurz nachdem er sich den Namen Carl Kuon Suo zugelegt hatte, kennenlernte. Damals stellte sich Hoskins bereits als Dr. Kuon vor und erzählte, er sei in Tibet geboren – was Mr. Sutton ein wenig überraschte, da «der Doktor» ganz und gar wie ein Engländer sprach und aussah.

Man kann sich das Lächeln vorstellen, das über die Gesichter der tibetanischen Gelehrten ging, als sich ihre Auslagen für den Detektiv auf eine so erfreuliche Weise bezahlt machten. Und man kann sich auch die Bestürzung vorstellen, die im Verlagshaus Secker & Warburg herrschte. Frederick Warburg brachte in einer langen Presseerklärung seine Verwunderung über die Wende zum Ausdruck, die die Ereignisse genommen hatten, wies aber zugleich darauf hin, daß man sich im Verlag zunächst keineswegs darüber einig gewesen sei, ob das Buch veröffentlicht werden sollte oder nicht. Um sich abzusichern, habe man dem Buch ein Vorwort beigegeben, in dem man darauf hingewiesen habe, daß sein Inhalt schwer nachzuprüfen sei und daß man es «fast zwanzig intelligenten und erfahrenen Lektoren» zur Beurteilung vorgelegt habe. Ihre Stellungnahmen seien widersprüchlich gewesen, doch das sei nicht verwunderlich. «Gab es einen Experten», so fragte der Verleger, «der sich der Ausbildung eines tibetanischen Lamas in ihrer konsequentesten Form unterzogen hatte? Gab es jemanden, der in einer tibetanischen Familie aufgewachsen war» und sagen konnte, ob die im Buch geschilderten Einzelheiten aus dem häuslichen Leben der Wirklichkeit entsprachen? Offenbar nicht. Und das Haus Secker & Warburg beschloß, das Manuskript aufs Geratewohl zu verlegen, wenn auch mit der Klausel, daß «der Autor die alleinige Verantwortung für die Aussagen, die in seinem Buch gemacht werden, zu tragen hat und zu tragen bereit ist». Selbst nachdem er mit dem neuen Material konfrontiert worden war, aus dem hervorging, daß Hoskins nicht etwa im Himalaja, sondern in England aufgewachsen war, schien Warburg noch nicht restlos überzeugt zu sein. Seine Presseerklärung schließt:

«Aber kennen wir die Wahrheit, die volle Wahrheit? Wie konnte der Mann, der angeblich Cyril Henry Hoskins heißt und mir unter dem Namen Dr. Kuon bekannt ist [Anmerkung des Autors: eben jener große, kleine, schmächtige, stattliche, kahle, dunkelhaarige, glattrasierte Mann mit Bart, der zwei Jahre zuvor zum erstenmal das Verlagshaus betreten hatte], ein Buch schreiben, das die Welt in seinen Bann schlug? Warum wählte er gerade dieses Thema? Woher bekam er das Material? Woher stammen seine schriftstellerischen Fähigkeiten und sein grandioser Ideenreichtum? Glaubte er an seine eigenen Phantasiegebilde? War er am Ende das Sprachrohr eines wirklichen Lama, wie einige meinen? Fragen, auf die eine Antwort gefunden werden muß.»

Die meisten Leute waren mit Warburg der Ansicht, daß diese Fragen einer Antwort bedurften, und zu den begeistertsten Wahrheitssuchern zählte eine Gruppe von Zeitungsreportern, die denn auch schon bald den Unterschlupf des Mr. Hoskins Rampa in der Nähe von Dublin aufspürten. Der «Klempnerssohn, der sich als tibetanischer Lama ausgab» lebte offenbar in «einer Villa auf einem Kliff», deren Tür von einer «hübschen Dame der Gesellschaft» bewacht wurde, die Rampa «als einen weiblichen Jünger angeworben» und so von ihrem «alten, in Eton erzogenen Ehemann» getrennt hatte. Es versteht sich von selbst, daß die Dame «schluchzend ihre Geschichte erzählte» und der Ehemann später Besucher lautstark aufforderte, aus seinem «Luxusapartment in Kensington» zu verschwinden. Der angebliche Lama selbst war sehr viel weniger mitteilsam; «es hieß», er läge «krank im Bett». Eine diplomatische Krankheit vermutlich; denn einem Reporter, der sich nicht entmutigen ließ und nicht das Weite suchte, wurde plötzlich die Ehre zuteil, vor dem leibhaftigen Hoskins/Rampa zu stehen, der seinen Besucher mit einem schaurigen fernöstlichen Fluch belegte. Der Journalist, ein hartgesottener Typ, war zunächst nicht sonderlich beeindruckt. Einige Wochen später jedoch, nachdem er als einziger eine Flugzeugkatastrophe überlebt hatte, änderte er seine Ansicht und ist seither überzeugt, daß der Fluch für ihn von beträchtlichem Nutzen war.

Es ist nur natürlich, daß die Aufregung um Rampa nach und nach abebbte, ohne daß irgend jemand am Ende viel klüger war als zuvor. Nach einer gewissen Zeit erschien (diesmal vom Verlag Souvenir Press veröffentlicht) sein zweites Buch, *Doctor from Lhasa*, das freilich in keiner Weise zur Aufklärung des Geheimnisses beiträgt, das die wahre Herkunft des Autors umgibt. Dann, im Jahr 1960, kam ein drittes Buch auf den Markt – *The Rampa Story* –, in dem sich Ralmpa entschlossen zeigte, alles zu sagen und die Gerüchte zu bestätigen, die seit einiger Zeit die Runde gemacht hatten. Das Ganze geriet zu einer wundervollen Geschichte und einer überaus scharfsinnigen Erklärung für die Verwirrungen und Widersprüchlichkeiten der Vergangenheit.

Es scheint, daß jene Leute, die behaupteten, sich zu erinnern, daß Cyril Hoskins für ein Institut für Fernunterricht arbeitete und in den westlichen Vororten von London herumlungerte, während T. Lobsang Rampa zur gleichen Zeit im chinesischen Luftraum tapfer gegen die Japaner kämpfte, offenbar doch nicht unter Wahnvorstellungen litten. Es gab *tatsächlich* einen Mr. Hoskins, der sich zum Okkulten hingezogen fühlte, eine Leidenschaft für Fernöstliches entwickelte und zutiefst unzufrieden war mit seinem Los auf Erden. Er hatte sich sogar, wenn auch ohne allzu großen Erfolg, im astralen Reisen versucht, weil er gehofft hatte, auf diese Weise der Wirklichkeit von Weybridge und seiner langweiligen Existenz in diesen Breiten zu entkommen. Ohne daß er etwas davon ahnte, wurde der Klempnerssohn (wie das Buch verrät) aus der Ferne von einem *echten* Adepten des Astralreisens beobachtet. Und dieser Beobachter war kein anderer als der vielseitig begabte Tuesday Lobsang Rampa, der *tatsächlich* ein medizinisch ausgebildeter Lama war, dem *tatsächlich* das dritte Auge geöffnet worden war, der *tatsächlich* Pilot der chinesischen Luftwaffe gewesen war und so weiter und so weiter. Rampas Interesse an Hoskins war allerdings nicht rein altruistischer Natur. Was sich in Wirklichkeit in seinem listigen fernöstlichen Gehirn zusammenbraute, war der kühne Plan, den Körper des anderen zu übernehmen – mit Erlaubnis seines derzeitigen Bewohners, versteht sich. Ramas eigener Körper war infolge seiner Selbstlosigkeit und seiner Tapferkeit in den Kriegsjahren arg zerbeult worden, und nicht einmal die Wunder der tibetanischen Super-Chirurgie hatten ihn wieder in einem annehmbaren Zustand bringen können. Anders als bei den simplen Transplantationen von Herzen, Lungen, Nieren oder anderen Körperteilen jedoch, müssen bei psychischen Transplantationen Spender und Empfänger lebendig und bei Bewußtsein sein. Hinzu kommt bekanntlich, daß der Spender seine Zustimmung geben muß.

Eines Nachts machte Rampa in Verfolgung seines Zieles eine Seelenreise von Tibet nach London und erschien vor dem erstaunten Hoskins, der zur gleichen Zeit gerade selber mit einem schüchternen Versuch im Astral-Reisen beschäftigt war. Der Engländer fand rasch Gefallen an dem Plan und vertraute Rampa an, nichts sei ihm lieber als «Erlösung zu finden». Da sein Körper einer guten Sache dienen solle (die gute Sache hatte etwas mit der Rettung Tibets vor den Kommunisten zu tun), könne er jederzeit übergeben. Nachdem die beiden noch ein paar freundliche Worte gewechselt hatten, verließen sie die Astralebene und kehrten in ihre angestammten Körper zurück, deren einer in Lhasa weilte, während der andere in einem Bett in ‹Rose Croft› zu Thames Ditton vor sich hindöste.

Einen Monat nach ihrer ersten Begegnung ging der erstaunliche Tauschhandel, der später so viel Verwirrung in der Verlagswelt stiften sollte, über die Bühne. Hoskins wußte natürlich nur dann von dem bevorstehenden Tausch, wenn er bei Bewußtsein in der Astralsphäre war. Sein wachendes Ich ahnte nichts und schleppte weiterhin seinen unwilligen Körper von Stellungswechsel zu Stellungswechsel in der Hoffnung einen Job zu finden, der seinen weitgehend unerkannten Talenten angemessen war. Er kann daher nichts Besonders erwartet haben, als am 13. Juni 1949 der Ast, auf den er gekrochen war, um eine Eule zu fotografieren, abbrach, und er kopfüber vom Baum fiel. Während er bewußtlos dalag, sah sich Hoskins plötzlich über seinem eigenen Körper schweben, mit dem er freilich durch eine silberne Schnur verbunden blieb. Die Welt von Thames Ditton schien den Atem anzuhalten; er hatte Muße, einen Bäckerkarren zu betrachten, der regungslos in der Nähe stand, ebenso regungslos wie das Pferd, das davorgespannt war und dessen einer Vorderhuf, mitten in der Bewegung erstarrt, in der Luft stand. Als er dann in echt «geistiger» Manier (d. h. einige Zoll über den Boden) durch den Garten glitt, sah er die Gestalt des Lobsang Rampa. Nach einem kurzen Gespräch – in dessen Verlauf der astrale Rampa den astralen Hoskins wissen ließ, daß ihm als Gegenleistung für seine Bereitschaft, seinen Körper aufzugeben, eine ansehnliche karmische Schuld vergeben werde – trennte der Lama Hoskins' Astralschnur durch und beobachtete, wie der Astralleib des einstigen Klempners aus Devon und Angestellten eines Fernlehrinstituts Gott weiß wohin entschwebte. Nunmehr schnitt Rampa auch die eigene, unendlich lange Schnur durch (sie reichte bis nach Tibet zurück), verknüpfte ihr Ende mit dem Ende der Schnur, die aus dem Leib des ausgestreckt daliegenden Hoskins ragte, und schlüpfte unverzüglich in seinen neuen Körper. Es versteht sich von selbst, daß damit alle Unklarheiten hinsichtlich der Doppelgestalt Rampa/Hoskins beseitigt sind. Nachdem er in seinen neuen Körper eingezogen war, stellte Rampa fest, daß er weder seine eigenen (d. h. tibetanischen) Erinnerungen noch sein Denkvermögen eingebüßt hatte, aber so gut wie nichts über Hoskins' Leben und Erfahrungen wußte. Ob er viel versäumt hat, steht dahin, und sieht man von der einen oder anderen Peinlichkeit ab wie etwa der, daß er seine (d. h. Hoskins') Frau nicht erkannte, so paßte er sich recht bald an, und es dauerte nicht lange, da schrieb er bereits das Buch, das eine solche Sensation auslösen sollte.

Es liegt auf der Hand, daß man im Hinblick auf die Hoskins/Rampa-Geschichte drei verschiedene und einander ausschließende Standpunkte beziehen kann:

(1) Die Geschichte ist von Anfang bis Ende wahr oder fast wahr, und im Körper von Hoskins wohnt heute der Geist oder die Seele eines tibetanischen Lama.

(2) Die Geschichte ist erlogen oder weitgehend erlogen, Hoskins' Geist lebt nach wie vor in Hoskins' Körper, und die einzige bedeutsame Veränderung, von der die Rede sein kann, ist die markante Gesundung von Hoskins' Bankkonto.

(3) Hoskins ist ein irregeführter oder geistesgestörter Mensch, und seine Phantasien über Tibet, die Lamas und ihre großen gei-

stig-seelischen Kräfte haben inzwischen die Dimension einer Realität angenommen – eine Folge seines Sturzes von jenem Baum, auf dem er eine Eule fotografieren wollte.

Es ist unmöglich und unnötig, dem Leser zu raten, für welche der drei Hypothesen er sich entscheiden sollte. Wie die Entscheidung ausfällt, wird in jedem Fall von der natürlichen Neigung jedes einzelnen abhängen und von dem Maß an Toleranz, das er für das Ungewöhnliche aufzubringen imstande ist. Dennoch wird man sagen können, daß die meisten der nicht engagierten Menschen die erste der drei Annahmen für extrem unwahrscheinlich halten werden. Ebenso wird man davon ausgehen können, daß für viele Tausende von Menschen in aller Welt – vermutlich sogar für Hunderttausende – die erstaunliche Geschichte von dem tibetanischen Lama und der operativen Öffnung seines Hellseherauges ein Evangelium ist. Mehr als ein Jahrzehnt nach dem großen Trubel steht fest, daß die Entlarvung des Buches mehr oder weniger vollständig vergessen ist, während das Thema und die zentralen Bilder den Menschen lebhaft im Gedächtnis geblieben sind.

Bevor wir diese Episode abschließen, mag es nützlich sein, noch einen Blick auf die weitere Geschichte des Hoskins/Rampa zu werfen, der sich eine Zeitlang in Nordamerika niederließ. Er war recht produktiv als Schriftsteller und walzte das Lama-Thema nach besten Kräften aus. Auf die drei bereits genannten Bücher folgten *The Cave of the Ancients* [Die Höhle der Alten] und *Living with the Lama* [Das Leben mit dem Lama]. Daneben erschienen zwei Bücher von eher akademischem als anekdotischem Charakter: *You-Forever* (ein Spezial-Kurs über psychische Entwicklung und Metaphysik) und *Wisdom of the Ancient* [Weisheit der Alten], «Ein Buch des Wissens mit Sonderteilen über Atemübungen und Ernährung». Weniger bekannt und erheblich weniger gelehrt ist *My Visit to Venus* [Meine Reise zur Venus], ein Buch, in dem Rampa die Reise in einer Fliegenden Untertasse beschreibt, in deren Genuß er gebracht wurde. Es scheint ein langweiliger Flug gewesen zu sein; denn mit ihm flogen nur zwei begrenzt sprechfähige Venusbewohner – Der Große und Der Breite. Auf der Venus, einem vielfarbigen Planeten mit Wolkenkratzerstädten, wie sie die Science Fiction der fünfziger Jahre sah, wurde die «Halle des Wissens» besucht, in der sich umfassende Dokumentationen der Geschichte von Poseidon, Lemuria und Atlantis befinden. Das Buch schließt mit dem unmißverständlichen Hinweis, der beschriebene Flug zur Venus sei nur die erste von vielen Reisen – mit anderen Worten: weitere Bände stehen ins Haus.

Die Anzeigen, die regelmäßig in dem Magazin *Fate* erscheinen, vermitteln einen interessanten Eindruck von den nichtliterarischen Beschäftigungen, denen der Lama in jüngster Zeit nachgeht. «Lassen Sie sich von Dr. Rampa in der Kunst der Meditation unterweisen», liest man dort, «ein unschätzbarer Gewinn für Sie ... Frieden, Ruhe, Innere Harmonie, Erkenntnis ... all das kann Ihnen so leicht gehören». Zur Unterstützung des Strebens nach Frieden, Ruhe und so weiter, wird dem Suchenden dringend empfohlen, den einen oder anderen der folgenden Artikel käuflich zu erwerben: Langspielplatte über Meditation mit der Stimme des Dr. Rampa ($ 4.95); meditierende Gestalt ($ 5.00); Meditationsgewand (für Sie persönlich angefertigt; bitte ankreuzen: klein, mittel, groß – $ 25.00); Rampa-Meditations-Weihrauch, Röhre mit verschiedenen Sorten ($ 3.00); Räucherbüchse ($ 1.00); Lobsang Rampa-Original-Gebete, Zweier-Serie ($ 1.00). Zwei Original-Gebete für einen Dollar – das klingt preiswert. Noch günstiger aber klingt ein anderes Angebot: KOMPLETTE HEIM-MEDITATIONS-AUSRÜSTUNG (enthält sämtliche obengenannten Artikel handlich verpackt im Tragekoffer) für nur $ 37.50 oder zwei Dollar unter Listenpreis. Damit die zitierte Anzeige keinen Leser auf den Gedanken bringt, der heilige Dr. Rampa sei darauf aus, irdischen Gewinn aus seinen geistlichen Gaben zu schlagen, sei auf das Vorwort von *My Visit to Venus* hingewiesen, in dem unmißverständlich klargestellt wird, daß alle Ertragsanteile aus Verkäufen der Save a Cat League (Liga zur Rettung der Katzen) in New York City, 245 West 25th Street, zu stiften sind.

3. Kapitel
Gestern und morgen

Das Eindringen von Fliegenden Untertassen und Venusbewohnern in Dr. Rampas Weltanschauung verdeutlicht aufs neue, daß die Skala der Ideen, mit denen Kultanhänger aller Richtungen leben, verhältnismäßig begrenzt ist, und daß es schwerfällt, nicht immer wieder Analogien zur Science Fiction auszumachen. Die ungeheure Zählebigkeit der Mythen von Atlantis und Lemuria ist ein weiteres Beispiel für dieses offenbar unstillbare Verlangen der Menschen nach Märchengeschichten, die als Tatsachenberichte ausgegeben werden und erwartungsgemäß in bestimmten quasi-religiösen Umgebungen spielen. In dem folgenden abschließenden Kapitel soll die Macht des Mythos unter diesem Gesichtswinkel anvisiert und die These vertreten werden, daß die jüngste Welle des Wiederauflebens okkultistischer Tendenzen durch das Zurückgreifen auf solche Mythen gekennzeichnet ist.

Bisher konnten wir beobachten, daß sich das kultische Interesse weitgehend auf wichtige Aspekte der modernen Vorstellungswelt oder Technologie konzentriert. Man denke in diesem Zusammenhang etwa an die Vorliebe für Science Fiction, Psychoanalyse, Raumfahrt, Elektronik und geheimnisvolle Apparate dieser und jener Art. Häufig auch begegnet man einer seltsamen Vermischung der Sphären wie zum Beispiel, wenn Leute, die an Fliegende Untertassen glauben, Medien, wie wir sie aus dem Spiritismus kennen, einsetzen, um Informationen über das Leben auf anderen Planeten zu erhalten, oder wenn ein Yogi den Elektroenzephalographen als Meditationshilfe empfiehlt. Radionische Geräte werden zur Prüfung der Wirksamkeit von Pflanzen- oder Tiersegnungen benutzt, und echte Vielzweck-Gestalten wie Lobsang Rampa scheinen in der Lage, sich des gesamten Spektrums der Möglichkeiten zu bedienen, die die mystische Welt bietet. Auch dort, wo man auf dem Weg über die zahlreichen östlichen Religionen nach Erleuchtung strebt, läßt sich eine starke Tendenz zur Einverleibung «moderner» Begriffe und Vorstellungen feststellen. Das beste Beispiel dafür liefert wohl das Werk und die Philosophie Gurdjieffs, dessen Position ein echter Kompromiß zwischen Ost und West zu sein scheint. Auch Subud bietet eine verführerische Verbindung der alten Traditionen buddhistischen Denkens und wichtiger Elemente der Psychoanalyse als des großen westlichen Beitrags.

Wie aber werden sich die Dinge künftig entwickeln? Während die Scientologie und die verschiedenen anderen hier genannten Kulte einerseits in der Vergangenheit stark expansive Phasen hatten und auch weiterhin in dem gleichen Maße wachsen können, in dem der Einfluß des Christentums auf den Menschen des zwanzigsten Jahrhunderts weiter abnimmt, zeichnet sich andererseits bei den Anhängern die unübersehbare Tendenz ab, den begrenzten Fundus der Ideen, die diese Bewegungen zu bieten haben, zu erproben, um sich dann anderen Dingen zuzuwenden. In der Scientologie fallen zuweilen selbst «Clears» ab, und die größere Zahl der Anhänger bleibt bereits vorher auf der Strecke. Wenn dies tatsächlich darauf zurückzuführen ist, daß der Vorrat an guten Ideen, den die meisten modernen Kulte anzubieten haben, zu rasch erschöpft ist, dann muß ein System, das mit dauerhaftem Erfolg an die Stelle der alten Religionen treten soll, entweder mehr Ideen bieten (was sich leicht als unmöglich erweisen könnte), oder es muß Ideen bieten, die inhaltsreicher, tiefgründiger oder rätselhafter sind. Es ist durchaus denkbar, daß der Schlüssel hier bei dem Wort «rätselhaft» liegt. Denn die großen Religionen der Vergangenheit haben stets aus ihren Geheimnissen gelebt und an Boden verloren, sobald sie gedrängt wurden oder sich verpflichtet fühlten, diese Geheimnisse aufzulösen. Nur am Rande sei darauf hingewiesen, wie wenig sich zum Beispiel die Church of England dieser Tatsache bewußt zu sein scheint, wenn sie ihre Kraft einer so selbstzerstörerischen Aufgabe wie der Neuübersetzung der Bibel widmet, durch die das Werk seiner reichen und mächtigen Bildersprache beraubt wird. Ein echtes Geheimnis aber steckt nach wie vor in einigen der großen Mythen der Menschheit, und immer mehr deutet darauf hin, daß es diese Mythen sind, denen sich viele unserer desillusionierten Jugendlichen zuwenden. Die erstaunliche Zählebigkeit solcher Mythen läßt vermuten, daß sie – man denke an C. G. Jungs einschlägige Beobachtungen – tief in der menschlichen Seele etwas zum Klingen bringen. Und wenn es auch nicht der Zweck dieses Buches ist, ihre Macht zu erklären, so ist es doch interessant genug, sie zu einigen der Randzonen des religiösen Glaubens in Beziehung zu setzen. Der verschwundene Kontinent Atlantis, der irgendwann (etwa zur Zeit der großen biblischen Flut, wie einige Historiker meinen) im Atlantischen Ozean versank, gehört gegenwärtig zu den verlockendsten Quellen des Mythos. Leute mit archäologischen Neigungen verbringen sogar einen Teil ihrer Zeit damit, unter Wasser nach Spuren des versunkenen Landes zu jagen, und tauchen dann und wann triumphierend mit einer Tonscherbe auf. Aber auch ohne den Vorwand der Archäologie kann man mit einigen der bedeutendsten Bewohner von Atlantis, die seit ihrem unglückseligen Untergang in der Geisterwelt leben, kommunizieren. Diejenigen, die solche Kontakte, wie es scheint, mit dem größten Erfolg arrangieren (außer ihnen sind noch viele andere mit von der Partie), hören auf den überaus adäquaten Namen Atlanteaner. Die Atlanteaner sind Anhänger eines nicht ganz unbedeutenden religiösen Kults, die sich regelmäßig in London treffen, daneben aber auch über einige Niederlassungen in anderen Teilen Englands verfügen. Die tragende Säule des Kults ist eine attraktive ehemalige Schauspielerin mit roten Haaren namens Jacqueline Murray, die die Angewohnheit hat, von Zeit zu Zeit in Trance zu verfallen und zum Sprachrohr einer Hohepriesterin von Atlantis, einer gewissen Helio-Arcanophus zu werden.

Die Mitglieder der Gesellschaft, die im April 1957 gegründet wurde, glauben, daß Geister vom Planeten Venus einst in die Körper von Höhlenmenschen schlüpften, um diesen primitiven Erdbewohnern eine Art Entwicklungsimpuls zu geben. Das Ergebnis war die große Kultur von Atlantis, die die Atlanteaner als Vorläufer aller modernen Zivilisationen betrachten. Die Gesellschaft fand rasch eine beachtliche Schar von Anhängern, und die nächtlichen Veranstaltungen im Earls Court zogen stets so viele Menschen an, daß auch der letzte Platz besetzt war. Die Mehrzahl der Zuhörer bestand aus Schauspielern und Schauspielerinnen (von denen einige berühmt und erfolgreich, andere dagegen nur «vorhanden» waren) sowie aus anderen Leuten, die unmittelbar mit der Bühne zu tun hatten wie etwa Manager, Agenten und so weiter. Diese glitzernde Anhängerschar, die sich vermutlich nicht zuletzt durch Jacqueline Murrays eigene Theatervergangenheit animiert fühlte, sowie die unter Theaterleuten seit eh und je verbreitete Neigung zum Aberglauben und zu den exotischen Spielarten des Okkulten, reichte allein schon aus, um das Interesse der Öffentlichkeit und der Presse auf die neue Gesellschaft zu lenken, und innerhalb weniger Wochen waren die Atlanteaner und ihre schöne Anführerin im ganzen Land bekannt. Berühmte Stars wie Chili Bouchier, das große Sex-Symbol des englischen Films in den dreißiger Jahren, sprachen von der tiefen inneren Ruhe, die sie den Botschaften der Helio-Arcanophus verdankten, während weniger bedeutende Gestalten, die eben ihren ersten Fernseh-Auftritt in irgendeinem Waschmittel-Spot hinter sich hatten, von den Vorzügen der geistigen Heilung durch den Kult schwärmten. Niederlassungen der Gesellschaft entstanden über Nacht in Croydon, Bristol, Bromley, Brighton und selbst in Cheltenham. Eine Monatsschrift mit dem Titel *The Atlantean* erschien, in der anfangs die neuesten Botschaften der Helio-Arcanophus, im weiteren Verlauf jedoch auch mehr und mehr Artikel über Astrologie, Yoga, gesunde Ernährung, Fliegende Untertassen, das Ende der Welt und andere Themen, die dem modernen Okkultisten am Herzen liegen, abgedruckt wurden. Die Verfasser der Artikel bevorzugen es, mit ihrem Namen unterzeichnete Briefe zur Schau zu stellen, und ihre Hervorbringungen – ob es darin nun um «Indianer, ihre Kulte und Glaubensinhalte» oder um «Die psychischen Auswirkungen der Energiestrahlung» geht – zeichnen sich durch eine ababgrundtiefe Dümmlichkeit aus. Die Botschaften der Helio-Arcanophus selbst sind in der Regel freundlich und harmlos, obgleich in ihnen so anspruchsvolle Themen wie die Bevölkerungsexplosion («Weiß der Okkultismus eine Antwort?») oder die Kraftzentren der Psyche («Wo und bei wem haben sie ihren Ursprung?») behandelt werden. Selbst so etwas wie eine Beratung in seelischen Notlagen bietet die Zeitschrift. Für sie ist ein gewisser «Merlin» zuständig, der seine Ratschläge mit einer fast geringschätzigen Unbefangenheit formuliert und Themen anpackt, die den journalistischen Rat-und-Trost-Profis der Nation kalte Schauer über den Rücken jagen würden. Fragen wie «Werden Raumfahrer, wenn sie auf dem Mond landen, wahnsinnig?» (Antwort: «Nein, aber es ist möglich, daß sie ‹euphorisch› werden»), «Warum nennen Sie den Planeten, der der Sonne am nächsten ist, Orpheus, während alle anderen ihn Vulkan nennen?» (Antwort: «Alle andern nennen ihn nicht Vulkan») oder «Unter welchem Sternzeichen steht die Schweiz?» (Antwort: «Jungfrau») sind für Merlin eine Kleinigkeit. Nur wenn er mit einer Frage wie: «Wann wird Jesus Christus zurückkehren?» konfrontiert wird, ist er bereit zuzugeben «Hier handelt es sich in der Tat um eine 64 000-Dollar-Frage» und zieht sich kleinlaut aus der Affäre mit dem Hinweis, Pläne solcher Art würden «von der Priesterschaft strikt geheimgehalten».

Ein anderer langlebiger Mythos des Westens basiert auf der Legende vom Heiligen Gral, jenem geheimnisvollen Kelch, der in der keltischen und frühchristlichen Legende eine so bedeutsame Rolle spielt. In manchen Quellen heißt es, dieser Gral sei das Gefäß, in dem Joseph das Blut aus den Wunden des gekreuzigten Christus aufgefangen habe. Häufiger noch wird er als der Kelch bezeichnet, den Jesus beim letzten Abendmahl, aus dem sich das eindrucksvolle Ritual der Messe entwickeln sollte, hielt. Legenden in verschiedenen Ländern berichten, daß der Gral aus dem Heiligen Land entführt worden sei, und die britische Version besagt, daß er schließlich nach England gelangte, wo er in die Obhut der einen oder anderen mystischen Gesellschaft gegeben wurde. Die Legende um König Arthur mit ihrem Gralsmotiv ist bekannt und soll hier nicht nacherzählt werden. Wir wollen uns statt dessen darauf beschränken anzumerken, daß der Gral bei vielen Jugendlichen zur Zeit als Kultgegenstand mehr und mehr an Bedeutung gewinnt. Die vage Verbindung zwischen König Arthur, Glastonbury Tor (dem sagenumwobenen Berg in Westengland) und dem sogenannten Chalice Well (Gralsbrunnen) im Tal zwischen dem Tor und dem kleineren Hügel daneben, hat den Ort zu einer Art moderner Pilgerstätte gemacht, an der sich 1971 Zehntausende zu einem magischen Wochenende versammelten, das mit einer Mischung aus Rockmusik und Gesängen nach Art des Hare Krishna begangen wurde. Unter den Teilnehmern waren, wie die Zeitungen am Rande vermerkten, nicht zuletzt viele hübsche Mädchen, die nichts anhatten. Glastonbury gilt, wie bereits im zweiten Teil dieses Buches gesagt wurde, seit neuestem auch als wichtiger Orientierungspunkt für Fliegende Untertassen, und für eine weitere Komplizierung und Vernebelung des Mythos sorgte schließlich die Entdeckung, daß das Tor das Zentrum eines weiten Zodiakus darstellt, der von uralten astrologischen Zeichen umgeben ist, die eine Fläche von mehreren Meilen bedecken. So groß sind diese Zeichen, daß sie von einer Fliegenden Untertasse aus leicht erkannt werden können, und daß man sie – vorausgesetzt, man verfügt über die richtigen Augen – selbst von einem hoch fliegenden Flugzeug aus wahrnehmen kann.

Ein anderes und alles in allem recht jugendliches Publikum für mythologische Vorstellungen ließe sich unter den Lesern von *Gandalf's Garden* ausmachen. Diese Zeitschrift scheint, zusammen mit der Coffee Bar in Chelsea und der Hippie-Kommune, von der sie herausgegeben wurde, jüngst das Zeitliche gesegnet zu haben. Gleichwohl lohnt es sich, an dieser Stelle auf sie einzugehen, da sich an ihrem Beispiel die gegenwärtigen Trends der Kult-Szene gut veranschaulichen lassen. Darüber hinaus ist die Beschäftigung mit *Gandalf's Garden* besonders geeignet, am Schluß dieses Buches zu stehen. Denn die menschenfreundliche Betrachtungsweise, die die neue Okkultismus-Welle, wie sie die Leser von Publikationen wie *Gandalf's Garden* verkörpern, kennzeichnet, ist einer der hoffnungsvollsten Aspekte, die wir entdecken können.

Wenigen Lesern wird übrigens die Anspielung des Zeitschriftentitels auf den Magier in J. R. R. Tolkiens Sage *Der Herr der Ringe* entgangen sein. Dieses gigantische Werk aus drei Bänden, die vollgestopft sind mit den Abenteuern einer Gruppe von behuften Halbmenschen – den Hobbits –, die es gemeinsam fertigbringen, die Welt von der bösen Herrschaft eines Magier-Diktators zu befreien, gehört zu den verlegerischen Goldgruben des Jahrhunderts. Die Reisen der Hobbits, die Namen wie Bilbo, Frodo und so weiter haben, durch ein imaginäres Land namens Mittelerde und ihre Begegnungen mit Trollen, Werwölfen und Riesenspinnen werden bis ins letzte Detail beschrieben, und es wimmelt nur so von Querverweisen, Glossaren, Landkarten, Anmerkungen zu Dialekten, genealogischen Tafeln der regierenden Zwergenkönige, Volksliedern bestimmter Landschaften, Gedichten und so weiter. Der Autor, ein angesehener Gelehrter und Historiker, erzählt seine Geschichte mit großem Schwung, wenn auch reichlich schrullig, und es ist unschwer zu merken, daß er an das Schizophrene appelliert, das in uns allen schlummert. Zweifellos wußte Professor Tolkien sehr genau, wie mächtig die Quelle war, die er mit seiner Sage im Innern der Leser anzapfte. Zu bezweifeln ist indessen, ob er vorhersehen konnte, mit welcher Geschwindigkeit seinen absolut legendenhaften Gestalten Realität zuwuchs, wie schnell sie auf jene sonderbare Weise lebendig wurden, die Menschen veranlaßt, «Bilbo Baggins ist ein Homo» oder «Frodo lebt, ist wohlauf und wohnt in Argentinien» an die Wände von Bedürfnisanstalten zu schreiben, und die dazu führte, daß der Magier Gandalf bei den amerikanischen Präsidentschaftswahlen von 1968 eine nicht unbeträchtliche Zahl von Briefwählerstimmen erhielt. Auf der einen Seite sind solche Vermenschlichungen komisch, auf der anderen Seite sind sie ein trauriges Zeichen. Denn es ist nicht eben schmeichelhaft für die Welt des ausgehenden zwanzigsten Jahrhunderts, daß so viele ihrer Bewohner der von ihren Mitmenschen geprägten Welt ein Universum vorziehen, das von Hobbits, Elfen und Gnomen bevölkert ist. Aber vielleicht braucht die Welt tatsächlich so etwas wie einen mystischen Impuls, und durch die Wahl eines waschechten Magiers ins Weiße Haus könnten die Dinge im Eiltempo in Ordnung gebracht werden. Die Leser von *Gandalf's Garden* wären die ersten, die dieser Ansicht zustimmen würden: ihre Zeitschrift verstand sich nämlich als «der Aufschrei der Gegenwarts-Generation auf der Suche nach einer Alternative zu den zerstörerischen Mächten der Welt von heute». Sie war der «Zaubergarten unserer inneren Welten, der hineinwuchert in die Welt der Offenbarung ... ein Quell der Liebe und der Qual, aus dem die Durstigen trinken können». Wie die Beispiele zeigen, war die Zeitschrift in einem einfältigen, liebenswert blumigen Stil geschrieben und mit Artikeln vollgestopft, die angeblich die Mystische Szene widerspiegelten. Dazu gehörten die obligatorischen Beiträge über den Buddhismus ebenso wie Aufsätze über die Swedenborg-Gesellschaft, Subud und (ein Lieblingsthema) Atlantis. Auch Versuche über die allegorische Bedeutung von Tolkiens Trilogie wurden veröffentlicht, eine Rechtfertigung Aleister Crowleys, des gescheiterten Meisters der schwarzen Magie, und sogar ein Artikel über Gehirnchirurgie für den Heimwerker, in dem der Autor all jenen nützliche Tips gab, die sich (à la Lobsang Rampa) ihr drittes Auge öffnen wollten, indem sie sich ein Loch in die Hirnschale bohrten. Diese Anweisungen gingen offenbar selbst den toleranten Herausgebern der Zeitschrift ein wenig zu weit; sie sahen sich zu der warnenden Fußnote veranlaßt: «Wir raten niemandem, einen Trepanations-Versuch an sich vorzunehmen, da bereits eine minimale Fehlkalkulation Tod oder Wahnsinn zur Folge haben kann.» Statt dessen empfahl man solchen Lesern, die gern permanent «high» sein wollten, es auf eine weniger drastische Weise mit Yoga zu versuchen.

Die eindeutig pazifistische Tendenz, das vorurteilslose Interesse an Fragen der Erotik, die Suche nach gesellschaftlich vertretbaren Alternativen zum Alkohol und das Bekenntnis zur vegetarischen Lebensweise sind charakteristische Merkmale der Zeitschrift *Gandalf's Garden*, deren soziale Bedeutung aus diesem Grunde nicht unterschätzt werden sollte. Gewiß, auch typische Underground-Publikationen wie *It*, *Oz* und *Ink* zeigen einige dieser Merkmale, aber während sie die Welt ständig gleichsam mit zusammengebissenen Zähnen betrachten, verbreitete *Gandalf's Garden* eine Atmosphäre der Toleranz und des Mitgefühls, die sie – bei aller Naivität – glaubhaft und vertretbar macht. Daneben unterscheiden sich *Gan-*

dalf's Garden – die Zeitschrift nannte sich nicht von ungefähr «Freie Presse des Overground» – und vergleichbare Spezialpublikationen von *Cosmic Voice* bis *The Atlantean* dadurch von den Zeitungen und Zeitschriften des Underground, daß bei ihnen der Akzent allemal auf dem Mystischen, dem Okkulten und der geistigen Natur des Menschen liegt. Der Underground ist, hinsichtlich seiner Presse ebenso wie in bezug auf die Philosophie seiner Anhänger, seinem Wesen nach pessimistisch. Seine gegen das Establishment gerichteten Vorstellungen basieren auf der Annahme, daß die organisierte Gesellschaft und mit ihr die ganze Welt zum Untergang verurteilt ist. Im innersten Winkel seines Herzens ist der Underground nihilistisch. Er ist geprägt von dem Glauben, daß es nichts gibt, was die Leere überwinden könnte, die entsteht, wenn das System zusammenbricht.

Was *Gandalf's Garden* und praktisch alle Kulte, die in diesem Buch erörtert wurden, verkünden, ist fast das genaue Gegenteil. Der Mensch, so sagen sie, hat eine Zukunft, und zwar eine Zukunft, die weit besser, weit heller ist als jene Zukunft, die uns von orthodoxen Politikern, Kirchenmännern und Technokraten vorausgesagt wird. Für die einen ist es eine Zukunft, in der die Geheimnisse der Lebensenergie – des Orgon – ergründet und im allgemeinen Interesse der Menschheit und der totalen orgiastischen Erfahrung nutzbar gemacht werden. Für die anderen mag die Zukunft durch die Wiederkehr Christi bestimmt sein, der (in einem Raumschiff) mit einem Schwarm von Wissenschafts-Heiligen zur Erde herabkommt, um unsere ausweglosen Probleme zu bewältigen. Wieder andere meinen, daß die Zukunft in der Fortentwicklung des Geistes mit Hilfe von Systemen liegt, wie sie die Scientologie und ihre diversen Nachfahren bieten oder aber in der Nutzbarmachung der psychischen Kraft durch halbverstandene Technologien. Und es gibt schließlich auch solche, die überzeugt sind, daß der Schlüssel zur Zukunft in der Vergangenheit liegt, bei jenen Priestern und Weisen, die mit Atlantis versunken sind, deren Weisheit uns jedoch durch einige Auserwählte vermittelt werden kann. Die Liste der Kulte ist lang, und nicht alle konnten in diesem Buch vorgestellt werden. Gleichwohl steht zu hoffen, daß der Überblick umfassend genug war, um zu verdeutlichen, daß die Kulte, mögen sie sich auch als wirklichkeitsfern und gelegentlich als exzentrisch bis zur Lächerlichkeit erweisen, ihr Bestes tun, um ein bedrohliches Vakuum auszufüllen – ein Vakuum, das der Mensch durch seinen Eifer und seine wissenschaftliche Neugier selber geschaffen hat. Tatsache ist, daß wir klüger sind, als wir es uns leisten können, und daß wir unsere technische Beherrschung der Wissenschaft unendlich viel weiter vorangetrieben haben als unsere Bemühungen um Erkenntnisse im philosophischen und sozialen Bereich. Mit verächtlicher Leichtfertigkeit hat der Mensch den uralten Waffenstillstand mit dem Unbekannten – den vielfältigen Glaubenssystemen, die wir Religion nennen – mißachtet. Nun, da der Waffenstillstand gebrochen ist, werden die glühenden Ungewißheiten des Universums und das Rätsel des menschlichen Daseins und seines Zwecks jedermann offenbar. Kein Wunder, daß Millionen verunsicherter Seelen, entsetzt von dieser Erkenntnis, danach streben, den Frieden wiederherzustellen. Vielen ist es gelungen, aber die Bedingungen des Waffenstillstands haben sich natürlich geändert. Und darum ging es in diesem Buch.

Natur und Wissenschaft

Prof. Dr. HANS BENDER
Unser sechster Sinn. Telepathie, Hellsehen, Spuk. Mit 99 teils mehrf. Abb. [6796]

WERNER BRAUNBEK
Neue Physik. Die Revolutionierung des physikalischen Weltbildes [6898]

NIGEL CALDER
Erde – ruheloser Planet. Die Revolution der modernen Erdwissenschaft [6859]

Das Lebensspiel. Die Evolution im Licht der modernen Biologie [6945]

Die Wettermaschine. Droht eine neue Eiszeit? [7057]

HOIMAR VON DITFURTH
Zusammenhänge. Gedanken zu einem naturwissenschaftlichen Weltbild [7053]

VITUS B. DRÖSCHER
Die freundliche Bestie. Forschungen über das Tier-Verhalten [6845]

Sie töten und sie lieben sich. Naturgeschichte sozialen Verhaltens [6998]

HANS W. FRICKE
Korallenmeer. Verhaltensforschung am tropischen Riff. Einführung: Irenäus Eibl-Eibesfeldt. Mit 66 farb. Abb. [6910]

KARL VON FRISCH
Zwölf kleine Hausgenossen. Mit 90 Abb. im Text [6966]

HEINZ HABER
Unser blauer Planet. Die Entwicklungsgeschichte der Erde. Mit 65 meist mehrfarbigen Abb. [6609]

Der Stoff der Schöpfung. Mit 82 meist mehrfarbigen Abb. [6625]

Der offene Himmel. Eine moderne Astronomie. Mit 72 meist mehrfarbigen Abb. [6691]

Brüder im All. Von der Möglichkeit kosmischen Lebens. Mit 65 meist mehrfarbigen Abb. [6720]

Unser Wetter. Einführung in die moderne Meteorologie [6831]

Stirbt unser blauer Planet? [6924]

EGMONT R. KOCH / WOLFGANG KESSLER
Menschen nach Maß. Manipulation der Erbanlagen – Eingriff in das Gehirn [6970]

ERWIN LAUSCH
Manipulation. Der Griff nach dem Gehirn. Methoden, Resultate, Konsequenzen der Gehirnforschung [6876]

JANE VAN LAWICK-GOODALL
Wilde Schimpansen. 10 Jahre Verhaltensforschung am Gombe-Strom. Fotos von Hugo van Lawick. Mit 49 einf. und 8 farb. Abb. auf Tafeln u. 20 Abb. im Text [6920]

JÜRGEN NICOLAI
Vogelleben. Einführung: Konrad Lorenz. Mit 60 farb. Abb. [6935]

BERTRAND RUSSELL
Das ABC der Relativitätstheorie. Neu herausgegeben v. Felix Pirani [6787]

HORST STERN
Bemerkungen über Pferde. Mit 126 meist mehrfarbigen Abb. [6841]
Bemerkungen über Hunde. Mit 92 meist mehrfarbigen Abb. [6855]
Bemerkungen über Bienen. Mit 73 meist mehrfarbigen Abb. [6881]
Mut zum Widerspruch. Reden und Aufsätze [6974]

NIKO TINBERGEN
Tierbeobachtungen zwischen Arktis und Afrika. Forscherfreuden in freier Natur. Mit einem Geleitwort von Konrad Lorenz. Mit 80 Abb. auf Tafeln und im Text [6822]

JAMES D. WATSON
Die Doppel-Helix. Einf. von Prof. Dr. Heinz Haber [6803]

KLAUS ZEEB
Pferde dressiert von Fredy Knie. Eine Verhaltensstudie [6929]

Die Pole

Die Primaten

Die Vögel

Die Insekten

Praktisches Wissen

Das Konzentrationsprogramm. Konzentrationsschwäche überwinden – Denkvermögen steigern [7099]
Intelligenz macht Schule. Denkspiele zur Intelligenzförderung für 8- bis 14-jährige [7155]

GERT VON PACZENSKY
Feinschmeckers Beschwerdebuch. Brevier wider die Sünden der Gastronomie [6991]

SUSANNE VON PACZENSKY
Der Testknacker. Wie man Karriere-Tests erfolgreich besteht [6949]

Dr. L. & L. PEARSON
Psycho-Diät. Abnehmen durch Lust am Essen [7068]

LAURENCE J. PETER
Das Peter-Programm. Der 66-Punkte-Plan, mit dem man Problemen, Pannen und Pleiten Paroli bieten kann [6947]

FRIEDRICH H. QUISKE / STEFAN J. SKIRI / GERALD SPIESS
Arbeit im Team. Kreative Lösungen durch humane Arbeitsform [6926]

ALEKSANDR ROŠAL / ANATOLIJ KARPOV
Schach mit Karpov. Leben und Spiele des Weltmeisters [7149]

GÜNTHER H. RUDDIES
Psychotraining. Lebenstechnik im Alltag [6901]
Psychostudio. Von der Beobachtung zur Beurteilung des Verhaltens [6971]
Testhilfe. Testangst überwinden. Testerfolge erzielen in Schule, Hochschule, Beruf [7082]

LORE SCHULTZ-WILD
Berufe. Ratgeber zur Ausbildungs- und Berufswahl für Hauptschüler, Mittelschüler, Abiturienten, Hochschulabsolventen. Mit Begabungstest [7062]

HANS HERBERT SCHULZE
Lexikon zur Datenverarbeitung. Schwierige Begriffe einfach erklärt [6220]

RUDOLF SCHWARZ
Heilmethoden der Außenseiter. Theorie und Praxis / Erfolge und Kritik / Adressen und Kosten [7061]

HANS SELYE
Stress. Lebensregeln vom Entdecker des Stress-Syndroms [7072]

JACQUES SOUSSAN
Pouvez-vous Français? Programmierte Übung zum Verlernen typisch deutscher Französischfehler [6940]

SIEGFRIED STERNER
Die Kunst zu wandern. Wann, wie und womit Wandern zum Erlebnis wird [7089]

SIEGBERT TARRASCH
Das Schachspiel. Systematisches Lehrbuch für Anfänger und Geübte [6816]

J. N. WALKER
Juniorschach 1. Die ersten Züge. Eröffnungsspiele spielend gelernt [7144]
Juniorschach 2. Angriff auf den König. Mittelspiele spielend gelernt [7145]

W. ALLEN WALLIS / HARRY V. ROBERTS
Methoden der Statistik. Anwendungsbereiche. 400 Beispiele, Verfahrenstechniken [6091]

Dr. HEINRICH WALLNÖFER
Besser als tausend Pillen. Ratgeber der Gesundheitspflege. Mittel und Methoden zur gefahrlosen Selbstbehandlung im Krankheitsfall. Mit 100 Abb. im Text und 10 Tabellen [6152]

BERND WEIDENMANN
Diskussionstraining. Überzeugen statt überreden, Argumentieren statt attakkieren [6922]

MARTIN F. WOLTERS
Der Schlüssel zum Computer. Einführung in die elektronische Datenverarbeitung. Eine programmierte Unterweisung.
Band 1: Leitprogramm [6839]
Band 2: Textbuch [6840]

Kaufmännisches Grundwissen strukturiert.
Der Schlüssel zum Industriebetrieb
Band 1: Struktur des Unternehmens und Stellung [7120]
Band 2: Entscheidungen im Beschaffungs-, Produktions- und Absatzbereich [7111]
Band 3: Entscheidungen im Finanzbereich und großer Schlußtest mit Planungsbeispiel [7112]

Kaufmännisches Grundwissen strukturiert.
Der Schlüssel zur Bilanz [7113]

Kaufmännisches Grundwissen strukturiert.
Der Schlüssel zur Betriebswirtschaft [7135]

400/18